John Grisham werd op 8 februari 1955 geboren in Jonesboro, Arkansas, als tweede kind in een gezin van vijf kinderen. Zijn vader werkte in de bouw en zijn moeder was huisvrouw. Na zijn studie rechten aan de University of Mississippi, werkte Grisham bijna tien jaar lang als jurist, waarbij hij zich specialiseerde in strafrechtelijke zaken en letselschade-claims. In 1983 werd hij gekozen tot lid van het Huis van Afgevaardigden van de staat Mississippi, een functie die hij tot 1990 bekleedde. Als thrillerschrijver debuteerde hij in 1988 met *De jury*, maar het was zijn tweede boek *Advocaat van de duivel* waarmee hij definitief zijn naam vestigde als de koning van de legal thriller.

# De pers over John Grisham

'Alle bekende elementen van een echte Grisham zijn in dit boek vertegenwoordigd. [...] Het is gewoon een spannend verhaal dat lekker wegleest.' – DE TELEGRAAF

'Zijn plot is ijzersterk en de flitsende actie houdt de vaart er goed in.' – VERONICA MAGAZINE

'Angstaanjagend beschreven door Grisham.' – DE VOLKSKRANT

'Schitterend verhaal, mooi opgezet en uitgewerkt. Een pageturner in de beste zin van het woord.' – ELVIN POST

'Grishams kracht ligt in de manier waarop hij betrokken personen op overtuigende wijze, als personages in een roman tot leven weet te wekken.' – ALGEMEEN DAGBLAD

'Een prachtig verhaal over een gruwelijk dilemma.'
– NRC HANDELSBLAD

'Hij grossiert in ijzersterke plots, heeft een uitstekende stijl en gevoel voor humor.' – TROUW

'Een meesterwerkje dat de sfeer van Kafka en Highsmith in herinnering roept.' – DE MORGEN

'Iemand die zoveel mensen naar een boek doet grijpen in plaats van de tv-gids, is zijn gewicht in goud waard.'
– HET PAROOL

John Grisham

*Advocaat van de duivel*
*Achter gesloten deuren*
*De cliënt*
*De jury*
*Het vonnis*
*De rainmaker*
*In het geding*
*De partner*
*De straatvechter*
*Het testament*
*De broederschap*
*De erfpachters*
*Winterzon*
*Het dossier*
*De claim*
*Verloren seizoen*
*Het laatste jurylid*
*De deal*
*De gevangene*
*De verbanning*
*De aanklacht*
*De getuige*
*De wettelozen*

Bezoek www.facebook.com/johngrisham voor meer informatie over John Grisham en ga naar www.awbruna.nl voor informatie over al onze boeken en dvd's.

John Grisham

# De wettelozen

A.W. Bruna Uitgevers B.V., Utrecht

*Oorspronkelijke titel*
Ford County. Stories
© 2009 by Belfry Holdings, Inc.
*Vertaling*
Hugo Kuipers
*Omslagbeeld*
Valentini Sani/Trevillion Images
*Omslagontwerp*
Studio Jan de Boer
© 2010 A.W. Bruna Uitgevers B.V., Utrecht

ISBN 978 90 229 9690 4
NUR 330

*Voor Bobby Moak*

Toen *De jury* twintig jaar geleden verscheen, leerde ik algauw de harde les dat boeken verkopen veel moeilijker is dan boeken schrijven. Ik kocht duizend exemplaren en het kostte me zelfs moeite ze weg te geven. Ik zette ze in de kofferbak van mijn auto en probeerde ze te slijten aan bibliotheken, tuincentra, supermarkten, cafetaria's en een handvol boekwinkels. Daarbij werd ik vaak geholpen door mijn goede vriend Bobby Moak.

Sommige verhalen zullen we nooit vertellen.

# Inhoud

Bloeddonoren . . . . . . . . . . . . . . . . . . . . . .  11

Raymond halen. . . . . . . . . . . . . . . . . . . . .  49

Visdossiers. . . . . . . . . . . . . . . . . . . . . . . .  93

Casino  . . . . . . . . . . . . . . . . . . . . . . . . . . 131

Michaels kamer. . . . . . . . . . . . . . . . . . . . 163

Stille Haven . . . . . . . . . . . . . . . . . . . . . . . 191

Rare jongen . . . . . . . . . . . . . . . . . . . . . . . 237

# Bloeddonoren

Toen het nieuws van Baileys ongeluk zich door de dorpsgemeenschap van Box Hill verspreidde, deden meteen verschillende versies de ronde. Iemand van het bouwbedrijf belde zijn moeder en zei dat hij gewond was geraakt toen een steiger instortte op een bouwplaats in de binnenstad van Memphis, dat hij werd geopereerd, dat zijn toestand stabiel was en dat hij het waarschijnlijk wel zou overleven. Zijn moeder, een invalide vrouw van tweehonderd kilo die nogal snel over haar toeren raakte, kon al die feiten niet zo gauw verwerken. Ze krijste en stelde zich aan. Ze belde vrienden en buren, en telkens wanneer het tragische nieuws opnieuw werd verteld, veranderde er iets aan het verhaal en werd het sensationeler. Omdat ze verzuimd had het nummer van degene die haar had gebeld te noteren kon er niemand worden teruggebeld om de geruchten, die met de minuut toenamen, te verifiëren of te weerleggen.

Een van Baileys collega's, die ook uit Ford County kwam, belde zijn vriendin in Box Hill met een enigszins ander verhaal: Bailey was naast de steiger overreden door een bulldozer en hij was zo goed als dood. In de operatiekamer waren ze nog met hem bezig, maar er was weinig hoop.

Toen belde iemand van de ziekenhuisadministratie in Memphis naar Baileys huis. Hij vroeg naar Baileys moeder en kreeg te horen dat die in bed lag. Ze was te zeer van streek om te kunnen praten en kon niet aan de telefoon komen. De buurvrouw die de telefoon opnam vroeg hem naar bijzonderheden, maar kreeg niet veel te horen. Er was iets ingestort op een bouwplaats, misschien een sleuf waarin de jongeman aan het werk was, of iets van dien aard. Ja, hij werd geopereerd, en het ziekenhuis had gegevens nodig.

Algauw was het in het bakstenen huisje van Baileys moeder een drukte van belang. Tegen het eind van de middag kwamen de eerste bezoekers: vrienden, familie en een stuk of wat dominees van de kleine kerkjes in en om Box Hill. De vrouwen gingen in de keuken en huiskamer zitten en roddelden aan een stuk door, en intussen wist de telefoon van geen ophouden. De mannen stonden buiten bij elkaar en rookten sigaretten. Mensen kwamen met stoofschotels en cakes aanzetten.

Omdat ze weinig te doen hadden en de informatie over Baileys verwondingen schaars was, grepen de bezoekers elk klein feitje aan. Ze analyseerden het, ontleedden het en gaven het door aan de vrouwen binnen of de mannen buiten. Een been was verbrijzeld en moest waarschijnlijk worden geamputeerd. Er was ernstig hersenletsel. Bailey was vier verdiepingen van de steiger gevallen, of misschien wel acht. Zijn borst was ingedrukt. Enkele feiten en theorieën werden ter plekke bedacht. Er werd zelfs al somber naar de uitvaart geïnformeerd.

Bailey was negentien jaar oud en had in zijn korte leven nog nooit zoveel vrienden en bewonderaars gehad. Naarmate de uren verstreken, hield het hele dorp meer en meer van hem. Hij was een beste jongen, goed opgevoed, een veel beter mens dan die waardeloze vader van hem, die zich al in geen jaren meer had laten zien.

Baileys ex-vriendin verscheen en was algauw het middelpunt van de aandacht. Ze was diep getroffen en liet haar tranen de vrije loop, vooral wanneer ze het over haar lieve Bailey had. Maar toen het nieuws van haar komst tot de slaapkamer doordrong en zijn moeder hoorde dat de kleine slet in huis was, werd ze weggestuurd. De kleine slet bleef bij de mannen buiten rondhangen, flirtend en rokend. Ten slotte ging ze weg. Ze zei dat ze regelrecht naar Memphis ging om haar Bailey op te zoeken.

Een buurvrouw had een neef in Memphis, en na enige aandrang wilde die wel naar het ziekenhuis gaan om de zaak te volgen. De eerste keer dat hij belde, bracht hij het nieuws dat de jongeman inderdaad aan verscheidene verwondingen werd geopereerd, maar dat zijn toestand blijkbaar stabiel was. Hij had veel bloed verloren. Met zijn tweede telefoontje zette de neef enkele feiten recht. Hij had met de voorman op de bouwplaats gepraat, en Bailey was gewond geraakt toen een bulldozer tegen de steiger reed, waardoor die instortte en de arme jongen vijf meter omlaag viel in een kuil. Ze waren een kantoorgebouw van zes verdiepingen in Memphis aan het afmetselen, en Bailey werkte als opperman. Het ziekenhuis wilde minstens vierentwintig uur geen bezoekers toelaten, maar er was wel behoefte aan bloeddonaties.

Opperman? Iemand die de stenen aansjouwde voor de metselaars? Baileys moeder had gepocht dat hij snel promotie had gemaakt en nu assistent-voorman was. Maar in alle opwinding vroeg niemand haar naar die discrepantie.

Toen het donker was, kwam er een man in een pak die zei dat hij een soort onderzoeker was. Hij werd doorgestuurd naar een oom, de jongste broer van Baileys moeder, ging onder vier ogen in de achtertuin met die oom staan praten en gaf hem een kaartje van een advocaat in Clanton. 'De beste advocaat tot ver in de omtrek,' zei hij. 'En we werken al aan de zaak.'

De oom was onder de indruk en beloofde dat hij zich verre zou houden van andere advocaten – 'een ordinair stelletje letselschadewolven' – en dat hij iedere schaderegelaar van een verzekeringsmaatschappij die zich met zijn gluiperige kop durfde te vertonen de huid vol zou schelden.

Uiteindelijk was er sprake van een trip naar Memphis. Dat was maar twee uur rijden, maar het leken er wel vijf. Als je het in Box Hill over de stad had, bedoelde je Tupelo, dat vijftigduizend inwoners telde en een uur rijden was. Memphis lag in een andere staat, een andere wereld, en trouwens, de misdaad tierde daar welig. De moordcijfers deden niet onder voor die van Detroit. Ze zagen de slachtpartijen elke avond op Channel 5.

Baileys moeder was tot steeds minder in staat. Ze zou beslist niet kunnen reizen, laat staan bloed geven. Baileys zus woonde in Clanton, maar die kon haar kinderen niet alleen laten. De volgende dag was het vrijdag, een werkdag, en iedereen dacht dat zo'n trip heen en weer naar Memphis, plus bloed geven, vele uren in beslag zou nemen, en, tja, het was niet te zeggen wanneer de bloeddonoren in Ford County terug zouden zijn.

Een nieuw telefoontje uit Memphis: de operatie was voorbij, en de jongen vocht voor zijn leven en had dringend bloed nodig. Toen dit nieuws tot de mannen buiten doordrong, klonk het alsof die arme Bailey elk moment kon sterven, tenzij zijn dierbaren zich naar het ziekenhuis spoedden om hun aderen te laten openen.

Er diende zich algauw een held aan. Hij heette Wayne Agnor en hij zei dat hij een goede vriend van Bailey was. Al sinds zijn geboorte werd hij Aggie genoemd. Hij runde samen met zijn vader een autoreparatiebedrijf en kon zich dus gemakkelijk vrijmaken voor een snelle trip naar Memphis. Hij had ook zijn eigen pick-uptruck, een vrij nieuwe Dodge, en zei dat hij Memphis kende als zijn broekzak.

'Ik kan nu meteen weg,' zei Aggie trots tegen de groep, en door het huis verspreidde zich het nieuws dat er een reis op stapel stond. Een van de vrouwen bracht de gemoederen tot bedaren door te zeggen dat er meer vrijwilligers nodig waren, want het ziekenhuis wilde maar een halve liter van iedere donor hebben. 'Je kunt geen vijf liter geven,' legde ze uit.

Bijna niemand had ooit bloed gegeven, en de gedachte aan naalden en slangen joeg velen de stuipen op het lijf. Het werd heel stil in het huis en de voortuin. Bezorgde buren, die zich enkele ogenblikken eerder nog verschrikkelijk druk om Bailey hadden gemaakt, schuifelden achteruit.

'Ik ga ook,' zei een andere jongeman ten slotte, en hij werd meteen gefeliciteerd. Hij heette Calvin Marr en kon zich ook gemakkelijk vrijmaken, zij het om andere redenen: Calvin was zijn baan bij de schoenenfabriek in Clanton kwijtgeraakt en leefde van een uitkering. Hij was doodsbang voor naalden, maar was nog nooit in Memphis geweest en wilde daar best eens naartoe. Hij zou het een eer vinden donor te mogen zijn.

Nu er een medereiziger was, vatte Aggie moed. Hij daagde meteen iedereen uit: 'Verder nog iemand?'

Er werd wat gemompeld. De meeste mannen keken aandachtig naar hun schoenen.

'We nemen mijn wagen en ik betaal de benzine,' ging Aggie verder.

'Wanneer gaan we?' vroeg Calvin.

'Nu meteen,' zei Aggie. 'Het is een noodsituatie.'

'Zo is het,' voegde iemand daaraan toe.

'Ik stuur Roger,' bood een oudere man aan, en er volgde een sceptisch stilzwijgen. Roger, die er niet bij was, hoefde zich niet druk te maken om werk, want als hij een baan had, raakte hij hem meteen weer kwijt. Hij was voortijdig van school gegaan en had daarna een kleurrijk leven geleid met veel alcohol en drugs. In elk geval zou hij niet bang zijn voor naalden.

Hoewel de mannen in het algemeen weinig van transfusies wisten, konden ze zich moeilijk voorstellen dat iemand zo ernstig gewond was dat hij bloed van Roger nodig had. 'Wou je Bailey vermoorden?' mompelde een van hen.

'Roger doet het wel,' zei zijn vader trots.

De grote vraag was: was hij nuchter? Iedereen in Box Hill wist van Rogers gevecht met koning alcohol en er werd veel over gepraat. Meestal wisten de dorpelingen wel wanneer hij van de drank af was, of eraan.

'Het gaat goed met hem,' ging zijn vader verder. Hij zei dat met opvallend weinig overtuiging, maar de situatie was spoedeisend; er was geen tijd voor twijfel. Ten slotte vroeg Aggie: 'Waar is hij?'

'Thuis.'

Natuurlijk was hij thuis. Roger kwam het huis nooit uit. Waar zou hij heen moeten?

Binnen enkele minuten hadden de dames een grote doos met boterhammen en ander eten samengesteld. Aggie en Calvin sloegen hun armen om elkaar heen en maakten zich druk alsof ze naar het front vertrokken om het land te verdedigen. Toen de dappere redders van Baileys leven in de pick-uptruck stapten en wegreden, werden ze door iedereen uitgezwaaid.

Roger stond bij de brievenbus, en toen de pick-up stopte, boog hij zich naar het raam aan de passagierskant en vroeg: 'Blijven we daar slapen?'

'Dat zijn we niet van plan,' zei Aggie.

'Goed.'

Na enige discussie kwamen ze overeen dat de tengere Roger in het midden zou zitten, tussen Aggie en Calvin, die veel groter en dikker waren. Ze zetten de doos met eten op zijn schoot, en ze waren nog geen kilometer het dorp uit of Roger haalde al een broodje kalkoen uit de verpakking. Met zijn zevenentwintig jaar was hij de oudste van de drie, maar de jaren hadden hem geen goed gedaan. Hij had twee scheidingen achter de rug, en ook nogal wat mislukte pogingen om van zijn verslavingen af te komen. Hij was nerveus en opgefokt, en zodra hij de eerste boterham ophad, nam hij een tweede. Aggie, honderdtien kilo, en Calvin, honderdtwintig kilo, weigerden allebei. De afgelopen twee uur hadden ze stoofschotels gegeten bij Baileys moeder.

Het gesprek kwam eerst op Bailey. Roger kende hem nauwelijks, maar Aggie en Calvin hadden met hem op school gezeten. Omdat alle drie de mannen vrijgezel waren, duurde het niet lang of het gesprek ging niet meer over hun gevallen buurman, maar over seks. Aggie had een vriendin en beweerde alle voordelen van een uitstekende relatie te genieten. Roger was naar bed geweest met alles wat los en vast zat en was altijd op zoek. Calvin, een verlegen type, was op zijn eenentwintigste nog maagd, al zou hij dat nooit toegeven. Door in nogal vage termen over enkele veroveringen te liegen kon hij meedoen. Ze overdreven alle drie en wisten dat ook van elkaar.

Toen ze in Polk County kwamen, zei Roger: 'Stop eens even bij de Blue Dot. Ik moet pissen.' Aggie stopte bij het benzinestation, en Roger rende naar binnen.

'Denk je dat hij drinkt?' vroeg Calvin terwijl ze wachtten.

'Zijn vader zei van niet.'

'Zijn vader liegt ook.'

En ja hoor, even later kwam Roger met een sixpack bier naar buiten.

'O nee,' zei Aggie.

Toen Roger weer tussen hen in zat, reden ze het grindterrein af en de weg weer op.

Roger trok een blikje los en bood het Aggie aan, maar die weigerde. 'Nee, dank je. Ik rij.'

'Kun je niet rijden met bier op?'

'Vanavond niet.'

'En jij?' Hij bood Calvin het blikje aan.

'Nee, dank je.'

'Zijn jullie aan het afkicken of zo?' vroeg Roger. Hij trok het lipje los en goot het halve blikje naar binnen.

'Ik dacht dat je gestopt was,' zei Aggie.

'Was ik ook. Stoppen is makkelijk. Het is me al vaak gelukt.'

De doos met eten stond nu op Calvins schoot en hij kauwde uit verveling op een havermoutkoek. Roger had het eerste blikje leeg, gaf het aan Calvin en zei: 'Gooi even uit het raam.'

Calvin liet het raam omlaag komen en gooide het lege blikje in de laadbak van de pick-up. Toen hij het raam weer dicht had, trok Roger het volgende blikje open. Aggie en Calvin keken elkaar nerveus aan.

'Kun je wel bloed geven als je hebt gedronken?' vroeg Aggie.

'Tuurlijk wel,' zei Roger. 'Heb ik al zo vaak gedaan. Hebben jullie ooit bloed gegeven?'

Aggie en Calvin moesten toegeven dat ze dat nooit hadden gedaan, en dat was voor Roger aanleiding de procedure te beschrijven. 'Ze leggen je op een tafel, want de meeste mensen gaan van hun stokje. Die verrekte naald is zo groot dat veel mensen al flauwvallen als ze hem zien. Ze binden een rubberen koord om je bovenarm, en de zuster prikt wat met die naald in je arm, op zoek naar een lekkere dikke ader. Je kunt dan maar beter de andere kant op kijken. Negen van de tien keer steekt ze naast de ader – dat doet verrekte pijn – en dan zegt ze sorry en vloek jij binnensmonds. Als je geluk hebt, krijgt ze de ader de tweede keer wel te pakken, en dan gutst het bloed eruit door een slangetje dat naar een zakje leidt. Omdat alles doorzichtig is, kun je je eigen bloed zien. Je staat ervan te kijken hoe donker het is, bijna kastanjebruin. Het duurt een eeuwigheid voordat er een halve liter uit is, en al die tijd houdt ze de naald in je ader.' Hij nam een slok bier, tevreden over zijn huiveringwekkende beschrijving van wat hun te wachten stond.

Ze reden enkele kilometers in stilte.

Toen het tweede blikje leeg was, gooide Calvin het naar achteren en trok Roger het derde open. 'Bier helpt,' zei Roger, en hij smakte met zijn lippen. 'Het verdunt het bloed en dan gaat het vlugger.'

Het werd duidelijk dat hij van plan was het hele sixpack zo gauw mogelijk soldaat te maken. Het leek Aggie verstandig de voorraad alcohol te verminderen. Hij had verhalen over Rogers gruwelijke zuippartijen gehoord.

'Doe mij er ook maar een,' zei hij, en Roger gaf hem vlug een biertje.

'Mij ook maar,' zei Calvin.

'Zo mag ik het horen,' zei Roger. 'Ik drink niet graag alleen. Dat is het eerste symptoom van alcoholisme.'

Aggie en Calvin namen kleine slokjes en Roger bleef het naar binnen gieten. Toen het eerste sixpack op was, zei hij met perfecte timing: 'Ik moet pissen. Stop eens daar bij Cully's Barbecue.'

Ze naderden het dorp New Grove, en Aggie vroeg zich zo langzamerhand af hoe lang ze nog onderweg zouden zijn. Roger verdween achter de winkel om te doen wat hij moest doen, ging toen naar binnen en kwam met twee nieuwe sixpacks naar buiten. Toen ze New Grove achter zich hadden, trokken ze de lipjes eraf. Ze reden met grote snelheid over een donkere, smalle weg.

'Zijn jullie weleens in de stripclubs in Memphis geweest?' vroeg Roger.

'Ik ben nooit in Memphis geweest,' bekende Calvin.

'Dat meen je niet.'

'Echt waar.'

'En jij?'

'Ja, ik ben in een stripclub geweest,' zei Aggie trots.

'Welke?'

'Ik weet de naam niet meer. Ze zijn allemaal hetzelfde.'

'Daar vergis je je in,' verbeterde Roger hem op scherpe toon, en weer klokte er een slok bier door zijn keelgat. 'In sommige hebben ze prachtige wijven met een geweldig lichaam. In andere hebben ze gewone straathoeren die voor geen meter kunnen dansen.'

Dat leidde tot een uitgebreide verhandeling over de geschiedenis van de gelegaliseerde striptease in Memphis, althans Rogers versie daarvan. Vroeger mochten de meisjes alles uittrekken, echt alles, en dan sprongen ze op je tafel voor een wilde dans met veel draai- en stootbewegingen, en intussen denderde de muziek en flikker- den de lichten en brulden en applaudisseerden de jongens. Toen veranderde de wet en werden g-strings verplicht, maar sommige clubs trokken zich daar niets van aan. Tafeldansen maakte plaats voor lapdansen, met als gevolg dat er een heel stel nieuwe wetten over fysiek contact met de meisjes werd uitgevaardigd. Toen Ro- ger klaar was met de geschiedenis, somde hij de namen op van een stuk of vijf clubs die hij goed beweerde te kennen, waarna hij een indrukwekkende beschrijving gaf van de stripdanseressen die daar werkzaam waren. Hij vertelde het allemaal in geuren en kleuren, en toen hij eindelijk klaar was, hadden de twee anderen weer een biertje nodig.

Calvin, die bijzonder weinig vrouwenlichamen had aangeraakt, luisterde gefascineerd. Hij telde intussen ook de blikjes bier die Ro- ger leegdronk, en toen het er zes waren – in ongeveer een uur – wilde hij er eigenlijk iets van zeggen. Maar in plaats daarvan luis- terde hij naar zijn veel wereldwijzere metgezel, een man die blijkbaar een onverzadigbare behoefte aan bier had en het naar binnen kon gieten terwijl hij met verbijsterende details over naakte meiden praatte.

Ten slotte kwam het gesprek weer op het oorspronkelijke on- derwerp. Roger zei: 'Als we klaar zijn in het ziekenhuis, hebben we vast nog wel tijd om naar de Desperado te gaan. Even een paar drankjes en misschien ook een paar tafeldansen.'

Aggie reed met zijn slappe rechterpols op het stuur en met een biertje in zijn linkerhand. Hij lette op de weg en reageerde niet op het voorstel. Zijn vriendin zou schreeuwen en met dingen gaan gooien als ze hoorde dat hij geld over de balk had gesmeten om zich aan strippende meiden te vergapen. Calvin daarentegen vond het een opwindend idee. 'Klinkt goed,' zei hij.

'Ja,' voegde Aggie eraan toe, maar alleen omdat het moest.

Er kwam hun een auto tegemoet, en net voordat ze elkaar passeerden, liet Aggie per ongeluk het linkervoorwiel van de pick-up op de gele middenstreep komen. Hij gaf meteen een ruk naar rechts. De andere auto slingerde ook even.

'Dat was een smeris!' riep Aggie. Roger en hij keken vlug om. De andere auto stopte abrupt; ze zagen de remlichten opflikkeren.

'Zeker weten,' zei Roger. 'Een smeris. Rijden!'

'Hij komt achter ons aan,' zei Calvin in paniek.

'Zwaailicht! Zwaailicht!' riep Roger uit. 'Shit!'

Aggie trapte instinctief op het gas, en de grote Dodge bulderde over een helling. 'Weet je zeker dat dit een goed idee is?' vroeg hij.

'Rij nou maar,' riep Roger.

'We hebben overal bierblikjes liggen,' voegde Calvin eraan toe.

'Maar ik ben niet dronken,' hield Aggie vol. 'Met vluchten maak je het alleen maar erger.'

'We zijn al op de vlucht,' zei Roger. 'Het gaat er nou om dat we niet gepakt worden.' En na die woorden dronk hij weer een blikje leeg alsof het zijn laatste was.

De pick-up reed nu honderddertig, honderdveertig. Ze vlogen over een lang stuk vlakke weg. 'Hij komt snel dichterbij,' zei Aggie. Hij keek even in zijn spiegel en toen weer naar de weg. 'Zwaailichten van hier tot gunder.'

Calvin maakte zijn raampje open en zei: 'Laten we het bier weggooien!'

'Nee!' riep Roger. 'Ben je gek? Hij haalt ons toch niet in. Harder, harder!'

De pick-up vloog over een helling en kwam bijna met de wielen van de grond los. Meteen daarop gierden ze door een strakke bocht en slingerden een beetje, zodat Calvin zei: 'We rijden ons te pletter.'

'Hou je kop,' blafte Roger. 'Kijk of je een pad van een huis ziet.'

'Daar is een brievenbus,' zei Aggie, en hij trapte op de rem. De agent zat dicht achter hen, maar hij was de bocht nog niet om en ze konden hem niet zien. Ze gingen abrupt naar rechts, en de lichten van de pick-up vlogen over een kleine boerderij, weggedoken tussen gigantische eiken.

'Licht uit,' snauwde Roger, alsof hij al vaker met dit bijltje had gehakt. Aggie deed de motor en de lichten uit, en de pick-up rolde zachtjes over het korte onverharde pad om ten slotte tot stilstand te komen naast de Ford pick-up van Buford M. Gates, woonachtig aan Route 5, Owensville, Mississippi.

De politiewagen vloog hen voorbij zonder af te remmen. Het blauwe zwaailicht flikkerde, maar de sirene was nog uit. De drie bloeddonoren zaten onderuitgezakt, en toen het zwaailicht al een hele tijd weg was, brachten ze langzaam hun hoofd omhoog.

Het huis dat ze hadden uitgekozen, was donker en stil. Blijkbaar waren er geen waakhonden. Zelfs het licht op de voorveranda was uit.

'Goed werk,' zei Roger zachtjes, toen ze over de ergste schrik heen waren.

'We hadden geluk,' fluisterde Aggie.

Ze keken naar het huis en luisterden naar de weg, en na enkele minuten van heerlijke stilte waren ze het erover eens dat ze inderdaad veel geluk hadden gehad.

'Hoe lang blijven we hier staan?' vroeg Calvin ten slotte.

'Niet lang,' zei Aggie. Hij keek naar de ramen van het huis.

'Ik hoor een auto,' zei Calvin, en ze doken alle drie weer weg. Enkele seconden later vloog de agent vanuit de andere richting voorbij, nog steeds met zwaailicht maar zonder sirene. 'Die rotzak is op zoek naar ons,' mompelde Roger.

'Allicht,' zei Aggie.

Toen het geluid van de politiewagen in de verte verdween, kwamen de drie hoofden in de Dodge weer langzaam omhoog. Toen zei Roger: 'Ik moet pissen.'

'Niet hier,' zei Calvin.

'Doe de deur open,' drong Roger aan.

'Kan je niet wachten?'

'Nee.'

Calvin maakte langzaam de deur aan de passagierskant open,

stapte uit en zag Roger op zijn tenen naar de zijkant van de Ford van meneer Gates lopen en tegen het rechtervoorwiel pissen.

In tegenstelling tot haar man sliep mevrouw Gates licht. Ze dacht buiten iets te horen, en toen ze helemaal wakker was, twijfelde ze niet meer. Buford lag al een uur te snurken, maar het lukte haar uiteindelijk hem wakker te krijgen. Hij stak zijn arm onder het bed en pakte zijn hagelgeweer.

Roger stond nog te pissen toen er een lichtje aanging in de keuken. Ze zagen het alle drie meteen. 'Rennen!' snauwde Aggie door zijn raam. Hij greep de contactsleutel vast en draaide hem om. Calvin sprong onder het grommen van 'rijden, rijden!' weer in de wagen, en Aggie zette hem in zijn achteruit en trapte op het gas. Roger rende naar de Dodge terug en hees onderwijl zijn broek op. Hij sprong over de zijkant en kwam met een dreun in de laadbak terecht, tussen de lege bierblikjes. Terwijl hij zich stevig vastgreep, reed de pick-up met grote snelheid achteruit naar de weg. Ze waren bij de brievenbus toen het licht op de voorveranda aansprong, en kwamen slippend tot stilstand op het asfalt op het moment dat de voordeur langzaam openging en een oude man de hordeur opzij duwde. 'Hij heeft een geweer!' zei Calvin.

'Leuk voor hem,' zei Aggie. Hij zette de wagen in de versnelling en maakte een rubberspoor op de weg. Zo ontsnapten ze, en toen ze een kilometer verder waren, sloeg Aggie een landweggetje in en stopte daar. Ze stapten alle drie uit, strekten hun spieren en lachten om het gevaar waaraan ze waren ontkomen. Ze lachten zich slap, deden hun best om te geloven dat ze helemaal niet bang waren geweest en stelden zich voor waar die politieagent op dat moment zou zijn. Toen haalden ze de laadbak van de pick-up leeg en gooiden de lege blikjes in een greppel. Tien minuten verstreken, en oom agent was nergens te bekennen.

Ten slotte sprak Aggie uit wat ze alle drie dachten: 'We moeten naar Memphis, jongens.'

Calvin, die meer belangstelling voor de Desperado had dan voor het ziekenhuis, voegde daaraan toe: 'Zeg dat wel. Het wordt laat.'

Opeens verstijfde Roger midden op het weggetje. Hij zei: 'Ik heb mijn portefeuille verloren.'

'Wat?'

'Ik heb mijn portefeuille verloren.'

'Waar?'

'Bij die boerderij. Zeker toen ik stond te pissen.'

Er was een reële kans dat Rogers portefeuille niets van waarde bevatte – geen geld, rijbewijs, creditcards, lidmaatschapspasjes, niets wat nuttiger was dan hooguit een oud condoom. En Aggie vroeg bijna: 'Wat zit erin?' Maar dat deed hij niet, want hij wist dat Roger zou beweren dat zijn portefeuille boordevol dingen van grote waarde zat.

'Ik moet hem gaan ophalen,' zei hij.

'Weet je het zeker?' vroeg Calvin.

'Mijn geld zit erin, mijn rijbewijs, creditcards, noem maar op.'

'Maar die ouwe had een geweer.'

'En als het morgenochtend licht wordt, vindt die ouwe mijn portefeuille. Hij belt de politie, en die belt de politie van Ford County, en dan kunnen we het wel schudden. Jij bent ook niet erg snugger, hè?'

'Ik ben mijn portefeuille tenminste niet kwijt.'

'Hij heeft gelijk,' zei Aggie. 'Hij moet hem gaan halen.' Het ontging de twee anderen niet dat Aggie het woord 'hij' gebruikte en niets over 'wij' zei.

'Je bent toch niet bang, kerel?' zei Roger tegen Calvin.

'Ik ben niet bang, want ik ga niet terug.'

'Volgens mij ben je bang.'

'Hou op,' zei Aggie. 'We doen het volgende. We wachten tot de ouwe tijd heeft gehad om weer naar bed te gaan, en dan rijden we rustig terug. We stoppen dicht bij het huis, maar niet te dichtbij, en dan sluip jij over het pad. Je raapt de portefeuille op en we maken dat we wegkomen.'

'Ik wed dat er niks in die portefeuille zit,' zei Calvin.

'En ik wed dat er meer geld in zit dan in die van jou,' zei Roger meteen terug. Hij stak zijn hand in de pick-uptruck om weer een biertje te pakken.

'Hou op,' zei Aggie opnieuw.

Ze stonden naast de pick-up bier te drinken en naar de lege weg in de verte te kijken, en na een kwartier, dat zo lang als een uur leek, stapten ze weer in, Roger in de laadbak. Een paar honderd meter bij het huis vandaan stopte Aggie op een vlak stuk weg. Hij zette de motor uit, zodat ze konden horen of er een auto aankwam.

'Kun je niet dichterbij komen?' vroeg Roger toen hij naast het portier aan de bestuurderskant stond.

'Het is net voorbij die bocht daar,' zei Aggie. 'Als ik dichterbij ga, hoort hij ons misschien.'

De drie mannen keken naar de donkere weg. Een halvemaan ging telkens even schuil achter de wolken. 'Heb je een pistool?' vroeg Roger.

'Ja,' zei Aggie, 'maar dat krijg je niet. Je sluipt gewoon naar het huis en weer terug. Niks bijzonders. Die ouwe slaapt al.'

'Je bent toch niet bang?' voegde Calvin er behulpzaam aan toe.

'Tuurlijk niet.' En Roger verdween in de duisternis. Aggie startte de wagen weer, liet de lichten uit en keerde hem voorzichtig, zodat ze in de richting van Memphis kwamen te staan. Hij zette de motor weer uit. Ze wachtten met beide raampjes open.

'Hij heeft acht biertjes op,' zei Calvin zacht. 'Hij is straalbezopen.'

'Hij kan goed tegen drank.'

'Ja, hij heeft altijd goed getraind. Misschien krijgt die ouwe hem deze keer te pakken.'

'Daar zou ik niet zo mee zitten, als ze ons dan maar ook niet te pakken krijgen.'

'Waarom mocht hij eigenlijk mee?'

'Hou je kop. We moeten horen of er een auto aankomt.'

Roger ging van de weg af toen hij de brievenbus in het vizier kreeg. Hij sprong over een greppel en liep voorovergebogen door een bonenveld naast het huis. Als de oude man nog stond te wachten, zou hij toch naar het pad kijken? Roger was zo slim het huis vanaf de achterkant te naderen. Alle lichten waren uit. Alles was stil in het huis. Niets bewoog. Roger sloop in de schaduw van de eiken over het natte gras tot hij de Ford pick-up kon zien. Hij bleef achter een schuurtje staan, hield zijn adem in en merkte dat hij weer moest pissen. Nee, zei hij tegen zichzelf, dat moest wachten. Hij was trots, tot nu toe had hij geen enkel geluid gemaakt. Toen was hij opeens weer bang – wat was hij in godsnaam aan het doen? Hij haalde diep adem, boog zich voorover en ging verder met zijn missie. Toen de Ford zich tussen hem en het huis bevond, liet hij zich op handen en knieën zakken en bewoog zich op de tast over het fijne grind aan het eind van het pad.

Moeizaam kroop Roger over het knerpende grind. Hij vloekte toen hij bij de rechtervoorband kwam en zijn handen nat werden. Toen hij zijn portefeuille vond, glimlachte hij en stopte hem vlug in de rechterachterzak van zijn spijkerbroek. Hij bleef even zitten, haalde diep adem en begon toen geruisloos aan de terugtocht.

In de stilte hoorde Buford Gates allerlei geluiden. Sommige waren echt; andere haalde hij zich in zijn hoofd. De herten hadden het rijk alleen en hij dacht dat ze misschien weer om het huis heen liepen, op zoek naar gras en bessen. Toen hoorde hij iets anders. Hij richtte zich langzaam op vanuit zijn schuilplaats op de zijveranda, richtte zijn geweer omhoog en loste twee schoten hagel op de maan, gewoon omdat hij daar zin in had.

In de volmaakte stilte van de late avond bulderden de schoten als houwitsers door de lucht: daverende salvo's die tot kilometers in de omtrek te horen waren.

Op de weg, niet ver bij het huis vandaan, werden die schoten gevolgd door het geluid van gierende banden, en Buford vond dat het precies zo klonk als wat hij nog maar twintig minuten eerder vlak voor zijn huis had gehoord.

Ze zijn er nog, zei hij tegen zichzelf.

Zijn vrouw maakte de zijdeur open en zei: 'Buford!'

'Ik denk dat ze er nog zijn,' zei hij, en hij herlaadde zijn Browning kaliber 16.

'Heb je ze gezien?'

'Misschien.'

'Wat bedoel je, misschien? Waar schoot je op?'

'Ga nou maar naar binnen.'

De deur klapte dicht.

Roger lag onder de Ford pick-uptruck. Hij hield zijn adem in, drukte zijn handen tegen zijn kruis en zweette overdadig. Hij vroeg zich koortsachtig af of hij aan de transmissie vlak boven hem moest gaan hangen of dat hij over het fijne grind beneden hem moest wegkruipen. Maar hij kwam niet in beweging. De daverende schoten galmden nog in zijn oren. Hij vloekte toen hij de gierende banden van zijn laffe vrienden hoorde. Hij durfde geen adem te halen.

Hij hoorde de deur weer opengaan en de vrouw zeggen: 'Hier heb je een zaklantaarn. Misschien kun je dan zien waar je op schiet.'

'Ga jij nou maar naar binnen en bel dan gelijk even de politie.'

De deur klapte weer dicht terwijl de vrouw iets terugzei. Even later was ze terug. 'Ik heb de politie gebeld. Ze zeiden dat Dudley hier ergens patrouilleert.'

'Haal mijn autosleutels,' zei de man. 'Ik ga op de weg kijken.'

'Je kunt niet in het donker rijden.'

'Haal die sleutels nou maar.'

De deur klapte weer dicht. Roger probeerde zich achteruit te wurmen, maar het grind maakte te veel lawaai. Hij probeerde zich naar voren te wurmen, de kant van hun stemmen op, maar ook dat gaf te veel geschuifel en geknerp. En dus wachtte hij. Als de pick-up achteruitreed, zou hij tot het allerlaatste moment wachten en dan de voorbumper vastpakken en zich een meter laten meeslepen om dan overeind te springen en weg te rennen in het donker. Als de oude man hem zag, zou die er even over doen om te stoppen, zijn geweer te pakken, uit te stappen en de achtervolging in te zetten. Dan zou Roger al tussen de bomen verdwenen zijn. Het was een plan, en het zou kunnen werken. Aan de andere kant was het ook mogelijk dat hij onder de banden kwam, over de weg werd meegesleurd of gewoon werd doodgeschoten.

Buford kwam van de zijveranda af en scheen met zijn zaklantaarn in het rond. Vanaf de voordeur riep zijn vrouw: 'Ik heb je sleutels verstopt. Je kunt niet in het donker rijden.'

Goed zo, meid, dacht Roger.

'Kom op met die klotesleutels.'

'Ik heb ze verstopt.'

Buford mompelde iets in het donker.

De Dodge had al enkele koortsachtige kilometers afgelegd toen Aggie eindelijk een beetje langzamer ging rijden. 'Je weet dat we terug moeten,' zei hij.

'Waarom?'

'Als hij geraakt is, moeten we uitleggen wat er gebeurd is en alles regelen.'

'Ik hoop dat hij geraakt is, want dan kan hij niet praten. Als hij niet kan praten, kan hij ons niet verlinken. Laten we naar Memphis gaan.'

'Nee.' Aggie keerde de wagen en ze reden in stilte tot ze op het landweggetje kwamen waar ze al eerder waren gestopt. Ze stopten bij een afrastering, gingen op de motorkap zitten en vroegen zich af wat ze nu moesten doen. Algauw hoorden ze een sirene en zagen ze een zwaailicht voorbijkomen op de grote weg.

'Als straks de ambulance komt, zitten we in de puree,' zei Aggie.

'Roger ook.'

Toen Roger de politiewagen hoorde, raakte hij in paniek, maar toen de wagen dichterbij kwam, besefte hij dat de sirene zijn eigen geluiden zou overstemmen. Hij pakte een steen, wurmde zich naar de zijkant van de pick-up en gooide hem in de richting van het huis. Hij raakte iets en Buford Gates zei: 'Wat is dat?' om vervolgens naar de zijveranda terug te rennen. Roger gleed als een slang onder de pick-up vandaan, door de urine die hij eerder had laten vallen, door het natte gras en helemaal naar een eik, net op het moment dat agent Dudley met grote snelheid ten tonele verscheen. Dudley trapte op de rem en slingerde met een stofwolk het pad op; het grind spoot onder de wielen vandaan. Dat lawaai was Rogers redding. Terwijl meneer en mevrouw Gates naar buiten renden om Dudley te verwelkomen, kroop Roger dieper het donker in. Binnen enkele seconden was hij achter een rij struiken, en voorbij een oude schuur, en toen verdween hij in een bonenveld. Er was een halfuur verstreken.

Aggie zei: 'We kunnen gewoon naar het huis teruggaan en alles vertellen. Dan weten we of hij ongedeerd is.'

Calvin zei: 'Maar worden we dan niet gearresteerd voor verzet tegen arrestatie, en nog voor rijden onder invloed ook?'

'Wat vind jij dan dat we moeten doen?'

'Die agent is waarschijnlijk al weg. Er is geen ambulance gekomen, dus waar Roger ook mag zijn, hij is ongedeerd. Ik denk dat hij zich ergens schuilhoudt. Ik stel voor dat we een keer langs het huis rijden, goed uit onze ogen kijken en dan doorrijden naar Memphis.'

'We kunnen het proberen.'

Ze kwamen Roger langs de weg tegen. Hij strompelde in de richting van Memphis. Na enkele harde woorden over en weer besloten ze verder te gaan. Roger ging in het midden zitten, Calvin bij het portier. Ze reden tien minuten voordat iemand weer iets zei. Alle drie keken ze recht naar voren. Alle drie waren ze woedend.

Rogers gezicht zat onder het bloed en de schrammen. Hij stonk naar zweet en urine en had modder en vuil op zijn kleren. Na een paar kilometer maakte Calvin zijn raampje open, en na nog een paar kilometer zei Roger: 'Waarom heb je dat raampje open?'

'Voor de frisse lucht,' legde Calvin uit.

Ze kochten ergens weer een sixpack om hun zenuwen tot bedaren te brengen, en na een paar slokken vroeg Calvin: 'Schoot hij op jou?'

'Weet ik niet,' zei Roger. 'Ik heb hem niet gezien.'

'Het klonk als een kanon.'

'Je had het moeten horen waar ik was.'

Dat vonden Aggie en Calvin grappig. Ze lachten, en Roger, over de ergste zenuwen heen, merkte dat hun lach aanstekelijk was. Algauw lachten ze zich slap om de oude man met zijn geweer en de vrouw die zijn autosleutels had verstopt en daarmee waarschijnlijk Rogers leven had gered. En bij de gedachte aan agent Dudley, die nog steeds met zijn blauwe zwaailicht over diezelfde weg heen en weer reed, moesten ze nog veel harder lachen.

Aggie bleef op kleine weggetjes, en toen een daarvan dicht bij Memphis op Highway 78 uitkwam, namen ze de oprit en voegden zich in het verkeer op de vierbaansweg.

'Er is verderop een chauffeurscafé', zei Roger. 'Ik moet me wat opknappen.'

Binnen kocht hij een T-shirt van stockcarraces en een pet en waste hij zijn gezicht en zijn handen in de herentoiletten. Toen hij bij de pick-up terugkwam, waren Aggie en Calvin onder de indruk. Ze reden verder, inmiddels dicht bij de stad. Het was al tien uur in de avond.

De reclameborden werden groter en opzichtiger en stonden dichter bij elkaar, en hoewel de jongens al een uur niet meer over de Desperado hadden gepraat, dachten ze er opeens weer aan toen ze geconfronteerd werden met een spetterende afbeelding van een jonge vrouw die op het punt stond uit het beetje kleren te barsten dat ze nog aanhad. Ze heette Tiffany en grijnsde het verkeer toe vanaf een gigantisch reclamebord van de Desperado, een club voor heren, met de mooiste strippers van het hele zuiden van de Verenigde Staten. De Dodge ging meteen langzamer rijden.

Haar benen leken wel een kilometer lang, en ze waren bloot, en haar nietige doorzichtige pakje was erop gemaakt om in een ommezien te worden afgeworpen. Ze had getoupeerd blond haar, dikke rode lippen en smeulende ogen. Alleen al het idee dat ze misschien een paar kilometer verderop werkte, en dat ze daarheen konden gaan om haar in levenden lijve te aanschouwen – nou, ze konden aan niets anders meer denken.

De Dodge ging weer harder rijden, en enkele minuten zeiden ze geen woord. Toen zei Aggie: 'Laten we maar naar het ziekenhuis gaan. Bailey is misschien al dood.'

Het was voor het eerst in uren dat Bailey werd genoemd.

'Het ziekenhuis blijft de hele nacht open,' zei Roger. 'Het gaat nooit dicht. Wat dacht je dan? Dat ze 's avonds dichtgingen en iedereen naar huis stuurden?' Om hem te steunen deed Calvin alsof hij het grappig vond en hinnikte hij van het lachen.

'Dus je wou even naar de Desperado?' vroeg Aggie, die het spelletje meespeelde.

'Waarom niet?' zei Roger.

'Vooruit dan maar,' zei Calvin. Hij nam een slokje bier en probeerde zich Tiffany midden in haar act voor te stellen.

'We blijven een uur en gaan dan vlug naar het ziekenhuis,' zei Roger. Ondanks tien bier was hij nog opvallend coherent.

De portier van de club keek hen argwanend aan. 'Laat je papieren zien,' gromde hij tegen Calvin, die weliswaar eenentwintig was, maar er jonger uitzag. Aggie leek zo oud als hij was. Roger, zevenentwintig, kon voor veertig doorgaan. 'Mississippi, hè?' zei de portier, die blijkbaar iets tegen mensen uit die staat had.

'Ja,' zei Roger.

'Tien dollar entree.'

'Alleen omdat we uit Mississippi komen?' vroeg Roger.

'Nee, geinponem, dat betaalt iedereen. Als het je niet bevalt, kun je in die kar van je stappen en naar huis gaan.'

'Ben je zo aardig voor alle klanten?' vroeg Aggie.

'Ja.'

Ze liepen weg, overlegden met elkaar over de entree, en of ze moesten blijven. Roger zei dat er verderop nog een club was, maar waarschuwde dat ze daar waarschijnlijk ook entree moesten betalen. Terwijl ze de zaak fluisterend bespraken, keek Calvin door de deuropening naar binnen om misschien een glimp van Tiffany op te vangen. Hij stemde ervoor dat ze bleven, en uiteindelijk werd unaniem daartoe besloten.

Eenmaal binnen, werden ze gecontroleerd door twee potige en norse uitsmijters en vervolgens naar de zaal geleid, die een rond podium in het midden had. Op dat podium bevonden zich op dat moment twee jongedames, een blanke en een zwarte. Ze waren allebei naakt en draaiden zich in allerlei bochten.

Calvin bleef verstijfd staan toen hij hen zag. Zijn entree van tien dollar was hij meteen vergeten.

Hun tafel stond ongeveer zeven meter bij het podium vandaan. De club zat halfvol, en het publiek was jong en laagopgeleid. Zij drieën waren niet de enige dorpsjongens die naar de stad waren gekomen. Hun serveerster droeg alleen een g-string, en toen ze hen met een bruusk 'Wat zal het zijn? Minimaal drie drankjes' aansprak, ging Calvin bijna van zijn stokje. Hij had nog nooit zoveel verboden vlees gezien.

'Drie drankjes?' vroeg Roger, die oogcontact met haar probeerde te houden.

'Ja,' zei ze kortaf.

'Hoeveel kost een biertje?'

'Vijf dollar.'

'En we moeten er drie bestellen?'

'Drie per persoon. Regel van het huis. Als het je niet bevalt, bespreek je het maar met de uitsmijters daar.' Ze knikte naar de deur, maar hun blik bleef op haar borsten gericht.

Ze bestelden drie bier per persoon en keken om zich heen. Op het podium bevonden zich nu vier danseressen, die wilde bewegingen maakten op de rapmuziek die tegen de muren daverde. De serveersters liepen snel tussen de tafels door, alsof ze bang waren betast te worden als ze te lang bleven staan. Veel klanten waren dronken en luidruchtig, en algauw was er een tafeldans te zien. Een serveerster klom op een tafel bij hen in de buurt en voerde haar act op, terwijl een groep vrachtwagenchauffeurs geld in haar g-string stopte. Binnen de kortste keren zat haar hele taille vol bankbiljetten.

Er arriveerde een dienblad met negen hoge en erg smalle glazen bier, dat zozeer met water was aangelengd dat het bijna geen kleur meer had. 'Dat is dan vijfenveertig dollar,' zei de serveerster, en in paniek zochten ze alle drie langdurig in hun zakken en portefeuilles. Ten slotte hadden ze het geld bij elkaar.

'Doen jullie nog lapdansen?' vroeg Roger aan hun serveerster.

'Dat hangt ervan af.'

'Hij heeft er nooit een gehad,' zei Roger, wijzend naar Calvin, die dacht dat zijn hart bleef stilstaan.

'Twintig dollar,' zei ze.

Roger vond een twintigje en schoof het haar toe, en binnen enkele seconden zat Amber op Calvin, die met zijn honderdtwintig kilo genoeg schoot had voor een compleet dansgezelschap. Amber schommelde en deinde op de stampende muziek, en Calvin deed alleen maar zijn ogen dicht en vroeg zich af hoe echte liefde zou zijn.

'Wrijf over haar benen,' zei Roger met de stem van de ervaring.

'Hij mag niets aanraken,' zei Amber streng, terwijl ze tegelijk haar achterste stevig tussen Calvins dikke dijen nestelde. Een stel lomperiken aan een ander tafeltje keek geamuseerd toe en spoorde Amber algauw met allerlei obscene suggesties aan, en ze reageerde op het publiek.

Hoe lang zou dit nummer duren? vroeg Calvin zich af. Zijn brede, platte voorhoofd glom van het zweet.

Plotseling draaide ze zich om en keek hem recht in de ogen, nog helemaal in het ritme van de muziek, en minstens een minuut had Calvin een aantrekkelijke, trillende naakte vrouw op zijn schoot. Het was een ervaring die zijn leven veranderde. Calvin zou nooit meer dezelfde zijn.

Jammer genoeg kwam er een eind aan het nummer. Amber sprong overeind en liep vlug weg om haar tafels te bedienen.

'Je weet dat je haar later kunt ontmoeten,' zei Roger. 'Eén op één.'

'Hoe bedoel je?' vroeg Aggie.

'Ze hebben achterkamertjes waar je de meisjes kunt ontmoeten als ze vrij zijn.'

'Je liegt.'

Calvin was nog sprakeloos. Verbijsterd keek hij naar Amber, die vlug door de club liep en bestellingen opnam. Maar hij luisterde wel, en toen de muziek even ophield, hoorde hij wat Roger zei. Amber kon helemaal van hem zijn, in een heerlijk achterkamertje.

Ze dronken hun waterige bier en keken naar andere klanten die binnenkwamen. Om elf uur zat de club stampvol. Er werkten nu meer strippers en andere danseressen op het podium en aan de tafels. Met jaloerse woede zag Calvin dat Amber een lapdance deed bij een andere man, nog geen drie meter bij hem vandaan. Wel deed het hem goed dat ze maar enkele seconden met haar gezicht naar die andere man toe bleef zitten. Als hij veel geld had gehad, zou hij dat met alle genoegen in haar g-string stoppen om haar de hele nacht op zijn schoot te laten dansen.

Geld werd juist een probleem. Toen het weer even stil was tussen twee nummers, gaf Calvin, de werkloze, toe: 'Ik weet niet hoe lang ik het hier nog red. Dit is duur bier.'

Hun bier, in glazen van tweeëntwintig centiliter, was bijna op, en ze hadden lang genoeg naar de serveersters gekeken om te weten dat die je niet lang op een droogje lieten zitten. Er werd van de klanten verwacht dat ze veel dronken, royale fooien gaven en de meisjes geld toestopten voor privédansen. Hier in Memphis waren blote meiden big business.

'Ik heb wat geld,' zei Aggie.

'Ik heb creditcards,' zei Roger. 'Bestel nog maar een rondje terwijl ik ga pissen.' Hij stond op en wankelde voor het eerst een beetje. Toen verdween hij in de rook en de menigte. Calvin wenkte Amber en bestelde nog een rondje. Ze glimlachte en knipoogde goedkeurend. Nog veel liever dan het slootwater dat ze dronken zou hij fysiek contact met dat meisje willen hebben, maar dat mocht niet zo zijn. Op dat moment nam hij zich heilig voor om nog harder naar een baan te zoeken, zijn geld op te sparen en een vaste klant van de Desperado te worden. Voor het eerst in zijn jonge leven had Calvin een doel.

Aggie keek naar de vloer onder Rogers lege stoel. 'Die klojo heeft zijn portefeuille weer laten vallen,' zei hij, en hij pakte het ding van verfomfaaid canvas op.

'Zou hij creditcards hebben?' vroeg Aggie.

'Nee.'

'Laten we kijken.' Hij vergewiste zich ervan dat Roger nergens te bekennen was en maakte toen diens portefeuille open. Hij vond een verlopen kortingkaart van een supermarkt en een verzameling visitekaartjes – twee van advocaten, twee van borgtochtfirma's, een van een ontwenningskliniek en één van een reclasseringsambtenaar. Tussen dat alles zat een netjes opgevouwen biljet van twintig dollar. 'Wat een verrassing,' zei Aggie. 'Geen creditcards, geen rijbewijs.'

'En daarvoor heeft hij zich bijna laten doodschieten,' zei Calvin.

'Ja, hij is knettergek.' Aggie sloot de portefeuille en legde hem op Rogers stoel.

Het bier arriveerde toen Roger terugkwam en zijn portefeuille oppakte. Ze schraapten vijfenveertig dollar en drie dollar fooi bij elkaar. 'Kunnen we met een creditcard voor een lapdance betalen?' riep Roger naar Amber.

'Nee, alleen cash,' riep ze terug terwijl ze bij hen vandaan liep.

'Wat voor creditcards heb jij?' vroeg Aggie.

'Een heleboel,' zei hij als een echte patser.

Calvin, wiens schoot nog in brand stond, keek naar zijn dierbare Amber, die zigzaggend door de menigte liep. Aggie keek ook naar de meisjes, maar lette daarnaast op de tijd. Hij wist niet hoe lang het duurde om een halve liter bloed te geven. Het liep tegen middernacht. En hoewel hij het niet wilde, dacht hij onwillekeurig aan zijn vriendin, die uit haar vel zou springen als ze op de een of andere manier over zijn uitstapje zou horen.

Roger zakte snel weg. Zijn ogen vielen dicht en hij knikkebolde. 'Drink op,' zei hij met dubbele tong. Hij probeerde zich te vermannen, maar zijn lampje was bijna uit. Tussen de nummers door praatte Calvin telkens even met twee mannen aan een andere tafel, en zo kwam hij erachter dat de legendarische stripper Tiffany op donderdagavond vrij had.

Toen het bier op was, zei Aggie: 'Ik ga weg. Gaan jullie mee?'

Omdat Roger niet op zijn benen kon staan, sleepten ze hem min of meer bij de tafel vandaan. Toen ze op weg waren naar de deur, kwam Amber naar hen toe en zei tegen Calvin: 'Ga je me verlaten?'

Hij knikte, want hij kon geen woord uitbrengen.

'Alsjeblieft, kom eens terug,' kirde ze. 'Ik vind je zo lief.'

Een van de uitsmijters greep Roger vast en hielp hem naar buiten. 'Hoe laat gaan jullie dicht?' vroeg Calvin.

'Drie uur vannacht,' zei de uitsmijter, en hij wees naar Roger. 'Maar hij komt er niet meer in.'

'Zeg, waar is het ziekenhuis?' vroeg Aggie.

'Welk ziekenhuis?'

Aggie keek Calvin aan en Calvin keek Aggie aan, en het was

duidelijk dat ze geen flauw idee hadden. De uitsmijter wachtte ongeduldig en zei toen: 'We hebben tien ziekenhuizen in deze stad. Welk?'

'Eh, het dichtstbijzijnde,' zei Aggie.

'Dat moet het Lutheran Hospital zijn. Ken je de stad?'

'Ja.'

'Dat zal wel. Neem Lamar naar Parkway. Parkway naar Poplar. Het is net voorbij de East High School.'

'Bedankt.'

De uitsmijter stak zijn hand naar hen op en verdween naar binnen. Ze sleepten Roger naar de pick-uptruck, gooiden hem erin en reden toen een halfuur door Memphis, hopeloos op zoek naar het Lutheran Hospital. 'Weet je zeker dat we dat ziekenhuis moeten hebben?' vroeg Calvin steeds weer.

Aggie antwoordde op verscheidene manieren. 'Ja.' 'Zeker weten.' 'Waarschijnlijk.' 'Volgens mij wel.'

Aggie stopte ergens in de binnenstad en liep naar een taxichauffeur toe, die een dutje deed achter het stuur. 'Er is geen Lutheran Hospital,' zei de taxichauffeur. 'We hebben hier een Baptist, Methodist, Catholic en een Mercy Hospital, en nog een paar, maar geen Lutheran.'

'Ik weet het. Jullie hebben er tien.'

'Zeven, om precies te zijn. Waar komen jullie vandaan?'

'Mississippi. Waar is het dichtstbijzijnde ziekenhuis?'

'Het Mercy is hier vier straten vandaan. Gewoon Union Avenue volgen.'

'Bedankt.'

Ze vonden het Mercy Hospital en lieten Roger comateus in de pick-up achter. Het Mercy was het gemeenteziekenhuis. 's Avonds en 's nachts was het de voornaamste bestemming van slachtoffers van misdaad, huiselijk geweld, politiekogels, bendeoorlogen, drugsoverdoses en ongelukken die veroorzaakt werden door dronken automobilisten. Bijna al die slachtoffers waren zwart. Bij de ingang van de Eerste Hulp krioelde het van de ambulances en politiewagens. Opgewonden familieleden zwermden door de spelonkachtige gangen, op zoek naar hun dierbaren. Terwijl er alle mogelijke kreten door het gebouw galmden, legden Aggie en Calvin kilometers af om de informatiebalie te vinden. Ten slotte vonden ze hem, ergens zo ver weggestopt dat het opzet leek. Er stond een jong Mexicaans meisje achter. Ze smakte met kauwgom en las in een blad.

'Nemen jullie ook blanken op?' begon Aggie vriendelijk.

Waarop ze koeltjes antwoordde: 'Wie zoekt u?'

'We komen bloed geven.'

'De bloeddienst is hier op de gang.' Ze wees.

'Zijn ze open?'

'Ik denk het niet. Voor wie wilt u bloed geven?'

'Eh, Bailey,' zei Aggie. Hij keek Calvin vragend aan.

'Voornaam?' Ze typte iets in en keek op een monitor.

Aggie en Calvin fronsten hun wenkbrauwen. 'Ik dacht dat Bailey zijn voornaam was,' zei Calvin.

'Ik dacht dat het zijn achternaam was. Vroeger zeiden ze toch Buck?'

'Ja, maar zijn moeder heet van zichzelf Caldwell.'

'Hoe vaak is ze getrouwd?'

Het meisje volgde deze woordenwisseling met open mond. Aggie keek haar aan en zei: 'Hebben jullie iemand met de achternaam Bailey?'

Ze typte iets in en zei toen: 'Ene Jerome Bailey, achtenveertig jaar, zwart, schotwond.'

'Verder nog iemand?'

'Nee.'

'Iemand met de voornaam Bailey?'

'Ze staan niet op voornaam in het systeem.'

'Waarom niet?'

De schietpartij was een uur eerder in een achterstandswijk in het noorden van Memphis uitgebroken tussen twee bendes. Om de een of andere reden werd hij voortgezet op het parkeerterrein van het Mercy Hospital. Roger, in diepe slaap verzonken, schrok wakker van schoten dicht bij hem. Het duurde even voor zijn hersenen reageerden, maar algauw wist hij verdomd goed dat er opnieuw iemand op hem schoot. Hij bracht zijn hoofd voorzichtig omhoog, gluurde over de rand van het raampje en besefte opeens dat hij absoluut niet wist waar hij was. Er stonden daar overal rijen auto's, en hij zag een grote parkeergarage en nog meer gebouwen, en in de verte flitsten rode en blauwe lichten.

Nog meer schoten, en Roger dook weg, verloor zijn evenwicht en kwam op de vloer te liggen, waar hij koortsachtig onder de zitting naar een wapen zocht. Net als alle andere jongens in Ford County ging Aggie nooit zonder wapen op pad, en Roger wist dat er ergens een moest liggen. Hij vond hem onder de bestuurdersstoel, een 9mm Husk pistool met twaalf patronen in het magazijn. Volledig geladen. Hij pakte het vast, streelde het, kuste de loop en maakte toen snel het raampje aan de passagierskant open. Hij hoorde woedende stemmen en zag toen een auto, vermoedelijk een gangsterwagen, verdacht tussen de geparkeerde auto's door rijden.

Roger schoot twee keer, raakte niets, maar slaagde er wel in de strategie van de schietende criminelen te veranderen. Aggies Dodge werd meteen doorzeefd met kogels uit een aanvalswapen. De achterruit explodeerde, en het regende glas in de cabine en in het lange haar van Roger, die zich weer op de vloer liet vallen en gauw wegkroop. Hij maakte het portier aan de bestuurderskant open, liet zich naar buiten vallen en kroop tussen de rijen onverlichte geparkeerde auto's door. Achter hem waren nog meer woedende stemmen te horen, en er knalde weer een schot. Met zijn hoofd ter hoogte van de wielen van de auto's kroop hij verder, terwijl zijn dijen en kuiten het uitschreeuwden van pijn. Het lukte hem niet tussen twee auto's een hoek om te gaan en hij dreunde tegen het voorspatbord van een oude Cadillac aan. Hij bleef even op het asfalt zitten, luisterend, ademhalend, zwetend, vloekend, maar niet bloedend. Langzaam bracht hij zijn hoofd omhoog. Hij zag niemand die achter hem aan kwam, maar nam geen risico. Hij kroop verder tussen geparkeerde auto's door, tot hij bij een straat kwam. Er kwam een auto aan en hij stak het pistool in zijn broekzak.

Zelfs Roger kon zien dat dit deel van de stad een oorlogsgebied was. De ramen van de huizen waren voorzien van dikke tralies en er zat scheermesprikkeldraad op draadgazen afrasteringen. De steegjes waren donker en onheilspellend, en in een helder ogenblik vroeg Roger zich af wat hij daar in godsnaam deed. Als hij dat pistool niet had gehad, zou hij in totale paniek zijn geraakt. Hij volgde het trottoir en dacht intussen na over zijn strategie. Misschien was het beter als hij naar de pick-up terugging en daar op zijn vrienden wachtte. Aan het schieten was een eind gekomen. Misschien was de politie verschenen en was alles weer veilig. Er waren stemmen achter hem op het trottoir, en toen hij vlug omkeek, zag hij een groepje jonge zwarte mannen. Ze waren aan zijn kant van de straat en kwamen dichterbij. Roger ging vlugger lopen. Een steen kwam dicht bij hem terecht en stuiterde zes meter verder. Achter hem riepen ze iets. Hij haalde het pistool uit zijn zak, legde zijn vinger op de trekker en liep nog vlugger. Er waren lichten in de verte, en toen hij een hoek omging, kwam hij op een klein parkeerterrein naast een nachtwinkel.

Er stond één auto voor de winkel, en naast de auto stonden een blanke man en een blanke vrouw tegen elkaar te schreeuwen. Net toen Roger daar aankwam, haalde de man uit met een hoekstoot en trof daarmee de vrouw in haar gezicht. De vuist dreunde met een afschuwelijk geluid tegen haar aan. Roger verstijfde. Het drong tot zijn benevelde geest door wat er aan de hand was.

De vrouw wist de stoot goed te incasseren en sloeg terug met een schitterende combinatie. Ze haalde uit met een cross waar de lippen van de man van openspleten, en liet er een linkse uppercut op volgen die een verwoestende uitwerking had op zijn testikels. Hij piepte als een dier dat in brand stond en zakte in elkaar op het moment dat Roger een stapje dichterbij kwam. De vrouw keek Roger aan, keek naar zijn pistool en zag toen de bende uit de donkere straat komen. Als er binnen vier straten afstand nog een blanke met ook maar een beetje verstand was, ging hij of zij niet de straat op.

'Heb je problemen?' vroeg ze.

'Ik geloof van wel. Jij?'

'Ik heb me weleens veiliger gevoeld. Heb je een rijbewijs?'

'Ja,' zei Roger, en hij greep bijna weer naar zijn portefeuille.

'Laten we gaan.' Ze sprong in de auto. Roger ging achter het stuur zitten, met zijn nieuwe vriendin naast hem. Hij reed met gierende banden weg, en algauw reden ze met grote snelheid door Poplar Avenue.

'Wie was die man daarnet?' vroeg Roger. Hij keek heen en weer tussen de straat en het spiegeltje.

'Mijn dealer.'

'Je dealer!'

'Ja.'

'Laten we hem zomaar achter?'

'Als je dat pistool nou eens wegstopt,' zei ze, en Roger keek naar zijn linkerhand en besefte dat hij het pistool daar nog in had. Hij legde het tussen hen in op de zitting. Ze pakte het meteen vast, richtte het op hem en zei: 'Kop houden en rijden.'

Toen Aggie en Calvin bij de pick-up terugkwamen, was de politie al weg. Ze keken met grote ogen naar de schade en vloekten hartgrondig toen ze beseften dat Roger verdwenen was. 'Hij heeft mijn Husk meegenomen,' zei Aggie, die onder de zitting tastte.

'De stomme hufter,' zei Calvin steeds weer. 'Ik hoop dat hij dood is.'

Ze veegden wat glas van de voorbank en reden weg, blij dat ze de binnenstad van Memphis achter zich konden laten. Ze overwogen nog even op zoek te gaan naar Roger, maar ze hadden genoeg van hem. De Mexicaanse receptioniste had hun verteld hoe ze bij het Central Hospital konden komen, waar ze de meeste kans maakten Bailey te vinden.

De receptioniste van het Central legde uit dat de bloeddienst 's nachts gesloten was, pas om acht uur de volgende morgen openging en nooit donaties accepteerde van personen in kennelijke staat van dronkenschap. Het ziekenhuis had geen patiënt met de voor- of achternaam Bailey. Terwijl ze hen wegstuurde, dook er uit het niets een geüniformeerde bewaker op die hen verzocht het ziekenhuis te verlaten. Ze gaven daar gevolg aan en hij liep met hen mee naar de uitgang. Toen ze elkaar goeden-avond wensten, vroeg Calvin hem: 'Weet u misschien waar we bloed kunnen verkopen?'

'Er is een bloedbank aan Watkins, hier niet ver vandaan.'

'Zou die nog open zijn?'

'Ja, die blijft de hele nacht open.'

'Hoe kom je daar?' wilde Aggie weten.

De bewaker wees hun de weg en zei toen: 'Wees wel voorzichtig. Alle junks gaan daarheen als ze geld nodig hebben. Het is daar gevaarlijk.'

De bloedbank was de enige bestemming die Aggie meteen kon vinden, en toen ze daar in de straat stopten, hoopten ze dat hij dicht was. Dat was hij niet. De receptie was een groezelig kamertje met een rij plastic stoelen en verspreid liggende tijdschriften. In de hoek lag iemand die kennelijk verslaafd was in foetushouding onder een salontafel op de vloer. Zo te zien lag hij daar dood te gaan. Een grimmig kijkende man in een artsenpak zat achter de balie en begroette hen met een onvriendelijk: 'Wat wilt u?'

Aggie schraapte zijn keel, wierp nog een blik op de verslaafde in de hoek en kon met enige moeite uitbrengen: 'Koopt u hier bloed?'

'We betalen ervoor, en we nemen het gratis aan.'

'Hoeveel?'

'Vijftig dollar per halve liter.'

Voor Calvin, met zes dollar en een kwartje op zak, betekende dat: entreegeld, drie waterige biertjes en nog een gedenkwaardige lapdance van Amber. Voor Aggie, met achttien dollar op zak en zonder creditcards, betekende dat bedrag een snel bezoek aan de stripclub en genoeg benzine om thuis te komen. Beiden waren die arme Bailey al helemaal vergeten.

Ze kregen klemborden aangereikt. Terwijl ze de formulieren invulden, vroeg het personeelslid: 'Welk type bloed?'

Dat leverde hem twee blanco gezichten op.

'Welk type bloed?' herhaalde hij.

'Rood,' zei Aggie, en Calvin moest daar hard om lachen. Het personeelslid vond het nog geen glimlachje waard.

'Hebben jullie gedronken?' vroeg hij.

'We hebben er een paar op,' zei Aggie.

'Maar we hoeven geen extra geld voor de alcohol,' voegde Calvin er vlug aan toe, en ze bulderden allebei weer van het lachen.

'Welke maat naald willen jullie?' vroeg de man, en alle humor verdween.

Ze verklaarden schriftelijk dat ze voor zover bekend geen allergieën of ziekten hadden. 'Wie eerst?'

Geen van beiden kwam in beweging. 'Meneer Agnor,' zei de man. 'Volgt u mij.' Aggie volgde hem door een deur naar een grote vierkante kamer met twee bedden rechts en drie links. Op het eerste bed rechts lag een dikke blanke vrouw in trainingspak en met bergschoenen aan. Er liep een slangetje van haar linkerarm naar een doorzichtige plastic zak halfvol donkerrode vloeistof. Aggie keek naar de slang, de zak, de arm, en besefte dat er een naald door de huid was gestoken. Hij ging van zijn stokje, viel recht voorover en kwam met een harde smak op de tegelvloer terecht.

Calvin, die in een plastic stoel bij de voordeur zat en nerveus in een tijdschrift bladerde, met één oog op de stervende verslaafde, hoorde een harde klap achter zich, maar dacht er niet over na.

Aggie werd bijgebracht met koud water en ammonia, en uiteindelijk lukte het hem op een van de bedden te kruipen, waarna een klein Aziatisch vrouwtje met een wit kapje voor haar mond hem met een zwaar accent vertelde dat het heus wel goed met hem kwam en dat hij zich nergens zorgen over hoefde te maken. 'Hou je ogen dicht,' zei ze steeds weer.

'Ik heb eigenlijk geen vijftig dollar nodig,' zei Aggie met duizelend hoofd. Ze begreep het niet. Toen ze een dienblad met instrumenten naast hem neerzette, wierp hij er één blik op en voelde hij zich opnieuw niet goed worden.

'Ogen dicht, alsjeblieft,' zei ze, terwijl ze met alcohol over zijn linkeronderarm wreef. De geur daarvan maakte hem misselijk.

'Jullie mogen het geld houden,' zei hij. Ze haalde een grote zwarte blinddoek tevoorschijn, legde die op zijn gezicht, en plotseling was Aggies wereld helemaal donker.

Toen de man van de receptie weer naar voren kwam, schrok Calvin op van zijn stoel. 'Kom mee,' zei de man, en Calvin deed het. Zodra hij in de vierkante kamer kwam en de vrouw met de bergschoenen aan de ene kant en Aggie met een vreemde blinddoek aan de andere kant zag, zakte ook hij in elkaar en viel met een klap neer, dicht bij de plek waar zijn vriend nog maar enkele minuten eerder tegen de vlakte was gegaan.

'Wie zijn die malloten?' vroeg de vrouw met de bergschoenen.

'Ze komen uit Mississippi,' zei de man, terwijl hij geduldig bij Calvin bleef staan tot hij bijkwam. Koud water en ammonia kwamen opnieuw van pas. Aggie hoorde dat alles van achter zijn blinddoek.

Uiteindelijk leverden ze allebei hun halve liter. Honderd dollar wisselden van eigenaar. Kort na twee uur 's nachts reed de deerlijk gehavende Dodge het parkeerterrein van de Desperado op en gingen de twee jonge hengsten naar binnen om het laatste uur mee te maken. Met minder bloed maar meer testosteron betaalden ze het entreegeld. Ze keken uit naar de leugenachtige uitsmijter die hen naar het Lutheran Hospital had gestuurd, maar die was er niet. Binnen was het publiek uitgedund en waren de meisjes moe. Een oude stripteasedanseres werkte haar act af op het podium.

Ze werden naar een tafeltje gebracht, in de buurt van hun eerste tafeltje, en ja hoor, binnen enkele seconden verscheen Amber. 'Wat zal het zijn, jongens?' zei ze. 'Minimaal drie drankjes.'

'We zijn terug,' zei Calvin trots.

'Geweldig. Wat zal het zijn?'

'Bier.'

'Komt eraan,' zei ze, en verdween.

'Volgens mij kent ze ons niet meer,' zei Calvin gekwetst.

'Als je een twintigje neerlegt, weet ze weer wie je bent,' zei Aggie. 'Je gaat toch geen geld verspillen aan een lapdance, hè?'

'Misschien wel.'

'Je bent net zo stom als Roger.'

'Zo stom is niemand. Waar zou hij zijn?'

'In de rivier. Zijn keel doorgesneden.'

'Wat zal zijn vader zeggen?'

'Hij zou moeten zeggen: "Die jongen was altijd al stom." Hoe weet ik nou wat hij gaat zeggen? Kan het jou wat schelen?'

Aan de andere kant van de zaal zaten een stel managertypes in donkere pakken zich te bezatten. Een van hen sloeg zijn arm om het middel van een serveerster, en ze trok zich vlug los. Er kwam een uitsmijter die naar de man wees en hem bars toevoegde: 'Raak de meisjes niet aan!' De mannen in pakken bulderden van het lachen. Alles was grappig.

Zodra Amber met hun zes glazen bier kwam, kon Calvin zich niet meer inhouden. Hij flapte eruit: 'Lapdanceje doen?'

Ze fronste haar wenkbrauwen en zei: 'Later misschien. Ik ben nogal moe.' En toen was ze weg.

'Ze wil niet dat je te veel geld uitgeeft,' zei Aggie. Calvin was diep getroffen. Urenlang had hij telkens opnieuw die enkele momenten beleefd waarop Amber zich schrijlings op zijn enorme lendenen had laten zakken en opgewekt met de muziek had meegedeind. Hij kon haar voelen, aanraken, zelfs haar goedkope parfum ruiken.

Op het podium verscheen een nogal forse en kwabbige jongedame die slecht danste. Ze was algauw uit de kleren, maar trok weinig aandacht. 'Zeker de nachtploeg,' zei Aggie. Calvin merkte het nauwelijks. Hij keek naar Amber, die zich heupwiegend door de club bewoog. Ze liep inderdaad langzamer. Het was bijna tijd om naar huis te gaan.

Tot Calvins grote ontzetting wist een van die kerels in pakken Amber tot een lapdance te verleiden. Ze kon nog wat enthousiasme opbrengen en zat algauw op zijn schoot te draaien; zijn vrienden gaven luidkeels commentaar. Ze was omringd door dronken kerels die zich aan haar vergaapten. Degene op wie ze danste, kon zich blijkbaar niet meer beheersen. Tegen de clubregels in, en ook in strijd met de gemeentelijke bepalingen, stak hij beide handen naar voren en greep haar borsten vast. Dat was een gigantische fout.

In een fractie van een seconde gebeurden er verschillende dingen tegelijk. Er flitste een camera en iemand riep: 'Zedenpolitie, u staat onder arrest!' Terwijl dat gebeurde, sprong Amber van de schoot van de man en riep iets over vuile handen. Aangezien de uitsmijters al hun aandacht op de mannen in pakken hadden gericht, waren ze meteen bij de tafel. Twee agenten in burger renden ook naar voren. Een van hen had een camera, en de ander zei steeds weer: 'Zedenpolitie Memphis, zedenpolitie Memphis.'

Iemand riep: 'Smerissen!' Ze duwden en drongen en het gevloek was niet van de lucht. De muziek hield abrupt op. De menigte deinsde terug. In de eerste seconden was er eigenlijk niets aan de hand, totdat Amber struikelde en over een stoel viel. Ze barstte op een overdreven, dramatische manier in huilen uit, en dat had ook tot gevolg dat Calvin zich in de mêlee stortte en de eerste stoot uitdeelde. Hij haalde uit naar de man die zijn meisje had betast en trof hem hard op zijn mond. Meteen daarop begonnen minstens elf volwassen mannen, de helft dronken, in te beuken op alles wat ze maar raken konden. Calvin kreeg een harde dreun van een uitsmijter, en nu mengde Aggie zich ook in het strijdgewoel. De mannen in pakken gingen op de vuist met de uitsmijters, de politieagenten en de boerenkinkels. Iemand gooide een glas bier door de zaal en het kwam terecht bij een tafel met motorrijders van middelbare leeftijd, die tot op dat moment alleen maar aanmoedigingen hadden geschreeuwd naar iedereen die zijn vuisten gebruikte. Dat glas dat kapotviel maakte de motorrijders kwaad. Ze gingen in de aanval. Buiten de Desperado hadden twee geüniformeerde agenten geduldig staan wachten tot ze slachtoffers van de zedenagenten konden afvoeren, maar toen ze hoorden dat het binnen hommeles was, gingen ze vlug de club in. Ze zagen dat het niet zomaar een knokpartijtje was, maar een complete rel, en haalden instinctief hun wapenstok tevoorschijn om wat barsten in schedels te slaan. Die van Aggie was het eerst aan de beurt, en terwijl hij op de vloer lag, sloeg een agent hem bewusteloos. Glas viel aan scherven. De goedkope tafels en stoelen gingen aan splinters. Twee van de motorrijders pakten houten stoelpoten op en gingen daarmee de uitsmijters te lijf. En zo ging het maar door, al was onduidelijk wie tegen wie vocht. Mannen dreunden tegen de vloer. Het aantal slachtoffers liep snel op tot de politieagenten en uitsmijters de overwinning behaalden en uiteindelijk iedereen eronder hadden gekregen: de mannen in pakken, de motorrijders, de jongens uit Ford County en enkele anderen die ook hun partijtje hadden meegeblazen. Overal zag je bloed: op de vloer, op overhemden en jasjes, en vooral op gezichten en armen.

Er kwam nog meer politie, en toen arriveerden de ambulances. Aggie was bewusteloos en verloor in hoog tempo bloed uit zijn toch al verminderde voorraad. De broeders schrokken van de conditie waarin hij verkeerde en legden hem vlug in de eerste ambulance. Hij werd naar het Mercy Hospital gebracht. Een van de mannen in pakken had een paar harde meppen met een wapenstok gehad en reageerde ook niet meer. Hij werd in de tweede ambulance gelegd. Calvin kreeg handboeien om en werd op de achterbank van een politiewagen gezet, waar hij gezelschap kreeg van een woedende man met bloed op zijn grijze pak en witte overhemd.

Calvins rechteroog was dichtgeslagen, en door zijn linkeroog ving hij een glimp op van Aggies Dodge die eenzaam op het parkeerterrein stond.

Vijf uur later mocht Calvin eindelijk een munttelefoon in de gevangenis van Shelby County gebruiken om een collect call met zijn moeder in Box Hill te voeren. Hij stond niet te lang stil bij de feiten, maar vertelde dat hij in het huis van bewaring zat, dat hij van mishandeling van een politieagent werd beschuldigd, wat hem volgens een van zijn celgenoten op tien jaar gevangenis kon komen te staan, en dat Aggie met een ingeslagen schedel in het Mercy Hospital lag. Hij wist niet waar Roger was. Bailey kwam niet ter sprake.

Het nieuws van het telefoongesprek verspreidde zich door het hele dorp, en binnen een uur was een auto vol vrienden op weg naar Memphis om de schade te inspecteren. Ze hoorden dat Aggie een operatie had overleefd waarbij een bloedprop uit zijn hersenen was verwijderd en dat ook hij beschuldigd werd van mishandeling van een politieagent. Een arts zei tegen de familie dat hij minstens een week in het ziekenhuis moest blijven. Ze waren niet verzekerd. De politie had beslag gelegd op zijn auto en de procedure om het voertuig terug te krijgen was volstrekt ondoorzichtig.

Calvins familie hoorde dat hij alleen vrij zou komen als er een borgsom van vijftigduizend dollar werd betaald, te veel om er zelfs maar over na te denken. Er zou hem een pro-Deoadvocaat worden toegewezen, tenzij ze genoeg geld bij elkaar konden krijgen om zelf een advocaat in de arm te nemen. Vrijdagmiddag laat mocht een oom eindelijk in de bezoekkamer van de gevangenis met Calvin praten. Calvin droeg een oranje overall en oranje rubberen slippers en zag er afschuwelijk uit. Zijn gezicht was gekneusd en gezwollen en zijn rechteroog zat nog dicht. Hij was bang en somber gestemd en wilde niet veel zeggen.

Er was nog steeds geen nieuws van Roger.

Bailey lag nu twee dagen in het ziekenhuis en het ging heel goed met hem. Zijn rechterbeen was gebroken, niet verbrijzeld, en verder had hij alleen wat schrammen en builen en deed de huid van zijn borst veel pijn. Zijn werkgever regelde een ambulance, en zaterdagmiddag om twaalf uur verliet Bailey het Methodist Hospital en werd hij naar het huis van zijn moeder in Box Hill gebracht, waar hij werd binnengehaald als een vrijgelaten krijgsgevangene. Pas na uren werd hem verteld dat zijn vrienden pogingen hadden gedaan bloed voor hem af te staan.

Acht dagen later kwam Aggie thuis om te herstellen. Zijn arts verwachtte dat hij er helemaal bovenop zou komen, al zou dat wel wat tijd kosten. Zijn advocaat had kans gezien de aanklacht tot eenvoudige mishandeling terug te brengen. In het licht van de schade die door de politieagenten was aangericht was het redelijk Aggie enigszins te ontzien. Zijn vriendin kwam op bezoek, maar alleen om een eind aan de relatie te maken. De legende van de reis naar Memphis en de knokpartij in de stripclub zouden hen altijd achtervolgen, en daar had ze helemaal geen zin in. Verder deed het hardnekkige gerucht de ronde dat Aggie misschien wel een beetje hersenletsel had opgelopen, en bovendien had ze al een oogje op een andere jongen laten vallen.

Drie maanden later keerde Calvin naar Ford County terug. Zijn advocaat had het met het Openbaar Ministerie op een akkoordje gegooid om de aanklacht minder ernstig te maken, maar dat hield wel in dat Calvin drie maanden in de open gevangenis Shelby County moest doorbrengen. Calvin vond dat niet leuk, maar als hij het op een proces liet aankomen, moest hij terechtstaan in Memphis en het daar tegen de politie opnemen, en dat was nog veel minder aanlokkelijk. Als hij in dat geval veroordeeld werd, kon het hem op jaren gevangenisstraf komen te staan.

In de dagen na de knokpartij verwachtte iedereen dat het bloederige lijk van Roger Tucker ergens in een steegje in de binnenstad van Memphis zou worden gevonden, maar dat gebeurde niet. Hij werd helemaal niet gevonden; niet dat er intensief naar hem werd gezocht. Een maand na de expeditie naar Memphis belde hij zijn vader vanuit een telefooncel in de buurt van Denver. Hij zei dat hij in zijn eentje door het land liftte en de tijd van zijn leven had. Twee maanden later werd hij in Spokane opgepakt voor winkeldiefstal en zat hij zestig dagen in de cel.

Het duurde bijna een jaar voordat Roger thuiskwam.

# Raymond halen

McBride had zijn stoffeerderij in het oude vrieshuis aan Lee Street, een paar straten bij het stadsplein van Clanton vandaan. Voor het vervoer van stoelen en banken gebruikte hij een wit Ford-busje met STOFFEERDERIJ MCBRIDE in dikke zwarte letters op de zijkant, en daaronder een telefoonnummer en het adres aan Lee Street. Iedereen in Clanton kende het busje, dat altijd schoon was en nooit haast had, en McBride zelf was ook tamelijk bekend, want hij was de enige stoffeerder in het stadje. Hij leende zijn busje bijna nooit aan iemand uit, al werd hem dat vaker gevraagd dan hem lief was. Zijn gebruikelijke reactie was een beleefd 'Nee, ik moet dingen bezorgen'.

Maar hij zei ja tegen Leon Graney, en wel om twee redenen. Ten eerste waren de omstandigheden van het verzoek heel ongewoon, en ten tweede was Leons baas op de lampenfabriek een achterneef van McBride, en in zo'n kleine gemeenschap was familie nu eenmaal familie. Zo kwam het dat Leon Graney eind juli op een warme woensdagmiddag om vier uur bij de stoffeerderij arriveerde.

Het grootste deel van Ford County luisterde naar het nieuws op de radio, en het was algemeen bekend dat het er voor de familie Graney niet goed uitzag.

McBride liep met Leon naar het busje, gaf hem de sleutel en zei: 'Wees er voorzichtig mee.'

Leon keek naar de sleutel en zei: 'Ik stel dit erg op prijs.'

'Ik heb de tank volgegooid. Het moet genoeg zijn om heen en terug te rijden.'

'Hoeveel ben ik je schuldig?'

McBride schudde zijn hoofd en spuwde in het grind naast het

busje. 'Niets. Het is gratis. Breng hem maar met een volle tank terug.'

'Ik zou me beter voelen als ik iets kon betalen,' protesteerde Leon.

'Nee.'

'Nou, bedankt dan.'

'Ik heb hem morgenmiddag weer nodig.'

'Dan is hij terug. Mag ik mijn wagen hier achterlaten?' Leon knikte naar een oude Japanse pick-uptruck die tussen twee auto's aan de andere kant van het terrein stond.

'Dat is goed.'

Leon maakte het portier open en stapte in het busje. Hij startte de motor en stelde de stoel en de spiegels bij. McBride liep naar het portier aan de passagierskant, stak een sigaret zonder filter op en keek Leon aan. 'Weet je, sommige mensen zijn erop tegen,' zei hij.

'Dank je, maar de meeste mensen hier laat het koud,' zei Leon terug. In gedachten was hij al ergens anders en hij was niet in de stemming voor een praatje.

'Ik vind het zelf ook verkeerd.'

'Dank je. Ik ben morgen voor de middag terug,' zei Leon zachtjes, en toen reed hij achteruit en verdween de straat uit. Hij ging er eens goed voor zitten, probeerde de remmen uit en gaf langzaam meer gas om te kijken hoeveel kracht er in de wagen zat.

Twintig minuten later had hij Clanton ver achter zich gelaten en reed hij door de heuvels in het noorden van Ford County. Voorbij het dorp Pleasant Ridge kwam hij op een grindweg en werden de huizen kleiner en stonden ze verder uit elkaar. Leon reed het korte pad op van een vierkant huis met onkruid bij de deuren en een dak van asfaltshingles dat aan een opknapbeurt toe was. Het was het huis van de Graneys, het huis waar hij met zijn broers was opgegroeid, de enige constante in hun trieste, chaotische bestaan. Een primitieve oprit van multiplex leidde naar de zijdeur, zodat zijn moeder, Inez Graney, in haar rolstoel naar binnen en naar buiten kon.

Toen Leon de motor uitzette, stond de zijdeur al open en reed

Inez naar buiten en de veranda af. Achter haar doemde de kolossale massa op van haar middelste zoon, Butch, die nog bij zijn moeder woonde omdat hij nooit ergens anders had gewoond, in elk geval niet in de vrije wereld. Zestien van zijn zesenveertig jaren had hij achter tralies doorgebracht en hij zag er ook helemaal uit als een beroepsmisdadiger: lange staart, knopjes in zijn oren, allerlei gezichtsbeharing, dikke biceps en een verzameling goedkope tatoeages die hij in de gevangenis in ruil voor sigaretten had laten zetten. Ondanks zijn verleden ging Butch heel zorgzaam met zijn moeder en haar rolstoel om. Hij praatte zachtjes tegen haar toen ze de veranda afreden.

Leon keek en wachtte, liep toen naar de achterkant van het busje en maakte de twee portieren open. Butch en hij tilden hun moeder voorzichtig het busje in. Butch duwde haar vooruit tot ze tussen de twee kuipstoelen door kon kijken die aan de vloer verankerd zaten. Leon zette de rolstoel vast met stukken touw die iemand van McBrides stoffeerderij in het busje had laten liggen, en toen Inez stevig vastzat, gingen haar jongens zelf ook zitten. De rit begon. Binnen enkele minuten waren ze weer op asfalt. Er stond hen een lange nacht te wachten.

Inez was tweeënzeventig, moeder van drie en oma van minstens vier kinderen, een eenzame oude vrouw met een gebrekkige gezondheid die zich niet kon herinneren wanneer ze voor het laatst ergens geluk mee had gehad. Hoewel ze zichzelf al bijna dertig jaar als alleenstaand beschouwde, was ze voor zover ze wist niet officieel gescheiden van het stuk verdriet dat haar min of meer verkrachtte toen ze zeventien was, met haar trouwde toen ze achttien was, haar drie zoons bij haar verwekte en toen gelukkig spoorloos verdween. Als ze al eens ging bidden, vergat ze nooit de serieuze wens uit te spreken dat Ernie bij haar vandaan zou blijven, dat hij niet wegging van de plek waar zijn ellendige leven hem heen had gevoerd, tenminste als hij al niet een pijnlijke dood was gestorven, wat haar grootste wens was maar wat ze niet aan de Heer durfde te vragen. Ernie kreeg nog steeds de schuld van alles – haar armoede en slechte gezondheid, de vernederende omstandigheden waarin ze leefde, haar isolement, haar gebrek aan vrienden, zelfs de minachting van de kant van haar eigen familie. Maar wat ze Ernie vooral kwalijk nam, was de laaghartige manier waarop hij zijn drie zoons had behandeld. Na alle mishandelingen mochten ze blij zijn dat hij hen in de steek liet.

Toen ze op de weg kwamen, hadden ze alle drie trek in een sigaret. 'Zou McBride het erg vinden als we roken?' vroeg Butch. Hij rookte drie pakjes per dag en greep constant in zijn borstzakje.

'Er heeft hier iemand gerookt,' zei Inez. 'Het stinkt naar een teerfabriek. Is de airco aan, Leon?'

'Ja, maar dat merk je niet als de raampjes openstaan.'

Zonder zich er verder nog druk om te maken of McBride het leuk vond dat er in zijn busje werd gerookt, zaten ze algauw te paffen met de raampjes open. De warme wind stormde naar binnen en vloog in het rond, want hij kon nergens heen: er waren geen andere ramen, geen ventilatieroosters, niets om de lucht eruit te laten. En dus bulderde de wind tegen de voorkant aan en om de drie Graneys heen, die aandachtig rokend voor zich uit keken en blijkbaar nergens anders meer oog voor hadden dan voor de voortgang van het busje over de landweg. Butch en Leon tikten hun as nonchalant het raam uit, en Inez liet die van haar in de kom van haar linkerhand vallen.

'Hoeveel moest McBride van je hebben?' vroeg Butch vanaf de passagiersplaats.

Leon schudde zijn hoofd. 'Niks. Hij heeft zelfs de tank volgegooid. Hij zei dat hij het verkeerd vond. Volgens hem zijn veel mensen erop tegen.'

'Dat kan ik moeilijk geloven.'

'Ik geloof er niks van.'

Toen de drie sigaretten op waren, maakten Leon en Butch hun raampjes dicht en draaiden ze aan de airconditioning en de klepjes. Er vloog warme lucht de auto in. Het duurde minuten voordat er koude lucht kwam. Ze zweetten alle drie.

'Alles goed daar achter?' vroeg Leon. Hij keek over zijn schouder en glimlachte naar zijn moeder.

'Ja. Dank je. Doet de airco het?'

'Ja, het koelt al af.'

'Daar merk ik niks van.'

'Wou je ergens stoppen voor een blikje fris of zo?'

'Nee. Rij maar door.'

'Ik wil wel een biertje,' zei Butch, maar Leon had dat blijkbaar al verwacht, want hij schudde meteen zijn hoofd. Inez liet daar ook meteen een nadrukkelijk 'Nee' op volgen.

'Er wordt niet gedronken,' zei ze, en daarmee was de zaak afgedaan. Toen Ernie het gezin jaren geleden in de steek liet, had hij niets anders meegenomen dan zijn geweer, wat kleren en alle drank uit zijn persoonlijke voorraad. Hij had altijd een kwade dronk gehad, en zijn jongens liepen nog steeds rond met de lichamelijke en emotionele littekens daarvan. Leon, de oudste, had meer van het geweld te lijden gehad dan zijn jongere broers en had als klein kind al het gevoel gekregen dat alcohol en een mishandelende vader onlosmakelijk met elkaar verbonden waren. Hij had nooit een druppel gedronken, al had hij in de loop van de jaren zijn eigen ondeugden gevonden. Butch daarentegen was al een zware drinker sinds het begin van zijn tienerjaren, al was hij nooit in de verleiding gekomen alcohol het huis van zijn moeder binnen te smokkelen. Raymond, de jongste, was in de voetsporen van Butch getreden.

Om van dit onaangename gespreksonderwerp af te komen vroeg Leon zijn moeder naar het laatste nieuws over een vriendin bij haar in de straat, een oude vrijster die al jaren aan het doodgaan was aan kanker. Zoals altijd veerde Inez helemaal op toen het over de ziektes van haar buren ging, of over die van haarzelf. De airconditioning deed eindelijk zijn werk en de vochtige benauwdheid in het busje verdween. Toen hij niet meer zweette, greep Butch naar zijn borstzakje, viste er een sigaret uit, stak hem aan en zette het raampje op een kier. De temperatuur ging meteen omhoog. Even later rookten ze alle drie. De ramen gingen lager en lager, tot het in het busje weer benauwd was van hitte en nicotine.

Toen ze klaar waren met roken, zei Inez tegen Leon: 'Twee uur geleden heeft Raymond gebeld.'

Daar keken ze niet van op. Raymond belde al dagenlang, altijd collect call en niet alleen met zijn moeder. Leons telefoon ging zo vaak dat zijn (derde) vrouw niet meer voor de gesprekken wilde betalen. Ook anderen in het stadje weigerden dat.

'Wat zei hij?' vroeg Leon, alleen omdat hij toch iets terug moest zeggen. Hij wist precies wat Raymond had gezegd, misschien niet de exacte woorden, maar wel de strekking.

'Hij zei dat het er goed uitziet. Waarschijnlijk moet hij het eerste team advocaten, dat hij nu heeft, ontslaan om een ander team advocaten in te huren. Je kent Raymond. Hij zegt tegen de advocaten wat ze moeten doen en dan vliegen ze voor hem.'

Zonder zijn hoofd opzij te draaien keek Butch vanuit zijn ooghoek naar Leon, en Leon beantwoordde die blik. Ze zeiden niets, want woorden waren overbodig.

'Hij zei dat zijn nieuwe team voor een firma in Chicago met duizend advocaten werkt. Niet te geloven, hè? Duizend advocaten die voor Raymond werken. En hij zegt ze wat ze moeten doen.'

Weer een blik van verstandhouding tussen de bestuurder en de passagier naast hem. Inez had grauwe staar en de randen van haar gezichtsveld waren wazig. Als ze de blikken had gezien die haar twee oudste zoons uitwisselden, zou ze slecht te spreken zijn geweest.

'Hij zei dat ze nieuw bewijsmateriaal hebben ontdekt dat op het proces ingebracht had moeten worden, maar niet is ingebracht omdat de smerissen en de aanklagers het hebben verdonkeremaand. Raymond denkt dat hij met dat nieuwe bewijsmateriaal kans maakt op een nieuw proces hier in Clanton, al weet hij niet zeker of hij dat wel wil, dus misschien laat hij het ergens anders houden. Ergens in de delta, denkt hij, want in de delta zitten meer zwarten in de jury's en hij zegt dat zwarten meer begrip tonen in zulke zaken. Hoe denk jij daarover, Leon?'

'Er zijn zeker meer zwarten in de delta,' zei Leon. Butch bromde en mompelde iets; hij was niet te verstaan.

'Hij zei dat hij niemand in Ford County vertrouwde, zeker niet de advocaten en de rechters. Die hebben de pest aan ons.'

Leon en Butch knikten instemmend. Ze hadden allebei tussen de raderen van het recht in Ford County gezeten, Butch nog meer dan Leon. En hoewel ze schuld aan hun misdrijven hadden bekend, hadden ze altijd geloofd dat ze alleen maar werden vervolgd omdat ze Graneys waren.

'Ik weet niet of ik nog een proces aankan,' zei ze, en haar woorden stierven weg.

Leon wilde zeggen dat Raymonds kans op een nieuw proces te verwaarlozen was en dat hij al meer dan tien jaar allerlei onzin uitkraamde over een nieuw proces. Butch wilde erg graag hetzelfde zeggen, maar dan zou hij ook hebben gezegd dat hij meer dan genoeg had van Raymonds gevangenisgelul over advocaten, processen en nieuwe bewijzen, en dat het tijd werd dat die jongen ophield de rest van de wereld de schuld te geven en zijn medicijn slikte als een man.

Maar ze zwegen allebei.

'Hij zegt dat jullie twee hem vorige maand zijn stipendium niet hebben gestuurd,' zei ze. 'Is dat waar?'

Bijna tien kilometer ging voorbij zonder dat er een woord werd gezegd.

'Horen jullie me wel?' zei Inez. 'Raymond zegt dat jullie hem zijn stipendium niet hebben gestuurd voor juni, en nou is het al juli. Waren jullie het vergeten?'

Leon antwoordde als eerste. Hij gaf lucht aan zijn ergernis. 'Vergeten? Hoe zouden we het kunnen vergeten? Hij praat over niks anders. Ik krijg elke dag een brief, soms twee, niet dat ik ze allemaal lees, maar in elke brief heeft hij het over het stipendium. "Bedankt voor het geld, broer." "Vergeet het geld niet, Leon. Ik reken op je, grote broer." "Ik moet het geld hebben om de advocaten te betalen; je weet hoeveel die bloedzuigers in rekening brengen." "Ik heb het stipendium deze maand nog niet gezien, broer."'

'Wat is eigenlijk een stipendium?' snauwde Butch van rechts. Hij klonk opeens nerveus.

'Volgens het woordenboek is het een geregelde of vaste betaling,' antwoordde Leon.

'Het is toch alleen maar geld?'

'Ja.'

'Waarom zegt hij dan niet gewoon: "Stuur me de poen"? Of: "Waar blijven m'n centen?" Waarom moet hij zulke dure woorden gebruiken?'

'We hebben dit gesprek al duizend keer gehad,' zei Inez.

'Nou, jij hebt hem een woordenboek gestuurd,' zei Leon tegen Butch.

'Dat was minstens tien jaar geleden. En hij smeekte erom.'

'Nou, hij heeft het nog steeds. Hij zit er de hele tijd in te loeren, op zoek naar woorden die wij niet kennen.'

'Soms vraag ik me af of zijn advocaten die woorden van hem begrijpen,' merkte Butch op.

'Jullie veranderen van onderwerp,' zei Inez. 'Waarom hebben jullie hem vorige maand zijn stipendium niet gestuurd?'

'Ik dacht dat ik dat had gedaan,' zei Butch zonder overtuiging.

'Dat geloof ik niet,' zei ze.

'De cheque is onderweg,' zei Leon.

'Dat geloof ik ook niet. We hebben afgesproken dat we hem elk honderd dollar zouden sturen, elke maand, twaalf maanden per jaar. Dat is het minste wat we kunnen doen. Ik weet dat het moeilijk is, zeker voor mij met mijn uitkering. Maar jullie hebben een baan, en het minste wat jullie kunnen doen is honderd dollar afschuiven voor jullie kleine broertje, zodat hij goed eten kan kopen en zijn advocaten kan betalen.'

'Moeten we het er nou opnieuw over hebben?' vroeg Leon.

'Ik krijg het elke dag te horen,' zei Butch. 'Als ik  het niet van Raymond hoor, door de telefoon of over de post, begint mama er wel over.'

'Is dat een klacht?' vroeg ze. 'Heb je een probleem met je huisvesting? Je woont gratis in mijn huis, en je hebt klachten?'

'Kom nou,' zei Leon.

'Wie zou er anders voor je zorgen?' voerde Butch ter verdediging aan.

'Hou op, jullie twee. Altijd hetzelfde liedje.'

Ze haalden alle drie diep adem en pakten hun sigaretten. Nadat ze een hele tijd in stilte hadden gerookt, was het tijd voor de volgende ronde. Inez begon met een vriendelijk: 'Zelf sla ik nooit een maand over. En misschien weten jullie nog wel dat ik nooit een maand oversloeg toen jullie allebei in Parchman opgesloten zaten.'

Leon kreunde, sloeg op het stuur en zei kwaad: 'Mama, dat was vijfentwintig jaar geleden. Waarom begin je er nou nog over? Sinds ik vrijkwam, heb ik nog niet eens een bon voor te hard rijden gehad.' Butch, die zijn sporen in de misdaad nadrukkelijker had verdiend dan Leon en nog steeds voorwaardelijk vrij was, zei niets.

'Ik heb nooit een maand overgeslagen,' zei ze.

'Hou nou op.'

'En soms was het tweehonderd dollar per maand, omdat jullie er toen met zijn tweeën tegelijk zaten. Nog een geluk dat jullie nooit met zijn drieën achter de tralies zaten. Dan had ik mijn gas en licht niet meer kunnen betalen.'

'Ik dacht dat die advocaten gratis waren,' zei Butch om de aandacht van zichzelf af te leiden en het gesprek weer op een onderwerp buiten de familie te brengen.

'Dat is zo,' zei Leon. 'Dat heet pro Deo, en het is de bedoeling dat alle advocaten het erbij doen. Voor zover ik weet, verwachten die grote kantoren niet dat ze betaald worden voor zulke zaken.'

'Maar als Raymond zijn advocaten niet betaalt, wat doet hij dan met driehonderd dollar per maand?'

'We hebben dit gesprek al gehad,' zei Inez.

'Hij geeft vast wel een vermogen uit aan pennen, papier, enveloppen en postzegels,' zei Leon. 'Hij zegt dat hij tien brieven per dag schrijft. Dat is al meer dan honderd dollar per maand.'

'En hij heeft ook nog acht romans geschreven,' voegde Butch daar vlug aan toe. 'Of zijn het er negen, mama? Ik weet het niet meer.'

'Negen.'

'Negen romans, een stel dichtbundels, een heleboel korte verhalen, honderden songs. Denk eens aan al het papier dat hij daarvoor nodig heeft,' zei Butch.

'Drijf je de spot met Raymond?' vroeg ze.

'Zou ik nooit doen.'

'Hij heeft een keer een kort verhaal verkocht,' zei ze.

'Natuurlijk. Hoe heette dat blad? *Hot Rodder*? Dat gaf hem veertig dollar voor een verhaal over een man die duizend wieldoppen had gestolen. Ze zeggen dat je moet schrijven over wat je weet.'

'Hoeveel verhalen heb jij verkocht?' vroeg ze.

'Niet een, want ik heb ze nooit geschreven, en dat doe ik niet omdat ik weet dat ik niet het talent heb om ze te schrijven. Als mijn kleine broertje nou ook eens in de gaten kreeg dat hij een artistiek talent van nul komma nul heeft, had hij minder geld nodig en hoefde niet iedereen die onzin van hem aan te horen.'

'Dat is heel gemeen van je.'

'Nee, mama, dat is heel eerlijk. En als jij lang geleden eerlijk tegen hem was geweest, was hij misschien wel gestopt met schrijven. Maar nee. Jij las zijn boeken, zijn gedichten en zijn verhalen en je zei dat het allemaal geweldig was. En dus schreef hij nog meer, met langere woorden, langere zinnen, langere alinea's. Het is zo erg geworden dat we bijna niks meer snappen van wat hij schrijft.'

'Dus het is allemaal mijn schuld?'

'Nee, niet voor honderd procent.'

'Schrijven is therapie voor hem.'

'Ik heb daar zelf ook gezeten. Volgens mij helpt schrijven helemaal niet.'

'Hij zegt dat het helpt.'

'Zijn die boeken met de hand geschreven of getypt?' onderbrak Leon hen.

'Getypt,' zei Butch.

'Wie typt ze?'

'Hij moet daar iemand in de rechtenbibliotheek voor betalen,' zei Inez. 'Een dollar per bladzijde, en een van die boeken had meer dan achthonderd bladzijden. Maar ik heb het gelezen, elk woord.'

'Heb je ook elk woord begrepen?' vroeg Butch.

'De meeste wel. Ik gebruik een woordenboek. Jezus, je snapt niet waar die jongen de woorden vandaan haalt.'

'En Raymond heeft die boeken naar New York gestuurd om ze

gepubliceerd te krijgen, hè?' ging Leon verder.

'Ja, en ze hebben ze teruggestuurd,' zei ze. 'Misschien kunnen ze al zijn woorden ook niet begrijpen.'

'Je zou toch denken dat die mensen in New York begrijpen wat hij zegt,' zei Leon.

'Niemand begrijpt wat hij zegt,' zei Butch. 'Dat is het probleem met Raymond de romanschrijver, Raymond de dichter, Raymond de politieke gevangene, Raymond de songwriter en Raymond de advocaat. Als Raymond eenmaal begint te schrijven, snapt niemand die goed bij zijn hoofd is waar hij het over heeft.'

'Dus als ik het goed begrijp,' zei Leon, 'heeft Raymond een groot deel van zijn geld uitgegeven aan zijn literaire carrière. Papier, typen, kopiëren, postzegels om ze heen en terug naar New York te sturen. Klopt dat, mama?'

'Ik geloof van wel.'

'Het is dus de vraag of hij zijn stipendium echt gebruikt om zijn advocaten te betalen,' zei Leon.

'Dat is zeer de vraag,' zei Butch. 'En vergeet zijn carrière in de muziek niet. Hij geeft geld uit aan gitaarsnaren en bladmuziek. En tegenwoordig mogen gedetineerden ook bandjes huren. Zo is Raymond een blueszanger geworden. Hij luisterde naar B.B. King en Muddy Waters en hij zegt dat hij tegenwoordig bluessessies op de late avond houdt voor zijn collega's in de dodencellen.'

'Daar weet ik alles van. Hij heeft het me verteld in zijn brieven.'

'Hij had altijd al een goede stem,' zei Inez.

'Ik heb hem nooit horen zingen,' zei Leon.

'Ik ook niet,' voegde Butch daaraan toe.

Ze reden over de rondweg van Oxford, twee uur bij Parchman vandaan. Het busje van de stoffeerderij kon eigenlijk niet harder dan honderd kilometer per uur; wou je nog harder, dan begonnen de voorbanden te schudden. Ze hadden geen haast. Ten westen van Oxford werd het terrein vlakker; ze naderden de delta. Inez herkende een wit dorpskerkje rechts van hen, bij een begraafplaats. Ze bedacht dat het kerkje helemaal niets was veranderd in al die jaren dat ze naar de staatsgevangenis heen en weer reed. Ze vroeg zich af hoeveel andere vrouwen in Ford County net zoveel van die trips hadden gemaakt, maar ze wist het antwoord al. Vele jaren geleden was Leon met de traditie begonnen toen hij dertig maanden gevangenisstraf kreeg. In die tijd mocht ze hem alleen op de eerste zondag van de maand bezoeken. Soms bracht Butch haar en soms betaalde ze een buurjongen, maar ze sloeg nooit een bezoek over en nam altijd pindatoffees en extra tandpasta voor hem mee. Zes maanden nadat Leon voorwaardelijk vrij was gekomen reed hij met haar naar de gevangenis om Butch te bezoeken. Daarna waren het Butch en Raymond, maar op verschillende afdelingen met verschillende bezoekregelingen.

Toen vermoordde Raymond die politieman en kwam hij in de dodencellen terecht, waar heel andere regels golden.

Met een beetje oefening worden de meeste onaangename werkjes wel draaglijk, en Inez Graney had geleerd zich op de bezoeken te verheugen. Haar zoons waren door de mensen uit hun omgeving in de ban gedaan, maar hun moeder zou hen nooit in de steek laten. Ze was er toen ze geboren werden, en ze was er toen ze ervan langs kregen. Ze had hun rechtszittingen ondergaan, en ze had tegen iedereen die wilde luisteren gezegd dat het goeie jongens waren die mishandeld waren door de man met wie ze getrouwd was. Het was allemaal haar schuld. Als ze met een fatsoenlijke man zou zijn getrouwd, hadden haar kinderen misschien een normaal leven geleid.

'Denk je dat die vrouw er ook is?' vroeg Leon.

'God, nee,' kreunde Inez.

'Die wil de show vast niet missen,' zei Butch. 'Reken maar dat ze daar ergens is.'

'God, nee.'

Die vrouw was Tallulah, een gek mens dat een paar jaar eerder in hun leven was gekomen en kans had gezien een beroerde situatie nog beroerder te maken. Via een organisatie die tegen de doodstraf streed had ze contact met Raymond gelegd, en die had gereageerd zoals je van hem kon verwachten. Hij had geschreven dat hij onschuldig was en mishandeld werd, gevolgd door zijn gebruikelijke geleuter over zijn ontluikende literaire en muzikale carrière. Hij stuurde haar gedichten, liefdessonnetten, en ze raakte door hem geobsedeerd. Ze ontmoetten elkaar in de bezoekkamer van de dodencellen en werden verliefd op elkaar met een groen metalen rasterscherm tussen hen in. Raymond zong een paar bluesnummers, en Tallulah was verkocht. Ze besloten te trouwen, maar dat had even moeten wachten tot de man met wie Tallulah nog getrouwd was door de staat Georgia werd geëxecuteerd. Na een korte rouwperiode ging ze naar Parchman voor een bizarre ceremonie die door geen enkele overheid of kerk werd erkend. Hoe het ook zij, Raymond was verliefd en was daardoor nog meer brieven gaan schrijven dan hij al deed. De familie was gewaarschuwd dat Tallulah popelde om een bezoek aan Ford County te brengen en haar nieuwe schoonfamilie te leren kennen. Ze kwam inderdaad, maar toen die familie niets van haar wilde weten, bracht ze een bezoek aan de *Ford County Times*. Daar gaf ze lucht aan haar warrige gedachten. Ze vertelde honderduit over het lot van die arme Raymond Graney en verzekerde dat nieuw bewijsmateriaal hem van de moord op de politieman zou vrijpleiten. Ze maakte ook bekend dat ze zwanger van Raymond was. Dat was een gevolg van de echtelijke bezoeken die gedetineerden in de dodencellen tegenwoordig mochten ontvangen.

Tallulah haalde de voorpagina, met foto en al, maar de journalist in kwestie was wel zo verstandig contact op te nemen met Parchman. Echtelijke bezoeken waren daar niet toegestaan, zeker niet voor gedetineerden die in de dodencellen zaten. En officieel was er niets over een huwelijk bekend. Tallulah bleef onversaagd voor Raymond opkomen. Ze ging zelfs zo ver dat ze sommige van zijn dikke manuscripten persoonlijk naar New York bracht, waar ze opnieuw werden afgewezen door kortzichtige uitgevers. Na verloop van tijd raakte ze op de achtergrond, al gingen Inez, Leon en Butch nog steeds door het leven met het afschuwelijke idee dat er binnenkort misschien weer ergens een Graney geboren zou worden. Echtelijke bezoeken mochten dan verboden zijn, ze kenden Raymond. Die vond wel een manier.

Na twee jaar zei Raymond tegen de familie dat Tallulah en hij wilden scheiden en dat hij daarvoor vijfhonderd dollar nodig had. Dat leidde tot een lelijke tijd met veel gekibbel en gescheld, en het geld kwam er pas toen hij dreigde zelfmoord te plegen, overigens niet voor het eerst. Niet lang nadat de cheques waren verstuurd, schreef Raymond een brief met het grote nieuws dat Tallulah en hij zich met elkaar hadden verzoend. Hij kwam niet met het aanbod Inez, Butch en Leon het geld terug te betalen, al stelden ze hem dat alle drie voor. Raymond zei dat zijn nieuwe team advocaten het geld nodig had om deskundigen en onderzoekers in te huren.

Leon en Butch vroegen zich vooral af waar hun broer de euvele moed vandaan haalde om te veronderstellen dat zij, zijn familieleden, hem al dat geld schuldig waren omdat hij was vervolgd en veroordeeld. Toen hij nog maar kort gevangenzat, hadden Leon en Butch hem er allebei aan herinnerd dat hij hun geen cent had gestuurd toen zij zelf achter de tralies zaten en hij vrij man was. Dat had geleid tot harde woorden over en weer; Inez had moeten bemiddelen.

Ze zat roerloos en voorovergebogen in haar rolstoel, met een grote tas op haar schoot. Toen de gedachten aan Tallulah wegzakten, maakte ze de tas open en haalde er een brief van Raymond uit, zijn laatste. Ze maakte de envelop open, een gewone witte envelop met zijn zwierige schuine handschrift op de voorkant, en haalde er twee vellen geel schrijfpapier uit.

*Lieve moeder,*

*Het wordt allengs indubitabeler en evidenter dat de logge en onhandelbare ja zelfs lethargische machinaties van ons inraisonnabele en insidieuze ja zelfs corrupte justitiële systeem inevitabel en onherroepelijk hun weerzinwekkende en abominabele ogen op mij hebben gericht.*

Inez haalde diep adem en las de zin nog eens door. De meeste woorden kwamen haar bekend voor. Na jaren van lezen met een brief in haar ene en een woordenboek in haar andere hand stond ze er soms versteld van hoe groot haar woordenschat was geworden.

Butch keek achterom, zag de brief, schudde zijn hoofd, maar zei niets.

*Evenwel zal de staat Mississippi wederom worden gecontramineerd en gecontrarieerd en tot volslagen fnuiking worden gebracht in haar streven Raymond T. Graney te laten bloeden. Want ik heb mij verzekerd van de diensten van een jonge advocaat met fenomenale bekwaamheden, een uitzonderlijke pleiter, judicieus door mij geselecteerd uit de talloze legioenen van juristen die zich letterlijk voor mijn voeten werpen.*

Weer een stilte waarin Inez het nog eens doorlas. Ze kon het maar amper volgen.

*Uiteraard kan een advocaat met een dergelijke hoogstaande en superlatieve ja zelfs sublieme bekwaamheid en savoir-faire niet effectief zijn werkzaamheden ten behoeve van mij verrichten zonder passende remuneratie.*

'Wat is remuneratie?' vroeg ze.
'Spel het eens,' zei Butch.
Ze spelde het langzaam en ze dachten alle drie over het woord na. Dit taalspelletje was voor hen net zo alledaags geworden als praten over het weer.
'Hoe wordt het woord gebruikt?' vroeg Butch, en ze las de zin voor.
'Geld,' zei Butch, en Leon was het daar snel mee eens. Raymonds raadselachtige woorden hadden vaak iets met geld te maken.
'Laat me eens raden. Hij heeft een nieuwe advocaat en moet extra geld hebben om hem te betalen.'
Inez negeerde hem en las verder.

*Met grote tegenzin ja zelfs schroomvalligheid imploreer en rekwesteer ik jullie mij de zeer redelijke somma van vijftienhonderd dollar te fourneren, dewelke terstond zal worden aangewend voor mijn verdediging en mij zekerlijk zal libereren en rehabiliteren en ook anderszins mijn kop zal redden. Kom op, mama, het is tijd dat de familie de handen ineenslaat en één metaforisch front vormt. Jullie onwil ja zelfs recalcitrantie zal als pernicieus verzuim worden beschouwd.*

'Wat is recalcitrantie?' vroeg ze.

'Spel het eens,' zei Leon. 'Ze spelde "recalcitrantie" en daarna "pernicieus", en na een halfslachtige discussie was duidelijk dat ze geen van drieën zelfs maar een flauw idee hadden.

*Nog één opmerking voordat ik overga tot urgentere correspondentie: Butch en Leon hebben wederom verzuimd mij mijn stipendia te zenden. Hun nieuwste omissie betreft de maand juni, en het is al halverwege juli. Alsjeblieft, kwel, pres, intimideer, irriteer en incommodeer deze twee zultkoppen tot ze hun verplichtingen ten aanzien van mijn verdedigingsfonds honoreren.*

*Zoals altijd, je toegewijde*
*en favoriete zoon Raymond*

Elke brief die voor iemand in de dodencellen was bestemd werd gelezen door iemand in de postkamer van Parchman, en elke uitgaande brief werd al even kritisch bekeken. Inez had vaak medelijden met de arme stumper die Raymonds brieven moest lezen. Zelf had Inez er altijd grote moeite mee, vooral omdat ze zoveel aandacht vergden. Ze was bang dat haar iets belangrijks ontging.

De brieven maakten haar doodmoe. Ze kreeg slaap van de songteksten. En hoofdpijn van de romans. Aan de gedichten was geen touw vast te knopen.

Ze schreef steevast twee keer per week terug, want als ze haar jongste ook maar een dag verwaarloosde, kon ze op een stortvloed van verwijten rekenen, een brief van vier of misschien wel vijf kantjes, vol vernietigende woorden die vaak niet eens in het woordenboek stonden. En als ze zelfs maar even te laat was met het sturen van het stipendium, leidde dat tot zeer onaangename telefoongesprekken op haar kosten.

Van de drie jongens had Raymond het op school het best gedaan, al hadden ze geen van drieën hun middelbare school afgemaakt. Leon was het best in sport geweest, Butch het best in muziek, maar de kleine Raymond had de hersentjes gehad. En hij had het helemaal tot aan de elfde klas geschopt, toen hij met een gestolen motor werd betrapt en zestig dagen in een jeugdgevangenis moest zitten. Hij was zestien, vijf jaar jonger dan Butch en tien jaar jonger dan Leon, en de Graney-jongens hadden al een reputatie opgebouwd als bekwame autodieven. Raymond kwam bij zijn broers in de zaak en dacht niet meer aan school.

'Hoeveel wil hij deze keer?' vroeg Butch.

'Vijftienhonderd dollar voor een nieuwe advocaat. Hij zegt dat jullie twee hem vorige maand zijn stipendium niet hebben gestuurd.'

'Hou erover op, mama,' zei Leon bars, en een hele tijd werd er niets meer gezegd.

Toen hun eerste autodievenbende werd opgerold, was Leon de pineut en kwam hij in Parchman te zitten. Na zijn vrijlating trouwde hij met zijn tweede vrouw en lukte het hem een eerlijk leven te leiden. Butch en Raymond deden geen enkele poging in die richting, maar breidden hun activiteiten juist uit. Ze heelden gestolen wapens en apparaten, dealden in marihuana, verhandelden illegale stook en gingen intussen natuurlijk door met het stelen van auto's, die ze aan allerlei louche sloperijen in het noorden van Mississippi verkochten. Butch werd opgepakt toen hij een truck met oplegger stal die vol Sony-televisies zou zitten maar in werkelijkheid een lading draadgaas bleek te bevatten. Televisies zijn gemakkelijk af te zetten op de zwarte markt, maar met draadgaas ligt dat veel moeilijker. Op een gegeven moment deed de politie een inval in Butch' schuilplaats en vond daar de gestolen waar, hoe nutteloos die ook was. Butch bekende schuld en kreeg achttien maanden; het was zijn eerste keer in Parchman. Raymond kwam onder een tenlastelegging uit en kon doorgaan met stelen. Hij bleef bij zijn eerste liefde – personenauto's en pick-uptrucks – en deed vrij goede zaken, al ging zijn hele winst op aan drank, gokken en een verbazingwekkende reeks losbandige vrouwen.

Vanaf het allereerste begin van hun carrière als dieven werden de Graney-jongens opgejaagd door een gemene politieman die Coy Childers heette. Coy verdacht hen van alle misdrijven die in Ford County werden gepleegd. Hij hield hen in de gaten, volgde hen, bedreigde hen, intimideerde hen en arresteerde hen nu en dan om de een of andere reden, of zonder reden. Alle drie waren ze in het cellenblok van Ford County mishandeld. Ze hadden hevig geklaagd bij de sheriff, Coys baas, maar niemand luistert naar het gejengel van verstokte criminelen. En de Graneys werden berucht tot ver in de omgeving.

Uit wraak stal Raymond de auto van Coy en verkocht hem aan een sloperij in Memphis. Hij hield de politieradio en stuurde hem in een pakje zonder afzender terug naar Coy. Raymond werd gearresteerd en het zou slecht met hem zijn afgelopen als zijn pro-Deoadvocaat niet tussenbeide was gekomen. Er was geen enkel bewijs, niets wat hem met het misdrijf in verband bracht, behalve dan een gegronde verdenking. Twee maanden later, toen Raymond al was vrijgelaten, kocht Coy een nieuwe Chevrolet Impala voor zijn vrouw. Raymond stal hem prompt van het parkeerterrein van een kerk waar Coys vrouw op woensdagavond een gebedsbijeenkomst bijwoonde, en verkocht hem aan een sloperij in de buurt van Tupelo. Inmiddels zwoer Coy openlijk dat hij Raymond Graney zou vermoorden.

Er waren geen getuigen van de moord, in elk geval niemand die daarvoor uit wilde komen. Het gebeurde laat op een vrijdagavond, op een grindweg niet ver van de dubbele woonwagen waarin Raymond met zijn nieuwste vriendin woonde. De theorie van de officier van justitie hield in dat Coy zijn auto had geparkeerd en stilletjes in zijn eentje en te voet verder was gegaan, en dat hij Raymond had willen aanspreken en misschien zelfs arresteren. De volgende ochtend werd Coy door een paar jagers gevonden. Hij was twee keer met een krachtig geweer in zijn voorhoofd geschoten en lag in een ondiepe kuil in de grindweg, zodat er een grote hoeveelheid bloed om zijn lichaam heen was blijven liggen. Toen de foto's van de plaats van het misdrijf aan de juryleden werden getoond, moesten twee van hen overgeven.

Raymond en zijn meisje zeiden dat ze in een kroeg hadde[n] zeten, maar blijkbaar waren ze daar de enige klanten gew[eest], want er werden geen getuigen gevonden die hun alibi konden bevestigen. Uit ballistisch onderzoek bleek dat de kogels afkomstig waren uit een gestolen geweer dat via een van Raymonds oude criminele vrienden was verhandeld, en hoewel niet kon worden bewezen dat Raymond het geweer ooit had gestolen, geleend of bezeten, was de verdenking genoeg. De officier van justitie overtuigde de jury ervan dat Raymond een motief had: hij had de pest aan Coy, en per slot van rekening was hij een veroordeelde misdadiger. Hij had ook de gelegenheid: Coy was niet ver van Raymonds woonwagen gevonden, en er waren daar tot kilometers in de omtrek geen buren. En hij had de middelen: het vermeende moordwapen werd in de rechtszaal getoond, compleet met een militair nachtvizier, al was niet bewezen dat het vizier op het geweer had gezeten toen dat werd gebruikt om Coy dood te schieten.

Raymonds alibi was zwak. Zijn vriendin had ook een strafblad en was als getuige niet veel waard. Zijn toegevoegde advocaat dagvaardde drie getuigen die Coy hadden horen zweren dat hij Raymond Graney zou vermoorden. Alle drie klapten dicht toen ze in de getuigenbank zaten en de woedende blikken van de sheriff en minstens tien van zijn agenten op zich gericht zagen. Het was toch al een dubieuze verdedigingsstrategie. Als Raymond geloofde dat Coy hem kwam vermoorden, had hij, Raymond, dan soms uit zelfverdediging gehandeld? Gaf Raymond dus toe dat hij de agent om het leven had gebracht? Nee, dat gaf hij niet toe. Hij hield vol dat hij er niets van wist en dat hij in een kroeg aan het dansen was op het moment dat iemand anders Coy uit de weg ruimde.

Ondanks de druk van de publieke opinie om Raymond schuldig te verklaren deed de jury er twee dagen over om tot een besluit te komen.

Een jaar later rolde de FBI een speedbende op, en toen meer dan tien verdachten hadden bekend, bleek dat agent Coy Childers nauw betrokken was bij het syndicaat dat de drugs verspreidde. In Marshall County, op honderd kilometer afstand, hadden twee andere moorden plaatsgevonden die grote overeenkomsten met die op Coy vertoonden. Coys fantastische reputatie bij de plaatselijke bevolking liep een fikse deuk op. Er deden nu allerlei geruchten de ronde over de werkelijke moordenaar van Coy, al bleef Raymond de favoriete verdachte.

Zijn veroordeling en doodvonnis werden unaniem bevestigd door het hooggerechtshof van de staat. Nieuwe beroepszaken leidden tot nieuwe bevestigingen, en nu, elf jaar later, viel er niet veel meer te procederen.

Ten westen van Batesville werd het terrein geleidelijk vlakker. De weg sneed door velden vol zomerkatoen en sojabonen. Boeren op hun groene John Deeres ronkten over de weg alsof die voor tractors en niet voor auto's was aangelegd. Maar de Graneys hadden geen haast. Het busje reed langs een leegstaande katoenontpitterij, halfvergane houten huisjes en nieuwe dubbele woonwagens met schotelantennes en grote pick-ups voor de deur. Nu en dan kwamen ze ook langs een fraai huis dat grondbezitters een eind bij de weg vandaan hadden gebouwd om geen last van het verkeer te hebben. Bij het plaatsje Marks reed Leon naar het zuiden. Ze gingen nu dieper de delta in.

'Ik denk dat Charlene er is,' zei Inez.

'Reken daar maar op,' zei Leon.

'Die zou dit voor geen goud willen missen,' zei Butch.

Charlene was de weduwe van Coy, een klaaglijke vrouw die het martelaarschap van haar man met ongewoon veel enthousiasme had aanvaard. In de loop van de jaren had ze zich aangesloten bij elke slachtoffergroep die ze kon vinden, zowel regionaal als nationaal. Ze dreigde met processen tegen de krant en tegen ieder ander die Coys integriteit in twijfel trok. Ze had lange ingezonden brieven geschreven waarin ze op spoedige terechtstelling van Raymond Graney aandrong. En al die tijd had ze niet één rechtszitting overgeslagen. Ze was zelfs helemaal naar New Orleans gereisd toen het federale hof van beroep zich daar over de zaak boog.

'Ze heeft gebeden voor deze dag,' zei Leon.

'Nou, dan kan ze blijven bidden, want Raymond zei dat het niet gaat gebeuren,' zei Inez. 'Hij zegt dat zijn advocaten veel beter zijn dan die hij eerst had, en dat ze ladingen papieren indienen.'

Leon keek even naar Butch, die terugkeek en zijn blik toen weer op de katoenvelden richtte. Ze reden door de dorpjes Vance, Tutwiler en Rome, en intussen verdween de zon langzaam aan de horizon. Muggen, tevoorschijn gekomen toen het ging schemeren, sloegen tegen de motorkap en de voorruit. Ze rookten met de raampjes open en zeiden weinig. Als ze Parchman naderden, werden de Graneys altijd stil – Butch en Leon om voor de hand liggende redenen, en Inez omdat ze herinnerd werd aan haar tekortkomingen als moeder.

Parchman was een beruchte gevangenis, maar het was ook een boerderij, een plantage: zevenduizend hectare vruchtbare aarde die al tientallen jaren katoen had opgeleverd, en grote winsten voor de staat, totdat de federale gerechtshoven zich ermee gingen bemoeien en de slavenarbeid min of meer afgeschaft was. Na een ander proces maakte het federale hof een eind aan de rassenscheiding. Nog meer processen hadden het leven in de gevangenis iets draaglijker gemaakt, al was het geweld erger geworden.

Toen Leon daar dertig maanden had gezeten, was hij voorgoed van de misdaad genezen, en dat was precies wat ordelievende burgers van een gevangenis verwachtten. Butch daarentegen wist na zijn eerste straf dat hij een tweede straf ook wel zou overleven, en geen auto was nog veilig in Ford County.

Highway 3 leidde kaarsrecht door vlak terrein; er was weinig verkeer. Het was al bijna donker toen het busje langs de kleine groene wegwijzer met simpelweg PARCHMAN kwam. Verderop zagen ze lichten, activiteit; daar gebeurde iets. Aan de rechterkant verhief zich de witte stenen poort van de gevangenis, en aan de overkant van de weg was op een parkeerterrein van grind een compleet circus aan de gang. Tegenstanders van de doodstraf waren druk in de weer. Sommigen knielden in een kring neer en baden. Anderen liepen in strakke formatie en droegen met de hand geschreven protestborden om Ray Graney te steunen. Een andere groep zong een psalm. Weer een andere groep knielde bij een priester neer, met kaarsen in de hand. Verderop langs de weg scandeerde een kleiner aantal mensen leuzen voor de doodstraf en slingerden ze degenen die Graney steunden beledigingen naar het hoofd. Geüniformeerde agenten handhaafden de orde. Camerateams legden het allemaal vast.

Leon stopte bij het wachthuis, waar het wemelde van de bewaarders en ander veiligheidspersoneel. Een bewaarder met een klembord kwam naar het portier aan de bestuurderskant toe en vroeg: 'Uw naam?'

'Graney, familie van Raymond Graney. Leon, Butch en onze moeder Inez.'

De bewaarder maakte geen enkele notitie. Hij deed een stap terug, zei alleen 'Een ogenblik' en liep toen bij hen vandaan. Drie bewaarders gingen recht voor het busje staan bij een versperring die dwars over de toegangsweg was gezet.

'Hij gaat Fitch halen,' zei Butch. 'Wedden?'

'Nee,' antwoordde Leon.

Fitch was adjunct-directeur of zoiets, iemand die in het gevangeniswezen onderaan was begonnen en aan zijn plafond zat, met nu en dan een executie als enig lichtpuntje. Met cowboylaarzen en een namaakstetson, en een groot pistool op zijn heup, liep hij door Parchman rond alsof hij de eigenaar van het spul was. Fitch had meer dan tien directeuren overleefd, en evenveel processen. Toen hij naar het busje liep, zei hij met luide stem: 'Zo, zo, de jongens Graney zijn terug waar ze thuishoren. Komen jullie het meubilair repareren, jongens? We hebben een oude elektrische stoel die jullie mogen bekleden.' Hij lachte om zijn eigen humor, en achter hem werd nog meer gelachen.

'Goedenavond, meneer Fitch,' zei Leon. 'We hebben onze moeder bij ons.'

'Goedenavond, mevrouw,' zei Fitch terwijl hij een blik in het busje wierp. Inez reageerde niet.

'Hoe komen jullie aan dit busje?' vroeg Fitch.

'Geleend,' antwoordde Leon. Butch keek recht voor zich uit. Hij vertikte het Fitch aan te kijken.

'Ja hoor, geleend! Wanneer hebben jullie voor het laatst iets geleend? Die McBride is vast al op zoek naar zijn busje. Misschien moest ik hem maar eens bellen.'

'Doe dat, Fitch,' zei Leon.

'Voor jou is het menéér Fitch.'

'Voor mijn part.'

Fitch spoog een klodder speeksel. Hij knikte naar voren, alsof hij, en hij alleen, bepaalde wat er ging gebeuren. 'Jullie weten zeker wel waar jullie heen moeten,' zei hij. 'Jullie zijn hier vaak genoeg geweest. Volg die auto naar de maximaal beveiligde unit. Daar doen ze de controle.' Hij gaf een teken aan de bewaarders bij de versperring. Er werd een opening gemaakt en de Graneys reden zonder nog een woord te zeggen bij Fitch vandaan. Enkele minuten volgden ze een gewone personenauto vol gewapende mannen. Ze reden langs de ene na de andere unit, allemaal afgezonderd van de rest, allemaal omringd door een draadgazen omheining met scheermesprikkeldraad langs de bovenrand. Butch keek naar de unit waar hij jaren van zijn leven had ingeleverd. Op een goed verlicht open terrein, de 'speelplaats' zoals ze het noemden, zag hij de eeuwige basketbalwedstrijd: zwetende mannen met ontbloot bovenlijf, altijd net één overtreding verwijderd van een knokpartij. Hij zag de kalmere mannen aan picknicktafels zitten, wachtend op de beddencontrole van tien uur, wachtend tot de hitte een beetje afnam, want de ventilatiesystemen in de gebouwen werkten bijna nooit, zeker niet in juli.

Zoals gewoonlijk keek Leon naar zijn oude unit, maar stond hij niet stil bij de tijd die hij daar had doorgebracht. In de loop van de jaren had hij geleerd de emotionele littekens, die hij daar door alle mishandelingen had opgelopen, diep weg te stoppen. De gevangenispopulatie was voor tachtig procent zwart, en Parchman was een van de weinige plaatsen in Mississippi waar de blanken niet de dienst uitmaakten.

De maximaal beveiligde unit was een gebouw met een plat dak in de stijl van de jaren vijftig, opgetrokken van rode baksteen en met één verdieping, zoals talloze lagere scholen uit die tijd. Ook hier stond een draadgazen omheining met scheermesprikkeldraad omheen en hielden bewakers op wachttorens een oogje in het zeil, al was op deze avond iedereen die een uniform droeg klaarwakker en alert. Leon parkeerde op de plaats die hem werd aangewezen, en daarna werden Butch en hij grondig gefouilleerd door een klein bataljon norse bewaarders. Inez werd uit het busje getild, naar een geïmproviseerde controlepost gebracht en zorgvuldig geïnspecteerd door twee bewaarsters. Ze werden het gebouw in geleid en passeerden een aantal zware deuren en nog meer bewaarders, tot ze in een kleine kamer kwamen waar ze nooit eerder waren geweest. De bezoekkamer was ergens anders. Er bleven twee bewaarders bij hen. In de kamer bevonden zich een bank, twee klapstoelen en een rij oude archiefkasten. Het leek een kantoorkamer van een tweederangs bureaucraat die naar huis was gestuurd toen het avond werd.

De twee bewaarders wogen minstens honderdtien kilo per stuk. Ze hadden een nek van zestig centimeter en het obligate kaalgeschoren hoofd. Na vijf pijnlijke minuten met zijn broer en moeder in de kamer had Butch er genoeg van. Hij liep naar hen toe en vroeg hun op de man af: 'Wat doen jullie hier precies?'

'We hebben orders,' zei een van de twee.

'Orders van wie?'

'De directeur.'

'Weten jullie wel hoe stom dit overkomt? Hier zitten we dan, de familie van de veroordeelde. We wachten tot we een paar minuten bij onze broer mogen zijn, in dit kleine schijtgat van een kamer, zonder ramen, met muren van betonblokken en maar één deur, en jullie staan ons te bewaken alsof we gevaarlijk zijn. Weten jullie wel hoe stom dit overkomt?'

Beide nekken leken langer te worden. Beide gezichten liepen rood aan. Als Butch een gedetineerde was geweest, zou hij geslagen zijn, maar dat was hij niet. Hij was een burger, een ex-gedetineerde die de pest had aan elke politieagent, bewaker en cipier die hij ooit had gezien. Elke man in uniform was zijn vijand.

'Meneer, gaat u zitten,' zei een van hen ijzig.

'Voor het geval jullie stommelingen zelf niet op het idee kunnen komen: jullie kunnen deze kamer net zo goed vanaf de andere kant van de deur bewaken als van deze kant. Ik zweer het je.

Het is waar. Waarschijnlijk zijn jullie niet goed genoeg opgeleid om het te weten, maar als jullie gewoon de kamer uit gaan en met jullie vette reet aan de andere kant van de deur gaan staan, is alles hier veilig en hebben wij een beetje privacy. Dan kunnen we met ons kleine broertje praten zonder bang te hoeven zijn dat jullie malloten alles horen wat we zeggen.'

'Rustig aan, makker.'

'Toe dan. Jullie gaan gewoon de kamer uit, doen de deur dicht, kijken ernaar, bewaken hem. Ik weet dat jullie het kunnen. Ik weet dat jullie ons veilig binnen kunnen houden.'

Natuurlijk deden de bewaarders niet wat Butch wilde, en hij ging uiteindelijk op een klapstoel dicht bij zijn moeder zitten. Na een halfuur dat een eeuwigheid leek te duren kwam de directeur met zijn entourage binnen en stelde zich voor. 'De executie staat nog steeds voor één minuut na middernacht op het programma,' zei hij formeel, alsof hij het over een routinebespreking met zijn medewerkers had. 'Er is ons gezegd dat we niet op een telefoontje van de gouverneur hoeven te rekenen.' Er klonk geen enkel medegevoel in zijn stem door.

Inez sloeg beide handen voor haar gezicht en huilde zacht.

Hij ging verder: 'Zoals altijd zijn de advocaten op het laatste moment nog druk bezig, maar onze juristen zeggen dat er geen respijt meer in zit.'

Leon en Butch sloegen hun ogen neer.

'In deze gevallen versoepelen we de regels een beetje. Jullie mogen hier zo lang blijven als jullie willen, en we brengen Raymond straks naar jullie toe. Ik vind het jammer dat het zover heeft moeten komen. Als ik iets kan doen, moeten jullie het me laten weten.'

'Haal die twee klootzakken hier weg,' zei Butch, wijzend naar de bewaarders. 'We willen graag wat privacy.'

De directeur aarzelde, keek om zich heen en zei toen: 'Geen probleem.' Hij verliet de kamer en nam de bewaarders mee. Een kwartier later ging de deur weer open en stapte Raymond met een brede grijns naar binnen. Hij liep recht op zijn moeder af. Na een lange omhelzing en enkele tranen sloeg hij zijn armen om zijn broers heen en zei tegen hen dat de zaak zich in hun voordeel ontwikkelde. Ze trokken de stoelen dicht bij de bank en zaten dicht bijeen. Raymond hield de handen van zijn moeder omklemd.

'We hebben die rotzakken waar we ze hebben willen,' zei hij, nog steeds grijnzend, een en al zelfvertrouwen. 'Mijn advocaten dienen op dit moment een hele lading habeas corpusverzoeken in, en ze zijn er vrij zeker van dat het hooggerechtshof in Washington binnen een uur met een certiorari komt.'

'Wat betekent dat?' vroeg Inez.

'Dat betekent dat het hooggerechtshof bereid is de zaak in behandeling te nemen, en dat levert automatisch uitstel op. Het betekent dat we waarschijnlijk een nieuw proces in Ford County krijgen, al weet ik nog niet of ik het daar wil hebben.'

Raymond droeg een witte gevangenisoverall en goedkope rubberen slippers aan zijn blote voeten. En hij was dikker geworden. Zijn wangen waren bol en opgezet. Hij had een zwembandje van vet om zijn middel. Ze waren in bijna zes weken niet bij hem geweest, en de extra kilo's waren duidelijk te zien. Zoals gewoonlijk praatte hij maar door over dingen die ze niet begrepen en niet geloofden – tenminste, Butch en Leon geloofden ze niet. Raymond was geboren met een levendige fantasie, een radde tong en een volslagen onvermogen om de waarheid te spreken.

Die jongen kon liegen.

'Op dit moment zijn er twintig advocaten voor me bezig,' zei hij. 'Het Openbaar Ministerie kan ze niet bijhouden.'

'Wanneer hoor je iets van het gerechtshof?' vroeg Inez.

'Het kan elk moment binnenkomen. Ik heb federale rechters in Jackson, New Orleans en Washington klaarstaan om het Openbaar Ministerie op zijn donder te geven.'

Nadat hij zelf elf jaar lang keihard op zijn donder had gehad van de instanties die hem vervolgden, was het moeilijk te geloven dat Raymond nu nog, op dit late uur, kans had gezien het tij te keren. Leon en Butch knikten ernstig, alsof ze het accepteerden en geloofden dat het onvermijdelijke niet zou gebeuren. Ze wisten al vele jaren dat hun kleine broertje in een hinderlaag had gelegen voor Coy en zo ongeveer zijn hele hoofd had weggeschoten met een gestolen geweer. Raymond had Butch jaren geleden, toen hij allang in de dodencellen zat, verteld dat hij zo stoned was geweest dat hij zich de moord nauwelijks herinnerde.

'En verder oefent een stel topadvocaten in Jackson druk uit op de gouverneur, voor het geval het hooggerechtshof het weer laat afweten,' zei hij.

Ze knikten alle drie, maar niemand zei wat ze van de directeur hadden gehoord.

'Heb je mijn laatste brief gekregen, mama? Die over de nieuwe advocaat?'

'Ja. Ik heb hem gelezen toen we hierheen reden.' Ze knikte.

'Ik wil hem inhuren zodra het besluit voor het nieuwe proces erdoor is. Hij komt uit Mobile, en hij is een grote rotzak, neem dat maar van mij aan. Maar we kunnen later over hem praten.'

'Ja, jongen.'

'Dank je. Zeg, mama, ik weet dat het moeilijk is, maar je moet vertrouwen in mij en mijn advocaten hebben. Ik heb nu al een jaar de leiding van mijn eigen verdediging. Ik stuur de advocaten aan, want dat moet je tegenwoordig doen, en het komt allemaal goed, mama. Je moet vertrouwen in me hebben.'

'Dat heb ik. Dat heb ik.'

Raymond sprong overeind en stak zijn armen hoog in de lucht, met zijn ogen dicht. 'Ik doe tegenwoordig aan yoga. Heb ik jullie daar al over verteld?'

Ze knikten alle drie. Zijn brieven hadden vol gestaan met bijzonderheden over zijn nieuwste fascinatie. In de loop van de jaren had de familie uitgebreid kennis kunnen nemen van Raymonds enthousiaste verhalen over zijn bekering tot het boeddhisme, en toen de islam, en toen het hindoeïsme, en zijn ontdekking van meditatie, kungfu, aerobics, gewichtheffen, vasten, en natuurlijk over zijn streven om dichter, romanschrijver, zanger en musicus te worden. In zijn brieven naar huis had hij maar weinig weggelaten.

Wat zijn passie op dit moment ook was, het was duidelijk dat hij gestopt was met vasten en aerobics. Raymond was zo dik dat zijn broek om zijn zitvlak spande.

'Heb je de koekjes meegebracht?' vroeg hij zijn moeder. Hij was gek op koekjes met pecannoten.

'Nee, jongen, het spijt me. Ik was hier zo kapot van.'

'Je neemt altijd koekjes voor me mee.'

'Het spijt me.'

Echt Raymond. Zijn moeder verwijten maken over niets, enkele uren voordat hij zijn laatste wandeling zou maken.

'Nou, vergeet ze niet opnieuw.'

'Nee, jongen.'

'En dan nog iets. Tallulah kan hier elk moment zijn. Ze wil jullie graag ontmoeten, want jullie hebben haar altijd afgewezen. Ze hoort bij de familie, of jullie dat nu leuk vinden of niet. Op dit ongelukkige moment in mijn leven wil ik jullie verzoeken haar te accepteren en aardig te zijn.'

Leon en Butch waren niet tot een antwoord in staat, maar Inez kon uitbrengen: 'Ja, jongen.'

'Als ze me uit deze klotegevangenis vrijlaten, verhuizen we naar Hawaï en nemen we tien kinderen. Ik blijf echt niet in Mississippi, niet na dit alles. Dus voortaan hoort ze bij de familie.'

Voor het eerst keek Leon op zijn horloge met de gedachte dat het over ruim twee uur gelukkig allemaal voorbij zou zijn. Butch had ook zijn gedachten, maar die zagen er heel anders uit. Hij verkeerde in een interessant dilemma: moest hij Raymond nog wurgen voordat de autoriteiten een eind aan zijn leven maakten?

Plotseling stond Raymond op en zei: 'Zeg, ik moet met de advocaten praten. Ik ben over een halfuur terug.' Hij liep naar de deur, maakte hem open en stak zijn armen uit voor de handboeien. De deur ging dicht en Inez zei: 'Het komt vast wel goed.'

'Mama, je hebt gehoord wat de directeur zei,' zei Leon.

'Raymond neemt zichzelf in de maling,' voegde Butch daaraan toe. Hun moeder huilde weer.

De aalmoezenier was een katholieke priester, pater Leland, en hij stelde zich met zachte stem aan de familie voor. Ze nodigden hem uit te gaan zitten.

'Ik vind dit heel erg,' zei hij somber. 'Dit is het ergste van mijn werk.'

Er waren niet veel katholieken in Ford County; in elk geval kenden de Graneys er geen een. Ze keken argwanend naar het witte boordje.

'Ik heb geprobeerd met Raymond te praten,' ging pater Leland verder, 'maar hij heeft weinig belangstelling voor het christelijke geloof. Hij zei dat hij niet meer naar de kerk is geweest sinds hij een kleine jongen was.'

'Ik had vaker met hem moeten gaan,' zei Inez klaaglijk.

'Hij beweert zelfs dat hij atheïst is.'

'O god.'

Natuurlijk wisten de drie Graneys al een hele tijd dat Raymond afstand had genomen van alle religieuze overtuigingen en de mening was toegedaan dat er geen god bestond. Ook dat was tot in de pijnlijkste details in zijn breedvoerige brieven aan de orde gekomen.

'Wij zijn onkerkelijk,' gaf Leon toe.

'Ik zal voor u bidden.'

'Toen Raymond de nieuwe auto van de vrouw van die politieman stal, stond die auto op het parkeerterrein van een kerk,' zei Butch. 'Heeft hij u dat verteld?'

'Nee. We hebben de laatste tijd veel gepraat, en hij heeft me veel verhalen verteld. Maar dat niet.'

'Dank u, meneer, dat u zo aardig voor Raymond bent geweest,' zei Inez.

'Ik blijf bij hem tot het eind.'

'Dus ze gaan het echt doen?' vroeg ze.

'Alleen een wonder kan het nu nog tegenhouden.'

'Heer, help ons,' zei ze.

'Laten we bidden,' zei pater Leland. Hij deed zijn ogen dicht, vouwde zijn handen samen en begon: 'Vader in de hemel, sta ons bij op dit uur en laat Uw Heilige Geest tot ons nederdalen en ons vrede schenken. Geef kracht en wijsheid aan de advocaten en rechters die op dit moment hard aan het werk zijn. Geef moed aan Raymond terwijl hij zich voorbereidt.' Pater Leland zweeg even en deed zijn linkeroog een klein beetje open. Alle drie Graneys staarden naar hem alsof hij twee hoofden had. Geschokt deed hij zijn oog weer dicht en rondde de zaak snel af met: 'En, Vader, schenk genade en vergeving aan de functionarissen en het volk van Mississippi, want zij weten niet wat zij doen. Amen.'

Hij nam afscheid, en enkele minuten later kwam Raymond terug. Hij had zijn gitaar bij zich, en zodra hij op de bank zat, sloeg hij een paar akkoorden aan. Hij deed zijn ogen dicht, neuriede eerst even en zong toen:

> *I got time to see you baby*
> *I got time to come on by*
> *I got time to stay forever*
> *'cause I got no time to die.*

'Het is een oud nummer van Mudcat Malone,' vertelde hij. 'Een van mijn favoriete songs.'

> *I got time to see you smilin'*
> *I got time to see you cry*
> *I got time to hold you baby*
> *'cause I got no time to die.*

Het nummer was anders dan alles wat ze ooit hadden gehoord. Butch had ooit banjo gespeeld in een bluegrassbandje, maar hij maakte al jarenlang geen muziek meer. Hij had helemaal geen stem; dat familietrekje had hij gemeen met zijn jongere broer. Raymond croonde met een pijnlijk valse keelstem. Hij deed zijn best om als een zwarte blueszanger te klinken, maar dan wel eentje die in hoge nood verkeerde.

> *I got time to be yo' daddy*
> *I got time to be yo' guy*
> *I got time to be yo' lover*
> *'cause I got no time to die.*

Toen hij door de tekst heen was, tokkelde hij nog wat op zijn gitaar en lukte het hem enigszins een melodie te spelen. Butch vond onwillekeurig dat Raymond er na elf jaar oefenen in zijn cel niet veel van terechtbracht.

'Wat is dat mooi,' zei Inez.

'Dank je, mama. Dan komt er nu een van Little Bennie Burke, waarschijnlijk de grootste van allemaal. Wisten jullie dat hij uit Indianola kwam?' Ze wisten het niet. Zoals de meeste blanken uit de heuvels wisten ze niets van blues en wilden ze er ook niets van weten.

Raymonds gezicht trok zich weer samen. Hij sloeg harder op de snaren.

> *I packed my bags on Monday*
> *Tuesday said so long*
> *Wednesday saw my baby*
> *Thursday she was gone*
> *Got paid this Friday mornin'*
> *Man said I's all right*
> *Told him he could shove it*
>     *I'm walkin' out tonight*

Leon keek op zijn horloge. Het was bijna elf uur, nog maar een uur voor middernacht. Hij wist niet of hij nog een uur naar die blues kon luisteren, maar legde zich erbij neer. Het zingen werkte ook Butch op de zenuwen, maar hij zag kans stil te blijven zitten met zijn ogen dicht, alsof hij getroost werd door de woorden en de muziek.

> *I'm tired of pickin' cotton*
> *I'm tired of shootin' dice*
> *I'm tired of gettin' hassled*
> *I'm tired of tryin' to be nice*
> *I'm tired of workin' for nothing*
> *I'm tired of havin' to fight*
> *Everything's behind me now*
>     *I'm walkin' out tonight.*

Daarna wist Raymond de woorden niet meer, maar hij ging door met neuriën. Toen hij eindelijk ophield, zat hij ongeveer een minuut met zijn ogen dicht, alsof de muziek hem naar een andere wereld had gevoerd, een plaats waar het veel aangenamer toeven was.

'Hoe laat is het, broer?' vroeg hij aan Leon.

'Precies elf uur.'

'Ik moet met de advocaten overleggen. Ze verwachten nu elk moment een uitspraak van de rechters.'

Hij zette zijn gitaar in een hoek, klopte op de deur en verliet de kamer. De bewaarders deden hem handboeien om en leidden hem weg. Binnen enkele minuten kwamen er mensen uit de keuken, met gewapend escorte. Vlug klapten ze een vierkante tafel open en zetten daar een nogal grote hoeveelheid eten op. De geuren verspreidden zich meteen door de kamer, en Leon en Butch werden zwak van de honger. Ze hadden niets meer gehad sinds het middageten. Inez was te zeer van streek om aan eten te denken, al inspecteerde ze wel alles wat op tafel kwam. Gebakken meerval, patat, maïskoekjes, koolsla, dat alles midden op de tafel. Rechts daarvan een kolossale cheeseburger met uienringen en nog een portie patat. Links een middelgrote pizza met pepperoni en hete, pruttelende kaas. Recht voor de meerval lag een enorme plak van wat blijkbaar citroentaart was, met daarnaast chocolademousse op een dessertbord. Aan de rand van de tafel stond een kom vanille-ijs.

Terwijl de drie Graneys zich aan het eten vergaapten, zei een van de bewaarders: 'Omdat het zijn laatste maaltijd is, krijgt hij alles wat hij wil.'

'O god,' zei Inez, en ze huilde weer.

Toen ze alleen waren, probeerden Butch en Leon het eten, dat ze bijna konden aanraken, te negeren, maar de geuren waren onweerstaanbaar. Meerval met beslag, gebakken in maïsolie. Gebakken uienringen. Pepperoni. De lucht in het kamertje was vervuld van onderling wedijverende en toch heerlijke geuren.

Het feestmaal was met gemak toereikend voor vier personen.

Om kwart over elf kwam Raymond luidruchtig terug. Hij was

kwaad op de bewaarders en klaagde onsamenhangend over zijn advocaten. Toen hij het eten zag, vergat hij zijn problemen en zijn familie en ging hij op de enige plaats aan de tafel zitten. Hij stopte enkele ladingen patat en uienringen in zijn mond, vooral met zijn vingers, en begon te praten: 'Het hof in New Orleans heeft ons afgewezen, de idioten. Ons habeasverzoek zag er schitterend uit; ik heb het zelf geschreven. We zijn nu op weg naar Washington, naar het hooggerechtshof daar. Er staat daar een complete advocatenfirma in de startblokken. Het ziet er goed uit.' Hij slaagde erin eten in zijn mond te stoppen, erop te kauwen en toch gewoon door te praten. Inez sloeg haar ogen neer en veegde tranen uit haar ogen. Butch en Leon deden of ze geduldig luisterden en keken intussen naar de tegelvloer.

'Hebben jullie Tallulah gezien?' vroeg Raymond, nog druk aan het kauwen na een slok ijsthee.

'Nee,' zei Leon.

'Het kreng. Ze wil alleen maar de publicatierechten van mijn levensverhaal. Dat is alles. Maar dat gaat niet gebeuren. Ik laat alle auteursrechten aan jullie drieën na. Wat zeggen jullie daarvan?'

'Mooi,' zei Leon.

'Geweldig,' zei Butch.

Het laatste hoofdstuk van zijn leven was nu bijna voltooid. Raymond had zijn autobiografie van tweehonderd bladzijden al geschreven, en die was afgewezen door elke uitgever in de Verenigde Staten.

Hij kauwde door, richtte een slachting aan onder de meerval, de hamburger en de pizza – in willekeurige volgorde. Zijn vork en vingers bewogen zich snel over de tafel, vaak in verschillende richtingen. Hij porde, prikte, graaide en propte eten in zijn mond, zo snel als hij het maar kon doorslikken. Een uitgehongerd varken aan de trog zou minder geluid hebben gemaakt. Inez had zich nooit druk gemaakt om tafelmanieren, en haar jongens hadden alle slechte gewoonten aangeleerd, maar na elf jaar in de dodencellen was Raymond naar nieuwe dieptepunten van onbeschaafd gedrag gezonken.

Leons derde vrouw daarentegen was goed opgevoed. Toen het galgenmaal tien minuten had geduurd, hield hij het niet meer uit. 'Moet je nou zo smakken?' blafte hij.

'Verrek, jongen, jij maakt meer lawaai dan een paard dat maïs vreet,' viel Butch hem meteen bij.

Raymond verstijfde. Hij keek zijn beide broers woedend aan, en gedurende enkele lange gespannen seconden kon de situatie alle kanten op gaan. Het zou best een klassieke Graney-ruzie kunnen worden, met veel scheldwoorden en persoonlijke beledigingen. In de loop van de jaren waren er heel wat akelige ruzies uitgebroken in de bezoekkamer van de dodencellen, met woorden die hard aankwamen en niet vergeten zouden worden. Het strekte Raymond tot eer dat hij nu voor een mildere houding koos.

'Het is mijn laatste maaltijd,' zei hij. 'En mijn eigen familie moppert op me.'

'Ik niet,' zei Inez.

'Dank je, mama.'

Leon capituleerde met een weids handgebaar en zei: 'Het spijt me. We zijn allemaal een beetje gespannen.'

'Gespannen?' zei Raymond. 'Denk je dat jij gespannen bent?'

'Het spijt me, Ray.'

'Mij ook,' zei Butch, maar alleen omdat het van hem werd verwacht.

'Wil je een maïskoekje?' vroeg Ray, en hij hield er Butch een voor.

Enkele minuten eerder was al dat eten een onweerstaanbaar feestmaal geweest, maar nu Raymond zo verwoed had huisgehouden, was de hele tafel een ravage. Evengoed had Butch flinke trek in de patat en maïskoekjes, maar toch weigerde hij. Hij kon het niet over zijn hart verkrijgen aan iemands galgenmaal te gaan zitten knabbelen. 'Nee, dank je,' zei hij.

Toen hij op adem was gekomen, stortte Raymond zich weer op het voedsel, zij het in een langzamer, rustiger tempo. Hij at de citroentaart en de chocolademousse, nam het ijs erbij, boerde en lachte daarom, en zei toen: 'Dit is niet mijn laatste maaltijd. Neem dat maar van mij aan.'

Er werd op de deur geklopt, en een bewaarder kwam binnen en zei: 'Meneer Tanner wil je spreken.'

'Laat hem maar binnenkomen,' zei Raymond. 'Mijn belangrijkste advocaat,' zei hij trots tegen zijn familie.

Tanner was een tengere, kalende jongeman. Hij droeg een verbleekt blauw jasje, een oude kakibroek en nog oudere tennisschoenen. Een das had hij niet om. Hij had een dikke stapel papieren bij zich. Zijn gezicht was bleek en mager; hij zag eruit alsof hij dringend een tijdje rust moest nemen. Raymond stelde hem vlug aan zijn familie voor, maar Tanner had er op dat moment blijkbaar geen behoefte aan om nieuwe mensen te leren kennen.

'Het hooggerechtshof heeft ons verzoek zojuist afgewezen,' zei hij ernstig tegen Raymond.

Raymond slikte, en het werd stil in de kamer.

'En de gouverneur?' vroeg Leon. 'Praten al die advocaten daar nog op hem in?'

Tanner wierp een blik op Raymond, en die zei: 'Die heb ik ontslagen.'

'En al die advocaten in Washington?' vroeg Butch.

'Die heb ik ook ontslagen.'

'En die grote firma uit Chicago?' vroeg Leon.

'Die heb ik ook ontslagen.'

Tanner keek heen en weer tussen de Graneys.

'Het lijkt me geen gunstig moment om je advocaten te ontslaan,' zei Leon.

'Welke advocaten?' vroeg Tanner. 'Ik ben de enige advocaat die aan deze zaak werkt.'

'Jij bent ook ontslagen,' zei Raymond, en hij maaide een glas thee van de tafel; thee en ijs spatten tegen de muur. 'Toe dan, maak me maar dood!' schreeuwde hij. 'Het kan me niet meer schelen.'

Enkele seconden haalde niemand adem, en toen ging opeens de deur open en was de directeur terug, met zijn entourage. 'Het is tijd, Raymond,' zei hij een beetje geërgerd. 'Alle verzoeken zijn afgewezen en de gouverneur is naar bed.'

In een diepe, geladen stilte drong tot iedereen door dat het definitief was. Inez huilde. Leon staarde naar de muur, waarover de thee en het ijs omlaag gleden. Butch keek verdrietig naar de laatste twee maïskoekjes. Tanner zag eruit alsof hij elk moment kon flauwvallen.

Raymond schraapte zijn keel en zei: 'Ik wil graag met die katholiek praten. We moeten bidden.'

'Ik ga hem halen,' zei de directeur. 'Je kunt nog enkele laatste ogenblikken met je familie krijgen, en dan is het tijd om te gaan.'

De directeur ging met zijn assistenten de kamer uit. Tanner liep vlug achter hen aan.

Raymond liet zijn schouders zakken; hij zag erg bleek. Al zijn opstandigheid en bravoure waren verdwenen. Hij liep langzaam naar zijn moeder toe, viel voor haar op zijn knieën en legde zijn hoofd op haar schoot. Ze wreef erover, veegde haar ogen af en zei steeds weer: 'O god.'

'Het spijt me zo, mama,' mompelde Raymond. 'Het spijt me zo.'

Ze huilden een tijdje met elkaar, terwijl Leon en Butch er zwijgend bij stonden. Pater Leland kwam binnen, en Raymond stond langzaam op. Zijn ogen waren nat en rood, en zijn stem was zacht en zwak. 'Ik geloof dat het voorbij is,' zei hij tegen de priester, die droevig knikte en hem een schouderklopje gaf. 'Ik ga met je mee naar de isoleerkamer, Raymond,' zei hij. 'We zullen samen bidden, als je dat wilt.'

'Dat kon weleens een goed idee zijn.'

De deur ging weer open, en de directeur was terug. Hij sprak tegen de Graneys en pater Leland. 'Luister,' zei hij. 'Dit is mijn vierde executie, en ik heb een paar dingen geleerd. Bijvoorbeeld dat het niet verstandig is wanneer een moeder aanwezig is bij een executie. Ik raad u dringend aan het komende uur in deze kamer te blijven, mevrouw Graney, tot het voorbij is. We hebben een verpleegkundige die bij u komt zitten, en die heeft een kalmerend middel voor u. Alstublieft.' Hij keek Leon en Butch smekend aan. Ze begrepen het allebei.

'Ik blijf er tot het eind bij,' zei Inez, en toen huilde ze zo hard dat zelfs de directeur er even kippenvel van kreeg.

Butch kwam naast haar staan en streek over haar schouder.

'Je moet hier blijven, mama,' zei Leon. Inez barstte weer in huilen uit.

'Ze blijft hier,' zei Leon tegen de directeur. 'Zorg dat ze die pil krijgt.'

Raymond omhelsde zijn beide broers en zei voor het eerst in zijn leven dat hij van hen hield, iets wat hem zelfs op dat afschuwelijke moment nog moeite kostte. Hij kuste zijn moeder op de wang en nam afscheid van haar.

'Wees een man,' zei Butch met opeengeklemde tanden en natte ogen, en ze omhelsden elkaar voor het laatst.

Ze leidden hem weg en er kwam een verpleegkundige de kamer in. Die gaf Inez een pil en een kopje water, en binnen enkele minuten zat moeder Graney onderuitgezakt in haar rolstoel. De zuster kwam naast haar zitten en zei tegen Butch en Leon: 'Ik vind het heel erg.'

Om kwart over twaalf ging de deur open en zei een bewaarder: 'Komt u mee.' De broers werden de kamer uit geleid, en een gang door die vol stond met bewaarders, functionarissen en veel andere nieuwsgierigen die het geluk hadden gehad te worden toegelaten. Ze gingen door de voordeur naar buiten. Daar was het nog benauwd; de hitte was niet afgenomen. Ze staken vlug sigaretten op en liepen over een smal pad naast de westelijke vleugel van de maximaal beveiligde unit, langs open ramen met dikke zwarte tralies, en terwijl ze naar de executiekamer slenterden, hoorden ze de andere veroordeelden met hun celdeuren slaan en schreeuwend protesteren. Met al dat lawaai namen de andere gedetineerden op het laatste moment afscheid van een van hun eigen mensen.

Butch en Leon rookten verwoed en wilden zelf ook iets schreeuwen om de gedetineerden te steunen, maar ze zeiden geen van beiden een woord. Ze gingen een hoek om en zagen een bakstenen gebouwtje met een plat dak. Bij de deur stonden bewakers en nog vele anderen. Er stond een ambulance naast. De bewaarders leidden hen via een zijdeur naar een klein getuigenkamertje, en toen ze binnenkwamen, zagen ze de gezichten die ze verwachtten en het liefst niet hadden gezien. Sheriff Walls was er, omdat de wet dat verplicht voorschreef. De officier van justitie was er uit vrije wil. Charlene, Coys klaaglijke weduwe, zat naast de sheriff. Ze werd vergezeld door twee zwaargebouwde jonge meiden, blijkbaar haar dochters. De slachtofferskant van de getuigenkamer was met een plexiglazen wand afgescheiden, zodat ze de familieleden van de veroordeelde wel konden zien, maar niet tegen hen konden praten of schelden. Butch en Leon gingen op plastic stoelen zitten. Vreemden schuifelden achter hen langs, en toen iedereen zat, werd de deur dichtgedaan. Het was warm en vol in de getuigenkamer.

Ze staarden voor zich uit. De ramen voor hen waren met zwarte gordijnen afgeschermd om te voorkomen dat ze de sinistere voorbereidingen zagen die daarachter werden getroffen. Er waren geluiden te horen en vage bewegingen te zien. Plotseling werden de gordijnen opengetrokken en keken ze naar de executiekamer, die vier bij vijf meter groot was en een pas geschilderde betonvloer had. In het midden stond de gaskamer, een achthoekige zilveren cilinder met zijn eigen ramen om het stervensproces zichtbaar en de dood verifieerbaar te maken.

En daar was Raymond. Hij was met riemen vastgemaakt op een stoel in de gaskamer en had een afschuwelijke beugel om zijn hoofd, die hem dwong voor zich uit te kijken, zodat hij de getuigen niet kon zien. Op dat moment keek hij blijkbaar op naar de directeur, die tegen hem sprak. De jurist van de gevangenis was aanwezig, evenals enkele bewaarders en natuurlijk de beul en zijn assistent. Al die mensen deden met een grimmig, vastbesloten gezicht hun werk, wat dat ook maar mocht zijn, alsof het alleen maar een vervelend ritueel was. Het waren trouwens allemaal vrijwilligers, behalve de directeur en de jurist.

Aan een spijker in de getuigenkamer hing een kleine luidspreker, zodat ze de laatste geluiden konden horen.

De jurist kwam dicht naar de deur van de gaskamer toe en zei: 'Raymond, de wet verplicht mij het doodvonnis aan je voor te lezen.' Hij hield een papier voor zijn ogen en ging verder: 'Op grond van een schuldigverklaring en doodvonnis, uitgevaardigd door de rechtbank van Ford County, wordt u hierbij veroordeeld tot de dood door dodelijk gas in de gaskamer van de staatsgevangenis van Mississippi in Parchman. Moge God genade hebben met uw ziel.' Vervolgens ging hij een stap achteruit en nam een telefoon aan de wand op. Hij luisterde even en zei toen: 'Geen uitstel.'

De directeur zei: 'Enige reden waarom deze executie niet zou moeten plaatsvinden?'

'Nee,' zei de jurist.

'Nog laatste woorden, Raymond?'

Raymonds stem was nauwelijks hoorbaar, maar in de totale stilte van de getuigenkamer was hij te verstaan: 'Ik heb spijt van wat ik heb gedaan. Ik vraag de familie van Coy Childers om vergeving. Ik ben vergeven door mijn Heer. Laten we dit afwerken.'

De bewaarders verlieten de executiekamer en lieten de directeur en de jurist achter. Die schuifelden achteruit, zo ver mogelijk bij Raymond vandaan. De beul kwam naar voren en sloot de smalle deur van de gaskamer. Zijn assistent controleerde de afsluiting. Toen de kamer klaar was, keken ze naar de executiekamer – een snelle inspectie. Geen problemen. De beul verdween in een hokje, de chemiekamer, om daar de apparatuur te controleren.

Er gingen lange seconden voorbij. Vervuld van afgrijzen en fascinatie hielden de getuigen hun adem in. Raymond hield zijn adem ook in, maar niet lang.

De beul sloot een plastic houder met zwavelzuur op een slang aan. Die slang leidde van de chemiekamer naar een schaal op de vloer van de gaskamer, onder de stoel waarop Raymond zat. De beul haalde een hendel over om de inhoud te laten vrijkomen. Er was een klikgeluid te horen, en de meeste aanwezigen krompen ineen. Raymond kromp ook ineen. Zijn vingers omklemden de armleuningen van de stoel. Zijn rug verstijfde. Er gingen enkele seconden voorbij, en toen vermengde het zwavelzuur zich met cyanidekorrels die al in de schaal lagen en steeg de dodelijke damp op. Toen Raymond eindelijk uitademde, omdat hij zijn adem niet meer kon inhouden, snoof hij het gif zo snel mogelijk op om de zaak te bespoedigen. Zijn hele lichaam reageerde meteen met schokkende, kronkelende bewegingen. Zijn schouders gingen met een ruk naar achteren. Zijn kin en voorhoofd verzetten zich uit alle macht tegen de leren hoofdbeugel. Zijn handen, armen en benen schudden heftig heen en weer, en intussen steeg er een steeds dichtere damp op.

Zijn lichaam verzette zich ongeveer een minuut en toen kreeg de cyanide de overhand. De stuiptrekkingen werden minder hevig. Zijn hoofd bewoog niet meer. Zijn vingers verloren hun klemmende greep op de armleuningen van de stoel. De damp werd steeds dichter en Raymonds ademhaling vertraagde en hield toen op. Nog een paar laatste zenuwtrekken, een schok die door zijn borstspieren ging, een trilling in zijn handen, en toen was het eindelijk voorbij.

Om één minuut over halfeen werd hij dood verklaard. De zwarte gordijnen gingen dicht en de getuigen werden de kamer uit geleid. Buiten gingen Butch en Leon tegen een hoek van het bakstenen gebouw staan en rookten een sigaret.

In de executiekamer werd een ventiel boven de gaskamer opengezet, zodat het gas in de benauwde lucht boven Parchman kon ontsnappen. Een kwartier later maakten bewaarders met handschoenen Raymonds riemen los en kregen ze zijn lichaam met enige moeite de gaskamer uit. Zijn kleren werden weggesneden om verbrand te worden. Ze gebruikten een slang om zijn lijk met koud water af te spoelen, waarna het met keukenhanddoeken werd afgedroogd, een witte gevangenisoverall aan kreeg en in een goedkope vurenhouten kist werd gelegd.

Leon en Butch zaten bij hun moeder en wachtten op de directeur. Het kalmerende middel dat Inez had gekregen was nog niet uitgewerkt, maar ze begreep heel goed wat er de afgelopen minuten was gebeurd. Ze had haar hoofd in haar handen laten zakken, huilde zachtjes en mompelde nu en dan iets. Er kwam een bewaker binnen die om de sleutels van McBrides busje vroeg. Er verstreek een uur.

Eindelijk verscheen de directeur, die net van de bekendmaking aan de pers kwam. Hij betuigde plichtmatig zijn deelneming, slaagde erin bedroefd en meelevend te kijken en vroeg Leon toen enkele formulieren te ondertekenen. Hij vertelde dat

Raymond bijna duizend dollar op zijn gevangenisrekening had nagelaten en dat er binnen een week een cheque zou worden gestuurd. Hij zei dat de kist in het busje was geladen, evenals vier dozen met bezittingen van Raymond: zijn gitaar, kleren, boeken, correspondentie, juridische stukken en manuscripten. Ze konden gaan.

De kist was aan de zijkant van de laadruimte gezet, zodat Inez via het achterportier naar binnen kon worden gereden, en toen ze de kist aanraakte, barstte ze weer in tranen uit. Leon en Butch verplaatsten dozen, zetten de rolstoel vast en schoven de kist weer opzij. Toen alles op zijn plaats was, volgden ze een auto vol bewaarders naar de voorkant van de gevangenis en door de poort naar buiten, en toen ze op Highway 3 kwamen, reden ze langs de laatste demonstranten. De cameraploegen waren weg. Leon en Butch staken sigaretten op, maar Inez was te emotioneel om te roken. Kilometers lang spraken ze geen van drieën een woord. Ze reden tussen katoen- en sojavelden door. Bij het plaatsje Marks zag Leon een nachtwinkel. Hij kocht frisdrank voor Butch en grote bekers koffie voor zijn moeder en zichzelf.

Toen de delta overging in het heuvelland, voelden ze zich beter.

'Wat zei hij op het laatst?' vroeg Inez met gesmoorde stem.

'Hij zei dat hij spijt had,' zei Butch. 'Hij vroeg Charlene om vergeving.'

'Dus ze heeft ernaar gekeken?'

'Ja. Dit wilde ze natuurlijk niet missen.'

'Ik had het moeten zien.'

'Nee, mama,' zei Leon. 'Je mag de rest van je leven dankbaar zijn dat je de executie niet hebt gezien. Je laatste herinnering aan Raymond is een lange omhelzing. Het was een mooi afscheid. Alsjeblieft, denk niet dat je iets hebt gemist.'

'Het was afschuwelijk,' zei Butch.

'Ik had het moeten zien.'

In het plaatsje Batesville kwamen ze langs een fastfoodrestaurant dat reclame maakte met kipnuggets en 24-uursservice. Leon keerde het busje. 'Ik wil wel even naar het toilet,' zei Inez. Er waren daar om kwart over drie 's nachts geen andere klanten. Butch bracht zijn moeder in haar rolstoel naar een tafel bij de voorkant, en ze aten in stilte. Het busje met Raymonds kist stond nog geen tien meter bij hen vandaan.

Inez at een paar happen en had toen geen trek meer. Butch en Leon aten als uitgehongerde vluchtelingen.

Kort na vijf uur 's morgens kwamen ze in Ford County aan. Het was nog erg donker en er was geen verkeer op de wegen. Ze reden naar Pleasant Ridge aan de noordkant van de county, waar een kerkje van de pinkstergemeente stond. Daar parkeerden ze op het grindterrein en wachtten ze af. Bij het eerste licht van de nieuwe dag hoorden ze ergens in de verte een motor starten.

'Wacht hier,' zei Leon tegen Butch. Hij stapte uit het busje en verdween. Achter de kerk lag een begraafplaats, en helemaal achterin was een shovel een graf aan het delven. Die shovel was eigendom van de baas van een neef. Om halfzeven liepen enkele mannen vanuit de kerk naar het graf. Leon reed met het busje over een onverhard pad en stopte bij de shovel, die klaar was met graven en nu alleen maar stond te wachten. De mannen trokken de kist uit het busje. Butch en Leon zetten de rolstoel van hun moeder voorzichtig op de grond en duwden haar voort toen ze achter de kist aan liepen.

Ze lieten de kist aan touwen zakken, en toen hij op de balken rustte die op de bodem lagen, trokken ze de touwen weg. De predikant las een kort stukje uit de Schrift en zei een gebed. Leon en Butch schepten aarde op de kist en bedankten de mannen voor hun hulp.

Toen ze wegreden, was de shovel al bezig het graf dicht te gooien.

Het huis was leeg – geen meelevende buren die op hen wachtten, geen rouwende familieleden. Ze tilden Inez uit het busje en brachten haar naar haar slaapkamer. Algauw was ze in diepe slaap verzonken. De vier dozen werden in een schuurtje gezet, waar hun inhoud tegelijk met de herinnering aan Raymond zou verweren en vervagen.

Ze besloten dat Butch die dag thuis zou blijven om voor Inez te zorgen en journalisten op een afstand te houden. Er waren de afgelopen week veel telefoontjes geweest, en er zou vast wel iemand met een camera komen opdagen. Butch werkte in een houtzagerij, en zijn baas zou er begrip voor hebben.

Leon reed naar Clanton en ging naar een benzinestation aan de rand daarvan om de tank vol te gooien. Precies om acht uur die ochtend stopte hij bij Stoffeerderij McBride om het busje terug te brengen. Een personeelslid vertelde dat McBride er nog niet was. Die zat waarschijnlijk nog in de cafetaria; meestal kwam hij pas om negen uur op zijn werk. Leon gaf de sleutels af, bedankte het personeelslid en ging weg.

Hij reed naar de lampenfabriek ten oosten van het stadje en klokte in om halfnegen, zoals hij elke dag deed.

# Visdossiers

Na de zeventien jaar waarin hij een schamel bestaan had gepeurd
uit een advocatenpraktijk die – hij wist zelf niet meer waarom –
geleidelijk uit weinig meer was gaan bestaan dan faillissements-
en echtscheidingszaken, was het vreemd dat één telefoontje zoveel kon veranderen. Zelfs jaren later verbaasde hij zich er nog
over. Als drukbezette advocaat die de problemen van wanhopige
mensen afhandelde, had Mack Stafford vaak telefoongesprekken
gevoerd die iemands leven veranderden: telefoontjes om echt-
scheidingsprocedures in gang te zetten of te regelen; telefoontjes
om hardvochtige rechterlijke uitspraken over voogdij door te geven; telefoontjes om eerlijke mensen te vertellen dat ze hun geld
niet terugkregen. Voor het merendeel waren dat onaangename
gesprekken geweest. Hij had nooit gedacht dat één telefoontje zo
snel en dramatisch tot zijn eigen echtscheiding en faillissement
kon leiden.

Het kwam in de lunchpauze van een sombere, naargeestige en
verder ook futloze dinsdag in het begin van februari, en omdat
het kort na twaalf uur was, nam Mack zelf op. Freda, zijn secretaresse, was het kantoor uit om een boodschap te doen en een
broodje te eten, en omdat er niemand anders in zijn kleine firma
werkte, was Mack de enige die de telefoon kon opnemen. Het feit
dat hij alleen was, bleek trouwens van cruciale betekenis te zijn.
Als Freda had opgenomen, zouden er vragen zijn gesteld, en een
heleboel ook. Sterker nog: het meeste van wat nu volgde, zou niet
zijn gebeurd als Freda op haar post had gezeten bij de voordeur
van een klein winkelpand met het opschrift ADVOCATENKAN-
TOOR JACOB MCKINLEY STAFFORD, LLC.

Toen de telefoon drie keer was overgegaan, nam Mack het toestel in zijn kamer op. Hij maakte zich bekend met het gebruike-lijke bruuske 'Advocatenkantoor'. Hij kreeg gemiddeld vijftig te-lefoontjes per dag, meest van ruziemakende echtelieden en ontevreden crediteuren, en hij had zich al lang geleden aange-leerd om zijn stem te verdraaien en zijn naam niet te noemen als hij zich gedwongen zag zelf de telefoon op te nemen. Hij had er toch al een grote hekel aan om op te nemen, maar hij had ook werk nodig. Zoals alle andere advocaten in Clanton – en dat wa-ren er een heleboel – wist hij nooit wanneer het volgende tele-foontje de grote klapper zou zijn, de grote zaak die een gigantisch honorarium opleverde en hem misschien zelfs de kans bood om eruit te stappen. Mack droomde al langer van zo'n telefoontje dan hij zichzelf zou willen toegeven.

En op deze koude winterdag, met een lichte kans op sneeuw in de lucht, kwam dat telefoontje eindelijk.

Een mannenstem met een ander accent, ergens uit het noor-den, zei: 'Ja, meneer Mack Stafford, alstublieft.'

Omdat de stem te beschaafd en te ver weg klonk om hem on-aangenaamheden te kunnen bezorgen, antwoordde hij: 'Ja, met Mack.'

'Mack Stafford, de advocaat?'

'Jazeker. Met wie spreek ik?'

'Ik ben Marty Rosenberg, en ik werk voor het advocatenkan-toor Durban & Lang in New York.'

'New York City?' vroeg Mack, en veel te vlug. Natuurlijk was het New York City. Hoewel zijn praktijk hem nooit zelfs maar in de buurt van die grote stad had gebracht, had hij van Durban & Lang gehoord. Elke advocaat in Amerika kende op zijn minst de naam van die firma.

'Dat klopt. Mag ik Mack zeggen?' De stem was soepel, maar beleefd, en Mack zag plotseling voor zich hoe Rosenberg in een schitterend kantoor zat, met kunst aan de muur en medewerkers en secretaresses die hem op zijn wenken bedienden. Toch wilde hij zich ondanks al die macht vriendelijk opstellen. Mack voelde zich opeens erg onzeker toen hij naar zijn groezelige kamertje keek. Hij vroeg zich af of Rosenberg al tot de conclusie was gekomen dat hij de zoveelste provinciale sukkel was die zelf de telefoon opnam.

'Ja. En dan zal ik jou maar Marty noemen.'

'Prima.'

'Sorry, Marty, dat ik zelf de telefoon opnam, maar mijn secretaresse is lunchen.' Mack vond het belangrijk dat daar duidelijkheid over kwam. Hij wilde de man ook laten weten dat hij een echte advocaat met een echte secretaresse was.

'Eh, ja, ik was vergeten dat jullie een uur op ons achterliggen,' zei Marty met een zweem van minachting, alsof hij wilde laten doorschemeren dat ze misschien door meer dan alleen maar een uur van elkaar gescheiden waren.

'Wat kan ik voor je doen?' zei Mack om de leiding van het gesprek te nemen. Er waren nu genoeg beleefdheidsfrasen uitgewisseld. Beide mannen waren drukbezette, belangrijke advocaten. Intussen vroeg hij zich koortsachtig af of hij ooit een zaak had afgehandeld die van voldoende gewicht was geweest om de belangstelling van zo'n groot en prestigieus advocatenkantoor te wekken.

'Nou, wij vertegenwoordigen een Zwitserse onderneming die kortgeleden het grootste deel van de Tinzo-groep in Zuid-Korea heeft gekocht. Ken je Tinzo?'

'Natuurlijk,' antwoordde Mack vlug, en hij groef meteen diep in zijn geheugen. De naam Tinzo kwam hem inderdaad bekend voor, zij het vaag.

'En volgens oude gegevens van Tinzo ben jij ooit opgetreden namens bosbouwarbeiders die beweerden dat ze verwondingen hadden opgelopen door defecte kettingzagen die gemaakt waren door een Tinzo-divisie op de Filippijnen.'

O, die Tinzo! Nu wist Mack het weer. Het kwam bij hem boven, al had hij de bijzonderheden nog niet paraat. Het waren oude zaken, muf en bijna vergeten, want Mack had zijn best gedaan ze te vergeten.

'Vreselijke verwondingen,' zei hij evengoed maar. Hoe vreselijk ook, ze waren nooit zo ernstig geweest dat Mack het nodig vond een eis in te dienen. Hij had die cliënten jaren geleden aangenomen, maar had zijn belangstelling verloren toen bleek dat hij niet met bluf tot een snelle schikking kon komen. Zijn aansprakelijkheidstheorie was op zijn zachtst gezegd wankel. De Tinzo-kettingzagen in kwestie hadden juist een indrukwekkende staat van dienst als het op veiligheid aankwam. En wat nog het belangrijkst was: procedures over productaansprakelijkheid waren ingewikkeld en duur. Ze gingen ver boven zijn macht en leidden vaak tot juryprocessen, en die vermeed Mack zo veel mogelijk. Eigenlijk was het wel prettig om scheidingen en particuliere faillissementen te doen en nu en dan een akte of testament op te stellen. Het leverde niet veel op, maar hij en de meeste andere advocaten in Clanton konden er de kost mee verdienen zonder dat ze een noemenswaardig risico liepen.

'Er is ons niets bekend over procedures die in verband daarmee zijn aangespannen,' zei Marty.

'Nog niet,' zei Mack zo zelfverzekerd mogelijk.

'Hoeveel van die zaken heb je, Mack?'

'Vier,' zei hij, al was hij niet zeker van het exacte aantal.

'Ja, dat blijkt ook uit onze gegevens. We hebben hier de vier brieven die je een tijd geleden naar de onderneming hebt gestuurd. Maar sinds de eerste correspondentie is er blijkbaar niet veel gebeurd.'

'De zaken zijn nog actief,' zei Mack, en voor het grootste deel was dat een leugen. De kantoordossiers waren officieel nog open, maar hij had ze in geen jaren aangeraakt. Visdossiers, noemde hij ze. Hoe langer je ze onaangeraakt liet liggen, des te meer gingen ze stinken. 'We hebben een verjaringstermijn van zes jaar,' zei hij een beetje zelfvoldaan, alsof hij de zaak elk moment weer kon aanzwengelen en een keiharde procedure op gang kon brengen.

'Dat is nogal ongewoon, als ik het zo mag zeggen,' merkte Marty op. 'Er is in meer dan vier jaar niets meer aan de dossiers toegevoegd.'

Om het gesprek van zijn eigen getreuzel af te brengen kwam Mack ter zake: 'Waar wil je heen, Marty?'

'Nou, onze Zwitserse cliënt wil de boeken zuiveren en zich van zo veel mogelijk aansprakelijkheid ontdoen. Het zijn natuurlijk

Europeanen en ze begrijpen ons systeem van schadevergoedingen niet. Eerlijk gezegd zijn ze er doodsbang voor.'

'Met reden,' zei Mack meteen, alsof het zijn dagelijks werk was om gigantische bedragen van industriële boosdoeners los te krijgen.

'Ze willen die dingen uit de boeken hebben, en ze hebben mij gevraagd na te gaan of het tot een schikking kan komen.'

Mack was opgestaan, met de telefoon tussen zijn kin en schouder. Zijn hart bonkte en zijn handen graaiden naar een visdossier in een stapel oud papier op de overbelaste kast achter zijn bureau. Hij zocht koortsachtig naar de namen van zijn cliënten, de mannen die jaren geleden waren verminkt door die slordig ontworpen en geproduceerde Tinzo-kettingzagen. Wat zei de man? Een schikking? In die zin dat er geld van de rijken naar de armen ging? Mack kon zijn oren niet geloven.

'Ben je daar nog, Mack?'

'O ja, ik sla net een dossier open. Eens kijken. Die kettingzagen waren allemaal hetzelfde, model 58X, zestig centimeter, met de bijnaam LazerCut, een professioneel model dat om de een of andere reden een defecte, gevaarlijke beschermkap had.'

'Ja, die kettingzagen, Mack. Ik bel niet om te discussiëren over wat er defect zou kunnen zijn. Daar hebben we processen voor. Ik heb het over een schikking, Mack. Kun je me volgen?'

Nou en of ik je kan volgen, gooide Mack er bijna uit. 'Zeker. Ik wil best over een schikking praten. Je hebt blijkbaar iets in gedachten. Laat maar eens horen.' Hij was weer gaan zitten en bladerde druk in het dossier, op zoek naar data. Hij hoopte vurig dat geen van deze nu zo uiterst belangrijke zaken inmiddels verjaard was.

'Ja, Mack, ik heb wat geld te bieden, maar ik moet je meteen waarschuwen dat mijn cliënt me heeft opgedragen niet te onderhandelen. Als we deze zaken snel en discreet kunnen afhandelen, schrijven we de cheques uit. Maar als je gaat marchanderen, is het geld verdwenen. Is dat duidelijk, Mack?'

O ja. Zo duidelijk als wat. Marty Rosenberg in zijn dure kantoor hoog boven Manhattan besefte niet hoe snel, discreet en goedkoop hij de visdossiers kon laten verdwijnen. Mack zou genoegen nemen met alles wat werd aangeboden. Zijn verminkte cliënten belden allang niet meer. 'Goed,' zei Mack.

Marty ging op een andere versnelling over. Hij sprak nu nog energieker. 'We denken dat het honderdduizend dollar zou kosten om die zaken voor een federaal hof daar bij jullie in de buurt te voeren, vooropgesteld dat we ze bij elkaar kunnen gooien en in één proces kunnen afdoen. Dat bedrag is ruim genomen, want de eisen zijn niet ingediend en eerlijk gezegd is een gerechtelijke procedure ook onwaarschijnlijk, als je nagaat hoe dun het dossier is. Doe daar dan nog eens honderdduizend dollar bij voor het letsel, dat trouwens in geen van de gevallen gedocumenteerd is, maar we begrijpen dat er wat vingers en handen verloren zijn gegaan. Hoe het ook zij, we betalen honderdduizend dollar per claim, voegen daar de verdedigingskosten aan toe, en dan ligt er in totaal een half miljoen dollar op tafel.'

Macks mond viel open, en hij slikte bijna de telefoon door. Hij stond al op het punt minstens driemaal het genoemde bedrag te vragen, zoals hij als advocaat gewend was, maar gedurende enkele seconden kon hij niet praten en niet ademhalen.

Marty ging verder: 'Directe betaling, vertrouwelijk, geen erkenning van aansprakelijkheid. Het aanbod blijft dertig dagen van kracht, tot 10 maart.'

Een aanbod van tienduizend dollar per claim zou een schok zijn geweest, en een meevaller. Mack hapte naar lucht en zocht naar een antwoord.

Marty ging verder: 'Nogmaals, Mack: we willen alleen maar de balans zuiveren. Wat denk je ervan?'

Wat ik denk? herhaalde Mack bij zichzelf. Ik denk dat mijn honorarium veertig procent is, en dat is gemakkelijk uit te rekenen. Ik denk dat ik vorig jaar een omzet van vijfennegentigduizend dollar heb behaald, waarvan de helft opging aan overhead – Freda's salaris en de kantoorkosten – zodat er voor mijzelf ongeveer zesenveertigduizend dollar bruto overbleef, hetgeen volgens mij nog iets minder is dan wat mijn vrouw als adjunct-directrice op de Clanton High School in dat jaar verdiende. Ik denk nu veel dingen, waaronder heel willekeurige zaken als (1) is dit een grap? (2) wie van mijn vroegere medestudenten kan hierachter zitten? (3) gesteld dat dit echt is, hoe houd ik de wolven dan bij dat fantastische honorarium vandaan? (4) mijn vrouw en twee dochters zouden dat geld er binnen een maand doorheen jagen (5) Freda zou een fikse premie verlangen (6) hoe kan ik mijn kettingzaag-cliënten na al die jaren van verwaarlozing benaderen? Enzovoort. Ik denk een heleboel dingen, meneer Rosenberg.

'Dat is heel genereus, Marty,' kon Mack ten slotte uitbrengen. 'Mijn cliënten zullen daar vast wel blij mee zijn.' Na de eerste schrik kreeg hij weer wat helderheid in zijn hoofd.

'Goed. Zijn we het eens?'

'Nou, ik zal eens kijken. Ik moet dit natuurlijk aan mijn cliënten voorleggen, en dat kan een paar dagen duren. Kan ik je over een week terugbellen?'

'Natuurlijk. Maar we willen dit erg graag afwerken, dus laten we opschieten. En Mack, ik kan niet genoeg benadrukken dat vertrouwelijkheid voor ons van het grootste belang is. Kunnen we afspreken dat deze regelingen geheim blijven?'

Voor dat soort geld wilde Mack alles wel afspreken. 'Ik begrijp het,' zei hij. 'Geen woord tegen wie dan ook.' En Mack meende dat. Hij dacht al aan al die mensen die nooit iets van dit lot uit de loterij zouden weten.

'Goed. Bel je me over een week?'

'Afgesproken, Marty. En weet je, mijn secretaresse praat gauw haar mond voorbij. Je kunt me beter hier niet meer bellen. Ik bel aanstaande dinsdag. Hoe laat?'

'Zullen we zeggen: elf uur, de tijd van de oostkust?'

'Afgesproken, Marty.'

Ze wisselden telefoonnummers en adressen uit en namen afscheid. Volgens de digitale timer van Macks telefoon had het gesprek acht minuten en veertig seconden geduurd.

Meteen nadat Marty had opgehangen, ging de telefoon opnieuw, maar Mack kon alleen maar naar het toestel staren. Hij wilde zijn geluk niet te veel op de proef stellen. In plaats daarvan liep hij naar de voorkant van zijn kantoor, naar een groot etalageraam met zijn naam erop, en keek naar het gerechtsgebouw van Ford County aan de overkant van de straat, waar op dat moment huis-, tuin- en keukenadvocaten bij de rechter zaten en kibbelden over vijftig dollar alimentatie extra per maand, en of de vrouw de Honda en de man de Toyota moest hebben. Mack wist dat ze daar zaten, want ze zaten daar altijd, en hij zat er zelf ook vaak. En op de griffie bogen andere advocaten zich over kadastrale gegevens, hypotheekregisters en stoffige oude plattegronden, terwijl ze grappige opmerkingen maakten en moppen en verhalen vertelden die hij al duizend keer had gehoord. Een jaar of twee geleden had iemand eenenvijftig advocaten in de stad Clanton geteld, en die zaten bijna allemaal rondom het plein, met uitzicht op het gerechtsgebouw. Ze aten in dezelfde eethuizen, ontmoetten elkaar in dezelfde cafetaria's, dronken in dezelfde cafés, scharrelden dezelfde cliënten bij elkaar en hadden bijna allemaal dezelfde klachten over het door hen gekozen beroep. Op de een of andere manier leverde een stadje van tienduizend mensen genoeg conflicten op om eenenvijftig advocaten te onderhouden, terwijl er in werkelijkheid nog niet half zoveel nodig waren.

Mack had zelden het gevoel gehad dat mensen hem echt nodig hadden. Zeker, zijn vrouw en dochters hadden hem nodig, al vroeg hij zich vaak af of ze zonder hem niet gelukkiger zouden zijn, maar het stadje zou het ongetwijfeld heel goed zonder hem kunnen stellen; zo groot was de behoefte aan juridische bijstand nu ook weer niet. Hij was al lang geleden tot de conclusie gekomen dat bijna niemand het zou merken als hij plotseling zijn praktijk sloot. Geen enkele cliënt zou zonder advocaat door het leven hoeven te gaan. De andere advocaten zouden binnenskamers grijnzen omdat ze een concurrent minder hadden. Na een maand zou niemand op de rechtbank hem nog missen. Dat had hem vele jaren droevig gestemd, maar wat hem echt dwarszat, was niet het heden of het verleden, maar de toekomst. Het vooruitzicht dat hij op zijn zestigste nog steeds elke dag naar zijn kantoor – ongetwijfeld hetzelfde kantoor – zou sjokken en scheidingszaken en armoedige faillissementen zou regelen voor mensen die zijn bescheiden honorarium amper konden betalen

– nou, dat was genoeg om elke dag van zijn leven zijn stemming te bederven. Het was genoeg om Mack heel ongelukkig te maken.

Hij wilde eruit. En hij wilde eruit terwijl hij nog jong was.

Een advocaat, Wilkins, liep over het trottoir voorbij zonder een blik in Macks raam te werpen. Wilkins was een klootzak die vier deuren verder zijn kantoor had. Jaren geleden had Mack een keer laat op de middag met drie andere advocaten, onder wie Wilkins, zitten drinken, en toen had hij zijn mond niet kunnen houden en bijzonderheden verteld van zijn grote plan om de grote klapper te maken met die kettingzagen. Wilkins, hufter die hij was, vroeg Mack nog vaak in het bijzijn van andere advocaten iets in de trant van: 'Hé, Mack, hoe staat het met die zaak van die kettingzagen?' Of: 'Hé, Mack, heb je al een schikking getroffen in die ketting-zaagzaken?' Maar na verloop van tijd was zelfs Wilkins die zaken vergeten.

Hé, Wilkins, kijk eens naar deze schikking, ouwe jongen! Een half miljoen dollar op tafel, en daarvan verdwijnt tweehonderd-duizend dollar in mijn zak. Minstens zoveel, misschien nog meer. Hé, Wilkins, dat is meer dan jij in de afgelopen vijf jaar hebt ver-diend.

Maar Mack wist dat Wilkins het nooit te weten zou komen. Niemand zou het weten, en dat vond Mack prima.

Straks zou Freda zoals altijd luidruchtig van haar lunchpauze terugkomen. Mack liep vlug naar zijn bureau, belde het nummer in New York, vroeg naar Marty Rosenberg en hing glimlachend op toen Marty's secretaresse opnam. Hij pakte zijn agenda en keek wat er voor die middag op het programma stond, en dat was al even somber als het weer. Een nieuwe scheiding om halfdrie en een lopende scheiding om halfvijf. Er was een lijst van vijftien telefoongesprekken die hij moest voeren, en op niet een daarvan verheugde hij zich. De visdossiers lagen op de kast te verstoffen. Hij pakte zijn jas en sloop de achterdeur uit. Zijn aktetas nam hij niet mee.

Zijn auto was een kleine BMW met meer dan honderdzestigdui-zend kilometer op de teller. De leasetermijn was over vijf maan-den verstreken en hij vroeg zich al af wat voor auto hij dan zou nemen. Aangezien advocaten, al hadden ze geen rooie cent, geacht werden in iets indrukwekkends te rijden, had hij stilletjes wat rondgekeken zonder er met iemand over te praten. Zijn vrouw zou bezwaar maken tegen alles wat hij koos, en hij was gewoon nog niet aan dat gevecht toe.

Zijn favoriete bierroute begon bij Parker's Country Store, veertien kilometer ten zuiden van het stadje in een dorp waar niemand hem kende. Hij kocht een sixpack lichtgroene flesjes geïmporteerd bier, goed spul voor deze bijzondere dag, en bleef over smalle achterweggetjes naar het zuiden rijden tot er geen ander verkeer meer was. Hij luisterde naar Jimmy Buffett. Die zong over zeilen, over rum drinken en over een leven waar Mack al een hele tijd van droomde. In de zomer voordat hij rechten ging studeren was hij twee weken gaan scubaduiken op de Bahama's. Het was zijn eerste buitenlandse reis geweest en hij zou het heel graag opnieuw willen doen. In de loop van de jaren, waarin de saaiheid van de advocatenpraktijk hem soms te veel werd en zijn huwelijk hem ging tegenstaan, was hij steeds meer naar Buffett gaan luisteren. Hij kon het leven op een zeilboot wel aan. Hij was er klaar voor.

Hij parkeerde bij een afgelegen picknickterrein op de oever van Lake Chatulla, het grootste meer tot honderd kilometer in de omtrek. Hij liet de motor en de verwarming aan en zette een raam op een kier. Hij nam slokjes bier en keek uit over het meer, waar het 's zomers een drukte van belang was, met waterskiboten en kleine catamarans, maar waar in februari niemand te bekennen was.

Marty's stem klonk nog helder in zijn hoofd. Hun gesprek kon hij zich met groot gemak voor de geest halen, bijna woord voor woord. Mack praatte in zichzelf. Na een tijdje zong hij met Buffett mee.

Dit was zijn grote moment. Dit was een kans die hij naar alle waarschijnlijkheid nooit opnieuw zou krijgen. Mack overtuigde zich er uiteindelijk van dat hij niet droomde, dat het geld echt op tafel lag. Hij maakte de rekensommen, en maakte ze opnieuw.

Het begon zachtjes te sneeuwen. De dwarrelende vlokken smolten zodra ze de grond raakten. Er hoefde maar een paar centimeter sneeuw voorspeld te zijn en het stadje was een en al opwinding, en nu er echt een paar vlokken vielen, wist hij dat de kinderen op school voor de ramen stonden, opgewonden bij het idee dat ze straks misschien naar huis mochten om te spelen. Waarschijnlijk belde zijn vrouw nu naar zijn kantoor om te zeggen dat hij de meisjes moest ophalen. Freda was op zoek naar hem. Na het derde biertje viel hij in slaap.

Hij miste zijn afspraak van halfdrie, en het kon hem niet schelen. Hij miste die van halfvijf ook. Hij bewaarde één biertje voor de terugreis, en om kwart over vijf betrad hij zijn kantoor via de achterdeur. Algauw stond hij oog in oog met een secretaresse die in alle staten was.

'Waar heb je gezeten?' wilde Freda weten.

'Eindje rijden,' zei hij. Hij trok zijn jas uit en hing hem in de gang. Ze liep achter hem aan zijn kamer in, haar handen op haar heupen, net zijn vrouw. 'Je bent twee afspraken misgelopen, de Maddens en de Garners, en die zijn daar helemaal niet blij mee. Je stinkt naar een brouwerij.'

'In brouwerijen maken ze bier, hè?'

'Ja. Je hebt vanmiddag duizend dollar aan honoraria het raam uit gegooid.'

'Nou en?' Hij liet zich in zijn stoel zakken en gooide een stel mappen van zijn bureau.

'Nou en? We hebben hier alle honoraria nodig die we kunnen krijgen. Je kunt het je niet permitteren cliënten weg te jagen. We hebben vorige maand niet eens onze vaste lasten verdiend, en deze maand is nog slechter.' Ze praatte snel en schel, met venijn dat zich in uren had opgebouwd. 'Er ligt een stapel rekeningen op mijn bureau en we hebben geen geld op de bank. De andere bank wil graag dat er eens wat wordt betaald op het krediet dat je daar om duistere redenen hebt geopend.'

'Hoe lang werk je hier al, Freda?'

'Vijf jaar.'

'Dat is lang genoeg. Pak je spullen bij elkaar en ga weg. Nu meteen.'

Van schrik vlogen beide handen naar haar mond. Ze kon nog uitbrengen: 'Je ontslaat me?'

'Nee. Ik beperk de vaste lasten. Ik ga inkrimpen.'

Ze vocht snel terug, nerveus kakelend van het lachen. 'En wie neemt dan de telefoon op? Wie doet dan al het typewerk, betaalt de rekeningen, houdt de dossiers bij, ontvangt de cliënten en houdt jou uit de problemen?'

'Niemand.'

'Je bent dronken, Mack.'

'Niet dronken genoeg.'

'Je redt het niet zonder mij.'

'Alsjeblieft, ga nou maar weg. Ik wil er niet over discussiëren.'

'Je gaat naar de bliksem.'

'Ik ben al naar de bliksem.'

'Je bent je verstand kwijt.'

'Dat ook. Alsjeblieft.'

Ze liep verontwaardigd weg, en Mack legde zijn voeten op zijn bureau. Aan de voorkant van het kantoor smeet ze met laden en stampte ze nog tien minuten rond, en toen riep ze: 'Jij bent een waardeloze klootzak, weet je dat?'

'Je hebt helemaal gelijk. Dag, Freda.'

De voordeur dreunde dicht, en toen was het stil. Hij had de eerste stap gezet.

Een uur later ging hij weer weg. Het was donker en koud en het sneeuwde niet meer. Hij had nog steeds dorst en wilde niet naar huis, maar hij wilde ook niet in een van de drie cafés in het centrum van Clanton worden gezien.

Het Riviera Motel lag ten oosten van het stadje, aan de weg naar Memphis. Het was een vervallen etablissement uit de jaren vijftig, met kleine kamertjes waarvan sommige per uur te huur waren, een klein café en een kleine foyer. Mack liet zich op een barkruk zakken en bestelde een glas tapbier. Uit een jukebox kwam countrymuziek, op het scherm aan de muur was basketbal te zien, en verder was er de gebruikelijke verzameling reizigers en verveelde dorpelingen, allemaal ruimschoots boven de vijftig. Mack herkende niemand behalve de barkeeper, een oudgediende wiens naam hem was ontschoten. Mack was niet bepaald een stamgast van het Riviera.

Hij vroeg om een sigaar, stak hem aan, nam slokjes van zijn bier, haalde na een paar minuten een blocnote tevoorschijn en begon te schrijven. Om een groot deel van zijn financiële puinhoop verborgen te houden voor zijn vrouw had hij een naamloze vennootschap van zijn praktijk gemaakt, zoals veel advocaten de laatste tijd hadden gedaan. Hij was de enige aandeelhouder, en de meeste schulden zaten in die vennootschap: een krediet van vijfentwintigduizend dollar dat nu zes jaar oud was en waar nog niets op was afgelost; twee creditcards, privé en van de praktijk, die voor kleine onkosten werden gebruikt en die al aan hun limiet van tienduizend dollar zaten en alleen met minimale afbetalingen in stand werden gehouden, en de gebruikelijke kantoorschulden voor apparatuur. De grootste debetpost van de vennootschap was een hypotheek van honderdtwintigduizend dollar op het kantoorgebouw, dat Mack acht jaar geleden ondanks hevige protesten van zijn vrouw had gekocht. De maandelijkse lasten bedroegen veertienhonderd dollar, en om dat te betalen had hij helemaal niets aan de lege eerste verdieping waarvan hij bij aankoop van het gebouw had gedacht dat hij er een huurder voor zou vinden.

Op deze geweldige, druilerige dag in februari had Mack al twee maanden zijn hypotheeklasten niet betaald.

Terwijl hij de ellende op een rijtje zette, bestelde hij nog een biertje. Hij kon zijn faillissement aanvragen, zijn dossiers aan een bevriende advocaat overdragen en als vrij man van alles weglopen, zonder zich voor iemand te hoeven schamen, want als hij voorgoed uit Clanton verdween, konden ze hem niet nawijzen en mochten ze over hem roddelen zoveel als ze wilden.

Zijn praktijk was geen probleem. Zijn huwelijk was lastiger.

Mack dronk tot tien uur en reed toen naar huis. Hij stopte op het pad van zijn bescheiden kleine huis in een oude wijk van Clanton, zette de motor en de lichten uit, bleef achter het stuur zitten en keek naar het huis. In de huiskamer brandde licht. Ze wachtte.

Kort nadat ze vijftien jaar geleden waren getrouwd, hadden ze het huis van haar oma gekocht, en al vijftien jaar wilde Lisa iets groters. Haar zus was met een arts getrouwd, en die woonden in een mooi huis bij de countryclub, waar alle andere artsen en bankiers en ook sommige advocaten woonden. Het leven was daar veel beter, want de huizen waren nieuwer en je had zwembaden, tennisbanen en een golfbaan binnen handbereik. Gedurende het grootste deel van zijn huwelijksleven was Mack er telkens aan herinnerd dat ze weinig vooruitgang boekten met het beklimmen van de maatschappelijke ladder. Vooruitgang? Mack wist dat ze juist langzaam naar beneden gleden. Hoe langer ze in oma's huis woonden, des te kleiner werd het.

Lisa's familie had generaties lang de enige betonfabriek van Clanton in eigendom gehad, en hoewel ze daardoor in hoog aanzien stonden in het stadje, schoten hun bankrekeningen er niets mee op. Ze gingen gebukt onder 'familiegeld', een status die veel met snobisme en bitter weinig met concreet bezit te maken had. Het had Lisa indertijd een goede zet geleken om met een advocaat te trouwen, maar vijftien jaar later twijfelde ze daaraan, en dat wist Mack.

Het verandalicht ging aan.

Als het een ruzie zou worden zoals de meeste andere, zouden de meisjes – Helen en Margo – op de eerste rij zitten. Hun moeder had waarschijnlijk al urenlang mensen gebeld en met dingen gegooid, en terwijl ze zo tekeerging, had ze de meisjes heel goed duidelijk gemaakt wie goed en wie fout was. De meisjes waren nu jonge tieners en het zag ernaar uit dat ze net zo werden als Lisa. Mack hield echt wel van hen, maar bij het derde biertje op de oever van het meer was hij al tot de conclusie gekomen dat hij ook zonder hen kon leven.

De voordeur ging open, en daar was ze. Ze zette één stap op de smalle veranda, sloeg haar blote armen over elkaar en keek woedend over het steriele gazon, recht in de trillende ogen van Mack. Hij keek terug, maakte het portier aan de bestuurderskant open en stapte uit. Hij smeet het portier dicht, en ze liet een gemeen 'Waar heb jij gezeten?' op hem los.

'Op kantoor,' antwoordde hij. Hij deed een stap en zei tegen zichzelf dat hij voorzichtig moest lopen, en niet moest wankelen als een dronken kerel. Hij had zijn mond vol mentholkauwgom – niet dat hij dacht daarmee iemand te kunnen misleiden. Het pad liep een beetje hellend van het huis naar de straat.

'Waar heb je gezeten?' vroeg ze opnieuw, nu nog harder.

'Alsjeblieft, de buren.' Hij zag het stukje ijzel tussen zijn auto en de hare niet, en toen hij het ontdekte, was hij zichzelf niet meer meester. Hij gleed met een schreeuw naar voren en dreunde met zijn voorhoofd tegen de achterbumper van haar auto. Zijn wereld werd even zwart, en toen hij bijkwam, hoorde hij opgewonden vrouwenstemmen. Een daarvan zei: 'Hij is dronken.'

Dank je, Lisa.

Zijn hoofd stond op springen en zijn gezichtsveld was wazig. Ze boog zich over hem heen en zei dingen als: 'Hij bloedt, jezus nog aan toe!' En: 'Jullie vader is dronken!' En: 'Bel een ambulance.'

Gelukkig verloor hij weer het bewustzijn, en toen hij weer iets kon horen, had een mannenstem de leiding. Buurman Browning. 'Let op dat ijs, Lisa, en geef me die deken. Er is veel bloed.'

'Hij heeft gedronken,' zei Lisa, altijd op zoek naar bondgenoten.

'Waarschijnlijk voelt hij niets,' voegde Browning er behulpzaam aan toe. Mack en hij hadden al jaren een hekel aan elkaar.

Hoewel hij versuft was had hij iets kunnen zeggen, maar Mack besloot, zoals hij daar in de kou lag, alleen maar zijn ogen dicht te doen en het aan iemand anders over te laten zich zorgen te maken over hem. Algauw hoorde hij een ambulance.

Het beviel hem goed in het ziekenhuis. De pijnstillers waren geweldig, de zusters vonden hem leuk en hij had het perfecte excuus om niet naar kantoor te gaan. Hij had zes hechtingen en een lelijke blauwe plek op zijn voorhoofd, maar zoals Lisa door de telefoon tegen iemand zei toen ze dacht dat hij sliep, had hij 'geen extra hersenletsel'. Zodra was vastgesteld dat zijn verwondingen wel meevielen, kwam ze niet meer naar het ziekenhuis en hield ze de meisjes daar ook vandaan. Hij had geen haast om te vertrekken, en zij had geen haast om hem naar huis te halen. Niettemin zei de dokter na twee dagen dat hij naar huis moest. Toen hij zijn spullen bij elkaar pakte en afscheid nam van de zusters, kwam Lisa zijn kamer binnen en deed ze de deur dicht. Ze ging op de enige stoel zitten en sloeg haar armen en benen over elkaar alsof ze van plan was uren te blijven. Mack ging op het bed liggen. De laatste dosis Percocet was nog niet uitgewerkt, en hij voelde zich geweldig licht in zijn hoofd.

'Je hebt Freda ontslagen,' zei ze, haar tanden op elkaar geklemd, haar wenkbrauwen opgetrokken.

'Ja.'

'Waarom?'

'Omdat ik genoeg had van haar brutale praatjes. Wat kan het jou schelen? Jij hebt de pest aan Freda.'

'Hoe moet het verder met je praktijk?'

'Nou, het is in elk geval veel rustiger. Ik heb al vaker secretaresses ontslagen. Het is niets bijzonders.'

Stilte. Ze haalde haar armen van elkaar af en draaide aan een haarlok. Dat betekende dat ze over iets ernstigs nadacht en op het punt stond er lucht aan te geven.

'We hebben morgenmiddag om vijf uur een afspraak bij dr. Juanita,' zei ze. Het was al geregeld. Er viel niet over te onderhandelen.

Dr. Juanita was een van de drie geregistreerde huwelijkstherapeuten in Clanton. Mack kende hen beroepsmatig via zijn werk als echtscheidingsadvocaat. Hij kende hen persoonlijk omdat Lisa hem naar alle drie had meegesleept voor therapie. Hij was degene die behoefte had aan therapie. Zij natuurlijk niet. Dr. Juanita koos altijd partij voor de vrouw. Lisa's keuze was dan ook geen verrassing.

'Hoe gaat het met de meisjes?' vroeg Mack. Hij wist dat het antwoord niet prettig zou zijn, maar als hij het niet vroeg, zou ze later tegen dr. Juanita klagen: 'Hij vroeg niet eens naar de meisjes.'

'Die voelen zich vernederd. Hun vader komt 's avonds laat

dronken thuis en gaat op het garagepad onderuit, breekt zijn kop en moet in allerijl naar het ziekenhuis, waar blijkt dat hij twee keer zoveel alcohol in zijn bloed heeft als wettelijk is toegestaan. De hele stad weet ervan.'

'Als iedereen het weet, moet jij het hebben rondverteld. Waarom kun je niet gewoon je kop houden?'

Haar gezicht liep rood aan, en haar ogen schitterden van haat. 'Wat ben je toch een miezerig mannetje. Je bent een waardeloze dronkenlap, weet je dat?'

'Dat moet ik tegenspreken.'

'Hoeveel drink je?'

'Niet genoeg.'

'Je hebt hulp nodig, Mack. Veel hulp.'

'En die hulp krijg ik van dr. Juanita?'

Ze sprong plotseling overeind en rende naar de deur. 'Ik ga niet ruziemaken in een ziekenhuis.'

'Natuurlijk niet. Dat doe je liever thuis, waar de meisjes bij zijn.'

Ze rukte de deur open en zei: 'Morgenmiddag vijf uur. Zorg dat je er bent.'

'Ik zal erover nadenken.'

'En kom vanavond niet thuis.'

Ze smeet de deur dicht, en Mack hoorde haar woedend tikkende hakken op de gang.


De eerste van Macks kettingzaagcliënten was een bosarbeider die Odell Grove heette. Bijna vijf jaar geleden had Groves negentienjarige zoon een snelle echtscheiding nodig gehad en was hij bij Mack terechtgekomen. Toen Mack de jongen vertegenwoordigde, die zelf ook in de bosbouw werkte, hoorde hij van Odells kennismaking met een kettingzaag die gevaarlijker bleek te zijn dan de meeste andere. Tijdens het werk knapte de ketting; de beschermkap liet het afweten en Odell raakte zijn linkeroog kwijt. Hij droeg nu een lapje, en dat lapje hielp Mack om die allang vergeten cliënt te herkennen toen hij een wegrestaurant buiten het dorp Karraway binnenkwam. Het was kort na acht uur, de ochtend na Macks ontslag uit het ziekenhuis, de ochtend nadat hij op kantoor was blijven slapen. Toen de meisjes al naar school waren, was hij het huis binnengeslopen om wat kleren op te halen. Om niet uit de toon te vallen droeg hij werkschoenen en een camouflagepak dat hij soms aantrok als hij op hertenjacht ging. Over de verse wond op zijn voorhoofd had hij een groene wollen ijsmuts omlaag getrokken, maar hij kon niet alle blauwe plekken verbergen. Hij slikte pijnstillers en voelde zich verdoofd. De pillen gaven hem wel de moed die hij voor deze onaangename ontmoeting nodig had. Hij had geen keus.

Odell met het zwarte ooglapje zat op drie tafels afstand pannenkoeken te eten en luid te praten. Hij keek geen moment in Macks richting. Volgens het dossier hadden ze elkaar vier jaar en tien maanden geleden in ditzelfde wegrestaurant ontmoet. Mack had Odell toen voor het eerst verteld dat hij een goede, kansrijke zaak had tegen de fabrikant van de kettingzaag. Hun laatste contact hadden ze bijna twee jaar geleden gehad, toen Odell naar Macks kantoor belde om nogal nadrukkelijk te informeren naar de vorderingen van zijn goede, kansrijke zaak. Daarna was het dossier onwelriekend geworden.

Mack dronk koffie aan het buffet, keek in een krant en wachtte tot de ochtendklanten naar hun werk vertrokken. Uiteindelijk waren Odell en zijn twee collega's klaar met hun ontbijt en liepen ze naar de kassa. Mack liet een dollar voor zijn koffie achter en volgde hen naar buiten. Toen ze naar hun houtwagen liepen, slikte Mack en zei: 'Odell.' Ze bleven alle drie staan en Mack liep vlug naar hen toe voor een vriendelijke begroeting.

'Odell, ik ben het. Mack Stafford. Ik heb de scheiding van je zoon Luke afgehandeld.'

'De advocaat?' vroeg Odell verbaasd. Hij keek naar de werkschoenen, de jachtkleding en de ijsmuts tot dicht boven de ogen.

'Ja, uit Clanton. Heb je even tijd?'

'Wat...'

'Eventjes maar. Een kleine zakelijke aangelegenheid.'

Odell keek de twee anderen aan, en ze haalden alle drie hun

schouders op. 'We wachten wel in de wagen,' zei een van hen.

Zoals de meeste mannen die hun geld verdienen met bomen omzagen diep in het bos, was Odell breed in zijn schouders en borst en had hij kolossale onderarmen en verweerde handen. En met zijn ene goede oog kon hij meer minachting uitstralen dan de meeste mensen met twee.

'Wat is er?' snauwde hij, en hij spuwde. Er stak een tandenstoker uit zijn mondhoek. Op zijn linkerwang had hij een litteken, met de complimenten van Tinzo. Het ongeluk had hem een oog en een maand hout gekost, misschien nog wel meer.

'Ik ben mijn praktijk aan het afbouwen,' zei Mack.

'En wat betekent dat?'

'Het betekent dat ik het kantoor sluit. Ik denk dat ik misschien nog wat geld uit jouw zaak kan halen.'

'Ik geloof dat ik dat al eerder heb gehoord.'

'Dit is het voorstel: binnen twee weken kan ik vijfentwintigduizend dollar handje contantje voor je krijgen, harde cash, maar alleen als je het strikt geheimhoudt. En daarmee bedoel ik dat je moet zwijgen als het graf. Je mag het niemand vertellen.'

Voor een man die nog nooit vijfduizend dollar bij elkaar had gezien was dat meteen een zeer aantrekkelijk vooruitzicht. Odell keek om zich heen om er zeker van te zijn dat niemand meeluisterde. Intussen kauwde hij op zijn tandenstoker, alsof dat hem hielp met denken.

'Hier zit een luchtje aan,' zei hij. Zijn ooglapje trilde.

'Het is niet zo ingewikkeld, Odell. Het is een snelle schikking omdat het bedrijf dat de kettingzaag heeft gemaakt wordt overgenomen door een ander bedrijf. Dat gebeurt zo vaak. Ze willen die oude claims graag vergeten.'

'En het is allemaal legaal?' vroeg Odell argwanend, alsof deze advocaat niet te vertrouwen was.

'Natuurlijk. Ze betalen het geld, maar alleen als het geheim blijft. Bovendien: denk eens aan alle problemen die je zou krijgen als de mensen wisten dat je zoveel geld had.'

Odell keek naar de houtwagen en zijn twee maten die erin zaten. Toen dacht hij aan zijn vrouw, en haar moeder, en zijn zoon die voor drugs in de gevangenis zat, en zijn zoon die werkloos was, en algauw had hij aan een heleboel mensen gedacht die hem met het grootste genoegen van zijn geld af zouden helpen. Mack wist wat hij dacht en voegde eraan toe: 'Bankbiljetten, Odell. Van mijn zak in de jouwe, en niemand weet er iets van. Zelfs de belastingdienst niet.'

'Is er geen kans om nog meer te krijgen?' vroeg Odell.

Mack fronste zijn wenkbrauwen en schopte tegen een steentje. 'Geen stuiver, Odell. Geen stuiver. Het is vijfentwintigduizend of niets. En we moeten snel zijn. Ik kan je het geld binnen een maand geven.'

'Wat moet ik doen?'

'We ontmoeten elkaar hier volgende week vrijdag om acht uur 's morgens. Ik heb een handtekening nodig, en dan kan ik het geld voor je krijgen.'

'Hoeveel verdien jij hieraan?'

'Dat doet er niet toe. Wil je het geld of niet?'

'Het is niet veel geld voor een oog.'

'Daar heb je gelijk in, maar meer kun je niet krijgen. Ja of nee?'

Odell spuwde weer en bewoog de tandenstoker van de ene naar de andere mondhoek. Ten slotte zei hij: 'Vooruit dan maar.'

'Goed. Volgende week vrijdag, acht uur 's morgens, hier op deze plaats. En kom alleen.'

Toen ze elkaar jaren geleden voor het eerst ontmoetten, had Odell gezegd dat hij nog een bosarbeider kende die een hand had verloren toen hij met hetzelfde model Tinzo-kettingzaag aan het werk was. Dat tweede letselgeval had Mack op het idee van een bredere actie gebracht, een eis die hij namens tientallen of zelfs honderden verminkte slachtoffers zou indienen. Destijds, jaren geleden, had hij het geld al bijna kunnen voelen.

Eiser twee had indertijd in de buurt gewoond, in Polk County, ergens in een troosteloos gehucht diep in een naaldwoud. Hij heette Jerrol Baker en hij was een man van eenendertig die zijn werk in het bos had moeten opgeven omdat hij nog maar één hand had. Om aan de kost te komen hadden hij en een neef van hem een speedlaboratorium gebouwd in hun dubbele woonwagen, en daarna had Jerrol de chemicus veel meer geld verdiend dan Jerrol de bosarbeider. Helaas bleek zijn nieuwe carrière niet minder gevaarlijk te zijn. Jerrol ontkwam ternauwernood aan de vuurdood toen hun lab explodeerde. Alles ging in vlammen op: de apparatuur, de voorraad, de woonwagen en de neef. Jerrol werd in staat van beschuldiging gesteld en kwam in de gevangenis terecht. Van daaruit stuurde hij een groot aantal onbeantwoorde brieven aan de advocaat die namens hem en vele anderen een goede, kansrijke eis tegen Tinzo had ingediend. Na een paar maanden werd hij voorwaardelijk vrijgelaten, en volgens de geruchten was hij weer in de omgeving. Mack had hem in minstens twee jaar niet gesproken.

Het zou een heel probleem worden om hem nu te spreken te krijgen, als het al niet onmogelijk was. Het huis van Jerrols moeder stond leeg. Een buurman wilde absoluut niet meewerken, totdat Mack uitlegde dat hij Jerrol driehonderd dollar schuldig was en een cheque moest afleveren. Aangezien Jerrol waarschijnlijk geld schuldig was aan de meeste buren van zijn moeder, kwam er nu wat meer informatie. Mack zag er in elk geval niet uit als een narcoticarechercheur, een deurwaarder of een reclasseringsambtenaar. De buurman wees naar de weg en over de heuvel, en Mack volgde zijn instructies op. Hij zinspeelde links en rechts op geld dat hij wilde terugbetalen en drong op die manier steeds dieper in de naaldwouden van Polk County door. Het liep al tegen de middag toen er een eind aan de grindweg kwam. Een oeroude woonwagen stond troosteloos op gasbetonblokken waar zich wilde ranken omheen hadden geslingerd. Mack liep langzaam naar de wagen toe, met een .38 pistool in zijn zak. De deur ging langzaam open, scheefhangend aan zijn scharnieren.

Jerrol verscheen op de gammele houten veranda en keek nors naar Mack, die op vijf meter afstand bleef staan. Jerrol droeg geen kleding op zijn bovenlijf, maar wel veel inkt. Op zijn armen en borst prijkte een kleurrijke verzameling gevangenistatoeages. Zijn haar was lang en vuil en zijn magere lichaam oogde alsof het geteisterd was door speed. Hij had zijn linkerhand aan Tinzo verloren, maar in zijn rechterhand had hij een geweer met afgezaagde loop. Hij knikte, maar zei niets. Zijn ogen zaten spookachtig diep weggedoken in hun kassen.

'Ik ben Mack Stafford, advocaat uit Clanton. Jij bent Jerrol Baker, nietwaar?'

Mack verwachtte min of meer dat het geweer vurend omhoog zou komen, maar het kwam niet in beweging. Vreemd genoeg glimlachte zijn cliënt: een tandeloze grijns die angstaanjagender was dan het wapen. 'Dat ben ik,' bromde hij.

Ze praatten tien minuten. Gezien hun voorgeschiedenis en de plaats waar ze waren, was het een verrassend beschaafd gesprek. Zodra Jerrol besefte dat hij op het punt stond vijfentwintigduizend dollar in cash te ontvangen, en dat niemand daarvan zou weten, veranderde hij in een klein jongetje en nodigde hij Mack zelfs binnen uit. Mack ging daar niet op in.

Toen ze in hun leren stoelen zaten, tegenover de therapeute achter haar bureau, was dr. Juanita al volledig op de hoogte gesteld van alle problemen. Ze nam een houding aan alsof ze zich onbevangen opstelde, maar dat was gespeeld. Mack vroeg bijna hoe vaak de meiden met elkaar hadden gekletst, maar het was juist zijn strategie dat hij conflicten uit de weg ging.

Na enkele opmerkingen om de echtelieden op hun gemak te stellen en een sfeer van warmte en vertrouwen te creëren nodigde dr. Juanita hen uit iets te zeggen. Zoals te verwachten was, begon Lisa. Ze praatte een kwartier aan een stuk door over haar ongelukkige leven, de leegte die ze voelde, haar frustraties, en ze beschreef in niet mis te verstane termen hoe weinig genegenheid en ambitie haar man bezat en dat hij steeds afhankelijker werd van alcohol.

Macks voorhoofd was bont en blauw en voor een derde bedekt met een vrij groot wit verband, zodat hij niet alleen als dronkaard werd beschreven, maar er ook zo uitzag. Hij hield zich in, luisterde, probeerde ellendig en gedeprimeerd te kijken. Toen het zijn beurt was om iets te zeggen, bracht hij een aantal van de al genoemde problemen naar voren, maar zei niets wat insloeg als een bom. De meeste problemen waren door hem veroorzaakt, en hij wilde best de schuld op zich nemen.

Toen hij klaar was, wilde dr. Juanita hen apart spreken. Lisa verliet als eerste de kamer; ze ging naar de hal terug om daar in tijdschriften te bladeren en nieuwe munitie te verzamelen. Mack bleef in zijn eentje bij de therapeute achter. De eerste keer dat hij deze marteling had ondergaan was hij nerveus geweest, maar nu hij al veel sessies had meegemaakt, liet het hem eigenlijk koud. Wat hij ook zou zeggen, het zou zijn huwelijk niet kunnen redden, en dus kon hij net zo goed zijn mond houden.

'Ik heb het gevoel dat je uit dit huwelijk wilt stappen,' begon dr. Juanita zacht en verstandig. Ze keek hem aandachtig aan.

'Ik wil eruit omdat zij eruit wil. Ze wil een groter leven, een groter huis, een grotere man. Ik ben gewoon te klein.'

'Lachen Lisa en jij ooit met elkaar?'

'Misschien als we naar iets grappigs op televisie kijken. Ik lach, zij lacht, de meisjes lachen.'

'En seks?'

'Nou, we zijn allebei tweeënveertig en we doen het gemiddeld één keer per maand. Het is een trieste zaak, want het duurt hooguit vijf minuten. Geen passie, geen romantiek, alleen iets om even te ontspannen. Nogal systematisch, alsof je lijntjes tussen stippen trekt. Ik krijg de indruk dat ze het hele gedoe wel zou kunnen missen.'

Dr. Juanita maakte aantekeningen zoals Mack dat deed wanneer hij met een cliënt praatte die niets zei maar van wie toch iets moest worden opgeschreven.

'Hoeveel drink je?' vroeg ze.

'Lang niet zoveel als zij zegt. Ze komt uit een familie van niet-drinkers, dus ze vindt drie biertjes op een avond al een drinkgelag.'

'Maar je drinkt te veel.'

'Ik kwam laatst thuis, die dag dat het sneeuwde, gleed uit over wat ijzel, dreunde met mijn hoofd tegen de grond, en nu weet het grootste deel van Clanton niet beter of ik kwam dronken naar huis waggelen en smakte op het garagepad neer, met een barst in mijn schedel tot gevolg, zodat ik nu rare dingen doe. Ze verzamelt bondgenoten, Juanita, begrijp je dat dan niet? Ze vertelt iedereen hoe slecht ik ben, want ze wil mensen aan haar kant hebben als ze een scheiding aanvraagt. De slaglinies zijn al op de kaart getekend. Er valt niet meer aan te ontkomen.'

'Geef je het op?'

'Ik capituleer. Volledig. Onvoorwaardelijk.'

Die zondag was toevallig de tweede zondag van de maand, een dag die Mack meer verafschuwde dan alle andere dagen. Lisa's familie, de familie Bunning, was op elke tweede zondag van de maand bij de wet verplicht om na kerktijd voor een brunch bijeen te komen in het huis van haar ouders. Geen enkel excuus werd geaccepteerd, tenzij een lid van de familie op die dag de stad uit was, en zelfs daar werd afkeurend over gesproken. De ontbrekende persoon ging meestal vernietigend over de tong, zij het natuurlijk niet waar de kinderen bij waren.

Mack, wiens voorhoofd nog donkerder blauw was geworden en een lelijke bult vertoonde, kon de verleiding van een glorieus afscheid niet weerstaan. Hij sloeg de kerk over, douchte niet, schoor zich niet en trok een oude spijkerbroek en een vuil sweatshirt aan. Om er des te dramatischer uit te zien haalde hij het witte verband van zijn wond weg. Hij dacht niet dat de Bunnings nog veel trek in hun brunch zouden hebben als ze zijn gruwelijke hechtingen zagen. Hij kwam een paar minuten te laat, maar nog wel vroeg genoeg om te voorkomen dat ze hem alvast geniepig over de hekel haalden. Lisa negeerde hem volkomen, net als bijna alle anderen. Zijn dochters verstopten zich in de serre met hun neven en nichten, die natuurlijk al alles over het schandaal hadden gehoord en alles over zijn totale instorting wilden weten.

Op een gegeven moment, kort voordat ze aan tafel gingen, liep Lisa langs hem en voegde ze hem met opeengeklemde tanden toe: 'Waarom ga je niet gewoon weg?' Waarop Mack blijmoedig antwoordde: 'Omdat ik honger heb en sinds de tweede zondag van vorige maand geen aangebrande stoofschotel meer heb gehad.'

Ze waren allemaal aanwezig, zestien familieleden, en nadat Lisa's vader, die zijn das en witte overhemd van de kerk nog droeg, Gods zegen over de dag had afgesmeekt met zijn gebruikelijke gebed tot de Almachtige, gaven ze het eten aan elkaar door en begon de maaltijd. Zoals altijd verstreek er ongeveer een halve minuut voordat haar vader over de prijs van specie begon. De vrouwen vormden groepjes om te roddelen. Twee van Macks neefjes, die tegenover hem zaten, keken met grote ogen naar zijn hechtingen en konden geen hap door hun keel krijgen. Ten slotte bereikte Lisa's moeder, de grote dame, het onvermijdelijke punt waarop ze haar mond niet meer kon houden. Toen het even stil was, zei ze met luide stem: 'Mack, je arme hoofd ziet er vreselijk uit. Dat moet wel pijn doen.'

Mack, die zo'n salvo had verwacht, pareerde met: 'Ik voel niks. Ze hebben daar fantastische middelen voor.'

'Wat is er gebeurd?' Die vraag kwam van de zwager, de arts, de enige aan de tafel die toegang had tot Macks ziekenhuisgegevens. Het leed weinig twijfel dat de dokter Macks dossier zo ongeveer uit zijn hoofd had geleerd, de behandelende artsen en verpleegkundigen aan de tand had gevoeld en meer van Macks toestand wist dan Mack zelf. Nu Mack voorbereidingen trof om uit de advocatuur te stappen, vond hij het jammer dat hij nooit wegens een medische fout tegen zijn zwager had kunnen procederen. Anderen hadden dat wel gedaan, en gewonnen ook.

'Ik had gedronken,' zei Mack trots. 'Ik kwam laat thuis, gleed uit over ijzel en kwam op mijn hoofd terecht.'

Alle ruggen aan de tafel verstijfden tegelijk. Dit was echt een familie van geheelonthouders.

Mack ging verder: 'Ga me niet vertellen dat jullie alle bijzonderheden nog niet weten. Lisa was ooggetuige. Ze heeft het iedereen verteld.'

'Mack, alsjeblieft,' zei Lisa, terwijl ze haar vork liet vallen. Er was geen vork meer die bewoog, behalve die van Mack. Hij stak de zijne in een bergje rubberkip en stopte het in zijn mond.

'Alsjeblieft wat?' vroeg hij, zijn mond vol, de kip zichtbaar. 'Je hebt er zelf voor gezorgd dat iedereen aan deze tafel jouw versie van de toedracht al kent.' Hij kauwde, praatte en wees met zijn vork naar zijn vrouw, die aan het andere eind van de tafel zat, dicht bij haar vader. 'En je hebt ze vast ook wel over ons bezoek aan de huwelijkstherapeute verteld, hè?'

'O mijn god,' verzuchtte Lisa.

'En weten we ook allemaal al dat ik op kantoor slaap?' vroeg hij. 'Ik mag niet meer naar huis, want, tja, misschien glijd ik dan nog een keer uit. Of weet ik veel, misschien word ik dronken en sla ik de kinderen. Wie weet? Nietwaar, Lisa?'

'Zo is het wel genoeg, Mack,' zei haar vader met gezaghebbende stem.

'Ja, pa. Sorry. Deze kip is bijna rauw. Wie heeft hem klaargemaakt?'

Zijn schoonmoeder stoof op. Haar rug werd nog stijver. Haar wenkbrauwen kwamen omhoog. 'Dat was ik, Mack. Heb je nog meer klachten over het eten?'

'O, een heleboel klachten, maar wat dondert het?'

'Let op je woorden, Mack,' zei haar vader.

'Zien jullie wat ik bedoel?' Lisa boog zich naar voren. 'Hij is zijn verstand kwijt.' De meesten knikten ernstig. Helen, hun jongste dochter, huilde zachtjes.

'Dat zeg je graag, hè?' riep Mack vanaf zijn eind van de tafel. 'Je hebt hetzelfde tegen de huwelijkstherapeute gezegd. Je zegt het tegen iedereen. Mack stootte zijn hoofd en nu is hij zo gek als een zak stront.'

'Mack, ik tolereer dat taalgebruik niet,' zei haar vader streng. 'Ik wil dat je de tafel verlaat.'

'Sorry. Ik wil best weggaan.' Hij stond op en schopte zijn stoel achteruit. 'En het zal jullie goeddoen te vernemen dat ik nooit meer terugkom. Dat vinden jullie geweldig, hè?'

Er viel een geladen stilte. Toen hij de tafel verliet, hoorde hij Lisa nog zeggen: 'Ik vind dit zo erg voor jullie.'

Die maandag liep hij om het plein heen naar het grote, drukke kantoor van Harry Rex Vonner, een vriend die zonder enige twijfel de gemeenste scheidingsadvocaat van Ford County was. Harry

Rex was een luidruchtige, zwaargebouwde vechtersbaas die zwarte sigaren rookte, tegen zijn secretaresses gromde, tegen de griffiemedewerkers gromde, de agenda van de rechtbank beheerste, de rechters intimideerde en bij een echtscheiding de tegenpartij de stuipen op het lijf joeg. Zijn kantoor was een puinhoop, met dozen vol dossiers in de hal, uitpuilende prullenbakken, stapels oude tijdschriften in de rekken, een dikke laag blauwe sigarettenrook net onder het plafond, een dikke laag stof op de meubelen en boekenplanken, en altijd een bonte verzameling van cliënten die droefgeestig bij de voordeur zaten te wachten. Het was net een dierentuin. Er gebeurde nooit iets op tijd. Achterin was altijd iemand aan het schreeuwen. De telefoons rinkelden aan een stuk door. Het kopieerapparaat was altijd vastgelopen. Enzovoort. Mack was er al vaak voor zaken geweest en genoot van de chaos die er heerste.

'Ik hoorde dat je gek bent geworden,' begon Harry Rex, die hem in de deuropening van zijn kamer begroette. Het was een grote kamer zonder ramen aan de achterkant van het gebouw, ver van de wachtende cliënten, een kamer vol boekenplanken, opslagdozen, bewijsstukken, vergrote foto's en dikke stapels beëdigde verklaringen. Aan de muren hingen goedkope doffe foto's, vooral van Harry Rex met een geweer in zijn armen, grijnzend neerkijkend op gedode dieren. Mack wist niet meer wanneer hij hier de vorige keer was geweest, maar hij wist wel dat er niets veranderd was.

Ze gingen zitten, Harry Rex achter een kolossaal bureau met zoveel papieren dat sommige eraf gleden, en Mack in een versleten canvasstoel die heen en weer wiebelde.

'Ik heb mijn kop gestoten. Dat is alles,' zei Mack.

'Je ziet er beroerd uit.'

'Dank je.'

'Heeft ze al een scheiding aangevraagd?'

'Nee. Dat ben ik net nagegaan. Ze zei dat ze een advocate in Tupelo neemt, omdat hier niemand te vertrouwen zou zijn. Ik verzet me er niet tegen, Harry Rex. Ze mag alles hebben – de meisjes, het huis en alles wat daarin staat. Ik vraag mijn faillissement aan, sluit de tent en ga weg.'

Harry Rex knipte langzaam de punt van de volgende zwarte sigaar en stak hem toen in zijn mondhoek. 'Je bent gek geworden, jongen.' Harry Rex was een jaar of vijftig, maar leek veel ouder en wijzer. Als hij met iemand praatte die jonger was dan hij, voegde hij het woord 'jongen' automatisch aan zijn woorden toe om zijn genegenheid te tonen.

'Laten we het een midlifecrisis noemen. Ik ben tweeënveertig en ik ben het zat om advocaat te zijn. Mijn huwelijk is in het slop geraakt. Mijn carrière ook. Het wordt tijd voor verandering, een nieuwe omgeving.'

'Luister eens, jongen. Ik heb drie huwelijken achter de rug. Als je een vrouw kwijt wilt, hoef je er niet met de staart tussen de benen vandoor te gaan.'

'Ik kom je niet om carrièreadvies vragen, Harry Rex. Ik wil dat je mijn scheiding en mijn faillissement regelt. Ik heb de papieren al opgesteld. Je laat gewoon een van je helpers alles bij de rechtbank indienen en zorgt ervoor dat ik gedekt ben.'

'Waar ga je heen?'

'Ergens ver weg. Ik weet het nog niet precies, maar ik laat het je weten als ik er ben. Ik kom terug als het nodig is. Ik ben nog steeds vader, weet je.'

Harry Rex zakte onderuit in zijn stoel. Hij blies zijn adem uit en keek naar de stapels mappen die lukraak om zijn bureau heen op de vloer lagen. Hij keek naar zijn telefoon, waarop vijf rode lichtjes knipperden. 'Mag ik met je mee?' vroeg hij.

'Sorry. Jij moet hier blijven en mijn advocaat zijn. Ik heb elf actieve scheidingszaken, bijna allemaal onbetwist, plus acht faillissementen, een adoptie, twee boedelscheidingen, een auto-ongeluk, een ontslagzaak en twee kleine zakelijke geschillen. Het totaal van de honoraria is ongeveer vijfentwintigduizend dollar in de komende zes maanden. Ik wil graag dat je die zaken van me overneemt.'

'Het is een berg ellende.'

'Ja, de troep waar ik zeventien jaar mee bezig ben geweest. Schuif het maar door naar een van je medewerkers hier op kantoor en geef hem een premie. Geloof me: er zit niets ingewikkelds bij.'

'Hoeveel alimentatie kun je voor je kinderen betalen?'

'Op z'n hoogst drieduizend per maand. Dat is veel meer dan ik nu bijdraag. Begin maar bij tweeduizend en kijk hoe het gaat. Ze kan een scheidingsverzoek wegens duurzame ontwrichting van het huwelijk indienen; dan verzet ik me niet. Ze krijgt de volledige voogdij, maar ik wil de meisjes ontmoeten als ik in de stad ben. Ze krijgt het huis, haar auto, de bankrekeningen, alles. Ze blijft buiten het faillissement. De gezamenlijke bezittingen vallen erbuiten.'

'Wat laat je failliet gaan?'

'Advocatenkantoor Jacob McKinley Stafford nv. Het ruste in vrede.'

Harry Rex kauwde op zijn sigaar en keek naar het faillissementsverzoek. Er was niets bijzonders aan: de gebruikelijke maximaal benutte creditcards, de eeuwige ongedekte kredieten, de loodzware hypotheek. 'Je hoeft dit niet te doen,' zei hij. 'Dit is nog wel te beheersen.'

'Het verzoek is al ingediend, Harry Rex. Het besluit is genomen, samen met nog meer besluiten. Ik ga ervandoor. Ik ga weg.'

'Je hebt lef.'

'Nee. De meeste mensen zouden zeggen dat weglopen iets voor lafaards is.'

'Hoe zie jij het?'

'Het kan me niet schelen. Als ik nu niet ga, kom ik hier nooit meer weg. Dit is mijn enige kans.'

'Bravo.'


Op dinsdag, om precies tien uur 's morgens, een glorieuze week na het eerste telefoontje, voerde Mack het tweede. Toen hij het nummer intoetste, glimlachte hij en feliciteerde hij zichzelf met alles wat hij in de afgelopen zeven dagen had bereikt. Het plan werkte perfect. Er was nog geen enkele kink in de kabel gekomen, misschien afgezien van die hoofdwond, maar zelfs die kon hij uiteindelijk heel goed bij zijn vlucht gebruiken: Mack is gewond. Hij heeft met hoofdletsel in het ziekenhuis gelegen. Geen wonder dat hij zich vreemd gedraagt.

'Marty Rosenberg,' zei hij vriendelijk, en toen wachtte hij tot de grote man in kennis was gesteld. Marty nam vlug op en ze wisselden beleefdheden uit. Marty had blijkbaar geen haast en praatte rustig over van alles en nog wat. Mack werd plotseling bang dat die nonchalante houding van Marty betekende dat er verandering in de plannen was gekomen. Er zou toch geen slecht nieuws zijn? Hij kwam ter zake.

'Zeg, Marty, ik heb alle vier mijn cliënten gesproken, en zoals te verwachten was, gaan ze allemaal graag akkoord met je aanbod. We sluiten het dossier voor een half miljoen dollar.'

'Eh, nou, was het een half miljoen, Mack?' Hij klonk onzeker.

Macks hart sloeg een slag over. 'Natuurlijk, Marty,' zei hij, en toen grinnikte hij, alsof hij wel doorhad dat die goeie ouwe Marty een grap met hem uithaalde. 'Je hebt honderdduizend voor ieder van hen aangeboden, plus honderdduizend voor de verdedigingskosten.'

Mack hoorde dat daar in New York met papieren werd geschoven. 'Hmmm, eens kijken, Mack. We hebben het toch over de Tinzo-zaken?'

'Dat klopt, Marty,' zei Mack met de nodige angst en frustratie. En wanhoop. De man met het chequeboek wist niet eens waar ze het over hadden. Een week geleden was hij heel efficiënt overgekomen. Nu aarzelde hij. En toen kwamen de afschuwelijke woorden: 'Ik ben bang dat ik die zaken met een paar andere zaken heb verward.'

'Dat meen je niet!' blafte Mack veel te scherp. Rustig blijven, zei hij tegen zichzelf.

'Hebben we echt zoveel geld voor die zaken geboden?' vroeg Marty. Blijkbaar keek hij in zijn notities.

'Nou en of, en ik heb dat aanbod te goeder trouw aan mijn cliënten overgebracht. We hebben een afspraak, Marty. Je hebt een redelijk aanbod gedaan en dat hebben we geaccepteerd. Je kunt er niet op terugkomen.'

'Het lijkt me alleen een beetje hoog. Ik werk tegenwoordig aan zoveel zaken die met productaansprakelijkheid te maken hebben.'

Nou, gefeliciteerd, zei Mack bijna. Je hebt een massa werk te doen voor cliënten die je een massa geld betalen. Mack veegde zweet van zijn voorhoofd en zag het allemaal wegglippen. Niet in paniek raken, zei hij tegen zichzelf. 'Het is helemaal niet hoog, Marty. Je zou Odell Grove met zijn ene oog moeten zien, en Jerrol Baker zonder zijn linkerhand, en Doug Jumper met zijn verminkte en nutteloze rechterhand, en Travis Johnson met stompjes waar hij vroeger vingers had. Je zou met die mannen moeten praten, Marty, dan zou je zien hoe ellendig ze eraan toe zijn, hoe die kettingzagen van Tinzo hun leven hebben bedorven. Dan zou je het vast wel met me eens zijn dat je aanbod van een half miljoen niet alleen redelijk is, maar misschien zelfs een beetje aan de lage kant.' Mack ademde uit en glimlachte bijna in zichzelf toen hij klaar was. Het was geen slecht pleidooi geweest. Misschien had hij vaker op de rechtbank moeten pleiten.

'Ik heb geen tijd om al die details door te nemen of de aansprakelijkheid te betwisten, Mark. Ik...'

'Het is Mack. Mack Stafford, advocaat in Clanton, Mississippi.'

'Ja. Sorry.' Er schoven nog meer papieren over het bureau in New York. Er klonken gedempte stemmen op de achtergrond; Rosenberg gaf instructies aan anderen. Toen was hij terug en klonk hij weer helder. 'Je weet zeker wel, Mack, dat Tinzo vier keer voor de rechter is gedaagd in verband met die kettingzaag en alle vier processen heeft gewonnen. Er is geen enkele aansprakelijkheid.'

Natuurlijk wist Mack dat niet, want hij had nooit meer gedacht aan het proces dat hij zelf had willen voeren. Maar in zijn wanhoop zei hij: 'Ja, ik heb die processen bestudeerd. Maar ik dacht dat je de aansprakelijkheid niet ging betwisten, Marty.'

'Oké, je hebt gelijk. Ik fax de papieren van de schikking.'

Mack haalde diep adem.

'Wanneer kun je weer contact met me opnemen?' vroeg Marty.

'Over twee dagen.'

Ze onderhandelden over de bewoordingen van de schikking. Ze kibbelden over de verdeling van het geld. Ze hingen twintig minuten aan de telefoon om te doen wat van advocaten verwacht werd.

Toen Mack eindelijk ophing, deed hij zijn ogen dicht, legde zijn voeten op zijn bureau en trapte zijn draaistoel naar achteren. Hij was uitgeput, doodmoe, nog steeds bang, maar hij kwam er snel overheen. Hij glimlachte en neuriede algauw weer een deuntje van Jimmy Buffett.

Zijn telefoon rinkelde aan een stuk door.

In werkelijkheid had hij Travis Johnson en Doug Jumper niet kunnen vinden. Travis scheen ergens in het westen van het land als vrachtwagenchauffeur te werken, iets wat hij met zeven volledige vingers natuurlijk nog wel kon doen. Travis had een ex-vrouw met een huis vol kinderen en een dik dossier over onbetaalde alimentatie. Ze werkte 's nachts in een benzinestation in Clanton en had Mack niet veel te zeggen. Ze herinnerde zich zijn belofte van geld toen er drie vingers van Travis waren verminkt. Volgens vage vrienden was Travis er een jaar geleden vandoor gegaan en was hij niet van plan naar Ford County terug te keren.

Doug Jumper was misschien wel dood. Drie jaar geleden was hij in Tennessee wegens mishandeling tot gevangenisstraf veroordeeld en daarna had niemand meer iets van hem vernomen. Hij had nooit een vader gehad. Zijn moeder woonde niet meer in de buurt. Hier en daar in de county waren nog wat familieleden, maar over het geheel genomen hadden die er weinig behoefte aan om over Doug te praten, en ze wilden al helemaal niet met een advocaat praten, zelfs niet met een advocaat in jagerskleren, of een verbleekte spijkerbroek en werkschoenen, of in een van de andere outfits die Mack gebruikte om gemakkelijker met de plaatselijke bevolking in contact te komen. Zijn truc van de vage cheque die hij voor Doug Jumper zou hebben, werkte niet. Niets werkte, en na twee weken zoeken gaf Mack het eindelijk op toen hij voor de derde of vierde keer hetzelfde gerucht had gehoord: 'Die jongen zal wel dood zijn.'

Hij kreeg de handtekeningen van Odell Grove en Jerrol Baker – die van Jerrol was weinig meer dan een klungelig krabbeltje met zijn rechterhand – en beging toen zijn eerste misdrijf. Zoals gebruikelijk was, verlangde Marty Rosenberg in New York dat de handtekeningen op de schikkingsformulieren door een beëdigde getuige werden bevestigd. Mack had indertijd zijn secretaresse daarvoor laten beëdigen, maar die had hij ontslagen en het was veel te ingewikkeld om een andere aan te stellen of het aan iemand anders te vragen.

Mack zat met de deuren dicht achter zijn bureau en vervalste zorgvuldig Freda's handtekening, waarna hij het officiële zegel aanbracht met een verlopen stempel die hij in een afgesloten archiefkast had liggen. Hij bekrachtigde Odells handtekening, en toen die van Jerrol en keek met enige bewondering naar zijn werk. Hij was al dagen van plan geweest dit te doen en had er het volste vertrouwen in dat hij niet betrapt zou worden. Het waren prachtige vervalsingen en het was nauwelijks te zien dat er aan de stempel was geknoeid. Trouwens, niemand in New York zou de tijd nemen om er goed naar te kijken. Rosenberg en zijn mensen wilden hun dossiers zo graag afsluiten dat ze alleen maar een vluchtige blik op Macks papieren zouden werpen en dan meteen de cheque zouden sturen.

Hij begaf zich nog verder op het pad van de criminaliteit door de handtekeningen van Travis Johnson en Doug Jumper te vervalsen. Dat kon hij natuurlijk gerust doen, want hij was serieus naar hen op zoek geweest, en als ze ooit opdoken, zou hij hun dezelfde vijfentwintigduizend dollar aanbieden die hij aan Odell en Jerrol betaalde. Vooropgesteld natuurlijk dat hij er dan nog was.

Maar Mack was niet van plan er dan nog te zijn.

De volgende morgen gebruikte hij de posterijen – weer een mogelijke schending van het recht, ditmaal een federaal misdrijf, maar ook daar zat hij niet mee – om het pakje per expresse naar New York te sturen.

Daarna vroeg Mack zijn faillissement aan, en daarbij overtrad hij weer een wet door geen melding te maken van de honoraria die zijn meesterwerk met de kettingzagen hem zou opleveren. Het verweer kon worden gemaakt – en zou misschien ook worden gemaakt als hij betrapt werd – dat de honoraria nog niet geïnd waren, enzovoort, maar Mack kon zelfs die discussie met zichzelf niet winnen. Niet dat hij daar erg zijn best voor deed. Niemand in Clanton, of in heel Mississippi, zou die honoraria ooit te zien krijgen.

Hij had zich in twee weken niet geschoren en vond dat zijn peper- en zoutkleurige baardje hem goed stond. Hij at niet meer en droeg geen jasje en das meer. De blauwe plekken en hechtingen waren van zijn hoofd verdwenen. Als ze hem in de stad zagen, wat niet zo vaak gebeurde, bleven mensen aarzelend staan en fluisterden ze tegen elkaar, want het gerucht ging dat die arme Mack zijn verstand kwijt was. Het nieuws van zijn faillissement ging als een lopend vuurtje door het gerechtsgebouw, en toen het werd gecombineerd met het nieuws dat Lisa echtscheiding had aangevraagd, praatten de advocaten, griffiemedewerkers en secretaresses over weinig anders. Zijn praktijk zat onder kantoortijd op slot, en daarna ook. De telefoon nam hij niet meer op.

Het kettingzaaggeld werd naar een nieuwe bankrekening in Memphis overgemaakt, en van daaruit discreet verspreid. Mack nam vijftigduizend dollar in contanten op, betaalde Odell Grove en Jerrol Baker uit en had daar een goed gevoel bij. Natuurlijk, eigenlijk hadden ze recht op meer, in elk geval volgens de allang vergeten contracten die Mack onder hun neus had geduwd toen ze hem in de arm namen. Maar Mack vond dat deze bijzondere gelegenheid voldoende aanleiding gaf tot een meer flexibele interpretatie van die contracten, en redenen waren er genoeg. Ten eerste waren zijn cliënten heel tevreden. Ten tweede zouden zijn cliënten elk bedrag boven de vijfentwintigduizend dollar vast en zeker over de balk smijten en kon Mack, als het geld behouden moest blijven, het leeuwendeel beter zelf houden. Ten derde was vijfentwintigduizend dollar een redelijke schadeloosstelling in het licht van hun verwondingen, vooral omdat de twee mannen niets zouden hebben gekregen als Mack indertijd niet zo slim was geweest het hele kettingzaagplan te bedenken.

De redenen vier, vijf en zes behoorden tot dezelfde denktrant. Mack had er al genoeg van om zijn daden te rechtvaardigen. Hij belazerde zijn cliënten en wist dat donders goed.

Hij was nu een crimineel: papieren vervalsen, activa achterhouden, cliënten bezwendelen. Als hij daarover ging nadenken, zou hij diep ongelukkig worden. In werkelijkheid verheugde Mack zich zo op zijn ontsnapping dat hij zichzelf soms op hardop lachen betrapte. Toen de misdrijven waren gepleegd, was er geen weg terug, en dat gaf hem ook een goed gevoel.

Hij gaf Harry Rex een cheque van vijftigduizend dollar voor de eerste kosten van de scheiding en machtigde zijn advocaat om namens hem zijn zaken af te wikkelen. De rest van het geld werd overgeboekt naar een bank in Midden-Amerika.

Het laatste onderdeel van zijn zorgvuldig uitgedachte en briljant uitgevoerde afscheid was een ontmoeting met zijn dochters. Na enkele korzelige telefoongesprekken had Lisa zich eindelijk bereid verklaard Mack een uurtje op een donderdagavond in het huis toe te laten. Ze zou weggaan, maar na precies zestig minuten terugkomen.

Ergens in de geschiedenis van het menselijk gedrag heeft een wijs mens ooit de ongeschreven regel bedacht dat zulke ontmoetingen verplicht zijn. Van Mack hoefde het allemaal niet, maar hij was niet alleen een crimineel, maar ook een lafaard. Geen enkele regel was veilig. Hij nam aan dat het belangrijk voor de meisjes was om uiting te geven aan hun gevoelens, om te huilen, hem te vragen waarom. Het bleek dat hij zich geen zorgen had hoeven maken. Lisa had ze zo grondig geïnstrueerd dat ze het amper konden opbrengen hem te omhelzen. Hij beloofde hen zo vaak mogelijk op te zoeken, al ging hij de stad uit. Ze hoorden dat aan met meer scepsis dan hij voor mogelijk had gehouden. Na dertig lange, pijnlijke minuten drukte Mack hun stijve lichamen nog één keer tegen zich aan en liep toen vlug naar zijn auto. Toen hij wegreed, was hij ervan overtuigd dat de drie vrouwen plannen maakten voor een gelukkig nieuw leven zonder hem.

En als hij uitgebreid over zijn fouten en tekortkomingen had nagedacht, zou hij depressief zijn geworden. Hij vocht tegen de aandrang om zich de meisjes te herinneren toen ze nog klein waren en het leven mooier was. Of was hij nooit echt gelukkig geweest? Hij zou het niet kunnen zeggen.

Hij reed naar zijn kantoor terug, ging via de achterdeur naar binnen, zoals hij tegenwoordig altijd deed, en liep nog een laatste keer door de vertrekken. Alle actieve dossiers waren overgedragen aan Harry Rex. De oude waren verbrand. De handboeken, kantoorapparaten, meubelen en goedkope kunst aan de muur waren verkocht of weggegeven. Hij nam een middelgrote koffer mee waarvan hij de inhoud zorgvuldig had geselecteerd. Geen pakken, dassen, witte overhemden, colbertjes, nette schoenen – al die dingen had hij aan een liefdadigheidsinstelling gegeven. Mack nam alleen de lichtere dingen mee.

Hij nam een bus naar Memphis, vloog vandaar naar Miami en vervolgens naar Nassau op de Bahama's, bleef daar één nacht en nam toen het vliegtuig naar Belize City in Belize. Daar wachtte hij een uur op het smoorhete vliegveld. Hij dronk een biertje in de kleine bar, luisterde naar een stel rumoerige Canadezen die opgewonden over vissen praatten, en droomde van wat hem te wachten stond. Dat laatste wist hij niet precies, maar het zou vast en zeker beter zijn dan de ravage die hij achterliet.

Het geld was overgeboekt naar Belize, een land dat wel een uitleveringsverdrag met de Verenigde Staten had, maar daar in de praktijk niet veel aan deed. Als ze hem op het spoor kwamen – en die kans achtte hij heel klein – zou hij rustig naar Panama vertrekken. De kans dat hij werd gepakt was volgens hem miniem, en wanneer iemand in Clanton ging informeren, zou Harry Rex dat gauw genoeg te horen krijgen.

Het vliegtuig naar Ambergris Cay was een oude Cessna Caravan. De twintig plaatsen werden bezet door weldoorvoede Noord-Amerikanen die te breed waren voor de krappe ruimte. Mack vond dat niet erg. Hij keek door het raam naar de schitterende blauwe zee duizend meter beneden hem, warm zilt water waarin hij binnenkort zou zwemmen.

Op het eiland, en ten noorden van het stadje San Pedro, vond hij een kamer in een schilderachtig hotelletje aan de waterkant, Rico's Reef Resort. De kamers waren hutten met een rieten dak en hadden elk een eigen voorveranda. Elke veranda had een lange hang-mat en maakte daarmee duidelijk wat bij Rico's de hoogste priori-teit had. Mack betaalde cash een week vooruit – nooit meer creditcards – en trok vlug zijn nieuwe werkkleding aan: T-shirt, oude korte spijkerbroek, honkbalpet, geen schoenen. Hij vond algauw een cafeetje, bestelde een rumdrankje en maakte kennis met een zekere Coz. Coz zat aan het eind van de teakhouten tap-kast en maakte de indruk dat hij daar al enige tijd zat. Hij droeg zijn lange grijze haar in een staart en zijn huid was gelooid en ge-bronsd. Zijn accent deed vaag aan New England denken, en algauw liet Coz, die kettingrookte en donkere rum dronk, zich ontvallen dat hij ooit voor een vage, niet nader genoemde firma in Boston had gewerkt. Hij probeerde iets over Macks achtergrond te weten te komen, maar Mack was te nerveus om iets te vertellen.

'Hoe lang blijf je hier?' vroeg Coz.

'Lang genoeg om bruin te worden,' antwoordde Mack.

'Dat kan even duren. Kijk uit voor de zon. Die is hier genade-loos.'

Coz had advies voor een heleboel dingen in Belize. Toen hij be-sefte dat hij weinig uit zijn drinkvriendje loskreeg, zei hij: 'Je bent slim. Je moet hier niet te veel praten. Je hebt hier veel Amerikanen die op de vlucht zijn voor iets.'

Later, in de hangmat, schommelde Mack in de lichte bries. Hij keek naar de oceaan, luisterde naar de branding, nam slokjes rum met sodawater, en vroeg zich af of hij echt op de vlucht was. Hij werd niet achtervolgd door arrestatiebevelen, dagvaardingen of schuldeisers. Tenminste niet voor zover hij wist. En hij verwachtte ze ook niet. Als hij wilde, kon hij de volgende dag naar huis gaan, maar die gedachte riep weerzin bij hem op. Hij had geen thuis meer. Aan thuis was hij juist ontsnapt. De schok van het weggaan kwam hard aan, maar de rum verzachtte veel.

De eerste week bracht Mack vooral in de hangmat of bij het zwembad door. Hij ging telkens even in de zon liggen, maar keerde dan snel naar de schaduw van de veranda terug. Als hij geen dutje deed, aan het zonnen was of in het café zat, maakte hij lange wan-delingen langs de waterkant. Het zou niet gek zijn als hij gezelschap had, zei hij tegen zichzelf. Hij praatte met de toeristen uit de kleine hotels en vissershutten en zag ten slotte kans een leuke jongedame uit Detroit te versieren. Soms verveelde hij zich, maar verveling in Belize was veel beter dan verveling in Clanton.

Op 25 maart ontwaakte Mack uit een nare droom. Om de een of andere afschuwelijke reden herinnerde hij zich die datum omdat er op die dag in Clanton een nieuwe termijn op de rechtbank begon. Onder normale omstandigheden zou Mack nu in de rechtszaal zijn, waar de agenda werd behandeld. Samen met twintig andere advocaten gaf hij dan antwoord als zijn naam werd omgeroepen, en vertelde hij de rechter dat de heer en mevrouw die-en-die aanwezig waren en er klaar voor waren om te scheiden. Hij had er die dag minstens drie op de rol staan. Jammer genoeg wist hij hun namen niet meer. Het was in feite een lopende band, en Mack was een laagbetaalde en gemakkelijk vervangbare arbeider.

Hij lag naakt onder dunne lakens en deed zijn ogen dicht. Hij ademde diep in en rook het muffe eikenhout en leer van de oude rechtszaal. Hij hoorde de stemmen van de andere advocaten, die gewichtig kibbelden om dingen die op het laatste moment nog geregeld moesten worden. Hij zag de rechter met zijn vaal geworden zwarte toga in een grote stoel zitten, ongeduldig wachtend tot de papieren getekend waren en het zoveelste voor eeuwig gesloten huwelijk ontbonden was.

Toen deed hij zijn ogen open, en terwijl hij naar het langzame, geluidloze ronddraaien van de plafondventilator keek, en naar de vroege ochtendgeluiden van de oceaan luisterde, was Mack Stafford plotseling en helemaal in de ban van de heerlijke vrijheid. Hij trok vlug een sportbroekje aan en rende over het strand naar een pier die vijftig meter het water in stak. Hij rende over de pier en hield geen moment de pas in tot hij aan het eind was. Lachend sprong Mack door de lucht en belandde met een plons in het water. Het water, warm als een sauna, duwde hem omhoog, en hij zwom.

# Casino

De meest ambitieuze ondernemer van het stadje Clanton was een tractordealer die Bobby Carl Leach heette. Vanuit een groot grindterrein aan de weg ten noorden van het stadje had Bobby Carl door de jaren heen een imperium opgebouwd. Dat bestond onder andere uit een graafmachine- en bulldozerdienst, een vloot houtwagens, twee vistentjes waar je voor een vast bedrag onbeperkt kon eten, een motel, wat ruig bosland waarop de sheriff een marihuanaplantage had ontdekt, en een verzameling vastgoed, vooral bestaand uit lege gebouwen die verspreid om de stad heen stonden. De meeste daarvan brandden uiteindelijk af. Bobby Carl liet een spoor van brandstichtingen en rechtszaken achter. Hij wist alles van procederen; hij mocht zelfs graag pochen over alle advocaten die hij aan het werk hield. Met een kleurrijke voorgeschiedenis van louche transacties, echtscheidingen, belastingcontroles, frauduleuze verzekeringsclaims en problemen met de politie was Bobby Carl een kleine bedrijfstak op zich, in elk geval wat de plaatselijke advocatuur betrof. En hoewel hij vaak betrokken was bij louche praktijken, was hij nooit echt vervolgd. In de loop van de jaren was door zijn talent om aan justitie te ontkomen zijn reputatie alleen maar gegroeid, en de meeste inwoners van Clanton vonden het prachtig om verhalen over Bobby Carls handel en wandel te vertellen en aan te dikken.

Zijn favoriete auto was een Cadillac DeVille, altijd kastanjebruin, nieuw en smetteloos. Hij ruilde hem elk jaar in voor het nieuwste model. Niemand anders durfde in zo'n auto te rijden. Hij kocht eens een Rolls-Royce, de enige tot driehonderd kilometer in de omtrek, maar deed hem binnen een jaar weg, want hij merkte dat zo'n exotisch voertuig weinig indruk op de mensen in Clanton maakte. Ze wisten niet waar de Rolls was gemaakt en wat hij kostte. Geen van de monteurs in de stad wilde er een vinger naar uitsteken; niet dat het er iets toe deed, want ze konden toch niet aan onderdelen komen.

Hij droeg cowboylaarzen met gevaarlijk spitse punten, gesteven witte overhemden en driedelige pakken, waarvan de zakken altijd vol geld zaten. En elke outfit werd versierd met een verbijsterende hoeveelheid goud: dikke horloges, zware halskettingen, armbanden, riemgespen, boordenknoopjes, dasspelden. Bobby Carl verzamelde goud zoals sommige vrouwen schoenen verzamelen. Er zat verguldsel op zijn auto's, kantoor, aktetassen, messen, fotolijsten, zelfs op zijn sanitair. Hij hield ook van diamanten. De belastingdienst kon al die draagbare rijkdom niet bijhouden, en Bobby Carl was kind aan huis op de zwarte markt waar die dingen werden verhandeld.

Zo opzichtig als hij in het openbaar was, zo fanatiek waakte hij over zijn privéleven. Hij woonde in alle stilte in een merkwaardig modern huis diep in de heuvels ten oosten van Clanton, en omdat zo weinig mensen zijn huis ooit hadden gezien, gingen er geruchten over allerlei illegale en immorele activiteiten die daar zouden plaatsvinden. Er zat trouwens wel enige waarheid in die geruchten. Een man met zijn status trok vanzelf vrouwen van twijfelachtig allooi aan, en Bobby Carl hield van de dames. Hij trouwde met enkelen van hen en kreeg daar dan altijd spijt van. Hij hield ook van drank, maar ging zich er nooit aan te buiten. Hij had vrolijke vrienden en gaf wilde feesten, maar Bobby Carl Leach liep nooit een uur werk mis door een kater. Daar was geld veel te belangrijk voor.

Elke morgen om vijf uur, ook 's zondags, maakte hij met zijn kastanjebruine DeVille een rondje om het gerechtsgebouw van Ford County in het centrum van Clanton. De winkels en kantoren waren dan altijd leeg en donker, en dat deed hem enorm goed. Laat ze maar slapen, dacht hij. De bankiers, advocaten, makelaars en winkeliers die verhalen over hem vertelden terwijl ze jaloers waren op zijn geld, waren 's morgens om vijf uur nooit aan het werk. Bobby Carl genoot van de duisternis en de stilte, de afwezigheid van concurrentie op dat vroege uur. Na zijn dagelijkse overwinningsrondje reed hij vlug naar zijn kantoor, dat zich naast zijn tractorterrein bevond en dat zonder enige twijfel het grootste in de county was. Het besloeg de eerste verdieping van een oud bakstenen gebouw van voor de oorlog, en van achter de donkergetinte ramen kon Bobby Carl een oogje op zijn tractors houden terwijl hij intussen ook het verkeer op de grote weg in de gaten hield.

Alleen en tevreden op dat vroege uur, begon hij elke dag met een pot sterke koffie, die hij leegdronk terwijl hij zijn kranten las. Hij was geabonneerd op elke krant die hij kon krijgen – uit Memphis, Jackson en Tupelo – en op de weekbladen uit de omringende county's. Terwijl hij grote hoeveelheden koffie dronk, zocht hij in de kranten niet naar nieuws, maar naar kansen. Gebouwen die te koop stonden, agrarisch land, executies van huizen, fabrieken die kwamen en gingen, veilingen, faillissementen, liquidaties, verzoeken om een offerte, bankfusies, openbare werken die werden uitbesteed. De muren van zijn kantoor waren bedekt met plattegronden en luchtfoto's van plaatsen en county's. De plaatselijke kadastergegevens zaten in zijn computer. Hij wist wie er achter waren met hun grondbelasting, en hoe lang en hoeveel. Die informatie verzamelde hij in de vroege uurtjes, terwijl alle andere mensen sliepen.

Zijn grootste zwakheid, meer nog dan vrouwen en whisky, was gokken. Al heel lang speelden Las Vegas, pokerclubs en bookmakers een grote rol in zijn leven, en bepaald niet altijd zo'n gunstige. Hij verloor regelmatig veel geld op de windhondenbaan in West Memphis en ging een keer bijna failliet op een cruiseschip naar Bermuda. En toen heel onverwacht in Mississippi het casinogokken werd gelegaliseerd, liep zijn imperium zorgwekkend veel schulden op. Er was altijd maar één bank geweest die zaken met hem wilde doen, en toen hij daar niet meer terechtkon om zijn verliezen aan de dobbeltafels te dekken, kon hij zijn personeel alleen nog betalen door goud in Memphis te verpanden. Toen brandde er een gebouw af. Hij zat de verzekeringsmaatschappij op de huid tot ze een schikking wilden aangaan, en toen was hij weer even uit de geldnood.

De Choctaw-indianen bouwden het enige casino in de staat dat niet aan de rivier lag. Dat was in Neshoba County, twee uur ten zuiden van Clanton, en daar liet Bobby Carl op een avond de dobbelstenen voor het laatst rollen. Hij verloor een klein vermogen, en toen hij onder invloed naar huis reed, nam hij zich heilig voor nooit meer te gokken. Het was nu echt genoeg geweest. Gokken was voor sukkels. Geen wonder dat de slimme jongens steeds maar nieuwe casino's bouwden.

Bobby Carl Leach beschouwde zichzelf als een slimme jongen.

Hij deed het nodige onderzoek en het bleek algauw dat het ministerie van Binnenlandse Zaken in het hele land 562 indianenstammen erkende, maar in Mississippi alleen de Choctaw. In Mississippi had het eens gewemeld van de indianen – minstens negentien grote stammen – maar de meeste waren in de jaren dertig van de negentiende eeuw onder dwang naar Oklahoma verplaatst. Er waren alleen nog drieduizend Choctaw over, en die deden goede zaken met hun casino. In Mississippi mochten alleen indianenstammen casino's exploiteren.

Er was dringend concurrentie nodig. Uit nader onderzoek bleek dat de Yazoo ooit de op een na grootste indianenpopulatie waren geweest. Lang voordat de blanken waren gekomen, had hun territorium bijna heel de noordelijke helft van het tegenwoordige Mississippi beslagen, waaronder Ford County. Bobby Carl betaalde een paar dollar aan een genealogisch onderzoeksbureau, en dat produceerde een twijfelachtige stamboom waaruit zou blijken dat de overgrootvader van zijn vader voor een zestiende Yazoo was.

Een businessplan begon vorm aan te nemen.

Vijftig kilometer ten westen van Clanton, bij de grens met Polk County, stond een kruidenierszaak die eigendom was van een enigszins donkergetinte oude man met lang gevlochten haar en een turkooizen ring aan elke vinger. Iedereen noemde hem Chief Larry, vooral omdat hij beweerde volbloed indiaans te zijn en de papieren beweerde te hebben om dat aan te tonen. Hij was een Yazoo, en daar was hij trots op, en om mensen van zijn authenticiteit te overtuigen had hij behalve eieren en koud bier ook allerlei goedkope indiaanse voorwerpen en souvenirs in zijn winkel. Langs de kant van de weg stond een in China gemaakte tipi, en in een kooi bij de deur lag een zieltogende oude zwarte beer te slapen. Omdat de winkel van Chief de enige was tot vijftien kilometer in de omtrek, had hij redelijk veel klandizie van de plaatselijke bevolking. Hij verkocht ook een beetje benzine en verdiende wat aan een enkele verdwaalde toerist.

Chief Larry was een soort actievoerder. Hij lachte bijna nooit en wekte de indruk dat hij het hele gewicht van zijn onderdrukte en vergeten volk op zijn schouders torste. Hij schreef boze brieven aan afgevaardigden, gouverneurs en bureaucraten, en hun reacties prikte hij met punaises op de muur achter de kassa. Bij de geringste provocatie voer hij fel uit tegen het nieuwste onrecht dat 'zijn volk' werd aangedaan. Geschiedenis was een favoriet onderwerp van hem, en hij kon urenlang doorpraten over de kleurrijke en hartverscheurende diefstal van 'zijn land'. De meeste mensen uit de omgeving wisten dat ze beter hun mond konden houden als ze hun boodschappen kwamen doen, maar enkelen trokken een stoel bij en lieten Chief tekeergaan.

Bijna twintig jaar lang had Chief Larry andere Yazoo-afstammelingen in de omgeving opgespoord. De meesten van degenen die hij aanschreef, wisten niets van hun indiaanse afkomst en wilden daar ook beslist niets mee te maken hebben. Ze waren volkomen geassimileerd door telkens met niet-indianen te trouwen en wisten niets van zijn versie van hun genenpool. Ze waren blank! Per slot van rekening was dit Mississippi, en elke zinspeling op gemengd bloed betekende iets veel onheilspellenders dan een beetje voorouderlijk gestoei met de inheemse bevolking. Degenen die de moeite namen terug te schrijven, beweerden bijna allemaal van Angelsaksische afkomst te zijn. Twee van hen dreigden tegen hem te procederen, en een van hen dreigde hem te vermoorden. Maar hij ging gewoon door, en toen hij een bont gezelschap van twintig desperate figuren had verzameld, stichtte hij de Yazoo-natie en diende hij een aanvraag in bij het ministerie van Binnenlandse Zaken.

Jaren gingen voorbij. In het hele land kwamen er casino's in indianenreservaten, en plotseling kreeg indiaans land veel meer waarde.

Toen Bobby Carl had vastgesteld dat hij voor een deel Yazoo was, raakte hij er stilletjes bij betrokken. Met de hulp van een prominent advocatenkantoor in Tupelo werd druk uitgeoefend op de juiste plaatsen in Washington, en op een gegeven moment werd aan de Yazoo de officiële status van stam verleend. Ze hadden geen land, maar volgens de federale richtlijnen was dat ook niet nodig.

Bobby Carl had het land. Vijftien hectare dwergstruiken en moerasdennen langs de grote weg, net voorbij de tipi van Chief Larry.

Toen het charter uit Washington arriveerde, kwam de trotse nieuwe stam voor een ceremonie bijeen in de achterkamer van Chiefs winkel. Ze nodigden hun afgevaardigde uit, maar die had het te druk in het Capitool. Ze nodigden de gouverneur uit, maar er kwam geen reactie van zijn kant. Ze nodigden andere functionarissen van de staat uit, maar die hadden allemaal belangrijke verplichtingen elders. Ze nodigden de plaatselijke politici uit, maar ook die hadden het te druk. Er kwam alleen een lage, bleke ambtenaar van het ministerie van Binnenlandse Zaken om de papieren te overhandigen. De Yazoo, van wie de meesten net zo'n bleek gezicht hadden als de ambtenaar, waren toch onder de indruk. Zoals te verwachten was, werd Larry unaniem tot stamhoofd voor het leven gekozen. Er was geen sprake van een salaris, maar er was wel veel sprake van een huis, een stuk land waarop ze een kantoor of hoofdkwartier konden bouwen, een gebouw met een identiteit en een doel.

De volgende dag reed de kastanjebruine DeVille van Bobby Carl het halfverharde parkeerterrein van Chief op. Bobby Carl had Chief Larry nooit ontmoet en nooit een voet in de winkel gezet. Hij keek naar de namaaktipi, zag de afbladderende verf op de buitenwanden, wierp een laatdunkende blik op de oeroude benzinepompen, bleef lang genoeg bij de berenkooi staan om vast te stellen dat het beest inderdaad nog leefde, en liep toen naar binnen om zijn bloedbroeder te leren kennen.

Gelukkig had Chief nooit van Bobby Carl Leach gehoord. Anders had hij hem misschien alleen een lightdrankje verkocht en hem goedendag gewenst. Na een paar slokjes, en toen duidelijk was geworden dat de klant geen haast had om weg te komen, vroeg Chief: 'Woont u hier in de buurt?'

'Andere kant van de county,' zei Bobby Carl, terwijl hij een nepspeer aanraakte die deel uitmaakte van een apachesetje op een plank bij de toonbank. 'Gefeliciteerd met het federale charter,' zei hij.

Chiefs borst zwol meteen op, en hij liet nu zijn eerste glimlachje zien. 'Dank u. Hoe wist u dat? Heeft het in de krant gestaan?'

'Nee. Ik heb het gewoon gehoord. Ik ben voor een deel Yazoo.'

Meteen verdween het glimlachje. Chief keek scherp met zijn zwarte ogen naar Bobby Carls dure wollen pak en vest, zijn gesteven witte overhemd, zijn lawaaierige geruite das, gouden armbanden, gouden horloge, gouden manchetknopen, gouden riemgesp, helemaal tot aan zijn cowboylaarzen met spitse punten. Toen bestudeerde hij Bobby Carls haar – getint en gepermanent, met sliertjes die om de oren heen bungelden. De ogen waren blauwig groen, Iers en onrustig. Chief gaf natuurlijk de voorkeur aan mensen die op hemzelf leken, mensen met minstens enkele indiaanse trekken, maar tegenwoordig moest hij nemen wat hij kon krijgen. De genenpool was zo ondiep geworden dat het er eigenlijk alleen nog maar om ging dat iemand zichzelf een Yazoo noemde.

'Het is waar,' ging Bobby Carl verder, en hij tikte op de binnenzak van zijn jas. 'Ik heb papieren.'

Chief maakte een afwerend gebaar. 'Nee, dat hoeft niet. Het is me een genoegen, eh...'

'Leach, Bobby Carl Leach.'

Bij een broodje vertelde Bobby Carl dat hij het stamhoofd van de Choctaw Nation goed kende en stelde hij voor dat de twee grote mannen elkaar zouden ontmoeten. Chief Larry was altijd al jaloers op de Choctaw geweest, omdat die officieel erkend werden en zich als stam zo goed staande konden houden. Hij had ook over hun bijzonder profijtelijke casinobusiness gelezen, waarvan ze de opbrengst gebruikten om de stam te steunen. Ze bouwden scholen en klinieken en gaven studiebeurzen aan jongeren. Bobby Carl, de mensenvriend, vertelde dat de Choctaw tot zoveel maatschappelijke verworvenheden waren gekomen omdat ze handig hadden ingespeeld op de neiging tot gokken en drinken onder blanken.

De volgende dag maakten ze samen een trip naar het Choctawreservaat. Bobby Carl reed en praatte aan een stuk door, en toen ze bij het casino aankwamen, had hij Chief Larry ervan overtuigd dat zij, de trotse Yazoo, als jonge natie dezelfde onderneming konden opzetten en evenveel succes konden hebben. Het Choctaw-stamhoofd werd vreemd genoeg in beslag genomen door andere zaken, maar een ondergeschikte gaf hun een halfslachtige rondleiding door het casino- en hotelcomplex, inclusief de twee golfbanen met achttien holes, het congrescentrum en het particuliere vliegveldje – dat alles in een heel landelijk en afgelegen deel van Neshoba County.

'Hij is bang voor concurrentie,' fluisterde Bobby Carl tegen Chief Larry, toen hun gids hen zonder ook maar enig enthousiasme rondleidde.

Op de terugweg zette Bobby Carl zijn plan uiteen. Hij zou het stuk land van vijftien hectare aan de Yazoo schenken. De stam zou eindelijk een thuis hebben! En op het land zouden ze een casino bouwen. Bobby Carl kende een architect, een aannemer en een bankier, en hij kende de plaatselijke politici. Het was duidelijk dat hij dit al een hele tijd van plan was. Chief Larry was te verbluft en onwetend om veel vragen te stellen. De toekomst was plotseling veelbelovend, en dat had weinig te maken met geld. Het ging om respect. Chief Larry droomde van een thuis voor zijn volk, een duidelijk afgebakend stuk grond waar zijn broeders en zusters in welvaart konden leven en konden proberen hun erfgoed te herwinnen.

Bobby Carl droomde ook, maar zijn dromen hadden weinig te maken met de glorie van een stam uit het verre verleden.

Het plan hield in dat hij een belang van vijftig procent in het casino zou krijgen. In ruil daarvoor zou hij de vijftien hectare schenken, de financiering voor het casino regelen en de juristen inhuren om onwillige en onverschillige autoriteiten over te halen. Aangezien het casino op indiaans land stond, hadden de autoriteiten in feite erg weinig te zeggen. De county en staat konden hen in elk geval niet tegenhouden; dat was al duidelijk geworden door rechterlijke uitspraken in het hele land.

Aan het eind van de lange dag dronken de twee bloedbroeders een flesje frisdrank in de achterkamer van Chiefs winkel. Ze schudden elkaar de hand en toostten op de toekomst.

Het stuk land van vijftien hectare wisselde van eigenaar, de bulldozers maakten alles plat, de juristen kwamen in actie, de bankier zag eindelijk het licht, en binnen een maand werd Clanton beheerst door het verschrikkelijke nieuws dat er een casino in Ford County kwam. Dagenlang gonsde het van de geruchten in de cafetaria's rond het plein, en in het gerechtsgebouw en in de kantoren in de binnenstad werd over weinig anders gepraat. Bobby Carls naam werd vanaf het allereerste begin met het schandaal in verband gebracht, en juist dat maakte het allemaal onheilspellend geloofwaardig. Dit was een kolfje naar zijn hand. Het was precies het soort immorele, lucratieve onderneming waarop hij zich met hart en ziel zou storten. Hij ontkende het in het openbaar en bevestigde het in de privésfeer, en liet het uitlekken aan iedereen die in zijn ogen waardig was het te verspreiden.

Toen twee maanden later het eerste beton werd gestort, werd er geen ceremoniële eerste steen gelegd door plaatselijke autoriteiten. Er werden geen toespraken gehouden waarin banen werden beloofd, en niemand deed zijn best om voor een camera te komen. Het was met opzet een evenement van niets, en als er geen jonge verslaggever bij was geweest, die een tip had gekregen, zou het begin van de bouw onopgemerkt zijn gebleven. Nu had de volgende editie van de *Ford County Times* een grote voorpaginafoto van een betonwagen met bouwvakkers eromheen. De kop schreeuwde: 'Hier Komt Het Casino'. Er stond een kort artikel bij, met maar weinig bijzonderheden, vooral omdat niemand wilde praten. Chief Larry had het te druk achter de vleestoonbank. Bobby Carl Leach was de stad uit voor dringende zaken. Het bureau Indiaanse Zaken binnen het ministerie van Binnenlandse Zaken verleende geen enkele medewerking. Een anonieme bron wel; die bevestigde dat het casino 'over ongeveer tien maanden' zou opengaan.

Het voorpaginaverhaal met de foto bevestigde de geruchten, en het stadje was in rep en roer. De baptistische predikanten vormden een gesloten front en trokken de daaropvolgende zondag in hun kerken van leer tegen gokken en de daarmee samenhangende zonden. Ze riepen hun gelovigen op tot actie. Schrijf brieven! Bel politici! Hou je buren in de gaten om te zien of ze niet bezwijken voor de zonde van het gokken! Het moest worden voorkomen dat dit kankergezwel hun gemeenschap aantastte. De indianen gingen weer in de aanval.

De volgende editie van de *Times* stond vol felle ingezonden brieven, en niet één daarvan steunde het idee van een casino. Satan kwam op hen af, en alle fatsoenlijke mensen moesten 'een gesloten front' vormen om zich tegen zijn kwade bedoelingen te verdedigen. Toen het bestuur van de county zoals gewoonlijk op een maandagmorgen vergaderde, was er zoveel publiek dat de bijeenkomst naar de grootste rechtszaal werd verplaatst. De vijf bestuurders verstopten zich achter hun juridisch adviseur, die het volk probeerde uit te leggen dat de county niets kon doen om het casino tegen te houden. Het was een federale aangelegenheid; zo simpel lag het. De Yazoo waren officieel erkend. Ze hadden het land in eigendom. Indianen hadden casino's gebouwd in minstens zesentwintig andere staten, meestal tegen de wens van de plaatselijke bevolking in. Er waren processen aangespannen door groepen bezorgde burgers, en die hadden ze allemaal verloren.

Was het waar dat Bobby Carl Leach de stuwende kracht achter het casino was? vroeg iemand.

De juridisch adviseur had twee avonden eerder met Bobby Carl gedronken. Hij kon niet ontkennen wat het hele stadje al vermoedde. 'Ik geloof van wel,' zei hij behoedzaam, 'maar het casino is niet verplicht ons alle gegevens te verstrekken. En trouwens, meneer Leach is van Yazoo-afkomst.'

Er ging een golf van schamper gelach door de zaal, gevolgd door gesis en boegeroep.

'Hij zou beweren dat hij een lilliputter was, als hij daaraan kon verdienen!' riep iemand, en dat leidde tot nog meer hoon en hilariteit.

Ze schreeuwden, protesteerden en sisten een uur, maar ten slotte was de fut eruit. Het werd duidelijk dat de county niets kon doen om het casino tegen te houden.

En zo ging het door. Nog meer ingezonden brieven, nog meer preken, nog meer mensen die politici belden, en ook nog enkele berichten in de krant. Terwijl de weken en maanden zich voortsleepten, verloor de oppositie haar belangstelling. Bobby Carl hield zich gedeisd; hij liet zich bijna nooit in het stadje zien. Wel was hij elke morgen om zeven uur op de bouwplaats. Dan schreeuwde hij tegen de opzichter en dreigde hij iemand te ontslaan.

Iets meer dan een jaar nadat het Yazoo-charter uit Washington was gearriveerd, was het Lucky Jack Casino klaar. Alles aan het casino was goedkoop. De speelzaal zelf was een haastig ontworpen combinatie van drie metalen prefabgebouwen die aan elkaar waren gezet, met namaakfaçades van witte baksteen en veel neon. Er stond een hotel van vijftig kamers naast, dat zo hoog mogelijk was gemaakt. Het had zes verdiepingen met kleine, benauwde kamertjes voor $ 49,95 per nacht en was daarmee het hoogste gebouw in de county. In het casino was het thema het Wilde Westen: cowboys en indianen, huifkarren, revolverhelden, saloons en tipi's. De muren waren bedekt met opzichtige wandschilderingen van veldslagen uit de westerntijd, waarbij de indianen net in de meerderheid waren, als iemand de moeite nam om ze te tellen. De dunne, prullerige vloerbedekking was ingelegd met kleurrijke afbeeldingen van paarden en vee. De atmosfeer was die van een luidruchtige congreszaal en het was allemaal snel in elkaar geflanst om gokkers aan te trekken. Het ontwerp was voor het grootste deel het werk van Bobby Carl. Het personeel werd in allerijl opgeleid. 'Honderd nieuwe banen,' zei Bobby Carl tegen iedereen die kritiek had op zijn casino. Chief Larry hulde zich in ceremoniële kledij van de Yazoo, althans zijn versie daarvan. Hij liep door de speelzaal, praatte met de cliënten en gaf hun het gevoel dat ze op echt indiaans territorium waren. Van de vierentwintig officiële Yazoo gingen er vijftien in het casino werken. Ze kregen hoofdbanden en veren en leerden als croupier aan blackjacktafels te werken, een van de meer lucratieve banen.

Er was geen gebrek aan toekomstplannen: een golfbaan, een congrescentrum, een binnenzwembad enzovoort. Maar eerst moest er geld worden verdiend. Ze hadden gokkers nodig.

De opening werd stilletjes voltrokken. Bobby Carl wist dat mensen niet durfden te komen als er te veel camerateams en journalisten op afkwamen, en dus ging de Lucky Jack zonder enige ophef open. Hij zette advertenties in de kranten van de omringende county's, met de belofte van hogere winstkansen, speelautomaten die meer uitbetaalden en 'de grootste pokerzaal in Mississippi'. Dat was een klinkklare leugen, maar niemand durfde het in het openbaar tegen te spreken. In het begin maakten ze niet veel omzet; de plaatselijke bevolking bleef inderdaad weg. De meeste klandizie kwam uit de omliggende county's, en onder die eerste gokkers waren er maar weinig die bij het casino bleven slapen. Het grote hotel stond leeg. Chief Larry had bijna niemand om mee te praten als hij door de speelzaal liep.

Na de eerste week zeiden ze in Clanton dat het slecht ging met het casino. Deskundigen op dat terrein hielden hun betogen in de cafetaria's rondom het plein. Enkele dapperen gaven toe dat ze naar de Lucky Jack waren geweest en konden tevreden melden dat het casino zo goed als leeg was geweest. De predikanten kraaiden vanaf hun kansels: Satan was verslagen. De indianen waren opnieuw in de pan gehakt.

Na twee slappe weken vond Bobby Carl het tijd worden om vals te gaan spelen. Hij vond een oude vriendin die het geen probleem vond om met haar gezicht in de kranten te komen en knoeide aan een speelautomaat. Ze gooide er een fiche van één dollar in en er kwam maar liefst veertienduizend dollar uit! Een ander die in het complot zat, iemand uit Polk County, won achtduizend dollar op de 'kansrijkste speelautomaten aan deze kant van Las Vegas'. De twee winnaars poseerden voor foto's met Chief Larry, die hun met veel ceremonie elk een vergrote cheque overhandigde, en Bobby Carl betaalde voor paginagrote advertenties in acht wekelijks verschijnende kranten, waaronder de *Ford County Times*.

De verlokking van snel geld was onweerstaanbaar. De omzet verdubbelde, verdrievoudigde. Na zes weken speelde de Lucky Jack quitte. Het hotel bood weekendarrangementen met gratis kamers aan en was vaak helemaal bezet. Mensen kwamen met de auto uit andere staten. Op aanplakbiljetten werd in heel het noorden van Mississippi reclame gemaakt voor het goede leven in de Lucky Jack.

Het goede leven ging aan Stella voorbij. Ze was achtenveertig, moeder van een volwassen dochter en echtgenote van een man van wie ze niet meer hield. Toen ze tientallen jaren geleden met Sidney trouwde, had ze geweten dat hij saai, stil en niet erg aantrekkelijk was en dat het hem aan ambitie ontbrak, en nu ze de vijftig naderde, kon ze zich niet herinneren waarom ze zich tot hem aangetrokken had gevoeld. De romantiek en de begeerte waren van korte duur geweest, en toen hun dochter was geboren, was het allemaal routine voor hen geworden. Op Stella's dertigste verjaardag vertrouwde ze een van haar zussen toe dat ze niet echt gelukkig was. Haar zus, al een keer gescheiden en op het punt dat opnieuw te doen, raadde haar aan Sidney af te danken en een man met persoonlijkheid te zoeken, een man die van het leven genoot, en bij voorkeur ook met geld. In plaats daarvan wijdde Stella zich aan haar dochter en ging ze in het geheim aan de pil. Het idee dat ze nog een kind zou krijgen, al was het met maar een paar van Sidneys genen, stond haar tegen.

Inmiddels was er achttien jaar verstreken, en de dochter was het huis uit. Sidney was wat kilo's aangekomen. Hij werd grijs en was saaier en inerter dan ooit. Hij werkte op het kantoor van een middelgrote levensverzekeringsmaatschappij en vond het genoeg om dat jaar in jaar uit te blijven doen. Intussen droomde hij van een glorieuze pensioentijd, waarvan hij om de een of andere reden geloofde dat die veel opwindender zou zijn dan de eerste vijfenzestig jaar van zijn leven. Stella wist wel beter. Ze wist dat Sidney, of hij nu werkte of met pensioen was, dezelfde onuitstaanbare lamzak zou blijven, wiens belachelijke dagelijkse rituelen nooit zouden veranderen en die haar uiteindelijk stapelgek zou maken.

Ze wilde eruit.

Ze wist dat hij nog van haar hield, haar zelfs aanbad, maar ze kon die gevoelens niet beantwoorden. Jarenlang maakte ze zichzelf wijs dat hun huwelijk nog verankerd was in liefde, en dan wel het duurzame, niet-romantische, diep verankerde soort liefde dat tientallen jaren standhield. Ten slotte gaf ze dat fatale idee op.

Ze vond het verschrikkelijk om zijn hart te breken, maar hij kwam er uiteindelijk wel overheen.

Ze viel tien kilo af, verfde haar haar donkerder, gebruikte een beetje meer make-up en flirtte met het idee van nieuwe borsten. Sidney sloeg dat geamuseerd gade. Zijn leuke vrouw zag er opeens tien jaar jonger uit. Wat had hij toch een geluk!

Maar aan zijn geluk kwam een eind toen hij op een avond thuiskwam en het huis leeg aantrof. Het meeste meubilair was er nog, maar zijn vrouw niet. Haar kasten waren leeg. Ze had wat linnengoed en keukenaccessoires meegenomen, maar was niet te hebberig geweest. Eigenlijk wilde Stella helemaal niets van Sidney hebben, alleen een scheiding.

De papieren lagen op de keukentafel – een gezamenlijk verzoek om een echtscheiding op grond van duurzame ontwrichting van het huwelijk. Dat was al opgesteld door een advocaat! Het was een hinderlaag. Hij huilde toen hij het las en huilde nog harder toen hij haar nogal gevoelloze afscheidsbrief van twee kantjes las. Ongeveer een week kibbelden ze door de telefoon, over en weer, over en weer. Hij smeekte haar naar huis te komen. Ze weigerde, zei dat het voorbij was, dus wil je alsjeblieft niet zo mekkeren en die papieren tekenen?

Ze hadden jarenlang aan de rand van het plaatsje Karraway gewoond, een troosteloos plaatsje, heel geschikt voor iemand als Sidney. Maar Stella had er genoeg van. Ze was nu in Clanton, de hoofdplaats van de county, een grotere stad met een countryclub en een paar goede gelegenheden. Ze logeerde bij een oude vriendin, sliep in het souterrain en was op zoek naar een baan. Sidney zocht naar haar, maar ze ging hem uit de weg. Hun dochter belde vanuit Texas en koos meteen partij voor haar moeder.

Het huis was altijd al stil geweest, maar nu was het net een graftombe, en Sidney hield het er niet uit. Hij kreeg de gewoonte om te wachten tot het donker was en dan naar Clanton te rijden, om het plein heen, op en neer door de straten van het stadje. Onder het rijden keek hij naar beide kanten in de vurige hoop dat hij zijn vrouw zou zien, en dat ze hem zou zien, en dat haar wrede hart zou smelten en het leven weer goed zou worden. Hij zag haar nooit, en hij bleef rijden, het stadje uit en de omgeving in.

Op een avond kwam hij langs de winkel van Chief Larry en stopte een eindje verder op het drukke parkeerterrein van het Lucky Jack-casino. Misschien was ze daar. Misschien verlangde ze zo hevig naar een snel en opwindend leven dat ze zich ertoe verlaagde in zo'n ordinair casino rond te hangen. Het was maar een idee, een excuus om zelf eens te kijken waar iedereen over praatte. Wie had ooit gedacht dat er een casino zou komen in het bekrompen, achterlijke Ford County? Sidney liep over de goedkope vloerbedekking, praatte met Chief Larry, zag een stel dronken boerenkinkels hun weekloon aan de dobbeltafel verliezen, keek smalend naar de zielige types die hun spaargeld in gemanipuleerde speelautomaten stopten, en luisterde even naar een afschuwelijke countryzanger die op een klein podium achterin Hank Williams probeerde te imiteren. Enkele dansparen, van middelbare leeftijd en veel te dik, deinden en schommelden lusteloos op de dansvloer voor het podium. Echte gangmakers. Stella was er niet. Sidney was een beetje opgelucht, maar evengoed was zijn hart nog steeds gebroken.

Hij had in geen jaren gekaart, maar hij herinnerde zich de elementaire regels van het eenentwintigen, een spel dat zijn vader hem had geleerd. Nadat hij een halfuur om de blackjacktafels heen had gelopen, had hij eindelijk de moed om aan een vijfdollartafel te gaan zitten en een biljet van twintig dollar in te wisselen. Hij speelde een uur en won vijfentachtig dollar. De volgende dag bestudeerde hij de regels van blackjack – de kansverhoudingen, het verdubbelen, het splitsen, de finesses van het verzekeren – en die avond keerde hij terug en won hij meer dan vierhonderd dollar. Hij studeerde nog wat meer, en de derde avond speelde hij drie uur lang. Hij dronk alleen zwarte koffie en ging uiteindelijk naar huis met zeventienhonderdvijftig dollar. Hij vond het spel eenvoudig en duidelijk. Welke kaarten je ook kreeg, er was altijd een perfecte manier om te spelen, als je maar afging op wat de croupier liet zien. Een speler die zich aan de standaardregels van de kansberekening hield, kon zes van de tien spelen winnen. Daar kwam dan nog bij dat er twee tegen één werd uitbetaald als je blackjack had. Het spel bood alle kansen om van het huis te winnen.

Waarom verloren dan zoveel mensen? Sidney stond er versteld van hoe slecht de andere spelers het spel kenden en hoe dom ze speelden. De alcohol die ze non-stop dronken was natuurlijk ook niet bevorderlijk. Juist omdat in dat deel van het land het gebruik van alcohol als een grote zonde werd beschouwd, was de rijkelijk vloeiende drank in de Lucky Jack voor velen onweerstaanbaar.

Sidney studeerde, speelde, dronk de gratis zwarte koffie die hem door de serveersters werd gebracht, en speelde nog meer. Hij kocht boeken en zelfhulpvideo's en leerde zichzelf kaarten te tellen, een moeilijke strategie die vaak heel goed werkte, al gooiden de meeste casino's je eruit als ze het merkten. En wat vooral belangrijk was: hij bracht zichzelf de discipline bij die je nodig had om je alleen door de kansverhoudingen te laten leiden, op te houden als je verloor en radicaal anders te gaan inzetten als de slof kaarten waarmee werd gespeeld kleiner werd.

Hij reed niet meer naar Clanton om zijn vrouw te zoeken en ging in plaats daarvan regelrecht naar de Lucky Jack, waar hij de meeste avonden een uur of twee speelde en minstens duizend dollar won. Hoe meer hij won, des te norser keken de tafelchefs naar hem. De vlezige jongemannen in goedkope pakken – beveiliging, nam hij aan – gingen nu ook op hem letten. Hij weigerde nog steeds zich in te schrijven – er was een 'lidmaatschap' waaraan allerlei voordelen verbonden waren voor vaste bezoekers die zwaar gokten. Hij weigerde zich in enig opzicht te registreren. Zijn favoriete boek was *Hoe laat je het casino springen?* en de auteur, een ex-gokker die schrijver was geworden, preekte het evangelie van vermomming en misleiding. Nooit dezelfde kleren, sieraden, hoed, pet of bril dragen. Nooit langer dan een uur aan dezelfde tafel spelen. Nooit je naam opgeven. Een vriend meenemen en tegen hem zeggen dat hij je Frank of Charlie of zoiets moest noemen. Nu en dan dom spelen. Steeds iets anders drinken, maar van de alcohol afblijven. De reden daarvoor was eenvoudig. Volgens de wet kon elk casino in het land simpelweg aan een gokker vragen weg te gaan. Als ze vermoedden dat je kaarten telde, of vals speelde, of als je te veel won en ze daar gewoon genoeg van kregen, konden ze je eruit gooien. Ze hoefden geen reden op te geven. Als je allerlei identiteiten aannam, bleven ze in het ongewisse.

Het succes met gokken gaf Sidney een nieuw doel in zijn leven, maar als hij midden in de nacht wakker werd, stak hij nog steeds zijn hand naar Stella uit. De scheiding was nu definitief. Ze kwam niet terug, maar hij stak toch zijn hand uit en droomde nog steeds van de vrouw van wie hij altijd zou blijven houden.

Stella leed niet aan eenzaamheid. Het nieuws dat er een aantrekkelijke gescheiden vrouw in het stadje bij was gekomen verspreidde zich snel, en algauw kwam ze op een feestje de beruchte Bobby Carl Leach tegen. Hoewel ze een beetje ouder was dan de meeste vrouwen waar hij achteraan zat, vond hij haar toch aantrekkelijk en sexy. Hij charmeerde haar met zijn gebruikelijke stroom van complimenten en leek alles wat ze zei machtig interessant te vinden. De volgende avond dineerden ze, en meteen na het dessert gingen ze naar bed. Hoewel hij ruw en vulgair was, vond ze het een opwindende ervaring. Het was zo geweldig anders dan de stoïcijnse en kille copuleerpartijen die ze van Sidney had getolereerd.

Algauw had Stella een goedbetaalde baan als assistente/secretaresse van Leach, als nieuwste van een lange reeks vrouwen die om een andere reden dan hun organisatorische talenten op de loonlijst werden gezet. Maar als Leach verwachtte dat ze weinig meer deed dan de telefoon opnemen en zich op commando uitkleden, was dat een misrekening van hem. Ze verdiepte zich snel in zijn imperium en vond weinig van belang. Hout, woeste grond, verhuurobjecten, agrarisch materieel en goedkope motels – het was allemaal even saai als Sidney, zeker wanneer je het vergeleek met de glamour van een casino. De Lucky Jack werd haar domein, en algauw eiste ze een kantoorruimte voor zich op boven de speelzaal, waar Bobby Carl 's avonds laat vaak heen ging om met een gin-tonic in zijn hand wat rond te lopen, naar de talloze videocamera's te kijken en zijn geld te tellen. Haar titel veranderde in die van operationeel directeur, en ze maakte plannen voor uitbreiding van het eetgedeelte en misschien een binnenzwembad. Ze had veel ideeën, en Bobby Carl was blij dat hij een gemakkelijke bedgenote had die passie voor het zakendoen kon opbrengen.

In Karraway hoorde Sidney de geruchten dat zijn dierbare Stella het had aangelegd met die schurk van een Leach, en dat maakte hem nog neerslachtiger. Het maakte hem zelfs ziek. Hij dacht aan moord, en toen aan zelfmoord. Hij droomde van manieren om indruk op haar te maken, om haar terug te winnen. Toen hij hoorde dat ze de leiding van het casino had, ging hij daar niet meer heen. Maar hij ging wel door met gokken. Hij breidde zijn activiteiten uit tot lange weekends in de casino's in Tunica County aan de rivier de Mississippi. Hij won veertienduizend dollar in een marathonsessie in het Choctaw-casino in Neshoba County en werd verzocht het Grand Casino in Biloxi te verlaten toen hij daar aan twee tafels maar liefst achtendertigduizend dollar had opgestreken. Hij nam een week vakantie en ging naar Las Vegas, waar hij elke vier uur in een ander casino ging spelen om de stad ten slotte met een winst van meer dan zestigduizend dollar te verlaten. Hij nam ontslag en bracht twee weken op de Bahama's door, waar hij in elk casino in Freeport en Nassau stapels fiches van honderd dollar naar zich toe haalde. Hij kocht een terreinwagen en reed door het land, op zoek naar elk indianenreservaat met een casino. De ruim tien casino's die hij vond waren allemaal blij hem te zien vertrekken. Daarna bracht hij een maand in Las Vegas door, waar hij aan de privétafel les kreeg van de grootste leraar ter wereld, de man die *Hoe laat je het casino springen?* had geschreven. Die privécursus kostte Sidney vijftigduizend dollar, maar was elke cent daarvan waard. Zijn leraar overtuigde hem ervan dat hij het talent, de discipline en de stalen zenuwen had om professioneel blackjack te spelen. Zoveel lof werd bijna nooit iemand toegezwaaid.

Na vier maanden was iedereen gewend geraakt aan het bestaan van de Lucky Jack. Alle verzet was verflauwd; het was duidelijk geworden dat het casino een blijvertje was. Het werd een populaire gelegenheid voor verenigingen, klassenreünies, vrijgezellenfeesten, zelfs voor bruiloften. Chief Larry maakte plannen voor de bouw van een Yazoo-hoofdkwartier en vond het geweldig dat zijn stam steeds groter werd. Mensen die eerst niets van hun indiaanse afkomst hadden willen weten, zeiden nu trots dat ze volbloed Yazoo waren. De meesten wilden een baan, en toen Chief voorstelde maandelijkse winstdelingen te verstrekken, telde zijn stam opeens meer dan honderd leden.

Bobby Carl stak natuurlijk zijn deel van de opbrengst in zijn zak, maar hij was nog niet hebzuchtig geworden. In plaats daarvan leende hij, mede op aandrang van Stella, nog meer geld voor de financiering van een golfbaan en een congrescentrum. De bank werd aangenaam verrast door al het geld dat toestroomde en breidde het krediet vlug uit. Zes maanden nadat het Lucky Jack-casino was opengegaan, had het een schuld van twee miljoen dollar en maakte niemand zich daar druk om.

In de zesentwintig jaar die ze met Sidney had doorgebracht had Stella het land nooit verlaten en had ze ook heel weinig van de Verenigde Staten zelf gezien. Als Sidney op vakantie ging, huurde hij het liefst een goedkoop huisje aan een strand in Florida, en nooit langer dan vijf dagen. Haar nieuwe man daarentegen hield van boten en cruises, en daarom bedacht ze het idee van een valentijnscruise in het Caribisch gebied voor tien gelukkige stellen. Ze maakte reclame voor de competitie, manipuleerde de resultaten, koos enkele van haar nieuwe vrienden en ook een paar vrienden van Bobby Carl uit en maakte de winnaars bekend in weer een grote advertentie in de plaatselijke kranten. En daar gingen ze dan. Bobby Carl en Stella, een handjevol functionarissen van het casino (tot hun grote opluchting weigerde Chief Larry) en de tien gelukkige stellen reden in limousines van Clanton naar het vliegveld in Memphis. Vandaar vlogen ze naar Miami en gingen ze met vierduizend anderen aan boord van een schip voor een plezierreis naar de eilanden.

Zodra ze het land uit waren, begon het bloedbad van Valentijnsdag. Sidney ging op die drukke avond naar de Lucky Jack – Stella had met allerlei goedkope romantische extraatjes geadverteerd, en het casino zat stampvol. Hij was Sidney, maar hij zag er helemaal niet uit als de Sidney die ze voor het laatst in dat casino hadden gezien. Hij had lang, draderig haar, dat donker geverfd was en tot over zijn oren hing. Hij had zich in een maand niet geschoren, en zijn baard was gekleurd met dezelfde goedkope verf die hij voor zijn haar had gebruikt. Hij droeg een bril met een schildpadden montuur en grote, ronde glazen. Die glazen waren zo donker getint dat zijn ogen bijna niet te zien waren. Hij droeg een leren motorrijdersjasje en een spijkerbroek, en aan zes van zijn vingers had hij ringen met allerlei stenen en metalen. Een groot deel van zijn hoofd was bedekt met een opvallende zwarte baret, die scheef naar links stond. Ten behoeve van de veiligheidsjongens die boven achter hun monitors zaten, had hij een obscene namaaktatoeage op de rug van elke hand.

Niemand had die Sidney ooit gezien.

Van de twintig blackjacktafels waren er maar drie bestemd voor de grote gokkers. De minimuminzet was daar honderd dollar per spel, en er zaten meestal niet veel mensen. Sidney ging aan een van die tafels zitten, gooide een stapeltje bankbiljetten op tafel en zei: 'Vijfduizend in fiches van honderd.' De croupier nam het geld glimlachend in ontvangst en verspreidde het over de tafel. Een tafelchef keek aandachtig mee. Rond de tafel werden blikken en hoofdknikjes gewisseld, en de ogen boven kwamen tot leven. Er zaten twee andere gokkers aan de tafel, en die merkten er nauwelijks iets van. Ze dronken allebei en waren bijna door hun fiches heen.

Sidney speelde als een amateur en verloor tweeduizend dollar in twintig minuten. De tafelchef ontspande; geen probleem. 'Hebt u een clubkaart?' vroeg hij aan Sidney.

'Nee,' antwoordde Sidney kortaf. En die hoef je me ook niet aan te bieden.

De twee andere mannen verlieten de tafel, en Sidney pakte het nu groter aan. Hij speelde nu vanaf drie plaatsen en zette op elke plaats telkens vijfhonderd dollar in. Algauw had hij zijn tweeduizend dollar teruggewonnen en nog eens vijfenveertighonderd dollar aan zijn stapel fiches toegevoegd. De tafelchef werd een beetje nerveus en deed zijn best om niet naar Sidney te staren. De croupier schudde de kaarten en een serveerster bracht een wodka-jus, een drankje waar Sidney alleen heel kleine slokjes van nam. Hij speelde nu op vier plaatsen met inzetten van telkens duizend dollar. In de volgende vijftien minuten speelde hij quitte, en daarna won hij zes spelen achter elkaar, zodat hij een totale winst van vierentwintigduizend dollar behaalde. Omdat het lastig was de fiches van honderd dollar voor zulke grote inzetten te gebruiken, zei hij: 'Laten we overgaan op die paarse.' De tafel had maar twintig fiches van duizend dollar. De croupier moest een pauze aankondigen en de tafelchef liet meer geld halen. 'Wilt u iets eten?' vroeg hij een beetje nerveus.

'Ik heb geen honger,' zei Sidney. 'Maar ik ga wel even naar het toilet.'

Toen het spel werd hervat, speelde Sidney, die nog in zijn eentje aan de tafel zat en nu een klein publiek had, op vier plaatsen met inzetten van telkens tweeduizend dollar. Hij speelde weer vijftien minuten quitte, keek toen de tafelchef aan en vroeg abrupt: 'Mag ik een andere croupier?'

'Natuurlijk.'

'Ik geef de voorkeur aan een vrouwelijke.'

'Geen probleem.'

Een jonge latinovrouw kwam naar de tafel en zei zwakjes: 'Veel succes.' Sidney reageerde niet. Hij speelde met inzetten van duizend dollar op elk van de vier plaatsen, verloor drie keer achtereen, verhoogde de inzet naar telkens drieduizend dollar en won vier keer achter elkaar.

Het casino had meer dan zestigduizend dollar verloren. Het blackjackrecord voor één avond stond in de Lucky Jack op honderdtienduizend dollar. Een arts uit Memphis had al dat geld binnengehaald, om dat bedrag, en nog veel meer, de volgende avond weer te verliezen. 'Laat ze maar winnen,' zei Bobby Carl altijd. 'We krijgen het wel terug.'

'Ik wil graag wat ijs,' zei Sidney in de richting van de tafelchef, die meteen met zijn vingers knipte. 'Welke smaak?'

'Pistache.'

Er kwam een plastic kommetje met een lepel, en Sidney gaf zijn laatste fiche van honderd dollar als fooi aan de serveerster. Hij nam een klein hapje en zette toen vijfduizend dollar in op elk van de vier plaatsen. Het kwam maar heel weinig voor dat iemand twintigduizend dollar per spel inzette, en binnen enkele ogenblikken wist het hele casino ervan. Er verzamelde zich een menigte achter hem, maar daar had hij geen oog voor. Hij won zeven van de volgende tien spelen en had nu een winst van honderdtweeduizend dollar. Terwijl de croupier de kaarten schudde, at Sidney langzaam van het ijs. Verder keek hij alleen maar naar de kaarten.

Toen ze met een nieuwe slof kaarten waren begonnen, liet hij zijn inzet variëren van tien- tot twintigduizend dollar per spel. Toen hij nog eens tachtigduizend dollar had gewonnen, kwam de tafelchef naar hem toe en zei: 'Zo is het genoeg. U telt kaarten.'

'Dat is niet zo,' zei Sidney.

'Laat hem gaan,' zei iemand achter hem, maar de tafelchef negeerde dat.

De croupier bleef buiten de discussie. 'U telt,' zei de tafelchef opnieuw.

'Dat is niet verboden,' zei Sidney terug.

'Nee, maar wij maken onze eigen regels.'

'Je lult uit je nek,' gromde Sidney, en hij nam weer een hap.

'Nu is het genoeg. Ik verzoek u weg te gaan.'

'Goed. Ik wil cash.'

'We zullen een cheque uitschrijven.'

'O nee. Ik ben hier met bankbiljetten gekomen, en ik ga met bankbiljetten weer weg.'

'Meneer, wilt u alstublieft met me meekomen?'

'Waarheen?'

'Laten we dit bij de kas regelen.'

'Goed. Maar ik wil cash.'

De menigte zag hen verdwijnen. Op de kasafdeling liet Sidney een vals rijbewijs op naam van Jack Ross uit Dothan, Alabama, zien. De kassier en de tafelchef vulden het vereiste formulier voor de belastingen in, en na een verhitte discussie liep Sidney het casino uit. In een tas had hij honderdvierentachtigduizend dollar in briefjes van honderd.

De volgende avond kwam hij terug in een donker pak en een wit overhemd met stropdas. Hij zag er nu dus heel anders uit. De baard, het lange haar, de ringen, de tatoeages, de baret en de gekke bril waren weg. Zijn hoofd was kaalgeschoren en hij had een grijs snorretje en een metalen leesbril die op zijn neus rustte. Hij koos een andere tafel met een andere croupier. De tafelchef van de vorige avond had geen dienst. Hij legde geld op de tafel en vroeg om vierentwintig fiches van duizend dollar. Hij speelde dertig minuten, won twaalf van de vijftien spelen en vroeg om een privétafel. De chef leidde hem naar een kleine kamer bij de pokerafdeling. De veiligheidsjongens boven letten op alles wat hij deed.

'Ik wil graag fiches van tienduizend dollar,' zei Sidney. 'En een mannelijke croupier.'

Geen probleem. 'Iets drinken?'

'Een Sprite, met wat pepsels.'

Hij haalde meer geld uit zijn zak en telde de fiches die hij kreeg. Het waren er twintig. Hij speelde op drie plaatsen tegelijk en had na een kwartier tweeëndertig fiches. Een andere tafelchef en de dienstdoende zaalmanager waren er ook bij gekomen en stonden grimmig toe te kijken achter de croupier.

Sidney kauwde op pepsels alsof hij achter een fruitautomaat stond en er telkens twee dollar in deed. In plaats daarvan zette hij nu telkens tienduizend dollar in op elk van de vier plaatsen. Toen twintigduizend, toen weer tienduizend. Toen de slof kaarten een heel eind op weg was, zette hij plotseling vijftigduizend dollar in op alle zes plaatsen. De croupier legde een vijf op tafel, zijn slechtste kaart. Sidney splitste rustig twee zevens en dubbelde bij tien. De croupier draaide een vrouw om en trok toen heel langzaam zijn eigen volgende kaart. Dat was een negen, en hij ging met vierentwintig punten over de top. Het spel leverde Sidney vierhonderdduizend dollar winst op, en de eerste tafelchef zag eruit alsof hij elk moment kon flauwvallen.

'Misschien moeten we even pauzeren,' zei de zaalmanager.

'O, ik stel voor dat we doorgaan tot het eind van de slof en dan pauze nemen,' zei Sidney.

'Nee,' zei de zaalmanager.

'U wilt het geld toch terug?'

De croupier aarzelde en wierp een wanhopige blik op de zaalmanager. Waar was Bobby Carl als je hem nodig had?

'Goed,' zei Sidney met een grijns. 'Het is maar geld. Hé, ik ben nog nooit met geld in mijn zak een casino uit gelopen.'

'Mogen we uw naam weten?'

'Ja. Ik heet Sidney Lewis.' Hij haalde zijn portefeuille tevoorschijn en gooide hem zijn echte rijbewijs toe. Het kon hem niet schelen of ze zijn echte naam hadden. Hij was niet van plan hier nog eens terug te komen. De zaalmanager en de tafelchefs keken ernaar. Ze wilden alles wel doen om tijd te winnen.

'Bent u hier al eerder geweest?' vroeg de manager.

'Ja, een paar maanden geleden. Gaan we nog spelen? Wat is dit voor casino? Laten we verdergaan.'

De manager gaf met tegenzin het rijbewijs terug, en Sidney liet het op de tafel liggen, naast zijn torenhoge verzameling fiches. De manager knikte de croupier langzaam toe. Sidney had een enkele fiche van tienduizend dollar op elk van de zes plaatsen liggen en legde vlug nog eens vier bij elke plaats. Plotseling bedroeg de inzet driehonderdduizend dollar. Als hij op de helft van de plaatsen won, zou hij blijven spelen. Als hij verloor, zou hij stoppen en in de twee avonden een winst van ongeveer zeshonderdduizend dollar hebben behaald, een mooi bedrag dat zijn haatgevoelens ten opzichte van Bobby Carl Leach voor een groot deel kon bevredigen.

De kaarten werden langzaam op de tafel gelegd. De croupier gaf zichzelf een zes als open kaart. Sidney splitste twee boeren, een riskante manoeuvre waar de meeste experts tegen waarschuwen, en liet het daarbij. Toen de croupier zijn dichte kaart omdraaide en het een negen bleek te zijn, toonde Sidney geen enkele emotie, maar de manager en de twee tafelchefs werden lijkbleek. De croupier was verplicht bij vijftien punten nog een kaart te trekken en deed dat met grote tegenzin. Hij trok een zeven en kwam dus boven de eenentwintig uit.

De zaalmanager stapte naar voren en zei: 'Nu is het genoeg. U telt kaarten.' Hij veegde zweetdruppels van zijn voorhoofd.

Sidney zei: 'Dat meent u niet. Wat is dit voor tent?'

'Het is voorbij, makker,' zei de manager, en hij keek naar twee zwaargebouwde veiligheidsmensen die plotseling opdoken achter Sidney, die rustig een pepsel in zijn mond stak en er luidruchtig op kauwde. Hij grijnsde naar de manager en de tafelchefs en besloot op te houden met spelen.

'Ik wil cash,' zei hij.

'Dat is misschien een probleem,' zei de manager.

Ze brachten Sidney naar het kantoor van de manager op de bovenverdieping, waar het hele gezelschap achter een gesloten deur bijeenkwam. Niemand ging zitten.

'Ik wil cash,' zei Sidney.

'We zullen u een cheque geven,' zei de manager.

'Jullie hebben het geld niet, hè?' zei Sidney uitdagend. 'Dit snertcasino heeft het geld niet en kan zijn verplichtingen niet nakomen.'

'We hebben het geld,' zei de manager zonder veel overtuiging. 'En we willen met het grootste genoegen een cheque uitschrijven.'

Sidney keek hem fel aan. Hij keek de twee tafelchefs en de twee bewakers ook even aan en zei toen: 'Die cheque zou niet gedekt zijn, hè?'

'Natuurlijk wel, maar ik moet u vragen drie dagen met verzilveren te wachten.'

'Welke bank?'

'Merchants, in Clanton.'

Om negen uur de volgende morgen liepen Sidney en zijn advocaat de Merchants Bank aan het plein in Clanton binnen en vroegen naar de directeur. Toen ze in zijn kantoor waren, haalde Sidney een cheque van 945.000 dollar ten laste van het Lucky Jack-casino tevoorschijn. De cheque was drie dagen later gedateerd. De directeur bekeek hem, streek over zijn gezicht en zei toen met overslaande stem: 'Het spijt me, maar we kunnen dit niet uitbetalen.'

'En over drie dagen?' vroeg de advocaat.

'Ik betwijfel het sterk.'

'Hebt u met het casino gesproken?'

'Ja, verschillende keren.'

Een uur later liepen Sidney en zijn advocaat het gerechtsgebouw van Ford County binnen. Ze begaven zich naar de civiele afdeling en vroegen de rechtbank om betaling van het geld en sluiting van de Lucky Jack. De rechter, Willis Bradshaw, besliste dat er de volgende morgen om negen uur een spoedzitting zou worden gehouden.

Bobby Carl verliet het cruiseschip in Puerto Rico en zocht meteen uit hoe hij zo snel mogelijk naar Memphis terug kon vliegen. Hij kwam laat op die avond in Ford County aan en reed in een huurauto van Hertz regelrecht naar het casino, waar hij weinig gokkers aantrof, en nog minder personeelsleden die iets wisten van wat er de vorige avond was gebeurd. De zaalmanager had ontslag genomen en was onvindbaar. Een van de tafelchefs die met Sidney te maken hadden gehad, was volgens de geruchten het land uit gevlucht. Bobby Carl dreigde alle anderen te ontslaan, behalve Chief Larry, die niets van de chaos begreep. Om middernacht overlegde Bobby Carl met de bankdirecteur en een team van juristen. De spanning steeg ten top.

Stella was nog op het cruiseschip, maar kon er geen plezier meer aan beleven. Midden in de chaos, toen Bobby Carl in de telefoons schreeuwde en met dingen gooide, had ze hem horen roepen: 'Sidney Lewis! Wie is nou weer Sidney Lewis?'

Ze zei niets, in elk geval niets over de Sidney Lewis die ze kende. Ze kon niet geloven dat haar ex-man in staat was geweest een casino te laten springen. Toch voelde ze zich helemaal niet op haar gemak, en toen het schip in George Town op Grand Cayman aanlegde, nam ze een taxi naar het vliegveld en vloog naar huis.

Rechter Bradshaw was blij met de vele toeschouwers in de rechtszaal. Hij bedankte de mensen voor hun komst en nodigde hen uit ook later nog eens te komen. Toen vroeg hij of de advocaten klaar waren voor de procedure.

Bobby Carl, ongeschoren en met een ingevallen gezicht en rode ogen, zat aan een tafel met drie van zijn advocaten en Chief Larry, die nooit in een rechtszaal was geweest en zo zenuwachtig was dat hij zijn ogen dichtdeed en blijkbaar mediteerde. Bobby Carl had al heel wat rechtszalen gezien, maar was daarom niet minder gespannen. Alles wat hij bezat was verhypothekeerd voor de banklening, en nu verkeerde de toekomst van zijn casino en van al zijn andere bezittingen in groot gevaar.

Een van zijn advocaten stond vlug op en zei: 'Ja, edelachtbare, wij zijn klaar, maar we hebben een verzoek ingediend om deze procedure geen doorgang te doen vinden vanwege een gebrek aan jurisdictie. Deze zaak dient niet door deze rechtbank maar door een federaal gerechtshof te worden behandeld.'

'Ik heb uw verzoek gelezen,' zei rechter Bradshaw, en het was duidelijk dat hij niet blij was geweest met wat hij las. 'Ik behoud de jurisdictie.'

'Dan dienen we later deze ochtend een verzoek bij het federale gerechtshof in,' zei de advocaat meteen.

'Ik kan u niet verhinderen iets in te dienen.'

Rechter Bradshaw had het grootste deel van zijn carrière te maken gehad met lelijke geschillen tussen vijandige echtelieden, en in de loop van de jaren had hij een hartgrondige afkeer van de meest voorkomende gronden tot echtscheiding gekregen. Alcohol, drugs, overspel, gokken – hij kreeg steeds weer met de grote zonden te maken. Hij gaf zondagsschoolles in de methodistische kerk en had strikte ideeën over goed en kwaad. Gokken was in zijn ogen een verfoeilijke zaak en het deed hem goed dat hij zich er nu eens mee kon bezighouden.

Sidneys advocaat bracht luid en duidelijk naar voren dat het casino ondergekapitaliseerd was en onvoldoende geldreserves aanhield; daarom vormde het een voortdurende bedreiging voor andere gokkers. Hij maakte bekend dat als het casino zijn schuld aan zijn cliënt niet voldeed, hij die middag om vijf uur een eis bij de rechtbank zou indienen. Intussen zou het casino gesloten moeten worden.

Rechter Bradshaw voelde blijkbaar wel iets voor dat idee.

Het publiek ook. Onder de toeschouwers bevonden zich nogal wat predikanten en hun volgelingen, allemaal geregistreerde kiezers die rechter Bradshaw altijd hadden gesteund, en die waren allemaal blij dat het casino misschien gesloten zou worden. Dit was het wonder waarvoor ze hadden gebeden. En hoewel ze Sidney Lewis in stilte veroordeelden omdat hij zondig was geweest, hadden ze onwillekeurig ook bewondering voor deze man – iemand uit de omgeving – omdat hij het casino had laten springen. Bravo, Sidney.

De zitting sleepte zich voort, en het bleek dat de Lucky Jack ongeveer vierhonderdduizend dollar in huis had, en dat er daarnaast een reservefonds van vijfhonderdduizend dollar was, een garantie die gedekt werd door een verzekeringsmaatschappij. Bovendien gaf Bobby Carl in de getuigenbank toe dat het casino in de eerste zeven maanden van zijn bestaan gemiddeld ongeveer tachtigduizend dollar per maand winst had gemaakt, en dat daar een stijgende lijn in zat.

Na een zware zitting van vijf uur beval rechter Bradshaw het casino onmiddellijk het gehele bedrag van 945.000 dollar te betalen en zijn deuren te sluiten totdat de schuld was voldaan. Hij gaf ook opdracht aan de sheriff om de afrit van de weg te blokkeren en elke gokker te arresteren die naar binnen probeerde te gaan. Advocaten van de Lucky Jack gingen meteen naar het federale gerechtshof in Oxford en dienden daar een verzoek in om de zaak te heropenen. Het zou enkele dagen duren voordat er een zitting kon worden gehouden. Zoals hij had beloofd, diende Sidney zijn eis zowel bij de gewone rechtbank als bij het federale gerechtshof in.

In de volgende paar dagen vlogen de processtukken over en weer. Sidney procedeerde tegen de verzekeringsmaatschappij die de garantie had verstrekt, en toen ook tegen de bank. De bank, die zich plotseling zorgen maakte over de lening van twee miljoen dollar aan de Lucky Jack, voelde opeens nog maar heel weinig voor de ooit zo opwindende gokbusiness. Hij trok de lening in en procedeerde tegen de Yazoo-natie, Chief Larry en Bobby Carl Leach. Dezen spanden van hun kant ook processen aan, want ze betichtten de bank van onredelijke praktijken. Die uitbarsting van processen had een stimulerende uitwerking op de advocaten, van wie de meesten hun best deden een graantje mee te pikken.

Toen Bobby Carl hoorde dat Sidney de man was van wie Stella kortgeleden was gescheiden, beschuldigde hij haar ervan dat ze met hem had samengespannen en ontsloeg hij haar. Ze spande een proces aan. De ene dag volgde op de andere en de Lucky Jack bleef gesloten. Vierentwintig onbetaalde werknemers dienden een eis in. Federale autoriteiten stuurden dagvaardingen. Het federale hof wilde er niets mee te maken hebben en wees de pogingen van het casino om de sluiting ongedaan te maken van de hand.

Na een maand van koortsachtige juridische manoeuvres was de realiteit tot iedereen doorgedrongen. De toekomst van het casino zag er somber uit. Bobby Carl overtuigde Chief Larry ervan dat er niets anders voor hen op zat dan het faillissement aan te vragen. Twee dagen later deed Bobby Carl met tegenzin hetzelfde. Na twintig jaar van ritselen en sjoemelen, altijd op de rand van wat nog was toegestaan, was hij eindelijk bankroet.

Sidney was in Las Vegas toen zijn advocaat hem belde met het grote nieuws dat de verzekeringsmaatschappij een schikking wilde treffen voor het volledige bedrag van de garantie: vijfhonderdduizend dollar. Daarnaast zouden de bevroren rekeningen van de Lucky Jack net voldoende ontdooid worden om het mogelijk te maken een cheque van vierhonderdduizend dollar naar hem te sturen. Hij sprong meteen in zijn auto en reed op zijn gemak en triomfantelijk terug naar Ford County, al deed hij onderweg nog even drie indiaanse casino's aan.

Bobby Carls favoriete brandstichters waren een man en vrouw uit Arkansas. Er werd contact gelegd en er ging geld van hand tot hand. Ze kregen ook een stel bouwtekeningen en sleutels. De avondbewakers van het casino werden ontslagen. De watertoevoer werd afgesloten. Het gebouw had geen sprinklersysteem, want dat was ook niet verplicht.

Toen de vrijwillige brandweer van Springdale om drie uur 's nachts ter plaatse was, stond de Lucky Jack al in lichterlaaie. De metalen frames van het gebouw smolten. Inspecteurs hadden later een vermoeden van brandstichting, maar ze vonden geen sporen van benzine of andere brandstoffen en kwamen tot de conclusie dat de brand was veroorzaakt door een gaslek en een explosie. Tijdens de daaropvolgende gerechtelijke procedure kwamen onderzoekers van de verzekeringsmaatschappij met gegevens waaruit bleek dat de gastanks van het casino nog maar een week voor de brand op mysterieuze wijze waren gevuld.

Chief Larry keerde naar zijn winkel terug en zakte weg in een diepe depressie. Opnieuw was zijn stam te gronde gericht door de hebzucht van de blanken. Zijn Yazoo-natie viel uiteen en niemand hoorde er ooit nog iets van.

Sidney bleef nog een tijdje in Karraway, maar hij kreeg genoeg van de aandacht en de roddels. Omdat hij zijn baan had opgezegd en het casino had laten springen, beschouwden mensen hem automatisch als een beroepsgokker, een beroep dat in het landelijke Mississippi maar heel zelden werd uitgeoefend. En hoewel Sidney niet het type van de schurkachtige patser was, kon niemand het laten over zijn nieuwe levensstijl te roddelen. Het was algemeen bekend dat hij de enige miljonair in het stadje was, en dat leidde tot de nodige problemen. Oude vrienden doken weer op. Alleenstaande vrouwen van alle leeftijden stelden alles in het werk om met hem in contact te komen. Alle goede doelen schreven hem brieven en vroegen om geld. Zijn dochter in Texas ging zich weer voor hem interesseren en verontschuldigde zich er meteen voor dat ze partij voor zijn vrouw had gekozen. Toen hij een bord met TE KOOP in zijn voortuin zette, praatte Karraway over weinig anders. Volgens het populairste gerucht verhuisde hij naar Las Vegas.

Hij wachtte.

Hij zat urenlang online te pokeren, en als hij zich verveelde, reed hij naar de casino's in Tunica of de Gulf Coast. Hij won meer dan dat hij verloor, maar hij zorgde er wel voor dat hij niet te veel aandacht trok. Twee casino's in Biloxi hadden hem al maanden geleden de toegang ontzegd. Hij keerde altijd naar Karraway terug, al wilde hij eigenlijk voorgoed vertrekken.

Hij wachtte.

De eerste zet werd gedaan door zijn dochter. Op een avond belde ze en praatte ze een uur. Tegen het eind van het nogal onsamenhangende gesprek liet ze zich ontvallen dat Stella eenzaam en verdrietig was en haar leven met Sidney heel erg miste. Volgens de dochter werd Stella verteerd door wroeging en hunkerde ze ernaar zich te verzoenen met de enige man van wie ze ooit zou houden. Toen Sidney zijn dochter zo hoorde praten, besefte hij dat hij Stella veel meer nodig had dan dat hij een hekel aan haar had. Evengoed deed hij geen beloften.

Het volgende telefoontje was meer ter zake. De dochter probeerde een ontmoeting tussen haar ouders te bewerkstelligen. Het zou een eerste stap zijn om de betrekkingen te normaliseren. Desnoods zou ze naar Karraway terugkomen om te bemiddelen. Het enige wat ze wilde, was dat haar ouders bij elkaar waren. Wat vreemd, dacht Sidney, want zulke ideeën had ze nooit uitgesproken voordat hij het casino liet springen.

Na ongeveer een week van indirecte contacten kwam Stella op een avond naar hem toe om een glas thee te drinken. Het werd een langdurig, emotioneel gesprek. Ze bekende haar zonden en smeekte om vergeving. Ze ging weg en kwam de volgende avond terug voor weer een gesprek. Op de derde avond gingen ze naar bed en was Sidney weer verliefd.

Zonder over een huwelijk te praten zetten ze hun spullen in de auto en vertrokken naar Florida. In de buurt van Oscala had de Seminole-stam een schitterend nieuw casino en Sidney wilde daar heel graag naartoe. Hij had het gevoel dat het geluk met hem was.

# Michaels kamer

In een stadje met tienduizend inwoners had de ontmoeting waarschijnlijk niet kunnen uitblijven. Vroeg of laat kom je bijna iedereen tegen, ook mensen wier naam je allang vergeten bent en wier gezicht je amper nog bekend voorkomt. Sommige namen en gezichten zitten in je geheugen geprent en kunnen de erosie van de tijd doorstaan. Andere verdwijnen bijna meteen uit je herinnering, en meestal met reden.

In het geval van Stanley Wade werd de ontmoeting voor een deel veroorzaakt door de hardnekkige griep van zijn vrouw en voor een deel door hun behoefte aan eten, naast andere redenen. Na een lange dag op kantoor belde hij naar huis om te vragen hoe het met haar ging en hoe ze het eten zouden regelen. Ze zei nogal abrupt tegen hem dat ze geen zin had om te koken, en dat ze ook heel weinig zin had om te eten, en dat hij maar naar de winkel moest gaan als hij honger had. Wanneer had hij geen honger tegen etenstijd? Na nog een paar zinnen spraken ze af dat hij diepvriespizza zou halen, zo ongeveer het enige gerecht dat Stanley kon klaarmaken en vreemd genoeg ook het enige waarvan ze misschien een hapje zou willen nemen. Bij voorkeur met worst en kaas. Neem de achterdeur en zorg dat de honden niet gaan blaffen, zei ze tegen hem. Misschien lag ze op de bank te slapen.

De dichtstbijzijnde levensmiddelenwinkel was de Rite Price, een oude discountzaak op enkele straten afstand van het plein, met vuile gangpaden, lage prijzen en goedkope aanbiedingen waar de maatschappelijke onderklasse op afkwam. De meeste beter gesitueerde blanken gingen naar de nieuwe Kroger in het zuiden van het stadje, maar dan zou Stanley een heel eind moeten omrijden. En het ging alleen maar om een diepvriespizza. Wat maakte het uit? Deze keer wilde hij geen verse, biologische groenten kopen. Hij had honger en was op zoek naar junkfood, en hij wilde alleen maar naar huis.

Hij nam geen wagentje of mandje en liep regelrecht naar de diepvriesafdeling. Zijn keuze viel op een vijfendertig centimeter grote creatie met een Italiaanse naam en gegarandeerde versheid. Hij deed net de ijskoude glazen deur dicht toen hij besefte dat er iemand heel dicht bij hem stond, iemand die hem had gezien, hem was gevolgd en nu bijna letterlijk in zijn nek ademde. Iemand die veel groter was dan Stanley. Iemand die zich niet voor diepvriesvoedsel interesseerde, tenminste niet op dat moment. Stanley draaide zich naar rechts en stond oog in oog met een grijnzend en ongelukkig gezicht dat hij al eens eerder had gezien. De man was een jaar of veertig, tien jaar jonger dan Stanley, minstens tien centimeter groter en veel dikker. Stanley was tenger, bijna fragiel, absoluut niet atletisch.

'U bent advocaat Wade, hè?' zei de man, maar het was eerder een beschuldiging dan een vraag. Zelfs de stem kwam Stanley vaag bekend voor – ongewoon hoog voor zo'n kolossale man, boers maar niet dom. Een stem uit het verleden; daarover was geen twijfel mogelijk.

Stanley nam terecht aan dat ze elkaar ooit, waar en wanneer dan ook, hadden leren kennen in het kader van een of andere juridische procedure, en je hoefde geen genie te zijn om te veronderstellen dat ze niet aan dezelfde kant hadden gestaan. Veel advocaten in een kleine plaats liepen nu eenmaal het risico dat ze opeens weer oog in oog kwamen te staan met oude tegenstanders uit de rechtszaal. Hoezeer hij ook in de verleiding kwam, Stanley kon het niet opbrengen te ontkennen dat hij het was. 'Dat klopt,' zei hij, en hij hield zijn pizza stevig vast. 'En wie bent u?'

Op dat moment liep de man hem plotseling voorbij, en tegelijk liet hij zijn schouder een beetje zakken, zodat die met een harde dreun tegen advocaat Wade aan kwam, die tegen de ijskoude deur viel die hij zojuist had dichtgedaan. De pizza viel op de vloer, en toen Stanley zijn evenwicht had hervonden en zijn avondeten opraapte, draaide hij zich om en zag de man door het gangpad om een hoek verdwijnen, in de richting van de ontbijt- en kof-fieafdeling. Stanley hield zijn adem in, keek om zich heen, wilde iets uitdagends roepen, maar zag daar snel van af. Hij bleef nog even staan en dacht na over het enige vijandige fysieke contact dat hij zich uit zijn volwassen leven kon herinneren. Hij was nooit een vechter, sportman, drinker of herrieschopper geweest. Nee, niet Stanley. Hij was de denker, de geleerde geweest, bij zijn afstu-deren de op twee na beste van zijn jaar.

Het was mishandeling geweest; geen twijfel mogelijk. Of op zijn minst het in woede aanraken van een medemens. Maar er waren geen getuigen en Stanley besloot het maar te vergeten, of dat in elk geval te proberen. Gezien hun aanzienlijke verschillen in grootte en mentaliteit had het veel slechter kunnen aflopen.

En dat zou het ook, al na heel korte tijd.

De volgende tien minuten probeerde hij zijn zenuwen tot beda-ren te brengen. Hij liep voorzichtig door de winkel, keek om hoe-ken, las etiketten, bestudeerde vleeswaren, keek steeds of hij zijn belager ergens zag, of misschien een andere belager. Toen hij er min of meer van overtuigd was dat de man was vertrokken, liep hij vlug naar de enige open kassa, betaalde snel voor zijn pizza en verliet de winkel. Hij liep naar zijn auto, keek intussen in alle richtingen en zat al veilig in zijn auto, met de portieren op slot en de motor aan, toen hij besefte dat hem nog meer moeilijkheden te wachten stonden.

Een pick-up was dicht achter Stanleys Volvo gestopt en ver-sperde hem de weg. Voor Stanley stond een busje geparkeerd, zodat hij ook niet vooruit kon. Dat maakte Stanley kwaad. Hij zette de motor uit, gooide zijn portier open, stapte uit en zag op dat moment de man vlug uit de pick-up naar hem toe lopen. Toen zag hij ook het wapen, een groot zwart pistool.

Stanley kon nog een zwak 'Wat is dit?' uitbrengen, en toen sloeg de hand zonder het pistool hem op zijn gezicht, zodat hij tegen het portier van zijn auto viel. Een ogenblik zag hij niets. Hij be-sefte dat hij werd vastgegrepen, naar de pick-up werd gesleept, daarin werd gegooid en over de voorbank van vinyl gleed. De hand die om zijn nek was gelegd, was dik, sterk en gewelddadig.

Stanleys hals was mager en zwak, en om de een of andere reden gaf hij zichzelf op dat verschrikkelijke moment toe dat die man met groot gemak zijn nek kon breken, met één hand.

Er zat een andere man achter het stuur, een erg jonge man, waarschijnlijk nog een tiener. Een portier klapte dicht. Stanleys hoofd werd tegen de vloer gedrukt, met koud staal tegen de achterkant van zijn schedel. 'Rijden,' zei de man, en de pick-up zette zich met een ruk in beweging.

'Geen beweging en geen woord, anders knal ik je hersens uit je kop,' zei de man. Zijn hoge stem klonk erg opgewonden.

'Oké, oké,' kon Stanley uitbrengen. Zijn linkerarm was achter zijn rug gedraaid, en voor de goede orde trok de man hem omhoog, tot Stanley ineenkromp van pijn. Die pijn ging ongeveer een minuut door, en toen liet de man hem opeens los. Het pistool was van Stanleys achterhoofd weggehaald.

'Ga zitten,' zei de man, en Stanley hees zich overeind, schudde zijn hoofd, zette zijn bril recht en probeerde zich te oriënteren. Ze bevonden zich aan de rand van het stadje en reden naar het westen. Er gingen enkele seconden voorbij zonder dat er iets werd gezegd. Links van hem zat de jongere man achter het stuur, een tiener van hooguit zestien, een tengere jongen met een pony, puistjes en ogen waarin verbazing en schrik met elkaar om de voorrang streden. Zijn jeugdigheid en onschuld waren vreemd genoeg geruststellend – die schurk zou hem toch niet neerschieten waar die jongen bij was? Rechts van hem, met hun benen tegen elkaar aan, zat de man met het pistool, dat tijdelijk op zijn vlezige rechterknie rustte en op niemand in het bijzonder was gericht.

Zwijgend lieten ze Clanton achter zich. Advocaat Wade haalde diep en geluidloos adem en wist zichzelf enigszins tot bedaren te brengen. Intussen zette hij zijn gedachten op een rijtje. Hij was dus ontvoerd. Oké, advocaat Wade, wat heb je in de drieëntwintig jaar dat je je praktijk uitoefent gedaan om dit te verdienen? Tegen wie heb je geprocedeerd? Wie stond er niet in een testament? Wie trok aan het kortste eind in een scheiding? Wie had een proces verloren?

Toen de jongen de grote weg verliet om een verharde landweg in te slaan, zei Stanley eindelijk: 'Mag ik vragen waar we heen gaan?'

De man ging niet op de vraag in, maar zei: 'De naam is Cranwell. Jim Cranwell. Dat is mijn zoon Doyle.'

Dat proces. Stanley slikte en merkte nu pas dat zijn boord vochtig was. Hij droeg nog steeds zijn donkergrijze pak, witte katoenen overhemd en vale roodbruine das, en in dat alles kreeg hij het plotseling erg warm. Hij zweette en zijn hart sloeg als een pneumatische hamer. De zaak-Cranwell/Trane, acht of negen jaar geleden. Stanley verdedigde dokter Trane in een onaangenaam, verwoed, emotioneel en uiteindelijk succesvol proces. Een bitter verlies voor de familie Cranwell. Een grote overwinning voor dokter Trane en zijn advocaat, al was Stanley nu niet in overwinningsstemming.

Het feit dat Cranwell zo gemakkelijk zijn naam noemde, en die van zijn zoon, kon volgens Stanley maar één ding betekenen. Cranwell was niet bang dat hij als dader zou worden aangewezen, want zijn slachtoffer zou niet kunnen praten. Dat zwarte pistool daar zou uiteindelijk in actie komen. Er ging een golf van misselijkheid door Stanley heen, en enkele ogenblikken lang vroeg hij zich af waar hij zijn braaksel zou laten vallen. Niet rechts en niet links. Recht voor zich, tussen zijn voeten. Hij zette zijn tanden op elkaar, slikte snel, en de misselijkheid was voorbij.

'Ik vroeg waar we heen gingen,' zei hij in een nogal zwakke poging om enig verzet te tonen. Maar zijn woorden klonken hol en haperend. Hij had een erg droge mond.

'Je kunt beter je kop houden,' zei Jim Cranwell. Omdat Stanley niet in de positie verkeerde om hem tegen te spreken of nader aan te dringen, zweeg hij. Minuten gingen voorbij terwijl ze de stad steeds verder achter zich lieten. Ze reden over Route 32, overdag een drukke weg maar 's avonds uitgestorven. Stanley kende deze omgeving goed. Hij woonde al vijfentwintig jaar in Ford County en dat was niet zo'n groot gebied. Hij ging weer langzamer ademhalen, en zijn hartslag nam ook af. Intussen concentreerde hij zich op de details om hem heen. De pick-up, een licht Ford-model uit eind jaren tachtig, was metaalgrijs aan de buitenkant, dacht hij, en donkerblauw vanbinnen. Het dashboard was standaard; niets opvallends. Op de zonneklep boven de bestuurder zat een dik elastiek met papieren en bonnetjes. De auto had driehonderdtienduizend kilometer op de teller, wat niet ongewoon was in dit deel van de wereld. De jongen reed constant tachtig kilometer per uur. Hij verliet Route 32 om Wiser Lane in te slaan, een kleinere verharde weg die door het westelijke deel van de county kronkelde en uiteindelijk de rivier de Tallahatchie op de grens met Polk County overstak. De wegen werden smaller, de bossen dichter, Stanleys opties geringer, zijn kansen kleiner.

Hij keek naar het pistool en dacht aan zijn kortstondige carrière als substituut-officier van justitie, vele jaren geleden. Toen had hij vaak een moordwapen met label aan de juryleden laten zien, ermee gezwaaid in de rechtszaal om zo veel mogelijk dramatiek, angst en wraakzucht te creëren.

Zou er een proces komen na de moord op hem? Zou dat nogal grote pistool – hij vermoedde dat het een .44 Magnum was, een wapen dat zijn hersenen over een halve hectare weiland kon verspreiden – op een dag aan juryleden worden getoond, als de rechtbank zich met de gruwelijke moord op hem bezighield?

'Waarom zeg je niets?' vroeg Stanley zonder Jim Cranwell aan te kijken. Alles was beter dan stilte. Als Stanley al een kans maakte, dan was het door zijn woorden, zijn talent om te redeneren, of te smeken.

'Je cliënt, dokter Trane, is weggegaan, hè?' vroeg Cranwell.

Nou, dus Stanley had tenminste het juiste proces te pakken, al kon hij daar geen enkele troost uit putten. 'Ja, een tijd geleden.'

'Waar ging hij heen?'

'Dat weet ik niet zeker.'

'Hij is in de problemen gekomen, hè?'

'Ja, dat kun je wel zeggen.'

'Ik zeg het. Wat voor problemen?'

'Dat weet ik niet meer.'

'Met liegen kom je niet verder, advocaat Wade. Jij weet verdomd goed wat er met dokter Trane is gebeurd. Hij was aan de drank en aan de drugs. Hij kon niet van zijn eigen kleine apotheek afblijven. Hij was verslaafd aan pijnstillers, raakte zijn vergunning kwijt, ging de stad uit en probeerde zich te verstoppen in Illinois, waar hij vandaan kwam.'

Deze bijzonderheden werden verstrekt alsof iedereen dat allemaal al wist, alsof het elke morgen in de plaatselijke cafetaria's werd besproken, of onder de lunch in de garden clubs. In werkelijkheid was de ondergang van dokter Trane discreet afgehandeld door Stanleys firma en daarna voorgoed vergeten. Tenminste, dat dacht hij. Nu hij merkte dat Jim Cranwell de ontwikkelingen na het proces zorgvuldig had gevolgd, veegde Stanley over zijn voorhoofd. Hij verplaatste zijn gewicht en vocht weer tegen het idee dat hij moest overgeven.

'Dat zou kunnen,' zei Stanley.

'Heb je nog contact met dokter Trane?'

'Nee. Al in geen jaren meer.'

'Ze zeggen dat hij opnieuw is verdwenen. Heb je dat gehoord?'

'Nee.' Dat was een leugen. Stanley en zijn collega's hadden geruchten over de raadselachtige verdwijning van dokter Trane gehoord. Hij was naar Peoria gevlucht, waar hij vandaan kwam, en daar had hij zijn vergunning teruggekregen en was hij weer als arts gaan werken. Uiteindelijk was hij opnieuw in de problemen gekomen. Ongeveer twee jaar geleden had zijn toenmalige vrouw naar oude vrienden en kennissen van dokter Trane in Clanton gebeld om te vragen of ze hem hadden gezien.

De jongen sloeg weer af, een weg zonder straatnaambordje in, waar Stanley misschien weleens overheen was gereden maar die hem verder nooit was opgevallen. Deze weg was ook verhard, maar amper breed genoeg om twee auto's elkaar te laten passeren. Tot nu toe had de jongen niets gezegd.

'Ze zullen hem nooit vinden,' zei Jim Cranwell. Hij zei het bijna in zichzelf, maar het klonk fel en definitief genoeg.

Toen de laatste woorden van de man met het pistool tot Stanley doordrongen, duizelde het hem. Hij zag een waas. Hij knipperde met zijn ogen, wreef erover, haalde diep adem met zijn mond open en voelde dat zijn schouders inzakten. Moest hij, Stanley, geloven dat die achterlijke mensen, die hier ergens in de rimboe woonden, op de een of andere manier kans hadden gezien dokter Trane op te sporen en hem uit de weg te ruimen zonder dat ze werden gepakt?

Ja.

'Stop daar bij Bakers hek,' zei Cranwell tegen zijn zoon. Honderd meter verder stopten ze. Cranwell maakte zijn portier open, zwaaide met het pistool en zei: 'Uitstappen.' Toen fluisterde hij instructies aan zijn zoon, die weer instapte. Cranwell greep Stanley vast, trok hem naar de zijkant van de weg en een ondiepe greppel in, waar ze bleven staan tot de pick-up was weggereden. Ze zagen de achterlichtjes om een bocht verdwijnen.

Cranwell wees met het pistool naar de weg en zei: 'Lopen.'

'Je komt hier niet mee weg, weet je,' zei Stanley.

'Kop houden en lopen.' Ze liepen over de donkere weg vol kuilen. Stanley ging voorop en Cranwell volgde hem op anderhalve meter afstand. Het was een heldere avond en de halvemaan gaf zoveel licht dat ze midden op de weg konden blijven lopen. Stanley keek naar rechts en links en weer terug, wanhopig zoekend naar lichtjes van een huis in de verte. Niets.

'Als je wegrent, ben je dood,' zei Cranwell. 'Hou je handen uit je zakken.'

'Waarom? Denk je dat ik een pistool heb?'

'Kop houden en doorlopen.'

'Waar zou ik heen rennen?' vroeg Stanley zonder de pas in te houden. Cranwell zei niets, maar kwam plotseling naar voren en stompte keihard tegen Stanleys slanke hals, zodat de advocaat tegen het asfalt dreunde. Het pistool werd weer tegen zijn hoofd gedrukt en Cranwell zat grommend boven op hem.

'Jij bent een praatjesmaker, weet je dat, Wade? Dat was je op het proces en dat ben je nu ook. Je bent als praatjesmaker geboren. Je moeder zal het ook wel zijn geweest, en je kinderen, alle twee, ook. Je kunt het niet helpen, hè? Maar luister nu goed naar mij, praatjesmaker, want het komende uur zul je niet veel praatjes maken. Heb je dat gehoord, Wade?'

Wade was versuft, verdoofd. Hij leed pijn en wist niet of hij moest overgeven. Toen hij niets zei, gaf Cranwell een ruk aan zijn kraag. Hij trok zo hard dat Stanley op zijn knieën kwam te zitten. 'Heb je nog laatste woorden, advocaat Wade?' De loop van het pistool was in zijn oor gestoken.

'Doe dit niet, man,' smeekte Stanley, die er plotseling aan toe was om in huilen uit te barsten.

'O, waarom niet?' snauwde Cranwell boven hem.

'Ik heb een gezin. Alsjeblieft, doe dit niet.'

'Ik heb ook kinderen, Wade. Je hebt ze allebei ontmoet. Doyle rijdt in de wagen. Michael heb je op het proces ontmoet, die kleine jongen met hersenletsel, die nooit zelf zal rijden, lopen, praten eten of pissen. En waarom niet, advocaat Wade? Door jouw geachte cliënt dokter Trane – moge hij branden in de hel.'

'Het spijt me. Echt, ik meen het. Ik deed alleen mijn werk. Alsjeblieft.'

Hij duwde nog harder met het pistool, zodat Stanleys hoofd naar links werd geduwd. Hij zweette en zuchtte en zocht wanhopig naar woorden die hem konden redden.

Cranwell greep een handvol van Stanleys dunne haar vast en gaf er een ruk aan. 'Nou, jouw werk stinkt, Wade, want je moet ervoor liegen, bedriegen, intimideren en koeioneren. Je moet dingen in de doofpot stoppen en je mag helemaal geen medelijden hebben met mensen die op hun kop krijgen. Ik heb de pest aan jouw werk, Wade, bijna net zo erg als aan jou.'

'Het spijt me. Alsjeblieft.'

Cranwell trok de loop uit Stanleys oor, richtte het wapen op de donkere weg en haalde vlak boven Stanleys hoofd de trekker over. In de stilte van de avond maakte het wapen meer lawaai dan een kanon.

Stanley, op wie nog nooit geschoten was, schreeuwde het uit van schrik, pijn en doodsnood. Hij viel op het wegdek. Zijn hele lichaam trok zich samen, met de pijn van het schot nog in zijn oren. In de volgende seconden stierf de echo van het daverende schot geleidelijk weg in de dichte bossen. Na nog enkele seconden zei Cranwell: 'Sta op, miezerig klootzakje.'

Stanley, die nog steeds niet kon geloven dat hij niet door een kogel was geraakt, besefte langzaam wat er was gebeurd. Hij kwam wankelend overeind, nog niet van de schrik bekomen, nog niet in staat te spreken of te horen. Toen drong tot hem door dat zijn broek nat was. In zijn moment van doodsnood had hij zijn blaas niet in bedwang gehad. Hij streek over zijn kruis en zijn broekspijpen.

'Je hebt in je broek gepist,' zei Cranwell. Stanley hoorde hem nauwelijks. Zijn oren dreigden uit elkaar te springen, vooral het rechter. 'Arme jongen, helemaal nat van de pis. Michael pist vijf keer per dag in zijn broek. Soms hebben we geld voor luiers, soms niet. En nu lopen.'

Cranwell gaf hem weer een harde por en wees met het pistool naar de weg. Stanley struikelde, viel bijna, maar hervond zijn evenwicht en wankelde een paar stappen. Toen kon hij weer helder zien en wist hij zeker dat hij niet door een kogel was geraakt.

'Je bent er nog niet aan toe om dood te gaan,' zei Cranwell achter hem.

Goddank, zei Stanley bijna, maar hij hield zich in, want als hij zoiets zei, zou Cranwell hem natuurlijk weer een praatjesmaker vinden. Slingerend over de weg, nam hij zich voor om geen enkele eigenwijze opmerking meer te maken, zelfs niet iets wat maar enigszins in die richting kwam. Hij stak zijn vinger in zijn rechteroor om een eind aan het galmen te maken. Zijn kruis en benen voelden koud aan van de nattigheid.

Ze liepen ongeveer tien minuten, al leek het Stanley een eeuwige dodenmars. Toen ze een bocht in de weg omgingen, zag hij lichten in de verte: een huisje. Hij voerde het tempo enigszins op en nam aan dat Cranwell niet opnieuw zou schieten als er iemand binnen gehoorsafstand was.

Het was een klein bakstenen huisje op honderd meter afstand van de weg, met een grindpad en keurige heggen onder de ramen aan de voorkant. Vier auto's stonden lukraak op het pad en het erf geparkeerd, alsof de buren in allerijl waren komen eten. Een van de vier was de Ford pick-up waarin Doyle had gereden en die nu voor de garage stond. Onder een boom stonden twee mannen te roken.

'Deze kant op,' zei Cranwell. Hij wees met het pistool en duwde Stanley naar het huis. Ze liepen langs de twee rokers. 'Kijk eens wat ik heb,' zei Cranwell. De mannen bliezen rookwolken uit, maar zeiden niets.

'Hij heeft in zijn broek gepist,' voegde Cranwell eraan toe, en dat vonden ze grappig.

Ze liepen door de voortuin, langs de deur, langs de garage, om de achterkant van het huis heen, naar een goedkope, ongeverfde aanbouw van multiplex die iemand als een soort kankergezwel aan het huis had gezet. Het had ongelijke ramen, vrijliggende buizen, een gammele deur en de troosteloze aanblik van wat extra ruimte die zo goedkoop en snel mogelijk aan het huis was toegevoegd.

Cranwell legde zijn hand op Stanleys gekneusde nek en duwde hem naar de deur. 'Hierin,' zei hij, en zoals voortdurend wees hij de weg met het pistool. Je kon alleen binnenkomen over een korte oprit voor een rolstoel. Die oprit was al even gammel als het hele hokje. De deur ging naar buiten toe open. Er wachtten mensen.

Acht jaar eerder, toen het proces werd gehouden, was Michael drie jaar oud geweest. Ze hadden hem maar één keer aan de jury laten zien. De rechter had goedgevonden dat Michael tijdens het emotionele slotpleidooi van zijn advocaat in zijn speciale stoel de rechtszaal werd binnengereden om korte tijd aan de jury te worden getoond. Hij had een pyjama gedragen, en een grote slab, maar geen sokken of schoenen. Zijn langwerpige hoofd was opzijgevallen. Zijn mond was open, zijn ogen waren dicht en zijn kleine mismaakte lichaam had de neiging samen te krimpen. Hij had ernstig hersenletsel, was blind en had een levensverwachting van maar enkele jaren. Hij was destijds vreselijk om te zien, al had de jury uiteindelijk geen erbarmen getoond.

Stanley had die ogenblikken net als ieder ander in de rechtszaal doorstaan, maar toen Michael werd weggereden, was hij weer ter zake gekomen. Hij had gedacht dat hij het kind nooit meer zou zien.

Daar vergiste hij zich in. Hij keek nu naar een iets grotere versie van Michael, al zag die er nog zieliger uit dan indertijd. De jongen droeg een pyjama en slab, en geen sokken of schoenen. Zijn mond hing open en zijn ogen waren nog dicht. Zijn gezicht was naar boven gegroeid met een lang, hellend voorhoofd, dat voor een deel met dik zwart klittend haar was bedekt. Er liep een buisje van zijn linkerneusgat naar een onzichtbare plaats achter hem. Zijn armen waren gekromd bij de polsen. Zijn knieën waren opgetrokken naar zijn borst. Met zijn dikke buik deed hij Stanley even denken aan trieste foto's van hongerende kinderen in Afrika.

Michael lag op zijn bed, een afdankertje van een ziekenhuis, ondersteund door kussens en op zijn plaats gehouden door klittenband dat losjes om zijn borst lag. Aan het voeteneind van zijn bed stond zijn moeder, een mager, lijdend wezen; Stanley kon zich niet meteen haar naam herinneren.

Hij had haar tot tranen gebracht in de getuigenbank.

Aan het andere eind van het bed bevond zich een kleine badkamer waarvan de deur openstond, en naast die deur stond een zwarte metalen archiefkast met twee laden van A4-formaat en genoeg krassen en deuken om te bewijzen dat hij al tien vlooienmarkten achter de rug had. Er zaten geen ramen in de wand naast Michaels bed, maar de twee zijwanden hadden elk drie smalle ramen. De kamer was hooguit vijf meter lang en vier meter breed. De vloer was bedekt met goedkoop geel linoleum.

'Hier zitten, advocaat Wade,' zei Jim, en hij duwde zijn gevangene naar een klapstoel in het midden van de kleine kamer. Het pistool was niet meer te zien. De twee rokers van buiten kwamen binnen en deden de deur dicht. Ze deden een paar stappen en sloten zich aan bij twee andere mannen die bij mevrouw Cranwell stonden, ongeveer een meter bij Wade vandaan. Vijf mannen, allemaal groot en nors en blijkbaar bereid geweld te gebruiken. Doyle stond ook nog ergens achter Stanley. En verder waren er mevrouw Cranwell, Michael en advocaat Wade.

Iedereen was er.

Jim liep naar het bed, kuste Michael op zijn voorhoofd, draaide zich om en zei: 'Herken je hem, advocaat Wade?'

Stanley kon alleen maar knikken.

'Hij is nu elf,' zei Jim, en hij streek even over de arm van zijn zoon. 'Nog steeds blind, nog steeds hersenletsel. We weten niet hoeveel hij hoort en begrijpt, maar veel zal het niet zijn. Hij glimlacht één keer per week als hij de stem van zijn mama hoort, en soms als Doyle hem kietelt. Maar we krijgen niet veel reacties van hem. Verbaast het je dat hij nog leeft, advocaat Wade?'

Stanley keek naar enkele kartonnen dozen die onder Michaels bed waren geschoven; dat deed hij om niet naar het kind te hoeven kijken. Hij luisterde met zijn hoofd naar rechts, want voor zover hij kon nagaan werkte zijn rechteroor niet meer. Zijn oren waren nog niet hersteld van het pistoolschot, en als hij geen grotere problemen had gehad, zou hij misschien een tijdje bang zijn geweest dat hij halfdoof was geworden. 'Ja,' antwoordde hij naar waarheid.

'Dat dacht ik al,' zei Jim. Zijn hoge stem was een octaaf of twee gezakt. Hij maakte zich nu niet kwaad. Hij was thuis en had mensen om zich heen die hem welgezind waren. 'Want op het proces zei je tegen de jury dat Michael geen acht jaar oud zou worden. Tien was onmogelijk, volgens een van de vele zogenaamde deskundigen die je liet opdraven. Blijkbaar wilde je de juryleden laten weten dat hij nog maar kort te leven had, want dan was de schade minder groot, nietwaar? Kun je je dat alles herinneren, advocaat Wade?'

'Ja.'

Jim liep nu heen en weer naast Michaels bed. Hij praatte tegen Stanley en keek intussen naar de vier mannen die dicht tegen elkaar aan langs de wand zaten. 'Michael is nu elf, dus je had het mis, nietwaar, advocaat Wade?'

Als hij hem tegensprak, zou dat de dingen alleen maar erger maken, en trouwens, waarom zou hij de waarheid betwisten? 'Ja.'

'Leugen nummer één,' kondigde Jim aan, en hij stak zijn wijsvinger op. Toen liep hij naar het bed en raakte zijn zoon weer aan. 'Nou, het meeste eten dat hij krijgt gaat via een slang. Speciaal voedsel; het kost achthonderd dollar per maand. Nu en dan kan Becky wat gewoon eten in hem krijgen. Dingen als instantpudding, ijs, maar niet veel. Hij slikt allerlei medicijnen omdat hij anders aanvallen en infecties en zo krijgt. Zijn geneesmiddelen kosten ons ongeveer duizend dollar per maand. Vier keer per jaar gaan we met hem naar de specialisten in Memphis, al weet ik eigenlijk niet waarom, want ze kunnen helemaal niets voor hem doen, maar goed, we gaan daarheen omdat ze zeggen dat we moeten komen. Vijftienhonderd dollar per trip. Hij doet twee dagen met een doos luiers; zes dollar per doos, honderd dollar per maand, niet veel, maar als je er niet altijd het geld voor hebt, zijn ze verdomd duur. Met nog een paar dingetjes erbij geven we per jaar zo'n dertigduizend dollar uit aan de verzorging van Michael.'

Jim liep weer heen en weer. Hij zette zijn argumenten op een rij en deed dat heel goed. De door hemzelf gekozen jury stond aan zijn kant. Zo ver bij de rechtszaal vandaan klonken zijn cijfers veel onheilspellender. 'Als ik het me goed herinner, dreef je deskundige de spot met de cijfers. Hij zei dat het nog geen tienduizend dollar per jaar zou kosten om voor Michael te zorgen. Kun je je dat herinneren, advocaat Wade?'

'Ja, ik geloof van wel.'

'Zijn we het erover eens dat je het mis had? Ik heb de bonnetjes.'

'Die liggen daarin,' zei Becky, wijzend naar de kast van zwart metaal. Haar eerste woorden.

'Nee. Ik geloof je op je woord.'

Jim stak twee vingers omhoog. 'Leugen nummer twee. Diezelfde deskundige zei dat er geen fulltime verpleegkundige nodig was. Als je hem zo hoorde, zou Michael nog een paar jaar als een zombie op de bank blijven liggen en dan doodgaan, en dan zou alles in orde zijn. Hij vond niet dat Michael voortdurende verzorging nodig zou hebben. Becky, wil jij over voortdurende verzorging praten?'

Haar lange haar was helemaal grijs en zat in een staart. Haar ogen waren droevig en vermoeid. Ze deed geen enkele poging de wallen te verbergen. Ze stond op, ging een stap naar een deur naast het bed, maakte die open en trok een klein vouwbed naar zich toe. 'Hier slaap ik bijna elke nacht op. Ik kan hem niet alleen laten, omdat hij die aanvallen krijgt. Soms slaapt Doyle hier, soms Jim, maar er moet hier 's nachts altijd iemand zijn. De aanvallen komen altijd 's nachts. Ik weet niet waarom.' Ze schoof het bed terug en maakte de deur dicht. 'Ik geef hem vier keer per dag te eten, steeds een heel klein beetje. Hij urineert minstens vijf keer en heeft minstens twee keer ontlasting. Het is niet te voorspellen wanneer. Het gebeurt op verschillende tijden. Hij is nu elf jaar en er zit helemaal geen regelmaat in. Ik was hem twee keer per dag. En ik lees hem voor, vertel hem verhalen. Ik kom deze kamer bijna nooit uit, meneer Wade. En als ik hier niet ben, voel ik me schuldig omdat ik hier zou moeten zijn. Het woord "voortdurend" beschrijft het nog niet goed genoeg.' Ze ging weer in haar oude leunstoel aan het voeteneind van Michaels bed zitten en sloeg haar ogen neer.

Jim hervatte zijn verhaal. 'Zoals je je zult herinneren, zei onze deskundige op het proces dat er een fulltime verpleegkundige nodig was. Jij zei tegen de jury dat het gelul was. "Flauwekul" noemde je het, geloof ik. Een van onze vele pogingen om geld te pakken te krijgen. Als je jou zo hoorde, waren wij een stel hebzuchtige rotzakken. Kun je je dat herinneren, advocaat Wade?'

Stanley knikte. Hij herinnerde zich de exacte woorden niet meer, maar het klonk beslist als iets wat hij in het vuur van een proces zou zeggen.

Drie vingers. 'Leugen nummer drie,' zei Cranwell tegen zijn jury, vier mannen met ongeveer dezelfde lichaamsbouw, haarkleur, norse gelaatsuitdrukking en versleten werkbroek als hijzelf. Het was duidelijk dat ze allemaal familie waren.

Jim ging verder. 'Ik heb vorig jaar veertigduizend dollar verdiend, advocaat Wade, en over dat hele bedrag heb ik belasting betaald. Ik heb niet de aftrekposten waar jullie slimme mensen recht op hebben. Voordat Michael werd geboren, werkte Becky als onderwijsassistente hier op een school in Karraway, maar nu kan ze natuurlijk niet werken. Vraag me niet hoe we ons redden, want dat zou ik je niet kunnen vertellen.' Hij wees naar de vier mannen en zei: 'We krijgen veel hulp van vrienden en kerken hier in de buurt. We krijgen niets van de staat Mississippi. Het is niet logisch, hè? Dokter Trane hoefde geen cent te betalen. Zijn verzekeringsmaatschappij, een stel schurken uit het noorden, hoefde niets te betalen. De rijke mensen richten de schade aan en komen dan met de schrik vrij. Wil je dat eens uitleggen, advocaat Wade?'

Stanley schudde alleen maar zijn hoofd. Met tegenargumenten zou hij niets bereiken. Hij luisterde, maar hij was in gedachten bij het moment waarop hij weer om zijn leven zou moeten smeken, een moment dat niet lang op zich zou laten wachten.

'Laten we het over nog een leugen hebben,' zei Cranwell. 'Onze deskundige zei dat we waarschijnlijk een parttime verpleegster konden inhuren voor dertigduizend per jaar, en dat was nog laag ingeschat. Dertig voor de zuster, dertig voor de overige onkosten, in totaal zestig per jaar, twintig jaar lang. De rekensom was gemakkelijk: één komma twee miljoen. Maar daar schrok onze advocaat van terug, want geen enkele jury in deze county heeft ooit een miljoen dollar toegekend. Het hoogste bedrag dat in die tijd, acht jaar geleden, aan schadevergoeding was toegekend, was ongeveer tweehonderdduizend dollar, en dat werd volgens onze advocaat in hoger beroep ongedaan gemaakt. Klootzakken als jij, Wade, en de verzekeringsmaatschappijen waarvoor jullie de hoer spelen, en de politici die zich met het grote geld van die maatschappijen laten paaien, zorgen ervoor dat hebzuchtige arme mensen als wij en de hebzuchtige advocaten die wij inhuren niet te veel praats krijgen. Onze advocaat zei dat het gevaarlijk was om een miljoen dollar te eisen, want niemand anders in Ford County heeft een miljoen dollar, dus waarom zouden ze het aan ons geven? Voor het proces hebben we er urenlang over gepraat, en ten slotte werden we het erover eens dat we om iets minder dan een miljoen zouden vragen. Negenhonderdduizend, weet je dat nog, advocaat Wade?'

Stanley knikte. Hij kon het zich inderdaad herinneren.

Cranwell kwam een stap dichterbij en wees naar Stanley. 'En jij, klootzak, zei tegen de jury dat we niet het lef hadden om een miljoen dollar te eisen, dat we in werkelijkheid een miljoen wilden, omdat we van onze kleine jongen wilden profiteren. Welk woord gebruikte je daarvoor, Wade? Het was niet "hebzucht". Je noemde ons niet hebzuchtig. Wat was het, Becky?'

'Opportunistisch,' zei ze.

'Dat is het. Je wees naar ons zoals we daar bij onze advocaat zaten, drie meter bij jou en de juryleden vandaan, en je noemde ons opportunistisch. Ik heb nooit zoveel zin gehad om iemand een klap voor zijn kop te geven als op dat moment.' En nu kwam Cranwell vlug naar voren en sloeg hard met de rug van zijn hand op Stanleys rechterwang. Stanleys bril vloog op de vloer.

'Rottige smeerlap,' gromde Cranwell.

'Hou op, Jim,' zei Becky.

Er volgde een lange stilte waarin Stanley de verdoving van zich af zette en helderheid in zijn ogen probeerde te krijgen. Een van de vier mannen gaf hem met tegenzin zijn bril. Iedereen was blijkbaar van de plotselinge aanval geschrokken, zelfs Jim.

Jim liep naar het bed terug en klopte Michael op zijn schouder. Toen draaide hij zich om en keek de advocaat aan. 'Leugen nummer vier, advocaat Wade, en ik weet niet eens zeker of ik me al je leugens herinner. Ik heb de tekst van het proces wel honderd keer gelezen – meer dan negentienhonderd bladzijden in totaal – en elke keer vond ik weer een nieuwe leugen. Je zei bijvoorbeeld tegen de jury dat grote schadevergoedingen slecht zijn omdat ze de kosten van gezondheidszorg en verzekeringen omhoog jagen. Weet je dat nog, advocaat Wade?'

Stanley haalde zijn schouders op, alsof hij het niet zeker wist. Stanleys hals en schouders deden nu al pijn bij de minste beweging. Zijn gezicht brandde, zijn oren galmden, zijn kruis was nog nat, en hij had het gevoel dat dit nog maar de eerste ronde was en dat er nog veel zwaardere rondes zouden volgen.

Jim keek naar de vier mannen en zei: 'Weet je dat nog, Steve?'

'Ja,' zei Steve.

'Steve is mijn broer. Michaels oom. Hij heeft elk woord van het proces gehoord, advocaat Wade, en hij is je net zo gaan haten als ik. Nou, om op de leugen terug te komen. Als jury's een kleine schadevergoeding toekennen, of geen enkele schadevergoeding, krijgen we lage gezondheidskosten en lage verzekeringspremies, nietwaar, advocaat Wade? Dat was jouw briljante argument. De jury trapte erin. Het is niet de bedoeling dat die hebzuchtige advocaten en hun hebzuchtige cliënten misbruik van ons systeem maken en rijk worden. O nee. We moeten de verzekeringsmaatschappijen beschermen.' Jim keek naar zijn eigen jury. 'Nou, jongens. Advocaat Wade kreeg dus voor elkaar dat zijn dokter en zijn verzekeringsmaatschappij nul dollar hoefden te betalen. Hoeveel van jullie hebben daarna de kosten van de gezondheidszorg omlaag zien gaan?'

Geen van de juryleden stak zijn hand op.

'O ja, advocaat Wade, wist je dat dokter Trane in de tijd van het proces vier Mercedessen in zijn bezit had? Een voor hem, een voor zijn vrouw en twee voor zijn twee tienerkinderen. Wist je dat?'

'Nee.'

'Zeg, wat ben jij voor een advocaat? Wij wisten dat. Mijn advocaat had zijn huiswerk gedaan en hij wist alles over Trane. Maar hij mocht het in de rechtszaal niet naar voren brengen. Te veel regels. Vier Mercedessen. Een rijke dokter heeft daar blijkbaar recht op.'

Cranwell liep naar de archiefkast, trok de bovenste la open en haalde er een dikke stapel papieren in een blauwe plastic map uit. Stanley wist meteen wat voor map het was, want de vloer van zijn eigen kantoor lag bezaaid met die blauwe mappen. Rechtbanktranscripties. Ooit had Cranwell iemand op de griffie een paar honderd dollar betaald voor zijn eigen exemplaar van alles wat er gezegd was toen dokter Trane terechtstond wegens een medische fout.

'Kun je je jurylid nummer zes herinneren, advocaat Wade?'

'Nee.'

Cranwell sloeg enkele pagina's om, waarvan vele voorzien waren van een tab en van gele en groene markeerstrepen. 'Hier hebben we de selectie van de jury, advocaat Wade. Op een gegeven moment vroeg mijn advocaat aan de jury of iemand van hen voor een verzekeringsmaatschappij werkte. Een vrouw zei ja, en ze moest vertrekken. Een man, een zekere meneer Rupert, zei niets en werd in de jury toegelaten. Hij werkte inderdaad niet voor een verzekeringsmaatschappij, want hij was net na dertig jaar trouwe dienst bij een verzekeringsmaatschappij met pensioen gegaan. Later, na het proces en na het hoger beroep, hoorden we dat Rupert in het juryoverleg de felste verdediger van dokter Trane is geweest. Hij zei veel te veel. Maakte zich kwaad als een van de andere juryleden zelfs maar liet doorschemeren dat ze Michael misschien een beetje geld konden geven. Komt dat je bekend voor, advocaat Wade?'

'Nee.'

'Weet je dat zeker?' Cranwell legde de papieren neer en kwam een stap dichter naar Stanley toe. 'Weet je dat zeker, advocaat Wade?'

'Ik weet het zeker.'

'Hoe kan dat nou? Rupert is dertig jaar schaderegelaar bij Southern Delta Mutual geweest. Hij had het hele noorden van Mississippi als rayon. Jouw firma heeft veel verzekeringsmaatschappijen vertegenwoordigd, ook Southern Delta Mutual. Wou je beweren dat je meneer Rupert niet kende?' Weer een stap dichterbij. Weer een klap op komst.

'Nee.'

Cranwell stak vijf vingers op. 'Leugen nummer vijf,' zei hij. Hij vond het niet nodig zijn jury aan het woord te laten komen. 'Of zijn het er zes? Ik ben de tel al kwijt.'

Stanley zette zich schrap voor een stomp of klap, maar er kwam niets. In plaats daarvan liep Cranwell naar de archiefkast terug en pakte vier andere mappen uit de bovenste lade. 'Bijna tweeduizend bladzijden met leugens, advocaat Wade,' zei hij, terwijl hij de mappen op elkaar legde. Stanley slaakte een zucht van verlichting omdat hij tijdelijk aan het geweld ontkomen was. Hij keek naar het goedkope linoleum tussen zijn schoenen en gaf zichzelf toe dat hij opnieuw in de val was getrapt waarin zoveel ontwikkelde mensen uit de maatschappelijke bovenlaag trapten als ze zichzelf wijsmaakten dat de rest van de bevolking dom en onwetend was. Cranwell was slimmer dan de meeste advocaten in de stad, en veel beter voorbereid.

Cranwell had een handvol leugens als een wapen in zijn hand. Hij was nog lang niet klaar. 'En natuurlijk, advocaat Wade, hebben we het dan nog niet eens over de leugens die door dokter Trane zijn verteld. Je zult wel zeggen dat het zijn zaken waren, niet de jouwe.'

'Hij heeft een getuigenverklaring afgelegd. Ik niet,' zei Stanley veel te vlug.

Cranwell liet een gemaakt lachje horen. 'Leuk geprobeerd. Hij was jouw cliënt. Jij had hem als getuige opgeroepen, nietwaar?'

'Ja.'

'En voordat hij zijn verklaring aflegde, lang daarvoor, heb je hem erop voorbereid, nietwaar?'

'Dat is het werk van een advocaat.'

'Dank je. Dus het is de bedoeling dat de advocaten helpen bij het bedenken van de leugens.' Het was geen vraag, en Stanley sprak hem niet tegen. Cranwell sloeg enkele bladzijden om en zei: 'Hier heb ik een voorbeeld van een leugen van dokter Trane, in elk geval volgens onze medisch deskundige, een beste kerel die nog in het vak zit, die zijn vergunning niet is kwijtgeraakt, die niet aan alcohol en drugs verslaafd was en die niet uit de staat is weggejaagd. Kun je je hem herinneren, advocaat Wade?'

'Ja.'

'Dokter Parkin, een beste kerel. Je viel hem aan alsof hij een beest was, scheurde hem aan stukken voor de ogen van de jury, en toen je ging zitten, was je heel tevreden over jezelf. Weet jij dat nog, Becky?'

'Natuurlijk,' viel Becky hem bij.

'Dokter Parkin zei het volgende over die goeie dokter Trane. Hij zei dat dokter Trane geen goede diagnose had gesteld toen Becky voor het eerst met weeën in het ziekenhuis aankwam, dat hij haar niet naar huis had mogen sturen, waar ze drie uur is gebleven voordat ze weer terugging naar het ziekenhuis, terwijl dokter Trane naar huis en naar bed ging, dat hij haar naar huis heeft gestuurd omdat op de strip van de foetale monitor geen reactie te zien was, terwijl hij de strip in werkelijkheid verkeerd had gelezen, dat dokter Trane, toen Becky in het ziekenhuis was en hij daar eindelijk aankwam, haar enkele uren lang Pitocin heeft toegediend, dat hij de diagnose van foetale nood niet heeft gesteld, dat hij niet heeft geconstateerd dat Pitocin tot hyperstimulatie en excessieve baarmoederactiviteit leidde, dat hij een vacuümbevalling verprutste, dat hij ten slotte een keizersnede verrichtte, ongeveer drie uur nadat hij dat had moeten doen, en dat er door die te late keizersnede asfyxie en hypoxie optraden, en dat die asfyxie en hypoxie voorkomen hadden kunnen worden als er op tijd en op de juiste manier een keizersnede was uitgevoerd. Klinkt iets hiervan je bekend in de oren, advocaat Wade?'

'Ja, ik kan het me herinneren.'

'En weet je nog dat je tegen de jury zei, als feit, want jij als briljante advocaat hebt de feiten altijd goed, dat niets van dat alles waar was, dat dokter Trane aan de strengste normen van professioneel gedrag had voldaan, bla bla bla?'

'Is dat een vraag, meneer Cranwell?'

'Nee. Maar dit wel. Heb je in je slotpleidooi tegen de jury gezegd dat dokter Trane een van de beste artsen was die je ooit had ontmoet, een steunpilaar van onze samenleving, een leider, een man aan wie je je gezin zou toevertrouwen, een groot arts die beschermd moest worden door de bevolking van Ford County? Kun je je dat herinneren, advocaat Wade?'

'Het is acht jaar geleden. Ik weet het echt niet meer.'

'Nou, zullen we dan eens naar bladzijde 1574 van boek vijf kijken?' Cranwell pakte een map en bladerde erin. 'Wil je je eigen briljante woorden lezen, advocaat Wade? Ze staan hier. Ik lees ze steeds weer. Kijk maar eens, en laat de leugens voor zichzelf spreken.' Hij hield Stanley de map voor, maar de advocaat schudde zijn hoofd en keek een andere kant op.

Misschien kwam het door het lawaai, de verstikkende spanning in de kamer, of gewoon door de verbroken circuits in zijn defecte bedrading, maar Michael kwam plotseling tot leven. De aanval kreeg hem van top tot teen te pakken. Van het ene op het andere moment schudde hij heftig heen en weer. Becky sprong zonder een woord te zeggen naar hem toe; met al haar ervaring wist ze precies wat ze moest doen. Jim vergat advocaat Wade even en liep naar het bed, dat schudde en kraakte met zijn metalen spring-veren en verbindingen die nodig gesmeerd moesten worden. Doyle dook op uit het achterste deel van de kamer, en alle drie de Cranwells waren met al hun aandacht bij Michael en zijn aanval. Becky sprak sussende woordjes en hield met zachte drang zijn polsen vast. Jim hield een zachte rubberen wig in zijn mond. Doyle streek met een natte doek over het hoofd van zijn broer en zei steeds weer: 'Rustig maar, broer.'

Stanley keek er zo lang naar als hij kon. Toen boog hij zich op zijn ellebogen naar voren, liet zijn gezicht in zijn handen zakken en keek naar zijn voeten. De vier mannen links van hem stonden er als schildwachten met stenen gezichten bij, en Stanley besefte dat ze die aanvallen al vaker hadden meegemaakt. Het werd war-mer in de kamer, en hij had weer zweet op zijn hals. Niet voor het eerst dacht hij aan zijn vrouw. Zijn ontvoering was nu al meer dan een uur aan de gang en hij vroeg zich af wat ze deed. Mis-schien lag ze te slapen op de bank, waar ze de afgelopen vier da-gen had gelegen om de griep te bestrijden met rust, vruchtensap-pen en nog meer pillen dan anders. Ja, er was een grote kans dat ze ziek op de bank lag en nog niet had gemerkt dat hij te laat was met het avondeten, als je het zo kon noemen. Als ze wakker was, had ze waarschijnlijk naar zijn mobieltje gebeld, maar dat ding had hij in zijn tas laten zitten, in zijn auto, en trouwens, als hij niet werkte, deed hij altijd zijn best het te negeren. Hij was elke dag urenlang aan het telefoneren en wilde niet door het ding las-tig worden gevallen als hij niet op kantoor was. De kans was klein dat ze zich zelfs maar een beetje zorgen maakte. Twee keer per maand ging hij 's avonds laat wat met zijn vrienden drinken op de countryclub, en dat vond zijn vrouw nooit een probleem. Toen hun kinderen gingen studeren, werd het leven van Stanley en zijn vrouw algauw niet meer beheerst door de klok. Het was nooit een probleem als hij een uur later (nooit vroeger) thuiskwam.

Terwijl het bed schudde en de Cranwells met Michael bezig waren, bedacht Stanley dat de kans dat een stel mensen naar hem op zoek ging erg klein was. Zou iemand hebben gezien dat hij op het parkeerterrein van de Rite Price werd ontvoerd, en zou die persoon dan de politie hebben gebeld, zodat die naar hem uitkeek? Misschien, gaf Stanley toe, maar zelfs duizend agenten met bloedhonden zouden hem niet kunnen vinden.

Hij dacht aan zijn testament. Dankzij een collega-advocaat was dat helemaal bijgewerkt. Hij dacht aan zijn twee kinderen, maar kon daar niet te lang bij stilstaan. Hij dacht aan het einde en hoopte dat het plotseling zou komen, zonder dat hij hoefde te lijden. Hij wilde niet met zichzelf in discussie gaan over de vraag of dit een droom was, want dat zou alleen maar verspilling van energie zijn.

Het bed bewoog niet meer. Jim en Doyle trokken zich terug en Becky boog zich over de jongen heen. Ze neuriede zachtjes en veegde zijn mond af.

'Rechtop zitten!' blafte Jim plotseling. 'Ga rechtop zitten en kijk naar hem!'

Stanley deed wat hem werd gezegd. Jim trok de onderste lade van de archiefkast open en zocht in een andere verzameling papieren. Becky liet zich geluidloos in haar stoel zakken, haar ene hand nog op Michaels voet.

Jim pakte een document uit de lade, bladerde erin terwijl ze allemaal wachtten, en zei toen: 'Ik heb nog één vraag voor je, advocaat Wade. Ik heb hier het verzoek dat je bij het hooggerechtshof van Mississippi hebt ingediend, een verzoek om de juryuitspraak ten gunste van dokter Trane toch vooral te handhaven. Achteraf begrijp ik niet waar je je druk om maakte. Volgens onze advocaat kiest het hooggerechtshof in negentig procent van de gevallen partij voor de artsen. Dat is ook de voornaamste reden waarom je ons geen redelijke schikking aanbood voordat het tot een proces kwam, hè? Je wist dat je een proces eigenlijk niet kon verliezen, omdat een uitspraak ten gunste van Michael in hoger beroep ongedaan zou worden gemaakt. Uiteindelijk zouden Trane en de verzekeringsmaatschappij altijd winnen. Michael had recht op een redelijke vergoeding, maar je wist dat het systeem jou altijd zou laten winnen. Trouwens, op de op een na laatste bladzijde van je verzoek schreef je het volgende. Dit zijn je eigen woorden, advocaat Wade. Ik citeer: "Dit proces is eerlijk en met veel ijver gevoerd, met een beetje geven en nemen van beide kanten. De jury was aandachtig, betrokken, nieuwsgierig en volledig op de hoogte. De uitspraak is het gevolg van een gedegen, weloverwogen discussie. De uitspraak is zuivere gerechtigheid, een uitspraak waarop ons systeem trots kan zijn."'

Daarna gooide Cranwell het papier in de richting van de archiefkast. 'En weet je wat?' vroeg hij. 'Ons goeie ouwe hooggerechtshof was het daarmee eens. Niets voor die arme kleine Michael. Geen enkele schadevergoeding. Niets om die beste dokter Trane te straffen. Niets.'

Hij liep naar het bed, wreef even over Michael en draaide zich toen woedend naar Stanley om. 'Nog één vraag, advocaat Wade. En denk maar goed na voordat je antwoord geeft, want het zou weleens erg belangrijk kunnen zijn. Kijk eens naar deze zielige kleine jongen, dit beschadigde kind van wie het letsel voorkomen had kunnen worden, en vertel ons eens, advocaat Wade: is dit gerechtigheid of is dit alleen maar de zoveelste overwinning in de rechtszaal? Die twee hebben weinig met elkaar gemeen.'

Alle ogen waren gericht op Stanley. Hij zat onderuitgezakt in die ongemakkelijke stoel, zijn schouders ingevallen, zijn slechte conditie duidelijk te zien, zijn broek nog nat, zijn dure schoenen tegen elkaar aan, modder langs de rand van de zolen. Zijn blik was strak gericht op de klittende, weerbarstige zwarte haardos boven het afschuwelijke voorhoofd van Michael Cranwell. Hij was arrogant en koppig geweest, had Michael zijn rechten ontzegd – voor dat alles zou hij de kogel krijgen. Hij had niet de illusie dat hij de volgende dag de zon zou zien opkomen. En hij voelde er ook niets voor om vast te houden aan de dingen die hem waren geleerd en die hij altijd had gedacht. Jim had gelijk. Tranes verzekeringsmaatschappij had voor het proces een genereus aanbod willen doen, maar Stanley Wade had daar niet van willen weten. Hij verloor bijna nooit een juryproces in Ford

County. Hij had de reputatie van een keiharde procesvoerder, niet iemand die capituleerde en een schikking aanging.

'We hebben niet de hele nacht,' zei Cranwell.

O, waarom niet? dacht Stanley. Waarom zou ik hard naar mijn eigen executie rennen? Maar in plaats daarvan zette hij zijn bril af en veegde over zijn ogen. Die waren vochtig, niet van angst maar van de harde realiteit dat hij met een van zijn slachtoffers werd geconfronteerd. Hoeveel anderen waren er nog? Waarom had hij het tot zijn werk gemaakt die mensen te bedriegen?

Hij veegde met zijn mouw over zijn neus, zette zijn bril recht en zei: 'Het spijt me. Ik was heel erg fout.'

'Laten we het nog een keer proberen,' zei Cranwell. 'Gerechtigheid of een overwinning in de rechtszaal?'

'Het was geen gerechtigheid, Cranwell. Het spijt me.'

Jim legde de mappen en losse papieren zorgvuldig op hun plaats terug in de laden van de archiefkast en deed ze dicht. Hij knikte de vier mannen toe, en die schuifelden naar de deur. Het was plotseling druk in de kamer, en Jim fluisterde iets tegen Becky. Doyle zei iets tegen de laatste man die wegging. De deur vloog heen en weer. Jim pakte Wade bij zijn arm vast, trok hem overeind en gromde: 'We gaan.' Buiten was het veel donkerder. Ze liepen vlug de kamer uit en om het huis heen. Ze kwamen langs de vier mannen, die iets aan het doen waren bij een schuurtje, en toen hij naar hun schaduwen keek, hoorde Stanley duidelijk het woord 'schoppen'.

'Stap in,' zei Jim, en hij duwde Stanley in dezelfde Ford pick-up. Het pistool was terug. Jim hield het bij Stanleys neus en verzekerde hem: 'Eén verkeerde beweging, en ik gebruik het.' Daarna gooide hij de deur dicht en zei iets tegen de andere mannen. Met gedempte stemmen werd overlegd over de missie. De deur aan de bestuurderskant ging open en Jim stapte in, het pistool nog in zijn hand. Hij richtte het op Stanley en zei: 'Leg je beide handen op je knieën. Als je een hand beweegt, steek ik dit in je nier en haal ik de trekker over. Dan komt er een groot gat aan de andere kant. Begrijp je me?'

'Ja,' zei Stanley, terwijl zijn nagels zich in zijn knieën boorden.

'Beweeg je handen dus niet. Ik wil mijn wagen niet vies maken. Oké?'

'Oké, oké.'

Ze reden achteruit over het grindpad, en toen ze bij het huis vandaan reden, zag Stanley dat er nog een pick-up wegreed en achter hen aan kwam. Blijkbaar had Cranwell genoeg gezegd, want hij zei nu niets meer. Ze reden met grote snelheid door het donker, sloegen bij elke gelegenheid een andere weg in, van grind naar asfalt, weer naar grind, naar het noorden en toen naar het zuiden, het oosten en het westen. Hoewel Stanley niet keek, wist hij dat de man het pistool in zijn rechterhand had terwijl hij met zijn linkerhand de pick-up bestuurde. Stanley hield zijn handen op zijn knieën, bang dat elke beweging als een verkeerde zou worden uitgelegd. Zijn linkernier deed evengoed pijn. Hij was er zeker van dat het portier op slot zat en dat een stuntelige poging om het open te maken niets zou uithalen. Bovendien was Stanley verstijfd van angst.

Er schenen koplampen in de rechterspiegel, lage lichtbundels van de andere pick-up, die met het doodseskader en hun schoppen, nam hij aan. Hij verdween om bochten en over hellingen, maar kwam altijd terug.

'Waar gaan we heen?' vroeg Stanley ten slotte.

'Jij gaat naar de hel, denk ik.'

Dat antwoord maakte verdere vragen overbodig, en Stanley dacht na over wat hij nu moest zeggen. Ze sloegen een grindweg in, de smalste tot dan toe, en Stanley zei tegen zichzelf: hier houdt het op. Diepe bossen aan weerskanten. Geen huis tot kilometers in de omtrek. Een snelle executie. Een snelle begrafenis. Geen haan die ernaar kraaide. Ze staken een beekje over en de weg werd breder.

Zeg iets, man. 'Je zult wel doen wat je wilt doen, Cranwell, maar ik heb echt spijt van Michaels zaak,' zei Stanley, al wist hij dat zijn woorden zo zwak klonken als ze aanvoelden. Al zou hij verteerd worden door wroeging, dan nog zou het de Cranwells niets zeggen. Maar hij had alleen nog maar woorden over. Hij zei: 'Ik wil wel helpen met een deel van zijn onkosten.'

'Je biedt geld aan?'

'In zekere zin. Ja, waarom niet? Ik ben niet rijk, maar ik kan me goed redden. Ik kan helpen, bijvoorbeeld door de kosten van een verpleegster voor mijn rekening te nemen.'

'Even voor alle duidelijkheid. Ik breng je veilig en wel naar huis, en morgen kom ik naar je kantoor en maken we een gezellig praatje over jouw plotselinge aandrang om ons met Michael te helpen. Een kopje koffie erbij, misschien een donut. Twee oude vrienden. Geen woord over vanavond. Jij stelt een contract op, we tekenen het, geven elkaar een hand, ik ga weg, en elke maand komt er een cheque.'

Stanley kon niet eens op dat absurde idee reageren.

'Jij bent een misselijk klootzakje, weet je dat, Wade? Op dit moment zou je alle leugens van de wereld vertellen om je hachje te redden. Als ik morgen naar je kantoor kwam, zouden er tien smerissen met handboeien op me staan te wachten. Hou je bek, Wade, je maakt het alleen maar erger. Ik heb genoeg van je leugens.'

Hoe zou het nou nog erger kunnen worden? Maar Stanley zei niets. Hij keek naar het pistool. Het was doorgeladen. Hij vroeg zich af hoeveel slachtoffers in die laatste afschuwelijke seconden hun eigen moordwapen te zien kregen.

Plotseling kwam de donkerste weg in het dichtste woud op zijn hoogste punt. De pick-up denderde verder, de bossen werden dunner, en in de verte waren lichten te zien. Veel lichten, de lichten van een stad. Ze kwamen op een grote weg uit, en toen ze naar het zuiden reden, zag Stanley een bord van State Route 374, een oude bochtige weg die Clanton met de kleinere plaats Karraway verbond. Vijf minuten later namen ze een stadsstraat en reden vervolgens zigzag het zuidelijke deel van de stad in. Stanley nam de vertrouwde beelden in zich op – een school rechts, een kerk links, een straat met goedkope winkels die eigendom waren van een man die hij eens had verdedigd. Stanley was terug in Clanton, weer thuis, en hij was bijna blij. Verward, maar blij dat hij nog leefde en nog intact was.

De andere pick-up volgde hen niet de stad in.

Een straat achter de Rite Price reed Jim Cranwell het parkeerterrein van een kleine meubelzaak op. Hij zette de wagen in zijn vrij, deed de lichten uit, richtte het pistool op Stanley en zei: 'Luister naar me, advocaat Wade. Ik neem het jou niet kwalijk wat er met Michael is gebeurd, maar wel wat er met ons is gebeurd. Jij bent uitschot, en je hebt geen idee van de ellende die je hebt veroorzaakt.'

Er reed een auto achter hen langs, en Cranwell liet het pistool even zakken. Toen ging hij verder: 'Je kunt de politie bellen, me laten arresteren, me in de gevangenis laten gooien en noem maar op, al weet ik niet hoeveel getuigen je kunt vinden. Je kunt problemen maken, maar die kerels daarachter zijn er klaar voor. Eén stommiteit, en je krijgt er meteen spijt van.'

'Ik doe niets. Dat beloof ik. Als je me maar laat gaan.'

'Jouw beloften hebben geen betekenis. Ga nu maar, Wade, ga naar huis en ga morgen naar kantoor terug. Ga op zoek naar meer gewone mensen die je onder de voet kunt lopen. We hebben een wapenstilstand, jij en ik, tot Michael dood is.'

'En dan?'

Hij glimlachte alleen maar en bracht het pistool dichter naar Stanley toe. 'Ga maar, Wade. Doe de deur open, stap uit en laat ons met rust.'

Stanley aarzelde maar even en liep algauw bij de pick-up vandaan. Hij ging een hoek om, vond in het donker een trottoir en zag het bord van de Rite Price. Hij wilde hard gaan rennen, maar er waren geen geluiden achter hem. Hij keek één keer achterom. Cranwell was weg.

Terwijl Stanley vlug naar zijn auto liep, vroeg hij zich af wat hij zijn vrouw zou moeten vertellen. Hij was twee uur te laat voor het avondeten: dat vroeg om een verhaal.

En het zou een leugen zijn. Dat stond vast.

# Stille Haven

Het seniorentehuis Stille Haven stond een paar kilometer buiten de bebouwde kom van Clanton, een eindje van de grote weg naar het noorden af, verscholen in een lommerijk dal, zodat passerende automobilisten het niet konden zien. Zulke tehuizen in de buurt van zulke drukke wegen vormen een groot gevaar. Dat weet ik uit ervaring, want ik werkte in De Hemelpoort bij Vicksburg toen bewoner Albert Watson een eindje ging wandelen en op een vierbaansweg terechtkwam, waar hij door een tankwagen werd overreden. Hij was vierennegentig en een van mijn favorieten. Ik ging naar zijn begrafenis. Het kwam tot een proces, maar ik volgde dat niet. Die oudjes gaan vaak aan de wandel. Sommigen proberen te ontsnappen, maar het lukt ze nooit. Al kan ik het ze niet echt kwalijk nemen dat ze het proberen.

Toen ik voor het eerst naar Stille Haven ging, zag ik een vervallen bakstenen gebouw uit de jaren vijftig, met een plat dak en enkele vleugels. Het leek net een opgedofte gevangenis waar mensen heen werden gestuurd om er in alle rust hun laatste dagen door te brengen. Vroeger heetten die huizen verpleegtehuizen, maar tegenwoordig spreken we van seniorentehuizen en seniorendorpen en centra voor begeleid wonen en meer van die benamingen die de lading niet dekken. 'Mama woont in een seniorendorp' klinkt veel beschaafder dan 'We hebben haar in een tehuis gestopt'. Mama is op dezelfde plaats, maar het klinkt nu beter, in elk geval voor iedereen behalve mama zelf.

Hoe je die tehuizen ook noemt, ze zijn allemaal deprimerend. Maar ze vormen mijn territorium, mijn missie, en telkens wanneer ik er weer een voor het eerst zie, vind ik het een opwindende uitdaging.

Ik zet mijn oude, gehavende Volkswagen Kever op het kleine lege parkeerterrein aan de voorkant. Ik verschuif mijn nerdbril met zwart montuur, stijl jaren vijftig, trek mijn strak geknoopte stropdas recht – een jasje heb ik niet aan – en stap uit mijn auto. Bij de voordeur, onder het afdak van bladmetaal, zitten zes van mijn nieuwe vrienden in diepe rieten schommelstoelen voor zich uit te staren. Ik glimlach, knik en zeg gedag, maar slechts twee van hen zijn in staat tot een reactie. Ik word belaagd door dezelfde benauwende, vieze antiseptische lucht die in al die gebouwen hangt. Ik stel me voor aan de receptioniste, een robuuste jonge vrouw in een nagemaakt verpleegstersuniform. Ze zit achter de balie een stapel papieren door te nemen en heeft het bijna te druk om me aan te kijken.

'Ik heb een afspraak om tien uur met mevrouw Wilma Drell,' zeg ik tam.

Ze bekijkt me, is niet blij met wat ze ziet en vertikt het om te glimlachen. 'Uw naam?' Zelf heet ze Trudy; dat staat te lezen op de goedkope plastic badge die boven haar zware linkerborst is gespeld. Trudy maakt gevaarlijk veel kans om als eerste op mijn zwarte lijst te komen.

'Gilbert Griffin,' zeg ik beleefd. 'Tien uur.'

'Gaat u zitten,' zegt ze. Ze knikt naar een rij plastic stoelen in de open hal.

'Dank u,' zeg ik, en ik ga daar zitten als een nerveus kind van tien. Ik kijk naar mijn voeten, waaraan ik oude witte sportschoenen en zwarte sokken draag. Mijn broek is van polyester. Mijn riem is te lang voor mijn middel. Kortom, ik zie er armoedig uit, een voetveeg, het laagste van het laagste.

Trudy gaat verder met het ordenen van stapels papier. Nu en dan gaat de telefoon, en tegen de mensen die bellen is ze redelijk beleefd. Tien minuten nadat ik ben binnengekomen, precies op tijd, komt Wilma Drell in haar ruisende kleding de gang uit en stelt zich aan me voor. Ook zij draagt een wit uniform, compleet met witte kousen en stevige witte schoenen, die het zwaar te verduren hebben, want Wilma is nog zwaarder dan Trudy.

Ik sta geïntimideerd op en zeg: 'Gilbert Griffin.'

'Wilma Drell.' We geven elkaar alleen een hand omdat het moet, en dan draait ze zich om en loopt ze weg. Haar dikke witte kousen wrijven over elkaar en creëren een frictie die op enige afstand te horen is. Ik volg als een angstig hondje, en als we een hoek omgaan, kijk ik nog even naar Trudy, die met louter minachting en afwijzing naar me terugkijkt. Op dat moment staat ze nummer één op mijn lijst.

Ook staat voor mij vast dat Wilma nummer twee wordt, met de kans nog hoger te komen.

We passen maar net in een klein betonnen hokje met neutraal grijs geverfde muren, een goedkoop metalen bureau en een goedkope houten kast met slordig afgedrukte foto's van haar dikke kinderen en magere man. Ze gaat achter het bureau en in een directiestoel zitten, alsof ze de president-directeur van deze opwindende, welvarende onderneming is. Ik laat me in een gammele stoel zakken die minstens dertig centimeter lager is dan haar draaistoel. Ik kijk op. Zij kijkt omlaag.

'U hebt gesolliciteerd naar een baan,' zegt ze, en ze pakt de brief op die ik de week daarvoor heb gestuurd.

'Ja.' Wat zou ik hier anders komen doen?

'Als verzorger. Ik zie dat u ervaring hebt opgedaan in seniorentehuizen.'

'Ja, dat klopt.' In mijn sollicitatieformulier heb ik drie van zulke tehuizen genoemd. Die heb ik alle drie zonder problemen verlaten. Daarentegen zijn er minstens tien andere die ik nooit zou noemen. Het natrekken van de referenties zal geen probleem opleveren, als het al plaatsvindt. Meestal wordt er alleen maar een halfslachtige poging gedaan door een paar telefoontjes te plegen. Verpleegtehuizen maken zich er niet zo druk om wie ze in dienst nemen, of het nu dieven of kindermisbruikers zijn of zelfs mensen als ik, mannen met een gecompliceerd verleden.

'We hebben een verzorger nodig voor de nachtdienst, van negen uur 's avonds tot zeven uur 's morgens, vier dagen per week. U controleert de gangen, kijkt bij de bewoners, zorgt in algemene zin voor hen.'

'Dat is wat ik doe,' zeg ik. En met ze naar de wc gaan, de vloer boenen als ze die vies hebben gemaakt, ze wassen, ze aankleden, ze voorlezen, naar hun levensverhaal luisteren, brieven schrijven, verjaardagskaarten kopen, met hun familie praten, hun ruzies beslechten, hun ondersteken neerleggen en schoonmaken. Ik ken dat werk.

'Houdt u ervan om met mensen te werken?' vraagt ze, dezelfde stomme vraag die ze altijd stellen. Alsof alle mensen hetzelfde zijn. De bewoners zijn meestal prima. Op mijn zwarte lijst komen altijd de andere personeelsleden.

'Jazeker,' zeg ik.

'Uw leeftijd is...'

'Vierendertig,' zeg ik. Kun jij niet rekenen? Mijn geboortedatum staat achter vraag drie van het formulier. In werkelijkheid bedoelt ze: Waarom kiest een man van vierendertig ervoor om zulk veeleisend werk te gaan doen? Maar ze hebben nooit het lef om dat te vragen.

'Wij betalen zes dollar per uur.'

Dat stond in de advertentie. Ze biedt het aan alsof het een geschenk is. Het minimumloon is op het ogenblik vijf dollar vijftien. De onderneming die Stille Haven in haar bezit heeft, verschuilt zich achter de nietszeggende naam HVQH Group, een louche onderneming in Florida. HVQH bezit ongeveer dertig seniorentehuizen in tien staten en heeft een beruchte staat van dienst: mishandelingen, juridische procedures, verwaarlozing van bewoners, discriminerend personeelsbeleid en belastingproblemen. Ondanks al die tegenslag is het de onderneming gelukt een smak geld te verdienen.

'Dat is goed,' zeg ik. En het is echt niet zo slecht. De meeste ketens van tehuizen zetten hun bejaardenwassers eerst een tijdje op het minimumloon. Maar ik ben hier niet voor het geld, zeker niet voor de bescheiden salarissen die HVQH te bieden heeft.

Ze kijkt nog naar het sollicitatieformulier. 'Diploma high school. Geen college?'

'Ik was niet in de gelegenheid.'

'Dat is jammer,' zegt ze. Ze klakt met haar tong en schudt meelevend haar hoofd. 'Ik heb aan een gemeentecollege gestudeerd,' zegt ze zelfvoldaan, en daarmee is Wilma Drell met stip binnen-gekomen op plaats twee. Ze komt nog wel hoger. Ik heb drie jaar geleden mijn collegediploma gehaald, maar omdat ze van me verwachten dat ik een domkop ben, vertel ik dat nooit. Het zou de dingen veel te ingewikkeld maken. Mijn universitaire vervolg-opleiding heb ik in twee jaar gedaan.

'Geen strafblad,' zegt ze met gespeelde bewondering.

'Zelfs geen verkeersboete,' zeg ik. Ze moest eens weten. Natuur-lijk, ik ben nooit veroordeeld, maar soms scheelde het maar heel weinig.

'Geen gerechtelijke procedures, geen faillissementen,' mompelt ze. Het staat daar allemaal zwart op wit.

'Er is nooit tegen me geprocedeerd,' zeg ik voor alle duidelijk-heid. Ik ben wel betrokken geweest bij processen, maar ik was nooit een van de partijen.

'Hoe lang woont u al in Clanton?' vraagt ze om het gesprek nog even te rekken. Het is de bedoeling dat het langer dan zeven mi-nuten duurt. Zij en ik weten allebei dat ik de baan krijg, want die advertentie staat al twee maanden in de krant.

'Veertien dagen. Ik ben hier uit Tupelo naartoe gekomen.'

'En wat voert u naar Clanton?' Wat is het zuiden toch geweldig. Mensen vinden het bijna nooit een probleem om persoonlijke vragen te stellen. Eigenlijk heeft ze het antwoord niet nodig, maar ze vraagt zich af waarom iemand als ik naar een andere stad ver-huist en daar op zoek gaat naar een baan van zes dollar per uur.

'Relatie verbroken in Tupelo,' lieg ik. 'Ik wilde ergens anders heen.' Die verbroken relatie werkt altijd.

'Wat jammer voor u,' zegt ze, al vindt ze het natuurlijk helemaal niet erg.

Ze laat mijn sollicitatieformulier op het bureau vallen. 'Wan-neer kunt u beginnen met werken, meneer Griffin?'

'Zegt u maar Gill,' zeg ik. 'Wanneer hebt u me nodig?'

'Zou morgen kunnen?'

'Goed.'

Omdat ze me meestal direct nodig hebben, vind ik het nooit verrassend dat ik onmiddellijk kan beginnen. De volgende dertig minuten vul ik formulieren in met Trudy. Ze doet dat nogal gewichtig en laat me heel duidelijk blijken dat haar rang veel hoger is dan de mijne. Als ik wegrijd, kijk ik naar de troosteloze ramen van Stille Haven en vraag ik me zoals altijd af hoe lang ik daar zal werken. Mijn gemiddelde is ongeveer vier maanden.

Mijn tijdelijke onderkomen in Clanton is een tweekamerwoning in wat ooit een logement was maar nu een vervallen appartementengebouw is, in de buurt van het stadsplein. Volgens de advertentie was het een gemeubileerd appartement, maar toen ik het bekeek, zag ik alleen een bed uit de legerdump in de slaapkamer, een bank van roze vinyl in de huiskamer en een eethoek bij de bank, met een ronde tafel ter grootte van een flinke pizza. Ik heb daar ook een klein kacheltje dat het niet doet en een erg oude koelkast die het nog maar amper doet. Voor dat meubilair betaal ik de eigenares, Ruby, twintig dollar per week in cash.

Ach, ik heb wel ergere dingen meegemaakt, al scheelt het niet veel.

'Geen feestjes,' zei Ruby grijnzend toen we elkaar de hand drukten omdat we het eens waren. Ze heeft haar portie feestjes gehad. Ze is ergens tussen de vijftig en de tachtig. Haar gezicht is niet zozeer geteisterd door ouderdom als wel door een zwaar leven en een verbijsterende hoeveelheid sigaretten, maar ze vecht terug met lagen foundation, rouge, mascara, eyeliner, lipstick en een dagelijkse stortbui van parfum die me in combinatie met de tabaksrook doet denken aan de geur van opgedroogde, muffe urine, een geur die niet ongewoon is in verpleegtehuizen.

Om van de whisky nog maar te zwijgen. Nog maar enkele seconden nadat we elkaar de hand hadden geschud, zei Ruby: 'Wat zou je zeggen van een lekker borreltje?' We waren in de huiskamer van haar woning op de begane grond, en voordat ik antwoord kon geven, was ze al op weg naar de drankkast. Ze schonk een stevige dosis Jim Beam in twee whiskyglazen, voegde er behendig wat sodawater aan toe, en we lieten de glazen tegen elkaar tikken. 'Een whisky-soda voor het ontbijt is het beste begin van de dag,' zei ze, en ze nam een slok. Het was negen uur 's morgens.

Ze stak een Marlboro op en we liepen naar de voorveranda. Ze woont alleen, en het was me algauw duidelijk dat ze erg eenzaam was. Ze wilde gewoon iemand om mee te praten. Ik drink bijna nooit alcohol, en helemaal nooit whisky, en na een paar slokjes was mijn tong verdoofd. Als de whisky enige uitwerking op haar had, was dat niet te merken. Ze praatte maar door over mensen in Clanton die ik nooit zou ontmoeten. Na dertig minuten liet ze haar ijsblokjes in het glas ratelen en zei: 'Nog maar eentje?' Ik bedankte en ging kort daarna weg.

De rondleiding wordt verzorgd door zuster Nancy, een vriendelijke oude vrouw die hier al dertig jaar werkt. Met mij op sleeptouw gaan we van deur naar deur in de noordvleugel. We gaan elke kamer in en zeggen de bewoners gedag. De meeste kamers hebben er twee. Ik heb al die gezichten al eerder gezien: de heldere types die blij zijn een nieuw iemand te ontmoeten, de sombere types die het allemaal koud laat, de verbitterde types die de zoveelste eenzame dag over zich heen laten komen, de lege types die al niet meer op deze wereld zijn. Dezelfde gezichten kom ik in de zuidvleugel tegen. De achtervleugel is een beetje anders. Die is afgesloten met een metalen deur, en zuster Nancy moet een code van vier cijfers invoeren om ons binnen te krijgen.

'Dit zijn de moeilijkste gevallen,' zegt ze zachtjes. 'Een paar alzheimers, een paar gekken. Heel triest.' Er zijn daar tien kamers, met telkens één bewoner. Ik word aan alle tien voorgesteld zonder dat zich incidenten voordoen. Ik volg haar naar de keuken, de kleine apotheek, de kantine waar ze eten en met elkaar kunnen praten. Al met al is Stille Haven een doorsnee verpleegtehuis, tamelijk schoon en efficiënt. De bewoners zien er zo tevreden uit als je kunt verwachten.

Ik zal later op de rechtbank nagaan of er ooit wegens mishandeling of verwaarlozing tegen het tehuis is geprocedeerd. Ik zal contact met de brancheorganisatie in Jackson opnemen om na te gaan of er klachten zijn ingediend. Ik heb nog heel wat uit te zoeken – mijn gebruikelijke research.

Als we op de receptie zijn en zuster Nancy me de bezoekregelingen uitlegt, schrik ik van het geluid van een trompet of zoiets.

'Pas op,' zegt ze, en ze gaat dichter bij de balie staan. Uit de gang van de noordvleugel nadert een rolstoel met indrukwekkende snelheid. Er zit een oude man in, nog in zijn pyjama. Met zijn ene hand maakt hij gebaren om ons opzij te laten gaan en met zijn andere hand knijpt hij in de bal van een fietstoeter boven het rechterwiel. Hij wordt geduwd door een woest uitziende man die niet ouder lijkt dan zestig, met een grote buik die onder zijn T-shirt vandaan komt, vuile witte sokken en geen schoenen.

'Stil, Walter!' blaft zuster Nancy als ze voorbijvliegen zonder zich iets van ons aan te trekken. Ze verdwijnen in de gang van de zuidvleugel, en ik zie andere bewoners een goed heenkomen zoeken in hun kamers.

'Walter is gek op zijn rolstoel,' zegt ze.

'Wie is de duwer?'

'Donny Ray. Ze rennen elke dag vijftien kilometer heen en weer door de gangen. Vorige week reden ze Pearl Dunavant aan en braken bijna haar been. Walter zei dat hij vergeten was te toeteren. We zijn het nog aan het regelen met haar familie. Het is een lelijke zaak, maar Pearl geniet enorm van de aandacht die ze krijgt.'

Ik hoor de toeter weer en zie ze rechtsomkeert maken aan het eind van de zuidvleugel en weer recht op ons afkomen. Ze denderen voorbij. Walter is vijfentachtig of daaromtrent (met mijn ervaring zit ik er meestal nog geen drie jaar naast – Ruby daargelaten) en hij heeft veel te veel plezier. Zijn hoofd hangt naar voren en zijn ogen zijn half dichtgeknepen alsof hij honderd kilometer per uur rijdt. Donny Ray heeft al net zulke wilde ogen, met zweet dat van zijn wenkbrauwen druipt en zich onder zijn oksels verzamelt. Ze groeten ons geen van beiden als ze voorbijkomen.

'Kunt u ze niet in toom houden?' vraag ik.

'Dat hebben we geprobeerd, maar Walters kleinzoon is advocaat en hij maakte toen een heleboel stampij. Hij heeft gedreigd een proces tegen ons aan te spannen. Donny Ray liet hem een keer omkieperen. Hij raakte niet echt gewond, maar misschien had hij wel een lichte hersenschudding. Dat hebben we de familie maar niet verteld. Als er extra hersenletsel is opgetreden, is dat niet te merken.'

We zijn klaar met de rondleiding om precies vijf uur, en dat is voor zuster Nancy tijd om af te nokken. Mijn dienst begint over vier uur, en ik kan nergens heen. Mijn appartement is verboden terrein, want Ruby heeft al de gewoonte om naar me uit te kijken, en als ze me te pakken heeft, verwacht ze van me dat ik een glas whisky kom drinken op de voorveranda. Op elk uur van de dag is ze aan een borrel toe en ik hou niet echt van whisky.

En dus blijf ik in het tehuis. Ik trek mijn witte verzorgersjasje aan en praat met mensen. Ik zeg Wilma Drell gedag, die het erg druk heeft met de leiding van het geheel. Ik loop naar de keuken en stel me voor aan de twee zwarte vrouwen die het beroerde eten klaarmaken. De keuken is niet zo schoon als ik zou willen, en ik maak als het ware notities in mijn hoofd. Om zes uur 's avonds komen de eters een voor een binnen. Sommigen lopen zonder enige hulp, en die trotse, gelukkige zielen doen er alles aan om de overige senioren te laten weten dat ze veel gezonder zijn dan zij. Ze komen vroeg, begroeten hun vrienden, helpen degenen in rolstoelen naar hun plaats, reppen zich zo vlug mogelijk van tafel naar tafel. Sommigen van degenen met stokken en rollators parkeren ze bij de deur van de kantine, opdat de andere bewoners ze niet zien. De verzorgers helpen deze mensen naar hun tafels. Ik doe mee, bied mijn hulp aan en stel me intussen aan iedereen voor.

Stille Haven heeft tweeënvijftig bewoners. Ik tel er achtendertig bij het avondeten, en dan staat broeder Don op om het gebed te zeggen. Plotseling is het helemaal stil. Hij is een gepensioneerde predikant, hoor ik, en staat erop een gebed te zeggen voor elke maaltijd. Hij is een jaar of negentig, maar zijn stem is nog helder en opvallend krachtig. Hij gaat een hele tijd door, en voordat hij klaar is, tikken een paar anderen met hun messen en vorken. Het eten wordt opgediend op plateaus van hard plastic zoals we op de lagere school ook hadden. Vanavond krijgen ze gebraden kippenborst – geen botten – met groene bonen, aardappelpuree van poeder en natuurlijk gelatinepudding, deze keer rode. Morgen zal de pudding geel of groen zijn. Dat is zo in elk verpleegtehuis. Ik weet niet waarom. Ons hele leven lopen we met een wijde boog om de gelatinepudding heen, maar aan het eind staat die pudding altijd op ons te wachten. Broeder Don is klaar en gaat zitten, en dan kan het feestmaal beginnen.

Degenen die te zwak zijn voor de eetkamer en de onvoorspelbaren in de achtervleugel krijgen hun eten op hun kamer. Ik bied me daarvoor aan. Enkele bewoners zullen het niet lang meer maken.

Het amusement na het eten wordt deze avond verzorgd door een troep welpen. Ze arriveren precies om zeven uur en delen bruine zakken uit die ze zelf hebben versierd en waar allerlei koekjes in zitten. Dan gaan ze bij de piano staan en zingen *God Bless America* en een paar kampvuurliederen. Jongens van acht zingen niet uit vrije wil, en de melodieën worden voortgeholpen door hun akela's. Om halfacht is de voorstelling voorbij en gaan de bewoners naar hun kamers terug. Ik duw er een in een rolstoel en help dan met schoonmaken. De uren slepen zich voort. Ik ben op de zuidvleugel ingedeeld: elf kamers met twee personen, één kamer met één persoon.

Om negen uur is het pillentijd, en dat is een van de hoogtepunten van de dag, in elk geval voor de bewoners. De meesten van ons hebben ooit de spot gedreven met onze grootouders omdat die altijd zo hevig geïnteresseerd waren in hun ziektes, behandelingen, prognoses en medicaties en niets liever deden dan dat alles in geuren en kleuren beschrijven aan iedereen die wilde luisteren. Dat vreemde verlangen om honderduit te praten over hun ziektes werd met de jaren alleen maar groter en gaf vaak aanleiding tot veel grappen achter hun rug, maar meestal waren ze toch te doof om daar iets van te horen. In een verpleegtehuis is het nog erger, want de bewoners zijn daar opgeborgen door hun familie en hebben dus geen publiek meer. Daarom nemen ze elke gelegenheid te baat om maar door te zeuren over hun kwalen wanneer er een personeelslid binnen gehoorsafstand is. En als er een personeelslid met een presenteerblad vol pillen aankomt, is hun opwinding voelbaar. Sommigen doen alsof ze het niet vertrouwen, de pillen niet willen of bang zijn, maar ook zij slikken hun medicijnen en spoelen ze weg met water. Iedereen krijgt hetzelfde slaappilletje; ik heb dat zelf ook weleens genomen en merkte er toen niets van. En iedereen krijgt nog een paar andere pillen, want niemand zou genoegen nemen met maar één dosis. De meeste geneesmiddelen zijn echt, maar tijdens dit nachtelijke ritueel worden ook veel placebo's geslikt.

Na de pillen wordt het rustiger in het tehuis. De bewoners gaan naar bed en om tien uur gaan de lichten uit. Zoals te verwachten was, heb ik de zuidvleugel voor mij alleen. Er is een verzorger voor de noordvleugel en er zijn er twee in de achtervleugel voor de 'zielige gevallen'. Ver na middernacht, als iedereen slaapt, de andere verzorgers niet uitgezonderd, en ik alleen ben, snuffel ik rond bij de balie, op zoek naar gegevens, registers, dossiers, sleutels, alles wat ik kan vinden. De beveiliging is in deze tehuizen altijd een aanfluiting. Het computersysteem is voorspelbaar simpel, en na een beetje hacken zit ik erin. Ik werk nooit zonder een kleine camera in mijn zak. Die gebruik ik om dingen vast te leggen als vuile toiletten, apotheken die niet op slot zijn, bevuild en ongewassen beddengoed, geknoei in registers, voedsel van voorbij de houdbaarheidsdatum, verwaarloosde bewoners, enzovoort. De lijst is lang en triest, en ik ben altijd op zoek.

Het gerechtsgebouw van Ford County staat in het midden van het plein van Clanton, omringd door een prachtig, goed onderhouden gazon. Er zijn daar fonteinen, eeuwenoude eiken, parkbanken, oorlogsmonumenten en twee koepeltjes. Als ik bij een daarvan sta, kan ik de optocht op de nationale feestdag bijna horen, en de toespraken in verkiezingstijd. Een eenzame bronzen soldaat van de Zuidelijken staat op een granieten voetstuk naar het noorden te kijken, op zoek naar de vijand, zijn geweer in zijn armen, om ons te herinneren aan een glorieuze en verloren zaak.

Binnen vind ik de kadastergegevens, zoals die in elke rechtbank in de staat te vinden zijn. Bij deze gelegenheden draag ik een blauwe blazer met das, een mooie kakibroek en elegante schoenen. In zo'n outfit kan ik gemakkelijk doorgaan voor de zoveelste advocaat van buiten de stad die gegevens van grondbezit komt natrekken. Ze komen en gaan. Je hoeft je niet te registreren. Ik praat met niemand, tenzij iemand iets tegen me zegt. De gegevens zijn openbaar, en de ongeïnteresseerde griffiemedewerkers letten nauwelijks op de mensen die komen. De eerste keer dat ik erheen ga, wil ik me alleen vertrouwd maken met de gegevens en het systeem, zodat ik alles kan vinden. Eigendomsaktes, overdrachtsaktes, hypotheekaktes, testamenten, allerlei registers die ik in de nabije toekomst moet raadplegen. De belastinggegevens bevinden zich in een kamer aan dezelfde gang. De gegevens van gerechtelijke procedures zijn ook op de begane grond te vinden. Na een paar uur weet ik de weg en heb ik met niemand gepraat. Ik ben gewoon een van de vele advocaten van buiten de stad die met hun alledaagse zaken bezig zijn.

In elk nieuw tehuis ga ik allereerst op zoek naar iemand die daar al jaren werkt en verhalen te vertellen heeft. Die persoon werkt meestal in de keuken, is vaak zwart, vaak een vrouw, en als het inderdaad een zwarte vrouw is die in de keuken werkt, weet ik hoe ik verhalen uit haar los kan krijgen. Met vleierij kom je er niet, want die vrouwen ruiken al op een afstand dat je liegt. Je kunt niet opscheppen over het eten, want het eten is troep en dat weten ze zelf ook wel. Het is niet hun schuld. Ze krijgen de ingrediënten en moeten daar iets van maken. Eerst kom ik gewoon elke dag even langs. Ik zeg hun gedag, vraag hoe het met ze gaat enzovoort. Het is al ongewoon dat een van hun collega's, een blanke, zo aardig voor hen is en naar hen toe komt om met hen te praten. Als ik drie dagen aardig ben geweest, begint Rozelle van zestig te flirten, en dan doe ik dat van mijn kant ook. Ik heb haar al verteld dat ik alleen woon, niet kan koken en wat extra calorieën zou kunnen gebruiken. Algauw maakt Rozelle roerei voor me als ze om zeven uur 's morgens op haar werk komt, en dan drinken we samen onze ochtendkoffie. Om die tijd zit mijn dienst erop, maar meestal blijf ik nog een uurtje hangen. Om Ruby te ontwijken kom ik ook uren eerder op mijn werk dan nodig is, en daarnaast maak ik zo veel mogelijk overuren. Omdat ik de nieuwe ben, krijg ik de nachtdienst – van negen uur 's avonds tot zeven uur 's morgens – van vrijdag tot en met maandag, maar dat vind ik niet erg.

Rozelle en ik zijn het erover eens dat onze directrice, Wilma Drell, een domme, luie slons is die allang vervangen had moeten worden maar waarschijnlijk nog lang niet weggaat omdat iemand die beter is die baan hoogstwaarschijnlijk niet zou willen hebben. Rozelle heeft zoveel bazen overleefd dat ze ze niet allemaal meer weet. Zuster Nancy krijgt een voldoende. Trudy van de receptie niet. Voordat mijn eerste week achter de rug is, hebben Rozelle en ik een oordeel geveld over alle andere personeelsleden.

De pret begint als we aan de bewoners toekomen. Ik zeg tegen Rozelle: 'Weet je, elke avond om pillentijd geef ik Lyle Spurlock een dosis salpeter in een suikerklontje. Waar is dat goed voor, Rozelle?'

'God zij genadig,' zegt ze met een grijns die haar enorme tanden laat zien. Quasi verrast heft ze haar handen ten hemel. Ze rolt met haar ogen alsof ik een heel netelige kwestie heb aangesneden. 'Jij bent een nieuwsgierige blanke jongen.' Maar ik heb een zenuw geraakt, en ik kan zien dat ze echt heel graag de vuile was buiten wil hangen.

'Ik wist niet dat ze nog salpeter gebruikten,' zeg ik.

Ze maakt langzaam een grote verpakking diepvrieswafels open. 'Weet je, Gill, die man zat achter elke vrouw aan die hier was. Hij kreeg er ook een hoop te pakken. Een paar jaar geleden hebben ze hem met een verpleegster in bed aangetroffen.'

'Lyle?'

'God zij genadig, jongen. Dat is de geilste oude man van de wereld. Hij kan van geen vrouw afblijven, hoe oud ze ook is. Hij betast ze allemaal: zusters, bewoonsters, verzorgsters, dames van de kerken die hier kerstliederen komen zingen. Vroeger sloten ze hem op als het bezoekuur was, anders zat hij achter de meisjes uit de families aan. Hij kwam hier ook een keer rondkijken. Ik pakte een slagersmes op en zwaaide daarmee naar hem. Daarna heb ik geen problemen meer met hem gehad.'

'Maar hij is vierentachtig.'

'Hij is een beetje trager geworden. Diabetes. Een voet eraf. Maar hij heeft nog allebei zijn handen en daarmee graait hij naar elke vrouw. Niet naar mij, maar de zusters lopen met een wijde boog om hem heen.'

Het beeld van de oude Lyle die met een zuster in bed lag, is te mooi om eraan voorbij te gaan. 'En ze hebben hem betrapt met een zuster?'

'Ja. Ze was niet echt piepjong, maar wel dertig jaar jonger dan hij.'

'Wie heeft ze betrapt?'

'Heb je Andy ontmoet?'

'Ja.'

Ze kijkt even om zich heen en vertelt me dan iets wat al jaren een legende is. 'Nou, Andy werkte toen in de noordvleugel. Tegenwoordig werkt hij achterin. Weet je die opslagruimte helemaal aan het eind van de noordvleugel?'

'Ja.' Die ken ik niet, maar ik wil de rest van het verhaal horen.

'Nou, daar stond vroeger een bed, en Lyle en de zuster waren niet de eersten die er gebruik van maakten.'

'Je meent het.'

'Het is echt zo. Je zou niet geloven hoeveel gerotzooi we hier hebben gehad, zeker toen Lyle Spurlock nog in zijn beste jaren was.'

'Dus Andy betrapte ze in de opslagruimte?'

'Ja. De zuster werd ontslagen. Ze dreigden Lyle ergens anders heen te sturen, maar zijn familie bemoeide zich ermee en wist gedaan te krijgen dat hij mocht blijven. Het was een puinhoop. God zij genadig.'

'En toen begonnen ze hem salpeter te geven?'

'Dat had al eerder moeten gebeuren.' Ze legt de wafels op een bakplaat die ze in de oven gaat schuiven. Ze kijkt weer om zich heen. Blijkbaar voelt ze zich schuldig, maar er let niemand op ons. Delores, de andere kokkin, is met het koffieapparaat in de weer en staat te ver weg om ons te kunnen horen.

'Je kent Luke Malone van kamer 14?'

'Ja, die zit in mijn vleugel.' Malone is negenentachtig, bedlegerig, zo goed als blind en doof. Hij zit elke dag urenlang naar een kleine televisie te kijken die aan het plafond hangt.

'Nou, zijn vrouw en hij zaten sinds mensenheugenis in kamer 14. Ze is vorig jaar aan kanker gestorven. Een jaar of tien geleden hadden mevrouw Malone en de ouwe Spurlock iets met elkaar.'

'Hadden ze een verhouding?' Rozelle wil best alles vertellen, maar je moet haar telkens een zetje geven.

'Ik weet niet hoe jij het zou noemen, maar ze hadden het leuk met elkaar. Spurlock had toen nog zijn beide voeten, en hij was snel. Ze reden meneer Malone naar beneden voor bingo, en dan glipte Spurlock kamer 14 in. Hij zette een stoel tegen de deurknop en dook de koffer in met mevrouw Malone.'

'Zijn ze betrapt?'

'Verschillende keren, maar niet door Malone. Hij had ze nog niet kunnen betrappen als hij bij ze in de kamer was geweest. En niemand heeft het hem ooit verteld. De arme man.'

'Dat is verschrikkelijk.'

'Dat is Spurlock.'

Ze duwt me weg, want ze moet het ontbijt klaarmaken.

Twee avonden later geef ik Lyle Spurlock een placebo in plaats van zijn slaappil. Een uur later ga ik naar zijn kamer terug. Ik vergewis me ervan dat zijn kamergenoot in diepe slaap verzonken is en geef hem dan twee nummers van *Playboy*. Zulke bladen zijn in Stille Haven niet uitdrukkelijk verboden, maar Wilma Drell en andere machthebbers hebben het heilige streven alle zonden uit te bannen. Er is geen alcohol in het tehuis aanwezig. Er wordt veel gekaart en bingo gespeeld, maar gokken is er niet bij. De weinige overlevende rokers moeten naar buiten. En het idee dat er pornografie wordt bekeken, is bijna ondenkbaar.

'Laat ze aan niemand zien,' fluister ik tegen Lyle, die de bladen vastpakt als een uitgehongerde vluchteling die te eten krijgt.

'Bedankt,' zegt hij gretig. Ik doe het licht naast zijn bed aan, geef hem een schouderklopje en zeg: 'Veel plezier.' Eropaf, ouwe, denk ik. Lyle Spurlock is nu mijn nieuwste bewonderaar.

Mijn dossier over hem wordt dikker. Hij is nu elf jaar in Stille

Haven. Na de dood van zijn derde vrouw vonden zijn kinderen blijkbaar dat ze niet voor hem konden zorgen en zetten ze hem in het 'seniorentehuis', waarna ze hem, als je op het bezoekersregister mocht afgaan, min of meer vergaten. In de afgelopen zes maanden is zijn dochter uit Jackson twee keer bij hem op bezoek geweest. Ze is getrouwd met een rijke projectontwikkelaar. Spurlock heeft een zoon in Fort Worth die in het railvervoer zit en nooit naar zijn vader gaat. Volgens het postregister stuurt hij ook geen brieven of kaarten. Het grootste deel van zijn leven heeft Spurlock een elektrabedrijf in Clanton gehad, maar daarmee heeft hij niet veel bezit vergaard. Zijn derde vrouw daarentegen, een vrouw die zelf ook twee huwelijken achter de rug had gehad, erfde tweehonderdvijftig hectare land in Tennessee toen haar vader op achtennegentigjarige leeftijd overleed. Die nalatenschap werd tien jaar geleden in Polk County afgewikkeld, en toen Spurlocks vrouw overleed, erfde hij het land. Er is een vrij grote kans dat zijn twee kinderen er niets van weten.

Om zulke juweeltjes te vinden moet ik urenlang saai onderzoek verrichten in de kadastergegevens. Meestal levert mijn research helemaal niets op, maar als ik zo'n geheim vind, wordt het opwindend.

Vanavond heb ik vrij, en Ruby staat erop dat we ergens een cheeseburger gaan eten. Ze heeft een Cadillac uit 1972 van een half huizenblok lang, knalrood en met genoeg vierkante meters voor acht passagiers. Terwijl ik rij, praat en wijst zij en neemt ze slokjes whisky, dat alles terwijl er een sigaret uit het raam hangt. De overgang van mijn Kever naar de Cadillac is zo groot dat het is of ik in een bus rij. De auto zal wel nauwelijks op een plaats van de Sonic Drive-In passen, een moderne versie van een vroegere klassieke drive-inbioscoop en gebouwd met het oog op veel kleinere auto's. Maar ik krijg hem op een plekje, en we bestellen burgers, patat en cola. Ze staat erop dat we ter plekke eten, en ik wil haar best dat genoegen doen.

Na nogal wat drankjes op de late middag en in de vroege ochtend weet ik dat ze nooit kinderen heeft gehad. Een stuk of wat echtgenoten hebben haar in de loop van de jaren in de steek gelaten. Ze heeft het nooit over een broer, zus, neef of nicht gehad. Ze is ontzettend eenzaam.

En volgens Rozelle uit de keuken heeft Ruby tot zo'n twintig jaar geleden het laatst overgebleven bordeel in Ford County geëxploiteerd. Rozelle was diep geschokt toen ik haar vertelde waar ik woonde – alsof dat huis vergeven was van de boze geesten. 'Dat is geen plek voor een jonge blanke man,' zei ze. Rozelle gaat minstens vier keer per week naar de kerk. 'Ga daar maar weg,' waarschuwde ze. 'Satan zit in de muren.'

Ik denk niet dat het door Satan komt, maar drie uur na het eten, als ik al bijna slaap, begint het plafond te schudden. Ik hoor geluiden – vastbesloten, gestaag, voorbestemd om gauw te eindigen in bevrediging. Er volgt een klikkend geluid, ongeveer dat van een goedkoop metalen ledikant dat over een vloer verschuift. Dan is er de machtige zucht van een veroverende held. Stilte. De epische daad is voorbij.

Een uur later is het klikken terug en huppelt het bed weer over de vloer. De held moet deze keer groter of ruwer zijn, want het geluid is harder. Zij, wie ze ook is, maakt ook meer geluid dan de vorige keer, en het gaat indrukwekkend lang door. Ik luister met grote nieuwsgierigheid en toenemende opwinding naar die twee mensen die alle remmingen laten varen en zich er helemaal op storten, of anderen dat nu kunnen horen of niet. Als het voorbij is, schreeuwen ze het bijna uit, en ik kom in de verleiding om te applaudisseren. Ze worden stil. Ik ook. Ik val weer in slaap.

Ongeveer een uur later heeft het meisje van plezier daarboven haar derde klant van de avond. Het is vrijdag, en ik besef dat dit mijn eerste vrijdag in dit appartement is. Omdat ik zoveel overuren heb verzameld, heeft Wilma Drell me bevolen deze nacht niet te werken. Die fout zal ik geen tweede keer maken. Ik kan bijna niet wachten tot ik Rozelle kan vertellen dat Ruby helemaal nog niet met pensioen is als hoerenmadam, dat haar vroegere pension nog steeds voor andere doeleinden wordt gebruikt en dat Satan nog levend en wel is.

Laat op de zaterdagochtend loop ik naar een cafetaria op het plein, waar ik een paar worstenbroodjes koop. Ik neem ze mee terug naar Ruby. Ze doet open in haar ochtendjas, met een bos haar die alle kanten op steekt en met rode, opgezette ogen, en we gaan aan haar keukentafel zitten. Ze zet meer koffie, een ellendig brouwsel van een of ander merk van een postorderbedrijf, en ik zeg herhaaldelijk dat ik geen whisky wil.

'Nogal wat lawaai gisteravond,' zeg ik.

'O ja?' Ze knabbelt aan een worstenbroodje.

'Wie woont er in het appartement boven mij?'

'Dat staat leeg.'

'Gisteravond was het niet leeg. Mensen hadden daar seks en maakten veel herrie.'

'O, dat was Tammy. Een van mijn meisjes.'

'Hoeveel meisjes heb je?'

'Niet veel. Vroeger had ik er een heel stel.'

'Ik heb gehoord dat dit een bordeel was.'

'Jazeker,' zegt ze met een trotse glimlach. 'Vijftien, twintig jaar geleden. Ik had meer dan tien meisjes, en we zorgden voor alle grote jongens in Clanton – politici, de sheriff, bankiers en advocaten. Ik liet ze pokeren op de derde verdieping. Mijn meisjes werkten in de andere kamers. Dat waren goede jaren.' Ze glimlacht naar de muur, in gedachten teruggekeerd naar die betere tijden.

'Hoe vaak werkt Tammy tegenwoordig?'

'Op vrijdag en soms op zaterdag. Haar man is vrachtwagenchauffeur en in het weekend weg. Ze heeft het extra geld nodig.'

'Wie zijn de klanten?'

'Ze heeft er een paar. Ze kiest ze zorgvuldig uit. Geïnteresseerd?'

'Nee. Alleen nieuwsgierig. Kan ik dat lawaai elke vrijdag en zaterdag verwachten?'

'Waarschijnlijk wel.'

'Dat heb je me niet verteld toen ik dit huurde.'

'Je vroeg er niet naar. Kom op, Gill, je bent niet echt boos. Als je wilt, kan ik wel een goed woordje voor je doen bij Tammy. Het zou dichtbij zijn. Ze kan zelfs naar je kamer komen.'

'Hoeveel vraagt ze?'

'Daar valt over te onderhandelen. Ik regel het wel voor je.'
'Ik zal erover nadenken.'

Na dertig dagen moet ik in de kamer van Wilma Drell komen voor een beoordelingsgesprek. Grote ondernemingen hebben dat beleid. Het staat in hun handboeken en geeft hun het gevoel dat ze een voortreffelijk management hebben. HVQH wil dat elke nieuwe medewerker na dertig, zestig en negentig dagen wordt beoordeeld, en daarna eens per zes maanden. De meeste verpleegtehuizen hebben officieel ook wel zoiets, maar in de regel hoef je daar niet echt op gesprek te komen.

We werken de gebruikelijke onzin af: hoe goed ik het doe, wat ik van het werk vind, hoe goed ik met de andere werknemers overweg kan. Tot zover geen klachten. Ze complimenteert me met mijn bereidheid om overuren te draaien. Ik moet toegeven dat ze niet zo erg is als ik eerst dacht. Ik heb me wel vaker vergist, maar niet vaak. Ze staat nog steeds op mijn lijst, al is ze nu gezakt naar plaats drie.

'De bewoners mogen je graag,' zegt ze.

'Ze zijn erg aardig.'

'Waarom praat je zo vaak met de kokkinnen in de keuken?'

'Is dat in strijd met de regels?'

'Nou, nee, maar wel een beetje ongewoon.'

'Ik wil er best mee ophouden, als het u dwarszit.' Ik ben dat helemaal niet van plan, ongeacht wat Wilma Drell zegt.

'O, nee. We hebben een paar *Playboy*'s onder de matras van meneer Spurlock gevonden. Enig idee waar die vandaan komen?'

'Hebt u het meneer Spurlock gevraagd?'

'Ja, en hij wil het niet zeggen.'

Goed zo, Lyle. 'Ik weet niet waar ze vandaan komen. Zijn ze in strijd met de regels?'

'We houden niet van die viezigheid. Weet je zeker dat je er niets mee te maken had?'

'Ik zou toch denken dat als meneer Spurlock, die vierentachtig is en de volledige huur betaalt, in de *Playboy* wil kijken, hij daartoe het recht heeft. Wat kan het voor kwaad?'

'Jij kent meneer Spurlock niet. We proberen zijn driften te temperen. Anders, nou, anders hebben we onze handen vol aan hem.'

'Hij is vierentachtig.'

'Hoe weet je dat hij de volledige huur betaalt?'

'Dat heeft hij me verteld.'

Ze slaat een bladzijde om, alsof er een heleboel notities in mijn dossier staan. Even later sluit ze de map en zegt: 'Tot nu toe gaat het goed, Gill. We zijn blij met de manier waarop je je werk doet. Je kunt gaan.'

Zodra ik ben weggestuurd, ga ik naar de keuken en vertel ik Rozelle over de recente gebeurtenissen in Ruby's huis.

Ik ben nu zes weken in Clanton en mijn research zit erop. Ik heb alle openbare gegevens doorgenomen en honderden oude nummers van de *Ford County Times* bestudeerd, die ook in het gerechtsgebouw liggen opgeslagen. Er zijn nooit processen aangespannen tegen Stille Haven. De brancheorganisatie in Jackson heeft alleen gegevens van twee kleine klachten, en die zijn allebei administratief afgehandeld.

Er zijn in Stille Haven maar twee bewoners met noemenswaardig bezit. Jesse Plankmore bezit honderdtwintig hectare woeste grond bij Pidgeon Island in de uiterst noordoostelijke hoek van Ford County. Maar Plankmore weet dat niet meer. Zijn lampje is jaren geleden uitgegaan en hij kan nu elk moment bezwijken. Daar komt nog bij dat zijn vrouw elf jaar geleden is gestorven en haar nalatenschap door een advocaat hier in Clanton is afgehandeld. Ik heb haar testament twee keer gelezen. Alle bezittingen werden nagelaten aan Plankmore en na zijn dood aan de vier kinderen. Ik neem aan dat hij een identiek testament heeft en dat het origineel in de kluis van die advocaat ligt.

De andere grondbezitter is mijn vriend Lyle Spurlock. Met tweehonderdvijftig hectare onbezwaard land in zijn verwaarloosde portefeuille is hij een van de beste kandidaten die ik in jaren heb meegemaakt. Zonder hem zou ik aan mijn exitstrategie beginnen.

Wat ik verder te weten ben gekomen, is wel onthullend, en leuk roddelmateriaal, maar niet zo waardevol. Ruby blijkt achtenzestig te zijn. Ze is drie keer gescheiden, voor het laatst tweeëntwintig jaar geleden, heeft geen kinderen, geen strafblad, en haar huis heeft voor de vastgoedbelasting een taxatiewaarde van tweeënvijftigduizend dollar. Twintig jaar geleden, toen het nog een echt bordeel was, was de taxatiewaarde twee keer zo hoog. Volgens een oud verhaal in de *Ford County Times* heeft de politie achttien jaar geleden een inval bij haar gedaan. Ze arresteerden twee van haar meisjes en twee van haar klanten, onder wie een lid van de wetgevende vergadering van de staat, maar uit een andere county. Er volgden nog meer verhalen in de krant. De politicus zag zich gedwongen ontslag te nemen en pleegde zelfmoord. De morele meerderheid riep moord en brand, en Ruby kon haar bordeel wel sluiten.

Haar enige andere bezit, tenminste voor zover het de county aangaat, is haar Cadillac uit 1972. De wegenbelasting was vorig jaar negenentwintig dollar.

Aan die Cadillac denk ik als ik me bij thuiskomst van mijn werk om acht uur 's ochtends door haar laat betrappen. 'Goeiemorgen, Gill,' krast ze met haar geteerde longen. 'Trek in een borrel?' Ze staat op de smalle voorveranda in een afschuwelijke combinatie van roze pyjama, lavendelblauwe ochtendjas, rode rubberen badslippers en een grote zwarte hoed die nog meer regen zou tegenhouden dan een paraplu. Met andere woorden: een van haar gebruikelijke outfits.

Ik kijk op mijn horloge, glimlach en zeg: 'Goed.'

Ze verdwijnt naar binnen en komt terug met twee grote glazen whisky-soda. Er zit een Marlboro tussen haar plakkerige rode lippen, en als ze praat, gaat die sigaret snel op en neer. 'Een goeie nacht in het verpleegtehuis gehad, Gill?'

'Zoals gewoonlijk. Heb je goed geslapen?'

'De hele nacht op geweest.'

'Wat jammer.' Ze is de hele nacht op omdat ze de hele dag slaapt, iets wat ze aan haar vroegere leven heeft overgehouden. Meestal vecht ze tot ongeveer tien uur 's morgens tegen de whisky. Dan gaat ze naar bed en slaapt tot het donker is.

We praten over van alles en nog wat, vooral over mensen die ik nooit zal ontmoeten. Ik speel met het glas, maar durf er niet veel in te laten zitten. Die keren dat ik weg probeerde te komen zonder ten volle van de whisky te genieten, trok ze meestal mijn mannelijkheid in twijfel.

'Zeg, Ruby, heb je ooit iemand gekend die Lyle Spurlock heet?' vraag ik als het even stil is.

Het duurt even voor ze zich alle mannen voor de geest heeft gehaald die ze heeft gekend, maar Lyle zit daar blijkbaar niet tussen. 'Ik ben bang van niet, jongen. Hoezo?'

'Hij is een van mijn bewoners, eigenlijk mijn favoriete bewoner, en ik dacht erover vanavond met hem naar de film te gaan.'

'Wat aardig van je.'

'Er draait een dubbele film in de drive-in.'

Ze sproeit bijna een mondvol whisky door de voortuin en lacht dan tot ze buiten adem is. Ten slotte, als ze zich weer beheerst, zegt ze: 'Ga je met een ouwe man naar een pornofilm?'

'Ja. Waarom niet?'

'Dat is grappig.' Ze vindt het nog steeds bijzonder komisch. Haar grote gele tanden zijn nu goed te zien. Een slok whisky, een trek van de sigaret, en ze heeft zich weer in bedwang.

Volgens het archief van de *Ford County Times* vertoonde de Daisy Drive-In in 1980 de openluchtversie van *Deep Throat*. Toen was de wereld te klein in Clanton. Er waren protesten, demonstraties, verordeningen, gerechtelijke procedures tegen die verordeningen, preken en nog meer preken, toespraken van politici, en toen het tumult voorbij was en het stof was gaan liggen, bestond de drive-inbioscoop nog steeds en vertoonde hij nog steeds pornofilms wanneer hij maar wilde, met een beroep op het eerste amendement op de grondwet, zoals dat was geïnterpreteerd door een federaal gerechtshof. Niettemin was de eigenaar bereid de porno alleen op woensdagavonden te vertonen, als de kerkmensen in de kerk zaten. Op de andere avonden draaide hij veel horrorfilms voor tieners, al beloofde hij zoveel Disney als hij kon krijgen. Het deed er niet toe. De christenen waren zo lang doorgegaan met hun boycot dat de Daisy algemeen beschouwd werd als een vloek die nu eenmaal op het stadje rustte.

'Ik mag je auto zeker niet lenen?' vraag ik verontschuldigend.

'Waarom?'

'Nou.' Ik knik naar mijn nietige kleine Kever, die voor het huis staat. 'Hij is een beetje klein.'

'Waarom koop je geen grotere wagen?'

Hoe klein hij ook is, hij is altijd meer waard dan die slee van haar.

'Daar denk ik over. Hoe het ook zij, hij is nogal krap. Het was maar een ideetje, niet belangrijk. Ik heb er begrip voor als je het niet wilt.'

'Ik zal erover nadenken.' Ze laat haar ijsblokjes ratelen. 'Ik denk dat ik er nog eentje neem. Jij ook?'

'Nee, dank je.' Mijn tong staat in brand en ik voel me plotseling beneveld. Ik ga naar bed. Zij gaat naar bed. Als we urenlang hebben geslapen, komen we tegen de avond weer op de veranda bij elkaar, en dan gaat ze verder: 'Ik denk dat ik een glaasje neem. Jij ook?'

'Nee, dank je. Ik moet rijden.'

Ze mixt er een, en dan gaan we op weg. Ik heb haar niet uitgenodigd om met Lyle en mij mee te gaan op ons avondje uit, maar zodra ik besefte dat ze niet van plan was de Cadillac zonder haarzelf te laten vertrekken, had ik er geen probleem mee. Lyle Spurlock zou er ook geen bezwaar tegen hebben. Als we min of meer door de stad zweven in een auto die ongeveer zo moet aanvoelen als een olieschuit die de rivier afzakt, zegt ze te hopen dat de film niet te ranzig is. Terwijl ze dat zegt, knippert ze overdreven met haar wimpers. Ik denk dat Ruby bestand is tegen alle vuiligheid die de Daisy Drive-In op het doek kan krijgen.

Ik zet mijn raampje een beetje open om de dampen die door Ruby worden uitgestoten te verdunnen met frisse lucht. Voor deze avond heeft ze zichzelf nog eens extra met al haar verschillende parfums besprenkeld. Ze steekt een sigaret op, maar zet haar raam niet op een kier. Een ogenblik ben ik bang dat de vlam de dampen die om de voorbank heen hangen zal doen ontvlammen en we beiden levend verbranden. Dat gebeurt niet.

Onderweg naar Stille Haven vertel ik Ruby alle verhalen die ik in de keuken heb opgevangen over Lyle Spurlock en zijn gretige ogen en grijpgrage handen. Ze zegt dat ze jaren geleden het gerucht heeft gehoord over een oudere heer die met een verpleegster in bed was betrapt, en blijkbaar vindt ze het opwindend dat ze zo iemand nu gaat ontmoeten. Na nog een slokje whisky zegt ze dat ze zich uit de gloriejaren misschien toch wel een Spurlock als klant herinnert.

Zuster Angel heeft de leiding van de nachtdienst, een vrome, harde vrouw die momenteel nummer twee staat op mijn lijst en heel goed de eerste zou kunnen worden die ik hier ontslagen krijg. Ze zegt meteen dat ze het niet eens is met mijn plan om met Lyle naar de bioscoop te gaan. (Ik heb alleen aan Lyle, en nu ook aan Ruby, verteld naar welke bioscoop we gaan.) Ik breng daartegen in dat het er niet toe doet wat zij ervan vindt, want Wilma Drell, de koningin van het tehuis, heeft toestemming gegeven – overigens pas nadat Spurlock en zijn dochter (door de telefoon) meer stampij hadden gemaakt dan de koningin aankon.

'Het staat zwart op wit,' zeg ik. 'Kijk maar in de papieren. Goedgekeurd door W. Drell.'

Ze verschuift wat papieren, mompelt iets vaags en fronst haar wenkbrauwen alsof ze plotseling hevige hoofdpijn heeft. Enkele minuten later schuifelen Lyle en ik de voordeur uit. Hij draagt zijn mooiste broek en zijn enige jasje, een oude glimmende blauwe blazer die hij al tientallen jaren heeft, en hij loopt duidelijk mank. Buiten het gebouw pak ik zijn elleboog vast en zeg: 'Hé, Lyle, we hebben een onverwachte gast bij ons.'

'Wie?'

'Ze heet Ruby. Ze is mijn hospita. Ik heb haar auto geleend en toen kwam ze vanzelf mee, alsof het een totaalpakket is. Sorry.'

'Het geeft niet.'

'Ze is aardig. Je zult haar graag mogen.'

'Ik dacht dat we naar pornofilms gingen.'

'Dat klopt. Maak je geen zorgen. Ruby zit daar niet mee. Ze is geen echte dame, als je begrijpt wat ik bedoel.'

Lyle begrijpt het. Met een schittering in zijn ogen begrijpt Lyle het volkomen. We blijven bij het voorportier aan de passagierskant staan en ik stel hen aan elkaar voor, en vervolgens gaat Lyle op de enorme achterbank zitten. Voordat we het parkeerterrein af zijn, draait Ruby zich om en zegt: 'Lyle, jongen, wil je een slokje whisky?'

Ze haalt al een literfles uit haar grote rode handtas.

'Liever niet,' zegt Lyle, en daar ben ik blij om. Het is tot daaraan toe om met Lyle naar een beetje porno te gaan, maar als ik hem beschonken terugbreng, krijg ik daar last mee.

Ze buigt zich in mijn richting en zegt: 'Hij is lief.'

En daar gaan we. Ik verwacht dat Ruby over de Sonic begint, en binnen enkele minuten zegt ze: 'Zeg, Gill, ik heb wel trek in een cheeseburger en patat als avondeten. Zullen we even naar de Sonic gaan?'

Met enige moeite krijg ik de olieschuit op een smal plekje van de Sonic. Het is daar afgeladen, en ik zie de blikken van sommige andere bezoekers, die allemaal in veel kleinere, nieuwere auto's zitten. Ik weet niet wat ze grappig vinden, die knalrode Cadillac die amper op een plaats past, of het vreemde drietal dat erin zit. Niet dat het me iets kan schelen.

Ik heb dit al vaker gedaan, in andere tehuizen. Een van de grootste geschenken die ik mijn favoriete vrienden kan geven, is vrijheid. Ik ben met oude dames naar kerken, countryclubs, begrafenissen en bruiloften en natuurlijk winkelcentra geweest. Ik ben met oude mannen naar veteranengebouwen, stadions, cafés, kerken en cafetaria's geweest. Ze zijn kinderlijk dankbaar voor die uitstapjes, die eenvoudige daden van goedheid waardoor ze even uit hun kamer bevrijd zijn. En triest genoeg leiden die expedities in de echte wereld altijd tot moeilijkheden. De andere personeelsleden, mijn geachte collega's, zijn erop tegen dat ik extra tijd aan onze bewoners besteed, en de andere bewoners worden erg jaloers op de gelukkigen die er enkele uren uit zijn. Maar ik stoor me niet aan moeilijkheden.

Lyle zegt dat hij al heeft gegeten. Dat zal dan de rubberen kip en groene gelatinepudding zijn geweest. Ik bestel een hotdog en een alcoholvrij biertje, en algauw zweven we weer over het wegdek. Ruby knabbelt aan haar gefrituurde voedsel en Lyle geniet ergens achterin van de vrijheid. Plotseling zegt hij: 'Ik zou wel een biertje lusten.'

Ik rijd het parkeerterrein van een winkel op. 'Welk merk?'

'Schlitz,' zegt hij zonder aarzeling.

Ik koop een sixpack met blikken van veertig centiliter en geef het aan hem, en dan rijden we verder. Ik hoor een lipje springen, en dan geslurp. 'Wil je er ook een, Gill?' vraagt hij.

'Nee, dank je.' Ik heb een hekel aan de geur en smaak van bier. Ruby giet whisky in haar Dr Pepper en neemt het ene genoeglijke slokje na het andere. Ze grijnst nu, vermoedelijk omdat ze iemand heeft om mee te drinken.

Bij de Daisy koop ik drie kaartjes van vijf dollar per stuk; mijn vrienden bieden niet aan mee te betalen. We rijden langzaam over het grindterrein en kiezen een plek op de derde rij, ver bij alle andere auto's vandaan. Ik tel zes andere aanwezigen. De film is al aan de gang. Ik zet de luidspreker op mijn raam, draai het volume omhoog opdat Lyle het gekreun kan horen, en laat me onderuitzakken. Ruby is nog met haar cheeseburger bezig. Om een onbelemmerd zicht te hebben verschuift Lyle over de achterbank naar een plek recht in het midden.

Het verhaal van de film is algauw duidelijk. Een colporteur gaat met stofzuigers langs de huizen. Je zou van een colporteur verwachten dat hij er verzorgd uitziet en op zijn minst zijn best doet sympathiek over te komen. Deze kerel zit onder de brillantine en heeft oorringen, tatoeages, een strak zijden overhemd met weinig knopen en een geile grijns die elke fatsoenlijke huisvrouw de stuipen op het lijf zou jagen. Natuurlijk komen er geen fatsoenlijke huisvrouwen in de film voor. Als onze slijmerige colporteur de voordeur eenmaal voorbij is, een nutteloze stofzuiger achter zich aan trekkend, bespringt de vrouw hem. Kleren worden uit gerukt en het komt tot allerlei stoeipartijen. Haar echtgenoot betrapt hen op de bank, maar in plaats van de man met de stofzuigerslang bewusteloos te slaan doet manlief mee met de pret. Algauw is het een familiefeestje, met naakte mensen die uit alle hoeken de huiskamer binnenrennen. Het is zo'n typisch porno-gezin, waarvan de kinderen even oud zijn als de ouders, maar wie zou zich daaraan storen? Er komen buren, en we krijgen heftige copulaties te zien, op manieren die maar weinig mensen zich kunnen voorstellen.

Ik zak dieper in mijn stoel weg en kan nog net over het stuur heen kijken. Ruby blijft eten. Ze grinnikt om iets op het scherm en geneert zich nergens voor. Lyle trekt weer een biertje open, het enige geluid dat vanaf de achterbank komt.

Telkens wanneer in de film een climax te zien is, drukt een boe-renkinkel in een pick-up twee rijen achter ons op zijn claxon. Afgezien daarvan is de Daisy tamelijk stil en leeg.

Na de tweede orgie heb ik er genoeg van. Ik excuseer me om naar de herentoiletten te gaan en slenter over het grindterrein naar een vervallen gebouwtje waar ze snacks verkopen en waar de toiletten zijn. De projectieruimte is een wankele aanbouw daarboven. De Daisy Drive-In heeft beslist betere tijden gekend. Ik betaal voor een emmer muffe popcorn en wandel op mijn ge-mak naar de rode Cadillac terug. Onderweg kijk ik helemaal niet naar het scherm.

Ruby is verdwenen! Een fractie van een seconde nadat ik besef dat ze niet meer op haar plaats zit, hoor ik haar giechelen op de achter-bank. Natuurlijk werkt de binnenverlichting niet, waarschijnlijk al twintig jaar niet meer. Het is donker daarachter, en ik draai me niet om. 'Alles goed met jullie?' vraag ik, ongeveer als een oppas.

'Nou en of,' zegt Lyle.

'Er is hier achter nog meer ruimte,' zegt Ruby. Na tien minuten excuseer ik me weer en maak ik een lange wandeling. Ik loop over het terrein naar de achterste rij, stap door een gat in een oude schutting en beklim een helling naar een oude boom, waar bierblikjes verspreid om een kapotte picknicktafel heen liggen, achtergelaten door tieners die te jong of te arm waren om kaart-jes voor de film te kopen. Ik ga op de gammele tafel zitten en heb een goed zicht op het scherm in de verte. Ik tel zeven auto's en twee pick-ups: de betalende bezoekers. De auto het dichtst bij Ruby's Cadillac toetert nog steeds op de juiste momenten. Haar auto glanst van de weerspiegeling op het scherm. Voor zover ik kan nagaan, beweegt hij niet.

Mijn dienst begint om negen uur die avond en ik ben nooit te laat. Koningin Wilma Drell heeft schriftelijk vastgelegd dat de heer Spurlock exact om negen uur terug moet zijn, dus als we nog dertig minuten overhebben, slenter ik naar de auto terug, maak een eind aan wat het ook maar is dat ze daar op de achterbank aan het doen zijn, als ze al iets doen, en zeg dat het tijd is om te vertrekken.

'Ik blijf gewoon hier,' zegt Ruby giechelend. Ze praat een beetje lallend, wat nogal ongewoon is, want ze is immuun voor drank.

'Alles in orde, Lyle?' vraag ik terwijl ik de motor start.

'Nou en of.'

'Hebben jullie van de film genoten?'

Ze bulderen allebei van het lachen, en ik besef dat ze dronken zijn. Ze giechelen het hele eind tot Ruby's huis, en het is allemaal erg grappig. Als we in mijn Kever overstappen, wenst ze ons goedenavond, en wanneer Spurlock en ik naar Stille Haven rijden, vraag ik: 'Plezier gehad?'

'Geweldig. Bedankt.' Hij heeft een blikje Schlitz in zijn handen, het derde voor zover ik kan nagaan, en zijn ogen zijn halfdicht.

'Wat deden jullie op de achterbank?'

'Niet veel.'

'Ze is aardig, hè?'

'Ja, maar ze ruikt vies. Al dat parfum. Nooit gedacht dat ik nog eens met Ruby Clements op de achterbank zou zitten.'

'Ken je haar?'

'Ik kwam erachter wie ze is. Ik woon hier al een hele tijd, jongen, en ik kan me niet veel herinneren. Maar er was een tijd dat bijna iedereen wist wie ze was. Een van haar echtgenoten was een neef van een van mijn vrouwen. Zo zat het, geloof ik. Het is lang geleden.'

Er gaat niets boven die kleine stadjes.

Ons volgende uitstapje, twee weken later, heeft als bestemming een slagveld uit de Burgeroorlog. Het is in de buurt van Brice's

Crossroads, ongeveer een uur bij Clanton vandaan. Zoals de meeste oude zuiderlingen beweert Spurlock voorouders te hebben die dapper voor de Confederatie hebben gevochten. Hij koestert nog steeds wrok en kan zich in verbitterde termen uitlaten over de hernieuwde inlijving van de zuidelijke staten na de Burgeroorlog ('is nooit echt gebeurd') en de noordelijke opportunisten die na die oorlog naar het zuiden trokken ('stelletje vuile dieven').

Op een dinsdagmorgen vroeg neem ik hem mee, en onder de waakzame en afkeurende ogen van koningin Wilma Drell ontsnappen we in mijn Kevertje en laten we Stille Haven achter ons. Ik stop bij een benzinestation, koop twee grote bekers muffe koffie, wat broodjes en frisdrank, en we rijden verder, op weg naar het slagveld.

De hele Burgeroorlog interesseert me geen zier. Ik begrijp niet waarom veel mensen er nog steeds door gefascineerd worden. Wij, het zuiden, hebben verloren – we zijn in de pan gehakt. Maar als Spurlock in zijn laatste dagen van zuidelijke glorie wil dromen, en van wat had kunnen zijn, dan wil ik wel mijn best doen. In de afgelopen maand heb ik tien oorlogsboeken uit de bibliotheek van Clanton gelezen, en er liggen er nog drie in mijn kamer bij Ruby.

Soms is Spurlock goed in details – veldslagen, generaals, troepenbewegingen – en soms weet hij niets meer. Ik houd het gesprek op mijn nieuwste thema: de instandhouding van slagvelden uit de Burgeroorlog. Ik trek van leer tegen de verwoesting van de heilige gronden, vooral in Virginia, waar Bull Run, Fredericksburg en Winchester nagenoeg helemaal door stadsuitbreidingen zijn weggevaagd. Daar windt hij zich over op, en dan valt hij in slaap.

Op het terrein kijken we naar een paar monumenten en tekens die plaatsen op het slagveld aangeven. Hij is ervan overtuigd dat zijn grootvader Joshua Spurlock gewond is geraakt in een of andere heldhaftige manoeuvre tijdens de slag bij Brice's Crossroads. We gaan op een hek zitten en eten de broodjes die we hebben meegenomen, en hij staart in een soort trance voor zich uit, alsof hij elk moment verwacht kanonnen en paarden te horen. Hij praat over zijn grootvader, die in 1932 of 1934 is gestorven, om en nabij de negentig jaar oud. Toen Lyle een jongen was, vertelde zijn opa hem verhalen waarin hijzelf yankees doodde, door kogels geraakt werd en ten strijde trok met Nathan Bedford Forrest, de grootste van alle zuidelijke bevelhebbers. 'Ze waren samen bij Shiloh,' zegt hij. 'Mijn opa is daar eens met me naartoe geweest.'

'Zou je daar nog eens heen willen?' vraag ik.

Hij grijnst. Het is duidelijk dat hij het slagveld heel graag nog een keer zou willen zien. 'Dat zou geweldig zijn,' zegt hij met vochtige ogen.

'Dat kan ik wel regelen.'

'Ik wil graag in april, toen de slag werd geleverd, dan kan ik de perzikboomgaard, de bloedvijver en het Hornet's Nest zien.'

'Ik beloof het. We gaan in april.' April lag vijf maanden in het verschiet, en gezien mijn staat van dienst betwijfelde ik of ik dan nog in Stille Haven zou werken. Maar ook als ik daar niet meer werkte, weerhield niets me ervan mijn vriend Lyle op te zoeken en weer een uitstapje met hem te maken.

Hij slaapt het grootste deel van de terugweg naar Clanton. Tussen zijn dutjes door vertel ik hem dat ik betrokken ben bij een nationale organisatie die slagvelden uit de Burgeroorlog in stand wil houden. Die organisatie is strikt particulier, zonder hulp van de overheid, en is dus afhankelijk van donaties. Omdat ik natuurlijk maar weinig verdien, stuur ik elk jaar een kleine cheque, maar mijn oom, die er warmpjes bij zit, stuurt op mijn verzoek grote cheques.

Lyle vindt dat fascinerend.

'Je kunt ze altijd in je testament opnemen,' zeg ik.

Geen reactie. Niets. Ik houd erover op.

We keren naar Stille Haven terug en ik breng hem naar zijn kamer. Als hij zijn trui en schoenen uittrekt, bedankt hij me voor een 'fantastische dag'. Ik klop hem op zijn rug, zeg dat ik er ook van heb genoten, en als ik wegga, zegt hij: 'Gill, ik heb geen testament.'

Ik doe alsof ik verbaasd ben, maar dat ben ik niet. Je staat ervan te kijken hoeveel mensen, vooral in verpleegtehuizen, nooit de moeite hebben genomen een testament op te maken. Ik doe alsof ik geschokt ben, en teleurgesteld, en dan zeg ik: 'Zullen we het daar later over hebben? Ik weet wat je kunt doen.'

'Goed,' zegt hij opgelucht.

Om halfzes de volgende morgen, als de gangen leeg zijn, de lichten nog uit zijn en iedereen slaapt of geacht wordt te slapen, zit ik aan de balie over de zuidelijke veldtocht van generaal Grant te lezen, als tot mijn grote schrik opeens Daphne Groat voor me staat. Ze is zesentachtig en dement en moet in de achtervleugel blijven. Ik zal nooit weten hoe ze kans heeft gezien voorbij de afgesloten deur te komen.

'Kom snel!' snauwt ze me met haar tandeloze mond toe. Haar stem klinkt hol en zwak.

'Wat is er?' vraag ik terwijl ik vlug overeind kom.

'Harriet. Ze ligt op de vloer.'

Ik ren naar de achtervleugel, toets de code in, passeer de dikke afgesloten deur en ren door de gang naar kamer 158, waar Harriet Markle al woont sinds ik een puber was. Ik doe het licht in haar kamer aan, en daar ligt ze, zo te zien bewusteloos, naakt op haar zwarte sokken na. Ze ligt in een misselijkmakende plas van braaksel, urine, bloed en haar eigen vuil. De stank laat mijn knieen knikken, en dat terwijl ik al menige verschrikkelijke stank heb overleefd. Omdat ik al vaker in deze situatie heb verkeerd, reageer ik instinctief. Ik haal vlug mijn cameraatje tevoorschijn, maak vier foto's, stop het weer in mijn zak en ga hulp halen. Daphne Groat is nergens te bekennen, en verder is er niemand wakker in deze vleugel.

Er is geen verzorger. Achtenhalf uur eerder, toen onze dienst begon, heeft een vrouw die Rita heette zich ingeschreven bij de balie, waar ik toen aan zat, en is ze naar de achtervleugel gegaan. Ze had in haar eentje dienst, wat in strijd was met de regels, want er moeten daar altijd twee verzorgers zijn. Rita is nu weg. Ik ren naar de noordvleugel, trek een verzorger die Gary heet met me

mee, en samen komen we in actie. We trekken rubberen handschoenen en laarzen aan, zetten mondkapjes op en tillen Harriet
vlug van de vloer en leggen haar in haar bed. Ze haalt nog adem,
zij het amper, en ze heeft een snee boven haar linkeroor. Gary
wast haar terwijl ik de rommel opruim. Als we de boel enigszins
hebben opgeknapt, bel ik een ambulance, en daarna bel ik zuster
Angel en koningin Wilma. Intussen zijn anderen wakker geworden en hebben we veel bekijks gekregen.

Rita is nergens te bekennen. Twee verzorgers, Gary en ik, voor
tweeënvijftig bewoners.

We verbinden Harriets wond, trekken haar schoon ondergoed
en een nachthemd aan, en terwijl Gary haar bed bewaakt, loop ik
vlug naar de balie van de achtervleugel om in de papieren te kijken. Harriet heeft sinds de middag van de vorige dag niet meer te
eten gehad – bijna achttien uur – en haar medicijnen heeft ze ook
niet gekregen. Ik maak vlug fotokopieën van alle notities, want
reken maar dat er in de komende uren mee geknoeid zal worden.
Ik vouw de kopieën op en stop ze in mijn zak.

De ambulance komt, en Harriet wordt ingeladen en wegge-
bracht. Zuster Angel en Wilma Drell overleggen nerveus met elkaar en kijken in de papieren. Ik ga naar de zuidvleugel terug en
leg het bewijsmateriaal in een la. Over een paar uur neem ik het
mee naar huis.

De volgende dag komt er een man in een pak van een of ander
regiokantoor. Hij wil mij ondervragen over wat er is gebeurd. Hij
is geen jurist, die komen later nog, en hij is niet erg slim. Hij begint met Gary en mij precies te vertellen wat hij denkt dat wij in
de crisissituatie hebben gezien en gedaan, en we laten hem praten. Vervolgens verzekert hij ons dat mevrouw Markle voldoende
voedsel en medicijnen had gekregen – dat blijkt uit de notities –
en dat Rita alleen maar even naar buiten was gegaan om een sigaret te roken en toen ziek was geworden, zodat ze even naar huis
moest voordat ze terugkeerde en de 'onfortuinlijke' situatie met
betrekking tot mevrouw Markle aantrof.

Ik houd me van den domme; dat is mijn specialiteit. Gary doet
dat ook. Voor hem is het gemakkelijker, maar hij maakt zich ook

zorgen over zijn baan. Ik niet. De idioot gaat ten slotte weg met de indruk dat hij ons afgelegen stadje goed heeft aangevoeld en heel handig het zoveelste vuurtje voor die goeie ouwe HVQH Group heeft geblust.

Harriet blijft een week met een gebarsten schedel in het ziekenhuis liggen. Ze heeft veel bloed verloren, en heeft waarschijnlijk ook extra hersenletsel, maar hoe kun je dat meten? In elk geval zit er een heel mooi proces in, mits in handen van de juiste persoon.

Omdat zulke processen populair zijn en er altijd veel aasgieren om verpleegtehuizen heen cirkelen, heb ik geleerd dat je snel in actie moet komen. Mijn advocaat is een oude vriend, Dexter Ridley uit Tupelo, iemand die ik soms in de arm neem. Dex is een jaar of vijftig, met een paar echtgenotes en levens achter de rug, en hij is een paar jaar geleden tot de conclusie gekomen dat hij zich niet in zijn vak kon handhaven door akten op te stellen en echtscheidingen met wederzijdse instemming te regelen. Dex klom een stapje hoger de ladder op en werd procesvoerder, al gebeurt het bijna nooit dat hij echt een proces voert. Hij is er goed in grote eisen in te dienen en dan veel stampij te maken totdat de andere partij bereid is tot een schikking. Overal in het noorden van Mississippi zie je aanplakbiljetten met zijn glimlachende gezicht.

Op een vrije dag rijd ik naar Tupelo. Ik laat hem de kleurenfoto's van de naakte en bloedende Harriet Markle zien, en de kopieën van de notities, zowel voordat er mee geknoeid was als daarna, en we worden het eens. Dex gaat er meteen hard tegenaan. Hij neemt contact op met de familie van Harriet Markle en stelt HVQH er nog geen week na het incident van in kennis dat ze een groot probleem hebben. Hij zal mij, mijn foto's en het door mij verstrekte bewijsmateriaal pas noemen als het moet. Omdat hij over zoveel informatie beschikt, zal de zaak waarschijnlijk snel tot een schikking komen, en dan ben ik weer werkloos.

In opdracht van het hoofdkantoor wordt Wilma Drell plotseling erg vriendelijk. Ze laat me bij zich komen en zegt dat mijn werkprestaties zozeer zijn verbeterd dat ik opslag krijg. Van zes dollar per uur naar zeven, en ik mag het aan niemand anders vertellen. Ik bedank haar met veel gevoel, en ze is ervan overtuigd dat we nu een hechte band met elkaar hebben.

Laat die avond lees ik Lyle Spurlock een tijdschriftartikel voor over een projectontwikkelaar in Tennessee die een verwaarloosd slagveld uit de Burgeroorlog wil platwalsen om daar het zoveelste winkelcentrum met goedkope flatgebouwen neer te zetten. De buurtbewoners en milieugroepen komen daartegen in het geweer, maar de projectontwikkelaar heeft het geld en de politiek aan zijn kant. Lyle maakt zich kwaad, en we praten uitgebreid over manieren om de goede zaak te steunen. Hij heeft het niet over zijn testament, en ik vind het nog geen tijd om daarop aan te dringen.

In seniorentehuizen maken ze veel werk van verjaardagen, en wel om voor de hand liggende redenen. Je moet ze vieren zolang het nog kan. Er wordt altijd een feestje in de kantine gehouden, met taart en kaarsen en ijs, foto's en liedjes en meer van die dingen. Wij, de personeelsleden, werken er hard aan om een vrolijke, uitbundige sfeer te creëren, en we doen ons best om de festiviteiten minstens dertig minuten te laten duren. In ongeveer de helft van de gevallen zijn er een paar familieleden aanwezig, en dan doen we nog meer ons best. Elke verjaardag is misschien de laatste, maar ja, dat geldt eigenlijk voor ons allemaal. Alleen voor sommigen meer dan voor anderen.

Op 2 december wordt Lyle Spurlock vijfentachtig. Zijn luidruchtige dochter uit Jackson komt naar het tehuis, samen met twee van haar kinderen en drie van haar kleinkinderen, en ze komt met haar gebruikelijke stortvloed van klachten, eisen en suggesties. Dat alles is een lawaaierige en zinloze poging om haar dierbare vader ervan te overtuigen dat ze zoveel van hem houdt dat ze ons ervan langs moet geven. Ze brengen ballonnen en gekke hoedjes mee, en een in de winkel gekochte kokosnoottaart (zijn favoriete smaak) en goedkope cadeaus in opzichtige dozen, dingen als sokken, zakdoeken en muffe bonbons. Een kleindochter zet een gettoblaster neer en speelt Hank Williams (volgens haar zijn favoriete artiest) op de achtergrond af. Een ander zet een display neer met vergrote zwart-witfoto's van de jonge Lyle in het leger, de jonge Lyle die met zijn bruid door het gangpad van de kerk loopt (de eerste keer), de jonge Lyle die tientallen jaren geleden op alle mogelijke manieren voor de fotograaf poseert. De meeste bewoners zijn aanwezig, en de meeste van de werknemers, ook Rozelle uit de keuken, al weet ik dat ze voor de taart komt en niet omdat ze ook maar iets om de jarige job geeft. Op een gegeven moment komt Wilma Drell te dicht bij Lyle, die zoals gezegd van de salpeter af is en nu een stuntelige, niet bepaald discrete graai naar haar royale achterwerk doet. Hij krijgt het te pakken. Ze slaakt een gilletje van schrik, en bijna iedereen lacht alsof het bij de feestelijkheden hoort, maar ik kan duidelijk zien dat koningin Wilma het helemaal niet grappig vindt. Dan reageert Lyles dochter overdreven. Ze schreeuwt tegen hem, geeft hem een tik op zijn arm, leest hem de les, en eventjes is de stemming gespannen. Wilma verdwijnt en laat zich de rest van de dag niet meer zien. Ik denk dat ze in geen jaren zoveel plezier heeft gehad.

Na een uur raakt de fut uit het feest. Veel van onze vrienden zijn ingedommeld. De dochter en haar kroost pakken vlug hun spullen bij elkaar en zijn algauw vertrokken. Een afscheid met kussen en omhelzingen, maar het is nog een heel eind rijden naar Jackson, papa. Het feest van Lyles vijfentachtigste verjaardag is algauw voorbij. Als ik hem naar zijn kamer breng, draag ik zijn cadeaus voor hem en praat ik over de slag bij Gettysburg.

Kort na bedtijd glip ik zijn kamer in en geef hem mijn cadeau. Na een paar uur onderzoek en enkele telefoontjes met de juiste mensen weet ik dat er inderdaad een kapitein Joshua Spurlock is geweest die in het Tiende Mississippi Regiment Infanterie aan de slag bij Shiloh heeft deelgenomen. Hij kwam volgens de gegevens die ik heb gevonden uit Ripley, Mississippi, niet ver van de plaats waar Lyles vader is geboren. Ik heb een bedrijfje in Nashville gevonden dat zich in souvenirs uit de Burgeroorlog specialiseert, zowel echte als vervalste, en voor tachtig dollar gingen ze aan het werk. Mijn geschenk is een oud gemaakt, ingelijst *Certificate of*

*Valor*, toegekend aan kapitein Spurlock, rechts geflankeerd door een strijdvlag van de zuidelijken en links door het officiële insigne van het tiende regiment. Het pretendeert niet iets anders te zijn dan wat het is – een erg fraaie en erg valse herschepping van iets wat nooit heeft bestaan – maar voor iemand die zozeer door vergane glorie wordt beheerst als Lyle is er geen mooier geschenk mogelijk. Met tranen in zijn ogen houdt hij het vast. De oude man is nu klaar voor de hemel, maar niet zo snel.

'Dit is prachtig,' zegt hij. 'Ik weet niet wat ik moet zeggen. Dank je.'

'Het is me een genoegen, meneer Spurlock. Hij was een dappere soldaat.'

'Ja, dat was hij.'

Om precies middernacht breng ik hem mijn tweede geschenk.

Lyles kamergenoot is meneer Hitchcock, een zwakke, wegkwijnende man, een jaar ouder dan Lyle, maar in veel slechtere conditie. Ze zeggen dat hij een heel gezond leven heeft geleid, zonder alcohol, tabak en andere zonden, maar toch is er niet veel van hem over. Lyle heeft zijn hele leven achter de vrouwen aan gezeten, heeft er veel te pakken gekregen, en was ooit kettingroker en zware drinker. Na alle jaren dat ik dit werk doe, ben ik ervan overtuigd dat DNA minstens de helft van de oplossing is, of van het probleem.

Hoe het ook zij, toen het pillentijd was, heb ik Hitchcock een sterkere slaappil gegeven, en hij is nu in een andere wereld. Hij hoort niets meer.

Ruby, die ongetwijfeld met haar gebruikelijke ijver aan de whisky is geweest, volgt mijn instructies tot de letter op en parkeert haar immense Cadillac naast de vuilcontainer bij de keukendeur aan de achterkant van het gebouw. Giechelend en met een glas in haar hand komt ze achter het stuur vandaan. Aan de passagierskant zie ik voor het eerst Mandy, een van Ruby's 'betere' meisjes, maar dit is niet het moment voor een uitgebreide kennismaking. 'Ssst,' fluister ik, en ze volgen me door het donker, de keuken in en naar de zwak verlichte kantine, waar we even blijven staan.

Ruby zegt trots: 'Zo, Gill, dit is Mandy.'

We geven elkaar een hand. 'Het is me een genoegen,' zeg ik.

Mandy glimlacht nauwelijks. Haar gezicht zegt: 'Laten we dit afwerken.' Ze is ongeveer veertig, een beetje dik. Ze heeft zich zwaar opgemaakt, maar het lukt haar niet de sporen van een hard leven te camoufleren. Het nu volgende halfuur gaat me tweehonderd dollar kosten.

Alle lichten zijn gedempt in Stille Haven, en ik kijk door de gang van de zuidvleugel om er zeker van te zijn dat daar niemand rondloopt. Dan lopen wij, Mandy en ik, vlug naar kamer 18, waar Hitchcock in een comateuze slaap verzonken is maar Spurlock wachtend heen en weer loopt. Hij kijkt haar aan; zij kijkt hem aan. Ik zeg nog vlug 'Hartelijk gefeliciteerd', doe dan de deur dicht en trek me terug.

Ruby en ik wachten in de kantine. We drinken. Ze heeft haar whisky bij zich. Ik neem een slokje uit haar flacon en moet toegeven dat na drie maanden die whisky van haar niet meer zo slecht smaakt als vroeger. 'Ze is een schatje,' zegt Ruby, heel blij dat het haar weer eens is gelukt mensen tot elkander te brengen.

'Een aardig meisje,' zeg ik automatisch.

'Ze begon voor me te werken toen ze van school af ging. Vreselijk gezin. Daarna heeft ze een paar slechte huwelijken gehad. Het zat haar nooit mee. Ik wou alleen dat ik meer werk voor haar had. Het is tegenwoordig zo moeilijk. Vrouwen zijn zo losbandig dat ze er geen geld meer voor vragen.'

Ruby, hoerenmadam uit overtuiging, klaagt dat moderne vrouwen te losbandig zijn. Ik denk daar even over na, neem dan een slok en ga er niet op in.

'Hoeveel meisjes heb je tegenwoordig?'

'Nog maar drie, allemaal parttime. Vroeger had ik er meer dan tien en hield ik ze goed aan het werk.'

'Dat was nog eens een tijd.'

'Ja, dat was het. De beste jaren van mijn leven. Zou er hier in Stille Haven nog meer klandizie te vinden zijn? Ik weet dat ze in de gevangenis één dag per week echtelijk bezoek mogen ontvangen. Ooit op het idee gekomen hier ook zoiets in te voeren? Ik kan één nacht per week een paar meisjes binnenbrengen. Het zou vast wel gemakkelijk werk voor ze zijn.'

'Dat is waarschijnlijk het slechtste idee dat ik in de afgelopen vijf jaar heb gehoord.'

We zitten in het halfduister, maar ik zie haar rode ogen oplichten. Ze kijkt me fel aan. 'Pardon,' snauwt ze.

'Neem nog maar een slok. Er zitten hier vijftien mannen opgesloten, Ruby, met een gemiddelde leeftijd van een jaar of tachtig. Als ik een ruwe schatting moet maken: vijf zijn bedlegerig, drie zijn hersendood, drie kunnen niet uit hun rolstoel komen. Zo blijven er misschien vier over die nog rondlopen. Ik durf er veel onder te verwedden dat van die vier alleen Lyle Spurlock nog in staat is tot enige prestatie. Je kunt geen seks verkopen in een verpleegtehuis.'

'Ik heb het al vaker gedaan. Dit is geen primeur voor mij.' Ze laat een van haar gepatenteerde rokerige kakellachjes horen en begint te hoesten. Ten slotte kan ze weer normaal ademhalen, net lang genoeg om de zaak met een fikse scheut whisky recht te zetten.

'Seks in een verpleegtehuis,' zegt ze grinnikend. 'Misschien is dat mijn voorland.'

Ik bijt op mijn tong.

Als de sessie voorbij is, volgt er een vlug en stuntelig afscheid. Ik kijk de Cadillac na tot die het terrein veilig heeft verlaten en uit het zicht is verdwenen, en kan dan eindelijk ontspannen. Ik heb trouwens weleens eerder zo'n herdersuurtje georganiseerd. Voor mij is het ook geen primeur.

Als ik bij Lyle ga kijken, ligt hij te slapen als een marmot. Zijn kunstgebit is uit en zijn mond is verslapt, maar evengoed vormen zijn lippen een mooie glimlach. Voor zover ik kan zien, heeft Hitchcock de afgelopen drie uur niet meer bewogen. Die zal nooit weten wat hij heeft gemist. Ik kijk in de andere kamers en doe mijn werk, en als alles stil is, ga ik met wat tijdschriften achter de balie zitten.

Dex zegt dat de onderneming verschillende keren de mogelijkheid van een schikking in de zaak-Harriet Markle ter sprake heeft gebracht, al voordat de eis is ingediend. Dex heeft hun goed duidelijk gemaakt dat hij informatie heeft over geknoei met papieren en ander bewijsmateriaal. Dex is er heel handig in om zulke dingen te laten doorschemeren als hij door de telefoon met de advocaten van zo'n onderneming praat. HVQH zegt dat ze graag de publiciteit van een onaangenaam proces willen vermijden. Dex heeft hun verzekerd dat zo'n proces nog onaangenamer zou zijn dan ze beseffen. Het gaat over en weer – de gebruikelijke advocaterij. Maar voor mij betekent dit alles wel dat mijn dagen in het tehuis geteld zijn. Als mijn beëdigde verklaring, foto's en fotokopieën een mooie schikking dichterbij kunnen brengen, dan moet dat maar. Het is voor mij geen enkel probleem om het bewijsmateriaal te leveren en dan te vertrekken.

Spurlock en ik zitten de meeste avonden om acht uur in de kantine te dammen, lang na het eten en een uur voordat ik officieel aan mijn dienst begin. Meestal zijn we alleen, al zit er op maandag een breiclubje in een hoek en op dinsdag een Bijbelclub in een andere hoek, en vergadert daar soms, als ze drie of vier mensen bij elkaar kunnen krijgen, een kleine afdeling van het Historisch Genootschap Ford County. Zelfs op mijn vrije avonden ga ik meestal om acht uur naar het tehuis om te dammen. Het is óf dammen óf whisky drinken met Ruby en stikken in haar tweedehands rook.

Lyle wint negen van de tien partijen; niet dat het me iets kan schelen. Sinds zijn ontmoeting met Mandy heeft hij last van zijn linkerarm. Die voelt verdoofd aan, en hij is niet meer zo vlug met zijn woorden. Zijn bloeddruk is ook iets gestegen en hij klaagt over hoofdpijn. Aangezien ik de sleutel van de apotheek heb, geef ik hem Nafred, een bloedverdunner, en Silerall voor mensen die een beroerte hebben gehad. Ik heb tientallen beroertes meegemaakt, en het is mijn diagnose. Een heel lichte beroerte, onwaarneembaar voor ieder ander; trouwens, er let toch niemand op. Lyle is een taaie ouwe rakker die niet klaagt en een hekel aan dokters heeft. Hij zou nog eerder een kogel door zijn hoofd jagen dan dat hij zijn dochter belde om over zijn gezondheid te klagen.

'Je zei dat je nooit een testament hebt opgemaakt,' zeg ik terloops terwijl ik naar het bord kijk. Op tien meter afstand zitten vier dames te kaarten, en geloof me: die kunnen ons niet horen. Ze kunnen amper elkaar horen.

'Daar heb ik over nagedacht,' zegt hij. Zijn ogen zijn moe. Lyle is ouder geworden sinds zijn verjaardag, sinds Mandy, sinds zijn beroerte.

'Wat heb je voor bezit?' vraag ik nonchalant, alsof het me volkomen koud laat.

'Wat land. Dat is het wel zo'n beetje.'

'Hoeveel land?'

'Tweehonderdvijftig hectare in Polk County.' Hij glimlacht als hij een tweeslag maakt.

'Hoeveel is het waard?'

'Weet ik niet. Maar er zit geen hypotheek op.'

Ik heb niet voor een officiële taxatie betaald, maar volgens twee makelaars die zich in zulke zaken hebben gespecialiseerd, is het land ongeveer duizend dollar per hectare waard.

'Je had het erover dat je geld opzij wilde leggen om slagvelden uit de Burgeroorlog in stand te helpen houden.'

Dat is precies wat Lyle wil horen. Hij begint te stralen, kijkt me glimlachend aan en zegt: 'Dat is een geweldig idee. Dat wil ik doen.' Hij denkt even niet meer aan het spel.

'De beste organisatie is een instelling in Virginia, het Confederate Defense Fund. Je moet goed uitkijken. Sommige van die stichtingen besteden minstens de helft van hun geld aan de bouw van monumenten voor de noordelijke troepen. Volgens mij is dat niet jouw bedoeling.'

'Nee, zeker niet.' Zijn ogen flikkeren even; Lyle is weer klaar voor de strijd. 'Niet met mijn geld,' voegt hij eraan toe.

'Ik wil best als je trustee fungeren,' zeg ik, en ik verplaats een steen.

'Wat betekent dat?'

'Je benoemt het Confederate Defense Fund tot begunstigde van je nalatenschap, en na je dood gaat het geld in een trust, zodat ik, of iemand anders van jouw keuze, goed op het geld kan letten en kan eisen dat er verantwoording over wordt afgelegd.'

Hij glimlacht. 'Dat wil ik, Gill. Dat is het.'

'Het is de beste manier...'

'Je vindt het toch niet erg? Je zou na mijn dood alles in beheer krijgen.'

Ik pak zijn rechterhand vast, geef er een kneepje in, kijk hem recht aan en zeg: 'Het zal me een eer zijn, Lyle.'

We doen een paar zetten in stilte en dan werk ik nog wat losse eindjes weg. 'Hoe zit het met je kinderen?'

'Wat is er met hen?'

'Je dochter, je zoon, wat krijgen zij uit je nalatenschap?'

Zijn reactie is een kruising van een zucht, een grom en een snauw, en als hij dan ook nog met zijn ogen rolt, weet ik meteen dat zijn lieve kinderen geen cent krijgen. Dat is in Mississippi en de meeste staten volkomen legaal. Als je een testament opmaakt, mag je iedereen uitsluiten, behalve je overlevende echtgenoot. En sommigen proberen ook dat nog.

'Ik heb in geen vijf jaar iets van mijn zoon gehoord. Mijn dochter heeft meer geld dan ik. Niets. Ze krijgen niets.'

'Weten ze van dat land in Polk County?' vraag ik.

'Ik denk van niet.'

Meer hoef ik niet te horen.

Twee dagen later gaan er geruchten door Stille Haven. 'De advocaten komen!' Vooral dankzij mij verspreidt zich als een lopend vuurtje het verhaal dat er een groot proces op komst is: de familie van Harriet Markle zal alles aan de kaak stellen en miljoenen krijgen. Het is voor een deel waar, maar Harriet weet er niets van. Ze ligt weer in bed, een erg schoon bed, goed gevoed en voorzien van de juiste medicatie, onder goed toezicht en in feite niet meer op de wereld.

Haar advocaat, de weledelgestrenge Dexter Ridley uit Tupelo, Mississippi, arriveert laat op een middag. Zijn gevolg bestaat uit zijn trouwe secretaresse en twee assistenten, die allebei net zo'n donker pak als Dexter dragen en allebei een streng gezicht trekken zoals het een advocaat betaamt. Het is een indrukwekkend team, en ik heb in Stille Haven nog nooit zoveel opwinding meegemaakt. Ik heb ook nog nooit meegemaakt dat alles zo netjes en blinkend schoon was. Zelfs de plastic bloemen op de balie zijn vervangen door echte. Orders van het hoofdkantoor.

Dex en zijn team worden opgewacht door een lagere manager van de onderneming, een man die aan een stuk door glimlacht. Officieel komt Dex hierheen om de zaak te inspecteren, onderzoeken, fotograferen en op te meten en in het algemeen wat rond te snuffelen in Stille Haven, en ongeveer een uur doet hij dat met grote bekwaamheid. Dit is zijn specialiteit. Hij moet 'de atmosfeer opsnuiven' voordat hij tegen het tehuis gaat procederen. Overigens is het pure komedie. Dex weet al zeker dat de zaak in stilte tot een royale schikking zal komen zonder dat hij een eis bij de rechtbank hoeft in te dienen.

Hoewel mijn dienst pas om negen uur die avond begint, ben ik zoals gewoonlijk al in het tehuis. Inmiddels zijn het personeel en de bewoners eraan gewend mij op alle uren tegen te komen. Het lijkt wel of ik nooit wegga. Maar geloof me: ik ga weg.

Rozelle is het avondeten aan het klaarmaken. Niet koken, zegt ze nog eens tegen me: alleen klaarmaken. Ik ben bij haar in de keuken, houd haar van haar werk, wissel roddels uit, help een handje. Ze wil weten wat de advocaten in hun schild voeren, en zoals gewoonlijk kan ik alleen speculeren, al doe ik dat met veel theorieën. Om zes uur precies komen de bewoners de kantine in en draag ik dienbladen aan met de smakeloze drab die we ze voorzetten. Vanavond is de gelatinepudding geel.

Om precies halfzeven kom ik in actie. Ik verlaat de kantine en loop naar kamer 18, waar Spurlock op zijn bed zit en zijn testament leest. Omdat Hitchcock in de kantine achter zijn bord zit, kunnen we praten.

'Nog vragen?' zeg ik. Het testament is maar drie bladzijden lang. Voor een deel is het helder geschreven en voor een deel zit het zo boordevol juristerij dat zelfs een hoogleraar in de rechten er moeite mee zou hebben. Dex is een genie in het opstellen van die dingen. Hij voegt er net genoeg heldere taal aan toe om degene die het moet tekenen ervan te overtuigen dat hij of zij weliswaar niet precies weet wat hij of zij tekent, maar dat de strekking van het document in orde is.

'Ik vind het wel goed,' zegt Lyle onzeker.

'Veel juridische termen,' leg ik behulpzaam uit. 'Maar dat is verplicht. Het komt erop neer dat je alles in trustvorm nalaat aan het Confederate Defense Fund, en dat ik toezicht houd. Is dat de bedoeling?'

'Ja, en dank je, Gill.'

'Ik voel me vereerd. Laten we gaan.'

We nemen de tijd – Lyle beweegt zich veel trager sinds hij die beroerte heeft gehad – en komen uiteindelijk bij de receptie en de voordeur. Koningin Wilma, zuster Nancy en Trudy de receptioniste zijn allemaal bijna twee uur geleden vertrokken. Het is even rustig omdat het avondeten wordt opgediend. Dex en zijn secretaresse staan te wachten. Ik stel hen aan Lyle voor. Lyle gaat zitten en ik ga naast hem staan, en Dex neemt systematisch een ruwe samenvatting van het document door. Lyle verliest bijna meteen zijn belangstelling, en Dex merkt dat.

'Wilt u dit, meneer Spurlock?' vraagt hij, de meevoelende adviseur.

'Ja.' Lyle knikt. Hij heeft al genoeg van dat juridische gedoe.

Dex haalt een pen tevoorschijn, wijst Lyle aan waar hij moet tekenen, zet dan zijn eigen handtekening als getuige en geeft zijn secretaresse opdracht dat ook te doen. Ze staan in voor Lyles 'gezonde geest, wilsbekwaamheid en goede geheugen'. Dex tekent de vereiste verklaring, en de beëdigde secretaresse haalt haar zegel en stempel tevoorschijn om de echtheid van het een en ander te bevestigen. Ik heb al vaker in deze situatie verkeerd, en geloof me: die vrouw wil alles wel bekrachtigen. Als je een fotokopie van de Magna Carta onder haar neus duwt en zweert dat die het origineel is, zet ze haar stempel erop.

Tien minuten nadat hij zijn testament heeft getekend, zit Lyle Spurlock in de kantine te eten.

Een week later belt Dex met het nieuws dat hij een ontmoeting zal hebben met de belangrijke advocaten van het hoofdkantoor om serieus over een schikking te overleggen. Hij heeft besloten hun de sterk vergrote foto's te laten zien die ik van Harriet Markle heb gemaakt toen ze naakt in een plas van haar eigen lichaamsvloeistoffen lag. Hij zal ook een beschrijving geven van de vervalste notities, maar geen kopieën overhandigen. Dat alles zal tot een schikking leiden, maar het zal ook mijn medeplichtigheid aan het licht brengen. Ik ben de spion, de verrader, degene die het heeft laten uitlekken, en hoewel de onderneming me niet zal ontslaan – Dex zal ze bedreigen –, weet ik uit ervaring dat ik dan maar beter kan vertrekken.

Naar alle waarschijnlijkheid zal de onderneming koningin Wilma ontslaan, en zuster Angel vermoedelijk ook. Het zij zo. Ik ben zelden ergens weggegaan zonder dat er iemand werd ontslagen.

De volgende dag belt Dex met het nieuws dat ze tot een schikking zijn gekomen. De regeling, die uiteraard geheim moet blijven, houdt in dat de onderneming vierhonderdduizend dollar betaalt. Dat mag dan weinig lijken, gezien de fouten die het tehuis heeft gemaakt en de ongunstige publiciteit die daaruit kan voortkomen, maar het is geen slechte regeling. Het is in zulke gevallen vaak moeilijk de schade aan te tonen. Harriet Markle verdiende geen geld en lijdt dus ook geen gigantisch financieel verlies. Ze zal geen stuiver van het geld te zien krijgen, maar je kunt erop rekenen dat haar dierbare kinderen er al ruzie om maken. Mijn beloning is tien procent vindersloon, dus tien procent van de hoofdsom.

De dag daarop komen er twee mannen in zwarte pakken, en een hevige angst houdt heel de Stille Haven bevangen. Er worden lange besprekingen gehouden in de kamer van koningin Wilma. De sfeer is gespannen. Ik houd van zulke situaties en zit het grootste deel van de middag bij Rozelle in de keuken, terwijl de geruchten door het tehuis vliegen. Ik zit vol wilde theorieën, en de meeste geruchten lijken uit de keuken te komen. Uiteindelijk wordt Wilma Drell ontslagen en onder escorte het gebouw uitgeleid. Zuster Angel wordt ook ontslagen en naar buiten gebracht. Later op de dag horen we het gerucht dat ze op zoek zijn naar mij. Ik glip een zijdeur uit en verdwijn.

Over een week zal ik terugkomen om afscheid te nemen van Lyle Spurlock en een paar andere vrienden. Ik wissel dan ook het laatste nieuws uit met Rozelle, omhels haar en beloof van tijd tot tijd langs te komen. Ik zal ook nog even naar Ruby gaan om de huur op te zeggen, mijn spullen bij elkaar te pakken en een laatste glas whisky met haar te drinken op de veranda. Het zal niet meevallen afscheid te nemen, maar ik doe het wel vaker.

Zo ga ik na vier maanden uit Clanton weg, en als ik naar Memphis rijd, ben ik onwillekeurig erg tevreden over mezelf. Dit is een van mijn succesvolste projecten. Alleen al het vindersloon maakt dit een goed jaar. Spurlock laat in feite zijn hele vermogen aan mij na, al weet hij dat niet. (Het Confederate Defense Fund is jaren geleden opgeheven.) Waarschijnlijk neemt hij het testament niet meer in handen tot aan zijn dood, en ik zal vaak genoeg bij hem op bezoek komen om ervoor te zorgen dat alles netjes in de la blijft liggen. (Er zijn nog meer royale vrienden die ik regelmatig bezoek.) Als hij dood is – en dat weten we direct, want Dex' secretaresse neemt elke dag de overlijdensberichten door – kunnen we binnen de kortste keren zijn dochter verwachten. Ze zal het testament vinden, uit haar vel springen en algauw advocaten in de arm nemen die een felle eis indienen om het testament ongeldig te laten verklaren. Ze zullen alle mogelijke zware aanklachten tegen me indienen, en je kunt het ze niet kwalijk nemen.

In Mississippi worden betwiste testamenten aan een jury voorgelegd, en ik ben niet van plan me aan het oordeel van twaalf gewone burgers over te leveren. Ik zie al voor me dat ik daar sta te ontkennen dat ik een oude man in zijn laatste dagen in een verpleegtehuis heb ingepalmd. Nee, bedankt. We laten het nooit op een proces aankomen. Wij, Dex en ik, schikken die zaken altijd lang voordat er een proces begint. De familie koopt ons meestal af voor ongeveer vijfentwintig procent van de nalatenschap. Dat is goedkoper dan wat ze in het geval van een proces aan hun advocaten kwijt zijn, en bovendien heeft de familie helemaal geen trek in een beschamend, keihard proces, waarin ze aan een kruisverhoor worden onderworpen over de hoeveelheid tijd die ze niet met de dierbare overledene hebben doorgebracht.

Na vier maanden van hard werken ben ik doodmoe. Ik blijf een

dag of twee in Memphis, mijn thuisbasis, en neem dan een vliegtuig naar Miami, waar ik een appartement aan South Beach heb.
Ik blijf een paar dagen zonnebaden en uitrusten en ga dan op
zoek naar mijn volgende project.

# Rare jongen

Net als de meeste geruchten in Clanton was dit exemplaar afkomstig uit de kapperszaak, of uit de cafetaria, of uit de griffie in het gerechtsgebouw, en toen het eenmaal op straat lag, vloog het in alle richtingen door de stad. Een spannend gerucht kon het plein rondschieten met een snelheid die elke technologie tartte, en keerde vaak dusdanig gewijzigd en vervormd terug bij degene die het in omloop had gebracht dat die er versteld van stond. Dat heb je nu eenmaal met geruchten, al is er soms ook eentje waar, althans in Clanton dan.

In de kapperszaak aan de noordkant van het plein, waar Felix Upchurch al bijna vijftig jaar knipte en adviezen verstrekte, werd het gerucht op een vroege ochtend in omloop gebracht door iemand die het meestal wel bij het rechte eind had. 'Ik heb gehoord dat Isaac Keanes jongste zoon naar huis komt,' zei hij.

Alles werd even onderbroken: het knippen, het krant lezen, het sigaretten roken, het kibbelen over de wedstrijd van de Cardinals op de avond daarvoor. Toen zei iemand: 'Is dat niet die rare jongen?'

Stilte. Toen was er weer het knippen van de schaar, het omslaan van bladzijden, een kuchje, het schrapen van een keel. Wanneer delicate aangelegenheden voor het eerst ter sprake werden gebracht in de kapperszaak, werd daar aanvankelijk behoedzaam op gereageerd. Niemand wilde zich er meteen op storten, want niemand wilde beschuldigd worden van roddelen. Niemand wilde het bevestigen of ontkennen, want een onjuist feit of een foutieve beoordeling kon zich gemakkelijk verspreiden en veel kwaad aanrichten, zeker wanneer er seks in het spel was. Op andere plaatsen in het stadje waren mensen veel minder terughoudend. Het leed weinig twijfel dat de terugkeer van de jongste Keane-zoon van alle kanten zou worden becommentarieerd, maar zoals altijd gingen de heren in de kapperszaak voorzichtig te werk.

'Nou, ik heb altijd gehoord dat hij niet van meisjes hield.'

'Dat heb je goed gehoord. De dochter van mijn neef zat met die jongen op school, en ze zei dat hij altijd al een verwijfd type was, een echt mietje. Zodra hij kon, vertrok hij naar de grote stad. Ik geloof dat het San Francisco was, maar pin me er niet op vast.'

('Pin me er niet op vast' was een manier om afstand te nemen van wat de persoon in kwestie zojuist had gezegd. Als dat voorbehoud eenmaal was gemaakt, konden anderen de mededeling gerust herhalen, maar als de informatie verkeerd bleek te zijn, was de oorspronkelijke roddelaar niet verantwoordelijk.)

'Hoe oud is hij?'

Een stilte waarin rekensommen werden gemaakt. 'Misschien eenendertig, tweeëndertig.'

'Waarom komt hij hier terug?'

'Nou, ik weet het niet zeker, maar ze zeggen dat hij heel ziek is, dat hij op zijn laatste benen loopt, en dat hij in de grote stad niemand heeft om voor hem te zorgen.'

'Komt hij naar huis om te sterven?'

'Dat zeggen ze.'

'Isaac zou zich omdraaien in zijn graf.'

'Ze zeggen dat zijn familie hem jarenlang geld heeft gestuurd om hem uit Clanton weg te houden.'

'Ik dacht dat ze al Isaacs geld erdoorheen hadden gejaagd.'

Waarop ze afdwaalden naar Isaacs geld, en zijn nalatenschap, zijn activa en passiva, zijn vrouwen, kinderen en familieleden, de raadselachtige omstandigheden van zijn dood. Uiteindelijk waren ze het er allemaal over eens dat Isaac precies op het juiste moment was gestorven, want de familie die hij had achtergelaten was een stel idioten.

'Wat voor ziekte heeft die jongen?'

Rasco, een van de grootste praters in de stad, iemand die erom bekendstond dat hij de dingen verfraaide, zei: 'Ze zeggen dat het die homoziekte is. Ongeneeslijk.'

Bickers, met zijn veertig jaren die ochtend de jongste aanwezige, zei: 'Je hebt het toch niet over aids?'

'Dat zeggen ze.'

'Die jongen heeft aids en hij komt naar Clanton?'

'Dat zeggen ze.'

'Niet te geloven.'

Het gerucht werd enkele minuten later bevestigd in de cafetaria aan de oostkant van het plein, waar een vlotte serveerster die Dell heette al vele jaren elke morgen het ontbijt uitserveerde. Op de vroege ochtend zat daar de gebruikelijke verzameling fabrieksarbeiders en politieagenten die geen dienst hadden, met ook een paar kantoormensen ertussen. Een van hen zei: 'Zeg Dell, heb jij nog iets gehoord over die jongste Keane-jongen die terugkomt?'

Dell, die vaak uit verveling een goedaardig gerucht de wereld in hielp maar meestal goede bronnen had, zei: 'Hij is er al.'

'En hij heeft aids?'

'Hij heeft iets. Lijkbleek, vermagerd. Net Magere Hein zelf.'

'Wanneer heb je hem gezien?'

'Ikzelf niet. Maar de huishoudster van zijn tante heeft me er gisteren alles over verteld.' Dell stond achter het buffet te wachten tot er meer eten van de kok doorkwam, en alle klanten in haar cafetaria luisterden aandachtig. 'Ziek is hij zeker. Het is ongeneeslijk. Ze kunnen niks doen. In San Francisco wil niemand voor hem zorgen, en dus komt hij naar huis om dood te gaan. Heel zielig.'

'Waar woont hij?'

'Nou, hij gaat niet in het grote huis wonen. Dat staat vast. De familie is bij elkaar gekomen en ze hebben besloten dat ze hem daar niet kunnen hebben. Wat hij heeft, is zo besmettelijk als het maar kan, en ook dodelijk, en dus zetten ze hem in een van Isaacs oude huizen in Lowtown.'

'Gaat hij tussen de zwarten wonen?'

'Dat zeggen ze.'

Het duurde even voordat het tot iedereen was doorgedrongen, maar het was begrijpelijk. Het idee dat een Keane in de zwarte wijk aan de verkeerde kant van het spoor woonde was moeilijk te bevatten, maar aan de andere kant was het logisch dat iemand met aids niet aan de blanke kant van de stad mocht wonen.

Dell ging verder: 'God mag weten hoeveel huizen en krotten die ouwe Keane heeft gekocht en gebouwd in Lowtown. Ik denk dat de familie er nog steeds een stuk of twintig heeft.'

'Bij wie gaat die jongen daar wonen?'

'Wat kan mij dat schelen? Als hij hier maar niet komt.'

'Nou, Dell, wat zou je doen als hij hier kwam binnenlopen en een ontbijt wilde?'

Ze veegde haar handen aan een vaatdoek af, keek de man die de vraag had gesteld strak aan, klemde haar kaken even op elkaar en zei toen: 'Hé, ik kan iedereen weigeren. Geloof me: met die klanten die ik hier krijg denk ik daar vaak aan. Maar als hij hier binnenkomt, vraag ik hem weg te gaan. Vergeet niet: die jongen is zeer besmettelijk, en we hebben het niet over verkoudheid of zo. Als ik hem bedien, krijgt een van jullie de volgende keer misschien zijn bord of glas. Denk daar maar eens over na.'

Ze dachten er een hele tijd over na.

Ten slotte zei iemand: 'Hoe lang zou hij nog te leven hebben?'

Die vraag werd aan de overkant van het plein besproken op de eerste verdieping van het gerechtsgebouw. Op het kadaster zaten de vroegkomers koffie te drinken en koekjes te eten en bespraken ze intussen het laatste nieuws. Myra, die over de archivering van eigendomsakten ging, had op de middelbare school een klas hoger gezeten dan Adrian Keane, en natuurlijk hadden ze toen al geweten dat hij anders was. Iedereen was benieuwd naar wat ze te vertellen had.

Tien jaar na het eindexamen waren Myra en haar man een keer op vakantie geweest in Californië en had ze Adrian gebeld. Ze lunchten met elkaar in Fisherman's Wharf, en met Alcatraz en de Golden Gate Bridge op de achtergrond spraken ze honderduit over hun tijd in Clanton. Myra verzekerde Adrian dat er in hun geboortestad niets was veranderd. Adrian praatte vrijuit over het leven dat hij leidde. Het was 1984 en hij was blij dat hij uit de kast was, al had hij geen vaste partner. Hij maakte zich zorgen over aids, een ziekte waarvan Myra in 1984 nog niet had gehoord. De eerste golf van de angstaanjagende epidemie had al huisgehouden in de homowereld daar in Californië. Er vielen gruwelijk veel slachtoffers. Er werd voor een andere levensstijl gepleit. Sommigen waren binnen zes maanden dood, had Adrian aan Myra en haar man verteld. Anderen hielden het jaren vol. Hij had al een paar vrienden verloren.

Myra beschreef de lunch tot in alle bijzonderheden aan een gefascineerd publiek van meer dan tien rechtbankmedewerkers. Het maakte haar al bijzonder dat ze ooit in San Francisco was geweest en over die brug was gereden. Ze hadden de foto's gezien; meer dan eens.

'Ze zeggen dat hij hier al is,' zei een collega.

'Hoe lang heeft hij nog?'

Dat wist Myra niet. Sinds de lunch van vijf jaar geleden had ze geen contact meer met Adrian gehad, en natuurlijk wilde ze de kennismaking nu niet hernieuwen.

De eerste waarneming werd enkele minuten later bevestigd, toen een zekere Rutledge de kapperszaak binnenkwam voor zijn wekelijkse knipbeurt. Zijn neefje bracht elke ochtend in alle vroegte de krant uit Tupelo rond, en elk huis in het centrum van Clanton kreeg er een. Het neefje had de geruchten gehoord en gaf zijn ogen goed de kost. Hij fietste langzaam door Harrison Street, nog langzamer toen hij het oude huis van de Keanes naderde, en inderdaad, die ochtend, nog geen twee uur eerder, had hij oog in oog gestaan met een vreemde die hij niet gauw zou vergeten.

Rutledge beschreef de ontmoeting. 'Joey zei dat hij nog nooit iemand had gezien die zo ziek was: zwak en mager, lijkbleek, met vlekken op zijn arm, ingevallen wangen en dun haar. "Net een kadaver," zei hij.' Rutledge zag altijd wel kans verbetering in de feiten aan te brengen, dat wisten de anderen maar al te goed, maar hij had hun aandacht. Niemand durfde te vragen of Joey, een jongen van dertien met een beperkt verstand, een woord als 'kadaver' zou gebruiken.

'Wat zei hij?'

'Joey zei: "Goedemorgen" en die man zei: "Goedemorgen", en

Joey gaf hem de krant, maar hij zorgde wel dat hij op een afstand bleef.'

'Slimme jongen.'

'En toen stapte hij op zijn fiets en reed vlug weg. Je kunt toch niet door de lucht met dat spul worden besmet, hè?'

Niemand durfde daar iets over te zeggen.

Om halfnegen had Dell van Joey's ontmoeting gehoord en werd er al gespeculeerd over Joey's gezondheid. Om kwart voor negen praatten Myra en haar collega's opgewonden over de spookachtige figuur die de krantenjongen de stuipen op het lijf had gejaagd voor het oude huis van de Keanes.

Een uur later reed een politiewagen door Harrison Street. De twee agenten deden hun best om een glimp op te vangen van het spook. Tegen de middag wist heel Clanton dat ze nu een man in hun midden hadden die bezig was dood te gaan aan aids.

Er waren niet veel onderhandelingen voor nodig om de overeenkomst te sluiten. Onder de omstandigheden had het weinig zin om te gaan marchanderen. De partijen verkeerden niet op gelijke voet met elkaar en het was dan ook niet verrassend dat de blanke vrouw haar zin kreeg.

De blanke vrouw was Leona Keane, tante Leona voor sommigen, Leona de Leeuwin voor de rest, de stokoude matriarch van een familie waarmee het al een hele tijd bergafwaarts ging. De zwarte vrouw was Emporia, een van de slechts twee zwarte oude vrijsters in Lowtown. Emporia was ook geen jonkie meer, ongeveer vijfenzeventig, dacht ze, al waren er geen gegevens van haar geboorte. De familie Keane bezat het huis dat Emporia al een eeuwigheid huurde, en vanwege dat eigendomsrecht kwam de overeenkomst zo gemakkelijk tot stand.

Emporia zou voor de neef zorgen, en na zijn dood zou de overdrachtsakte worden opgemaakt. Het roze huisje aan Roosevelt Street zou haar onbezwaarde eigendom worden. De overdracht zou voor de familie Keane weinig betekenis hebben, want ze waren al jaren bezig Isaacs bezittingen te gelde te maken. Voor Emporia daarentegen betekende de overdracht alles. Weliswaar zag ze ertegen op om een stervende blanke jongen te verzorgen, maar dat legde het af tegen het idee dat ze eigenares van haar dierbare huisje zou worden.

Omdat tante Leona er niet over zou peinzen zich aan de verkeerde kant van het spoor te vertonen, liet ze haar tuinman de jongen daar met de auto heen brengen en hem op zijn laatste bestemming afleveren. Toen de oude Buick van tante Leona bij Emporia voor de deur stopte, keek Adrian Keane naar het roze huis met de witte veranda, de hangende varens, de bloembakken boordevol viooltjes en geraniums, het kleine gazon en het paaltjeshek. Hij keek ook naar het huis van de buren, dat klein was, en lichtgeel geverfd en al even leuk om te zien. Hij keek de straat door en zag een rij smalle, gezellige huisjes met bloemen, schommelstoelen en gastvrije deuren. Toen richtte hij zijn blik weer op het roze huis en dacht dat hij liever daar zou sterven dan in de naargeestige villa die hij zojuist had verlaten en die op amper een halve kilometer afstand stond.

De tuinman, die zijn snoeihandschoenen had aangehouden om de kans op besmetting te beperken, pakte de twee dure leren koffers met al Adrians bezittingen vlug uit de auto en reed weg zonder afscheid te nemen en zonder een handdruk. Hij had strikte opdracht van Leona de Buick terug te brengen en het interieur met een desinfecterend middel te bewerken.

Adrian keek de straat op en neer, zag enkele bewoners op de schaduwrijke veranda's zitten, pakte toen zijn bagage op en liep over het klinkerpaadje door de voortuin naar de verandatrap. De voordeur ging open en Emporia keek hem glimlachend aan. 'Welkom, meneer Keane,' zei ze.

Adrian zei: 'Alsjeblieft, noemt u me geen meneer. Leuk u te ontmoeten.' Eigenlijk zou een handdruk nu op zijn plaats zijn, maar Adrian begreep het probleem. Hij voegde er vlug aan toe: 'Zeg, u kunt me gerust een hand geven, maar laten we dat overslaan.'

Dat vond Emporia prima. Leona had haar gewaarschuwd dat hij er schrikbarend slecht uitzag. Ze keek even naar zijn ingevallen wangen en ogen en de witste huid die ze ooit had gezien, en deed of ze niet op zijn magere lichaam lette, dat omhangen was met kleren die nu veel te groot waren. Zonder aarzeling wees ze naar een tafeltje op de veranda en vroeg: 'Wilt u thee?'

'Ja, dat zou lekker zijn.'

Zijn woorden klonken helder en afgemeten; zijn zuidelijke accent had hij al jaren geleden verloren. Emporia vroeg zich af wat de jongeman in al die tijd nog meer was kwijtgeraakt. Ze gingen aan de rieten tafel zitten en ze schonk zoete thee in. Er was een schaaltje met gemberkoekjes. Zij nam er een; hij niet.

'Hoe is het met uw eetlust?' vroeg ze.

'Die is weg. Toen ik hier jaren geleden wegging, raakte ik veel kilo's kwijt. Ik heb me van al die gebakken dingen afgewend en ben nooit meer een grote eter geworden. Nu ik dit heb, is er van mijn eetlust niet veel meer over.'

'Dus ik hoef niet veel te koken?'

'Ik denk van niet. Bent u het ermee eens, met deze regeling hier? Ik bedoel, blijkbaar heeft mijn familie u dit opgedrongen. Dat zou net iets voor hen zijn. Als u er bezwaar tegen hebt, kan ik altijd een ander onderkomen vinden.'

'Ik vind het een prima regeling, meneer Keane.'

'Noemt u me toch Adrian. En hoe moet ik u noemen?'

'Emporia. Laten we elkaar bij de voornaam noemen.'

'Akkoord.'

'Waar zou je een ander onderkomen vinden?' vroeg ze.

'Ik weet het niet. Het is nu allemaal zo tijdelijk.' Zijn stem was schor en de woorden kwamen traag, alsof er inspanning voor nodig was. Hij droeg een blauw katoenen overhemd, een spijkerbroek en sandalen.

Emporia had vroeger in het ziekenhuis gewerkt, en ze had veel terminale kankerpatiënten meegemaakt. Haar nieuwe vriend deed haar denken aan die arme mensen. Maar hoe ziek hij ook was, ze twijfelde er niet aan dat hij ooit een goed uitziende jongeman was geweest.

'Ben je blij met deze regeling?' vroeg ze.

'Waarom zou ik er niet blij mee zijn?'

'Een blanke man uit een vooraanstaande familie die hier in Lowtown bij een zwarte oude vrijster komt wonen.'

'Lijkt me best leuk,' zei hij, en hij glimlachte voor het eerst.

'We kunnen het vast wel goed met elkaar vinden.'

Hij roerde in zijn thee. Zijn glimlach verdween en de luchtige stemming was ook voorbij. Emporia roerde in haar eigen glas en dacht: die arme man, hij heeft zo weinig reden om te lachen.

'Ik ben om allerlei redenen uit Clanton weggegaan,' zei hij. 'Het is geen prettige omgeving voor mensen als ik, homo's dus. En het is hier ook niet zo geweldig voor mensen als jij. Ik walg van de opvoeding die ik heb gekregen. Ik schaam me voor de manier waarop mijn familie niet-blanken behandelt. Ik heb de pest aan de onverdraagzaamheid in dit stadje. Ik kon niet wachten tot ik hier weg was. Daar kwam nog bij dat ik naar de grote stad verlangde.'

'San Francisco?'

'Ik ben eerst naar New York gegaan. Daar woonde ik een paar jaar en toen kreeg ik een baan in Californië. Uiteindelijk ben ik naar San Francisco verhuisd. En toen werd ik ziek.'

'Waarom ben je teruggekomen, als je zo'n hekel aan dit stadje hebt?'

Adrian blies zijn adem uit alsof het antwoord een uur in beslag zou nemen of alsof hij eigenlijk het antwoord niet wist. Hij veegde het zweet van zijn voorhoofd, zweet dat niet het gevolg was van de hitte maar van zijn ziekte. Hij nam een slokje uit zijn glas. Ten slotte zei hij: 'Dat weet ik eigenlijk niet. Ik ben de laatste tijd veel met de dood in aanraking gekomen. Ik heb meer dan mijn portie begrafenissen meegemaakt. Ik kon er niet tegen dat ik begraven zou worden in een koud mausoleum in een verre stad. Misschien is het mijn band met het zuiden. Uiteindelijk komen we allemaal thuis.'

'Daar zit wat in.'

'En eerlijk gezegd had ik ook geen geld meer. De geneesmiddelen zijn erg duur. Ik had mijn familie nodig, of in elk geval hun geld. Er zijn nog meer redenen. Het is ingewikkeld. Ik wilde mijn vrienden niet met nog een ellendige dood belasten.'

'En je was van plan daar te blijven, niet hier in Lowtown?'

'Geloof me, Emporia, ik ben veel liever hier. Ze wilden me in

Clanton niet terug hebben. Ze hebben me jarenlang geld gegeven om weg te blijven. Ze wilden niets van me weten, onterfden me, weigerden mijn naam uit te spreken. Ik denk dat ik hun leven nu nog één laatste keer verstoor. Ik laat ze een beetje lijden. Ik laat ze wat geld uitgeven.'

Een politiewagen reed langzaam door de straat. Ze zeiden er geen van beiden iets over. Toen de auto voorbij was, nam Adrian weer een slokje en zei: 'Je moet bepaalde dingen weten. Ik heb nu ongeveer drie jaar aids en ik heb niet lang meer te leven. In het algemeen kun je veilig met me omgaan. Je kunt de ziekte alleen krijgen door uitwisseling van lichaamsvloeistoffen, dus laten we nu meteen afspreken dat we geen seks hebben.'

Emporia schaterde van het lachen, en algauw lachte Adrian met haar mee. Ze lachten tot ze de tranen in hun ogen hadden, tot de veranda ervan schudde, tot ze om zichzelf lachten omdat ze zo hard lachten. Enkele buren kwamen overeind en keken van op een afstand toe. Toen ze zich eindelijk weer konden beheersen, zei ze: 'Ik heb zo lang geen seks gehad dat ik ben vergeten hoe het is.'

'Nou, Emporia, ik kan je verzekeren dat ik genoeg seks heb gehad voor mezelf, jou en half Clanton. Maar die tijden zijn voorbij.'

'Voor mij ook.'

'Goed. Hou je handen bij je, dan doe ik dat ook. Afgezien daarvan is het verstandig enkele voorzorgsmaatregelen te nemen.'

'De zuster is gisteren geweest om het een en ander uit te leggen.'

'Goed. De was, serviesgoed, eten, medicijnen, het toiletgebruik. Was dat alles?'

'Ja.'

Hij stroopte zijn linkermouw op en wees naar een blauwe plek. 'Soms gaan die dingen open, en als dat gebeurt, doe ik er een verband om. Ik vertel het je als dat gebeurt.'

'Ik dacht dat we elkaar niet zouden aanraken.'

'Ja, maar voor het geval je je niet kunt beheersen.'

Ze lachte weer, zij het kort.

'Serieus, Emporia, ik ben niet erg gevaarlijk.'

'Ik begrijp het.'

'Vast wel, maar ik wil niet dat je bang voor me bent. Ik heb net vier dagen doorgebracht bij wat er van mijn familie is overgebleven, en die behandelden me alsof ik radioactief was. Al die mensen hier zullen hetzelfde doen. Ik ben er dankbaar voor dat je bereid bent me te verzorgen, en ik wil niet dat je bang bent. Het zal allemaal niet zo prettig worden. Ik zie er nu al uit alsof ik dood ben, en het wordt nog erger.'

'Je hebt het vaak bij anderen meegemaakt, hè?'

'Ja. Vaak. In de afgelopen vijf jaar heb ik meer dan tien vrienden verloren. Het is afschuwelijk.'

Ze had zoveel vragen over de ziekte en de manier van leven, over zijn vrienden enzovoort, maar ze wachtte ermee tot later. Hij zag er plotseling moe uit. 'Ik zal je het huis laten zien,' zei ze.

De politiewagen kwam weer langzaam voorbijrijden. Adrian keek ernaar en vroeg: 'Hoe vaak patrouilleert de politie hier in de straat?'

Bijna nooit, wilde ze zeggen. Er waren andere delen van Lowtown waar de huizen er niet zo mooi uitzagen en waar de buren niet zo betrouwbaar waren. Daar had je kroegen, een biljartzaal, een drankwinkel, groepen werkloze jonge mannen die op straathoeken rondhingen, en daar zag je nogal eens een politiewagen voorbijkomen. Ze zei: 'O, die rijden weleens langs.'

Ze gingen naar binnen, de huiskamer in. 'Het is een klein huisje,' zei ze bijna verdedigend. Per slot van rekening was hij opgegroeid in een mooi huis in een lommerrijke straat. En nu stond hij in een huisje dat door zijn vader was gebouwd en eigendom was van zijn familie.

'Het is twee keer zo groot als mijn flat in New York,' zei hij.

'Echt waar?'

'Ja, Emporia. Het is mooi. Ik zal me hier op mijn gemak voelen.'

De houten vloeren glansden van de was. De meubelen stonden precies op de goede plek langs de wanden. De ramen waren schoon en helder. Niets verkeerde in het ongerede; alles zag er keurig verzorgd uit. Achter de huiskamer en de keuken lagen twee kleine slaapkamers. In die van Adrian stond een tweepersoons ijzeren ledikant dat de halve vloer in beslag nam. Er stonden een kleine kleerkast en een ladekast die eigenlijk nog te klein was voor een kind. In het raam zat een compacte airconditioning.

'Het is perfect, Emporia. Hoe lang woon je hier?'

'Hmmm, zo'n vijfentwintig jaar.'

'Ik ben heel blij dat het binnenkort van jou is.'

'Ik ook, maar er is geen haast bij. Ben je moe?'

'Ja.'

'Wil je een dutje doen? De zuster zei dat je veel slaap nodig hebt.'

'Ja, ik kan wel een dutje gebruiken.'

Ze sloot de deur, en het werd stil in de kamer.

Terwijl hij sliep, liep een buurman van de overkant naar het huisje. Hij ging bij Emporia op de veranda zitten. Hij heette Herman Grant en was nogal nieuwsgierig van aard.

'Wat doet die blanke jongen hier?' vroeg hij.

Emporia had haar antwoord al klaar. Ze had daar al een paar dagen over nagedacht. Er zou vanzelf wel een eind aan de vragen en bezwaren komen, hoopte ze. 'Hij heet Adrian Keane. Hij is de jongste zoon van Isaac Keane en hij is erg ziek. Ik ga voor hem zorgen.'

'Als hij ziek is, waarom ligt hij dan niet in het ziekenhuis?'

'Hij is niet ziek op die manier. In het ziekenhuis kunnen ze niets voor hem doen. Hij moet rusten en elke dag een heleboel pillen innemen.'

'Gaat hij dood?'

'Waarschijnlijk wel, Herman. Het zal alleen maar erger worden, en dan gaat hij dood. Het is erg droevig.'

'Heeft hij kanker?'

'Nee, het is geen kanker.'

'Wat is het dan?'

'Het is een andere ziekte, Herman. Iets wat ze in Californië hebben.'

'Dat is niet te begrijpen.'

'Dat kun je van een heleboel dingen zeggen.'

'Ik begrijp niet waarom hij hier bij jou woont, in onze kant van de stad.'

'Zoals ik al zei, Herman: ik zorg voor hem.'

'Dwingen ze je om dat te doen omdat het huis van hen is?'

'Nee.'

'Krijg je betaald?'

'Bemoei je met je eigen zaken, Herman.'

Herman ging weg en liep de straat door. Algauw had het gerucht zich verspreid.

De politiecommandant ging naar de cafetaria om pannenkoeken te eten, en algauw sprak Dell hem aan: 'Ik begrijp gewoon niet dat jullie die jongen niet in quarantaine kunnen houden,' zei ze met luide stem, opdat iedereen het kon horen. Iedereen luisterde.

'Daar is een gerechtelijk bevel voor nodig, Dell,' zei de commandant.

'Dus hij mag gewoon door de stad lopen en overal bacillen verspreiden?'

De commandant was een geduldige man die in de loop van de jaren al veel crisissituaties had afgehandeld. 'We mogen allemaal door de stad lopen, Dell. Dat staat ergens in de grondwet.'

'En als hij iemand besmet? Wat zeg je dan?'

'We hebben contact opgenomen met de gezondheidsdienst van de staat. In Mississippi zijn vorig jaar drieënzeventig mensen aan aids gestorven, dus daar weten ze waar ze het over hebben. Aids is iets anders dan griep. Je kunt het alleen krijgen via lichaamsvloeistoffen.'

Stilte. Dell en de andere klanten dachten diep na over alle verschillende vloeistoffen die het menselijk lichaam kon voortbrengen. In die stilte stopte de politiecommandant een hap pannenkoek naar binnen, en nadat hij die had doorgeslikt, zei hij: 'Hé, je hoeft je niet druk te maken. We houden de zaak goed in de gaten. Hij valt niemand lastig. Meestal zit hij met Emporia op de veranda.'

'Ik heb gehoord dat de mensen zich daar al grote zorgen maken.'

'Dat zeggen ze.'

Bij de kapper zei een vaste klant: 'Ik heb gehoord dat de zwarten er niet zo blij mee zijn. Het schijnt dat ze die rare jongen in een van de oude huurhuizen van zijn dode pappie hebben opgeborgen. De mensen zijn kwaad.'

'Ik kan het ze niet kwalijk nemen. Stel je voor dat hij naast je kwam wonen.'

'Reken maar dat ik mijn geweer pakte om ervoor te zorgen dat hij aan zijn kant van de schutting bleef!'

'Hij doet niemand kwaad. Waar maakt iedereen zich druk om?'

'Ik heb gisteravond een artikel gelezen. Ze voorspellen dat aids de dodelijkste ziekte uit de geschiedenis van de wereld wordt. Er zullen miljoenen mensen aan doodgaan, vooral in Afrika, waar zo ongeveer iedereen het met iedereen doet.'

'Was dat niet Hollywood?'

'Daar ook. Er is geen enkele staat met meer gevallen van aids dan Californië.'

'En heeft die jongen van Keane het daar opgepikt?'

'Dat zeggen ze.'

'Het is bijna niet te geloven dat we hier in Clanton in 1989 aids hebben.'

Op de rechtbank was een jongedame, Beth, het middelpunt van de aandacht, want haar man werkte bij de politie en had de vorige dag opdracht gekregen een kijkje in Lowtown te nemen. Hij was langs het roze huisje van Emporia Nester gereden, en inderdaad: zoals werd verteld, zat daar op de voorveranda een bleke, uitgemergelde jonge blanke man. Noch de politieman noch zijn vrouw had Adrian Keane ooit ontmoet, maar omdat de halve stad in oude jaarboeken van de middelbare school had gezocht, deden er schoolfoto's de ronde. De politieman was getraind om verdachten snel te identificeren, en hij was er vrij zeker van dat hij Adrian Keane had gezien.

'Waarom let de politie op hem?' vroeg Myra een beetje geërgerd.

'Nou, mijn man was daar omdat hij opdracht had daar te zijn,' antwoordde Beth op scherpe toon.

'Het is toch geen misdrijf om een ziekte te hebben?' pareerde Myra.

'Nee, maar de politie moet het publiek toch beschermen?'

'Dus doordat de politie op Adrian Keane let en ervoor zorgt dat hij op die veranda blijft zitten, loopt de rest van ons minder gevaar. Bedoel je dat, Beth?'

'Dat heb ik niet gezegd. Je moet me geen woorden in de mond leggen. Ik kan namens mezelf spreken.'

En zo ging het door.

Hij sliep uit en bleef een hele tijd in bed. Hij staarde naar het witte boardplafond en vroeg zich af hoeveel dagen hij nog overhad. Toen stelde hij zichzelf opnieuw de vraag waarom hij was waar hij was, maar hij kende het antwoord. Hij had veel van zijn vrienden zien wegteren. Maanden geleden had hij besloten dat hij het de vrienden die nog leefden niet kon aandoen hem te zien doodgaan. Het was gemakkelijker afscheid te nemen met een snelle kus en een krachtige omhelzing, zolang hij daar nog toe in staat was.

In zijn eerste nacht in het roze huisje had hij de gebruikelijke rillingen en zweetaanvallen gehad, herinneringen afgewisseld met nachtmerries, korte dutjes en lange perioden waarin hij in het donker voor zich uit had gestaard. Hij was moe toen hij wakker werd en wist dat die vermoeidheid nooit meer zou weggaan. Uiteindelijk stond hij op, kleedde zich aan en keek naar de chemicaliën. Er waren meer dan tien potjes pillen, allemaal netjes op een rij, allemaal in de volgorde die de artsen hadden voorgeschreven. De eerste partij bestond uit acht medicijnen, die hij wegspoelde met een glas water. In de loop van de dag zou hij nog verscheidene keren naar de medicijnen terugkeren voor meer combinaties, en toen hij de doppen er weer op schroefde, bedacht hij hoe zinloos het was. De pillen waren niet goed genoeg om zijn leven te redden – dat middel was er nog lang niet – maar konden het alleen verlengen. Misschien. Waarom zou hij die moeite nemen? Ze kostten duizend dollar per maand, geld dat zijn familie met tegenzin ter beschikking stelde. Twee vrienden van hem hadden zelfmoord gepleegd, en die gedachte was nooit ver weg.

Het was al warm in het huis, en hij herinnerde zich de lange, klamme dagen uit zijn kindertijd, de hete, plakkerige zomers die hij in zijn andere leven niet had gemist.

Hij hoorde Emporia in de keuken en ging haar gedag zeggen.

Omdat hij geen vlees of zuivelproducten at, werden ze het uiteindelijk eens over een bord met aan schijfjes gesneden tomaten uit haar tuin. Een vreemd ontbijt, vond ze, maar tante Leona had gezegd dat ze hem te eten moest geven wat hij wilde. 'Hij is lang weg geweest,' had ze gezegd. Daarna namen ze koppen instantcichorei met suiker en gingen daarmee op de veranda zitten.

Emporia wilde alles over New York weten, een stad waarover ze had gelezen en die ze op televisie had gezien, maar die ze verder niet kende. Adrian gaf een beschrijving, praatte over zijn jaren daar, zijn studietijd, zijn eerste baan, de drukke straten, de eindeloos vele winkels en warenhuizen, de etnische buurten, massa's mensen, het wilde nachtleven. Een vrouw die minstens zo oud was als Emporia bleef voor het huis staan en riep: 'Hallo, Emporia.'

'Goeiemorgen, Doris. Kom bij ons zitten.'

Doris aarzelde niet. Ze werden aan elkaar voorgesteld, maar zonder handdruk. Doris was de vrouw van Herman Grant van de overkant, een erg goede vriendin van Emporia. Voor zover te merken was, had ze er geen moeite mee om in Adrians gezelschap te verkeren. Binnen enkele minuten praatten de twee vrouwen over hun nieuwe dominee, een man van wie ze niet zeker wisten of ze hem wel graag mochten, en kwamen vandaar op kerkroddels. Een tijdlang vergaten ze Adrian, die het genoeg vond om geamuseerd te luisteren. Toen ze klaar waren met kerkzaken, praatten ze over hun families. Emporia had natuurlijk geen kinderen, maar Doris had er genoeg voor beiden. Acht, de meesten verspreid over het noorden, met meer dan dertig kleinkinderen en daar weer kinderen van. Ze praatten over allerlei relaties en conflicten.

Nadat hij een uur had geluisterd, zei Adrian, toen het even stil was: 'Zeg Emporia, ik moet naar de bibliotheek om wat boeken te halen. Waarschijnlijk is het te ver om te lopen.'

Emporia en Doris keken hem vreemd aan, maar hielden hun mond. Je hoefde maar een oppervlakkige blik op Adrian te werpen om te weten dat de man te zwak was om zelfs het eind van de straat te halen. In deze hitte zou die arme jongen binnen een steenworp afstand van het roze huisje in elkaar zakken.

Clanton had één bibliotheek, bij het plein. Niemand had er ooit over gedacht een filiaal in Lowtown te vestigen.

'Hoe kom je hier ergens?' vroeg hij. Het was duidelijk dat Emporia geen auto bezat.

'Je belt de Black and White.'

'De wat?'

'Black and White Taxi,' zei Doris. 'Ik maak er vaak gebruik van.'

'Ken je de Black and White niet?' vroeg Emporia.

'Ik ben veertien jaar weg geweest.'

'Ja, dat is zo. Het is een lang verhaal,' zei Emporia. Ze ging er eens goed voor zitten.

'Ja, dat is het,' voegde Doris daaraan toe.

'Het zijn twee broers. Ze heten allebei Hershel. De een is zwart, de ander is blank, en ze zijn ongeveer even oud. Ik zou zeggen veertig. Wat jij, Doris?'

'Veertig kan wel kloppen.'

'Dezelfde vader, verschillende moeders. Eentje hier. Eentje daar. Vader ging er lang geleden vandoor, en de Hershels wisten hoe het zat, maar ze hadden er moeite mee. Uiteindelijk kwamen ze bij elkaar en accepteerden ze wat de hele stad al wist. Ze lijken ook wel wat op elkaar, vind je niet, Doris?'

'De blanke is groter, maar de zwarte heeft zelfs groene ogen.'

'En toen begonnen ze een taxibedrijf. Ze hebben een paar oude Fords met een miljoen kilometer op de teller. Die hebben ze zwart en wit geverfd, en dat is ook de naam van het bedrijf. Ze pikken hier mensen op en brengen ze naar de andere kant om schoon te maken en boodschappen te doen, en soms halen ze mensen van de andere kant om ze hierheen te brengen.'

'Waarvoor?' vroeg Adrian.

Emporia keek Doris aan, die terugkeek en toen haar blik afwendde. Adrian rook een prachtig provinciaal schandaaltje en liet niet los. 'Nou, vertel eens, dames. Waarom brengen de taxi's blanke mensen over het spoor?'

'Ze hebben hier pokeravondjes,' gaf Emporia toe. 'Tenminste, dat heb ik gehoord.'

'En vrouwen,' voegde Doris er zachtjes aan toe.

'En illegale whisky.'

'Ik begrijp het,' zei Adrian.

Nu de waarheid eruit was, keken ze alle drie naar een jonge moeder die met een bruine zak boodschappen door de straat liep.

'Dus ik bel gewoon een van de Hershels, en dan brengen die me naar de bibliotheek?' vroeg Adrian.

'Ik wil best voor je bellen. Ze kennen me goed.'

'Het zijn aardige jongens,' zei Doris. Emporia ging naar binnen. Adrian glimlachte in zichzelf en deed zijn best het verhaal te geloven van twee broers die Hershel heetten.

'Ze is een aardige vrouw,' zei Doris, terwijl ze zich koelte toewuifde.

'Dat is ze zeker,' zei hij.

'Ze heeft alleen nooit de juiste man gevonden.'

'Hoe lang ken je haar?'

'Niet lang. Een jaar of dertig, denk ik.'

'Is dertig jaar niet lang?'

Een grinniklachje. 'Voor jou misschien wel, maar met sommige mensen hier ben ik opgegroeid, en dat is lang geleden. Hoe oud denk je dat ik ben?'

'Vijfenveertig.'

'Je kletst uit je nek. Over drie maanden word ik tachtig.'

'Nee.'

'Eerlijk waar.'

'Hoe oud is Herman?'

'Hij zegt dat hij tweeëntachtig is, maar je kunt hem niet geloven.'

'Hoe lang zijn jullie getrouwd?'

'We zijn getrouwd toen ik vijftien was. Lang geleden.'

'En jullie hebben acht kinderen?'

'Ik heb er acht. Herman heeft er elf.'

'Herman heeft meer kinderen dan jij?'

'Hij heeft drie buitenkinderen.'

Adrian ging maar niet nader in op het idee van buitenkinderen. Misschien had hij daarvan geweten toen hij nog in Clanton woonde; misschien niet. Emporia kwam met een kan ijs en glazen op een dienblad terug. Om haar gerust te stellen had Adrian er met zachte drang op gestaan dat hij elke keer hetzelfde glas, bord, kommetje, kopje en bestek gebruikte. Ze schonk ijswater met citroen in het glas dat voor hem bestemd was, een vreemd souvenirglas van de jaarmarkt van 1977.

'Ik kreeg de blanke Hershel aan de telefoon. Hij komt eraan,' zei Emporia.

Ze namen slokjes van het ijswater, wuifden zich koelte toe en praatten over de hitte. Doris zei: 'Hij denkt dat ik vijfenveertig ben, Emporia. Wat vind je daarvan?'

'Blanken kunnen het niet zien. Daar heb je de taxi.'

Blijkbaar was er op deze dinsdagochtend niet veel klandizie, want de taxi was er binnen vijf minuten nadat Emporia had gebeld. Het was een Ford Fairlane, inderdaad heel oud, zwart met witte portieren en een witte kap, schoon met glanzende wielen, en met telefoonnummers op de spatborden.

Adrian stond op en rekte zich langzaam uit, alsof hij over elke beweging moest nadenken. 'Nou, ik ben over een uur terug. Ik ga alleen even naar de bibliotheek om wat boeken te halen.'

'Red je het wel?' vroeg Emporia bezorgd.

'Natuurlijk. Ik red me wel. Aangenaam kennis te maken, Doris,' zei hij, altijd de beleefde zuiderling.

'Tot kijk,' zei Doris met een stralende glimlach.

Adrian verliet de veranda. Hij ging het trapje af en was al bijna bij de straat toen de blanke Hershel uit de taxi stapte en riep: 'O nee! Jij komt niet in mijn taxi!' Hij liep naar de voorkant van de auto en wees woedend naar Adrian. 'Ik heb over jou gehoord!'

Adrian verstijfde. Hij kon geen woord uitbrengen.

Hershel ging verder. 'Je maakt mijn bedrijf niet kapot!'

Emporia verscheen op het trapje. Ze zei: 'Er is niets aan de hand, Hershel. Ik geef je mijn woord.'

'Het gaat niet door, mevrouw Nester. Dit heeft niets met u te maken. Hij komt niet in mijn auto. U had tegen me moeten zeggen dat hij het was.'

'Kom nou, Hershel.'

'Iedereen in de stad weet van hem af. Geen denken aan. Daar komt niets van in.' Hershel liep naar het open portier aan de bestuurderskant terug, stapte in, trok het portier dicht en reed weg. Adrian zag de auto door de straat verdwijnen, draaide zich toen langzaam om en liep het trapje op, langs de vrouwen en het huis in. Hij was moe en moest een dutje doen.

De boeken arriveerden laat op de middag. Doris had een nichtje dat onderwijzeres was, en die was bereid op zoek te gaan naar de boeken die Adrian wilde hebben. Hij wilde zich eindelijk in de fictieve wereld van William Faulkner verdiepen, een auteur die hem was opgedrongen toen hij op de middelbare school zat. Destijds geloofde Adrian net als alle leerlingen in Mississippi dat er een wet was die leraren Engels verplichtte Faulkner in hun lesprogramma op te nemen. Adrian had zich door *A Fable*, *Requiem for a Nun* en *The Unvanquished* heen geworsteld, en door nog meer boeken die hij probeerde te vergeten, en had ten slotte zíjn nederlaag erkend toen hij halverwege *The Sound and the Fury* was. Nu, in zijn laatste dagen, wilde hij Faulkner leren begrijpen.

Na het avondeten zat hij op de veranda, terwijl Emporia de afwas deed. Hij begon bij het begin, met *Soldier's Pay*, gepubliceerd in 1926, toen Faulkner nog maar negenentwintig was. Hij las enkele bladzijden en nam toen even rust. Hij luisterde naar de geluiden om hem heen: het zachte lachen op de andere veranda's, kinderen die in de verte aan het spelen waren, een televisie drie deuren verderop, de schelle stem van een vrouw die kwaad op haar man was. Hij keek naar het lome voetgangersverkeer op Roosevelt Street en was zich bewust van de nieuwsgierige blikken die iedereen op het roze huis wierp. Hij glimlachte en knikte altijd als er oogcontact was, en sommigen zeiden hem met enige tegenzin gedag.

Tegen de avond kwam Emporia naar de veranda en ging op haar favoriete schommelstoel zitten. Een tijdlang zeiden ze niets. Er hoefde niets gezegd te worden, want ze waren nu oude vrienden.

Ten slotte zei ze: 'Hershel en zijn taxi zitten me niet lekker.'

'Maak je er niet druk om. Ik begrijp het wel.'

'Hij weet niet beter.'

'Ik heb veel ergere dingen meegemaakt, Emporia, en jij ook.'

'Misschien wel. Maar dat maakt het nog niet goed.'

'Nee, dat is waar.'

'Wil je ijsthee?'

'Nee. Ik heb liever iets sterkers.'

Ze dacht daar even over na en gaf geen antwoord.

'Hoor eens, Emporia, ik weet dat jij niet drinkt, maar ik drink wel. Ik ben geen grote drinker, maar ik zou nu graag iets willen hebben.'

'Ik heb nooit alcohol in mijn huis gehad.'

'Dan drink ik op de veranda. Hier.'

'Ik ben een christelijke vrouw, Adrian.'

'Ik ken veel christenen die drinken. Kijk maar eens naar 1 Timoteüs, hoofdstuk 5, vers 23, waar Paulus tegen Timoteüs zegt dat hij een beetje wijn moet nemen omdat het goed voor zijn maag is.'

'Heb jij problemen met je maag?'

'Ik heb overal problemen. Ik heb wat wijn nodig om me beter te voelen.'

'Ik weet het niet.'

'Jij zou je er ook beter door voelen.'

'Ik heb geen last van mijn maag.'

'Goed. Dan drink jij thee en ik wijn.'

'Waar wou je nog wijn vinden? De drankwinkels zijn dicht.'

'Ze gaan pas om tien uur dicht. Dat is de wet. Ik durf te wedden dat er hier wel eentje in de buurt is.'

'Luister eens. Ik kan je niet zeggen wat je moet doen, maar het zou een grote fout zijn als je op dit uur van de dag naar de drankwinkel ging. Je zou niet heelhuids terugkomen.' Ze moest er niet aan denken dat een blanke man, en dan ook nog in zijn conditie, de vier blokken naar de drankwinkel van Willie Ray liep, waar jonge vechtersbazen op het parkeerterrein rondhingen, en dat hij daar dan zijn drank kocht en naar haar huis terugliep. 'Neem nou maar van mij aan dat het een slecht idee is.'

Enkele minuten gingen voorbij zonder dat ze een woord zeiden. Er liep een man over het midden van de straat. 'Wie is dat?' vroeg Adrian.

'Carver Sneed.'

'Aardige man?'

'Een beste kerel.'

Plotseling riep Adrian: 'Meneer Sneed!'

Carver was achter in de twintig en woonde bij zijn ouders achter in Roosevelt Street. Hij ging nergens heen en liep daar eigenlijk alleen maar om een glimp op te vangen van 'het spook' dat op de veranda van Emporia Nester zat dood te gaan. Hij was niet van plan persoonlijk kennis te maken met de man. Hij liep naar het paaltjeshek en zei: 'Goedenavond, mevrouw Emporia.'

Adrian stond boven aan het trapje.

'Dit hier is Adrian,' zei Emporia, die niet blij was met deze ontmoeting.

'Aangenaam kennis met je te maken, Carver,' zei Adrian.

'Insgelijks.'

Het had geen zin om tijd te verspillen, vond Adrian. 'Zou je even voor me naar de drankwinkel willen gaan?' zei hij. 'Ik zou graag iets willen drinken, en Emporia hier heeft niet veel drank in huis.'

'Er is geen whisky in mijn huis,' zei ze. 'Dat is er nooit geweest.'

'Ik trakteer je op een sixpack bier voor de moeite,' voegde Adrian er vlug aan toe.

Carver liep naar het trapje en keek op naar Adrian. Toen keek hij Emporia aan, die met haar armen over elkaar en haar mond stijf dicht zat. 'Meent hij dat?' vroeg hij aan Emporia.

'Hij heeft nog niet gelogen,' zei ze. 'Maar misschien komt dat nog.'

'Wat wil je uit de winkel?' vroeg Carver aan Adrian.

'Ik wil graag wat wijn, het liefst een chardonnay.'

'Een wat?'

'Alle witte wijn is goed.'

'Willie Ray heeft niet veel wijn. Daar is niet veel vraag naar.'

Adrian vroeg zich plotseling af wat ze aan deze kant van het spoor onder wijn verstonden. Aan de andere kant van het spoor was de keuze al schamel genoeg. Hij stelde zich al een fles vruchtenwijn met een schroefdop voor. 'Heeft Willie Ray ook wijn met een kurk in de fles?'

Carver dacht daar even over na en vroeg toen: 'Waar is die kurk voor?'

'Hoe maak je de wijnflessen van Willie Ray open?'

'Je schroeft de dop eraf.'

'O. En hoeveel kost een fles wijn bij Willie Ray ongeveer?'

Carver haalde zijn schouders op en zei: 'Ik koop niet veel wijn. Ik heb liever bier.'

'Doe eens een gooi. Hoeveel?'

'Boone's Farm kost je ongeveer vier dollar per fles.'

Adrian haalde geld uit de rechterzak van zijn tuinbroek. 'Laat die wijn maar zitten. Ik wil dat je de duurste fles tequila koopt die in die winkel te krijgen is. Begrijp je dat?'

'Zoals je wilt.'

'Koop een sixpack voor jezelf en geef het wisselgeld aan me terug.' Adrian hield hem het geld voor, maar Carver verstijfde. Hij keek naar het geld, keek naar Adrian en keek toen Emporia vragend aan.

'Pak het maar aan,' zei Adrian. 'Je kunt niet ziek worden van geld.'

Carver kwam nog steeds niet in beweging. Hij kon het niet opbrengen zijn hand uit te steken en het geld aan te pakken.

'Je hoeft je geen zorgen te maken, Carver,' zei Emporia, die plotseling graag wilde helpen. 'Geloof me.'

'Ik zweer je dat je geen gevaar loopt,' zei Adrian.

Carver schudde zijn hoofd en deinsde terug. 'Sorry,' mompelde hij, bijna in zichzelf.

Adrian stopte het geld weer in zijn zak en zag Carver in het donker verdwijnen. Zijn benen waren zwak en hij moest gaan zitten, misschien slapen. Hij hurkte langzaam neer en liet zich op de bovenste tree zakken. Zijn hoofd zakte tegen de reling en hij zei een hele tijd niets. Emporia liep achter hem langs en ging het huis in.

Toen ze op de veranda terugkwam, vroeg ze: 'Schrijf je "tequila" met een q of met een c?'

'Laat maar, Emporia.'

'Een q of een c?' Ze liep hem voorbij en ging de trap af naar het paadje.

'Nee, Emporia. Alsjeblieft. Ik heb geen trek meer.'

'Ik denk dat het met een q is. Is dat zo?' Ze was op straat. Ze droeg een paar oude witte sportschoenen en liep in een indrukwekkend tempo bij hem vandaan.

'Het is met een q,' riep Adrian.

'Dat dacht ik al,' was het antwoord, twee deuren verder.


Vaak waren geruchten uit de lucht gegrepen, regelrechte verzinsels van mensen die het leuk vonden om hun leugentjes door de stad te zien gaan of om onrust te stoken.

Het nieuwste begon op de eerste verdieping van de rechtbank, in het kadaster, waar de hele dag advocaten kwamen en gingen. Als er een groepje advocaten bij elkaar zat om akten door te nemen, werd er druk geroddeld. Aangezien de familie Keane in die dagen meer dan haar portie aandacht kreeg, lag het in de lijn der verwachting dat de advocaten daarbij een actieve rol zouden spelen. En het was zelfs nog meer te verwachten dat een van hen problemen zou veroorzaken.

Hoewel er meteen allerlei varianten de ronde deden, was het gerucht in feite als volgt: Adrian had meer geld dan de meeste mensen dachten, omdat zijn opa al voor Adrians geboorte een stel ingewikkelde trustfondsen had opgezet. Op zijn veertigste verjaardag zou hij een indrukwekkend bedrag erven, maar omdat hij zijn veertigste verjaardag niet zou meemaken, kon hij de erfenis testamentair overdragen aan wie hij maar wilde. En wat nog het mooiste was: Adrian had een advocaat, wiens naam onbekend was, ingehuurd om zijn testament op te stellen, met de instructie die mysterieuze toekomstige erfenis te doen toekomen aan (a) Emporia Nester, of (b) een nieuwe actiegroep voor homorechten die met enige moeite in Tupelo op gang kwam, of (c) een vriendje in San Francisco, of (d) een studiebeurs voor alleen zwarte studenten. Je kon kiezen.

Omdat het gerucht zo ingewikkeld was, sloeg het niet goed aan. Het bezweek bijna onder zijn eigen gewicht. Als mensen bijvoorbeeld fluisterden wie met de vrouw van iemand anders omging, was de kwestie tamelijk concreet en gemakkelijk te bevatten. Maar de meeste mensen hadden geen ervaring met trustfondsen en erfenissen die een generatie oversloegen en meer van dat soort juristerij, en de details van het gerucht werden nog meer vertroebeld dan anders al het geval was. Op het moment dat Dell het in de cafetaria verteld had, stond de jongen een fortuin te wachten, waarvan Emporia het meeste zou krijgen, en dreigde de familie te procederen.

Alleen in de kapperszaak stelde een redelijk denkend persoon de voor de hand liggende vraag: 'Als hij geld heeft, waarom kwijnt hij dan weg in een oud krot in Lowtown?'

Daarop volgde een discussie over hoeveel geld hij werkelijk had. Het standpunt van de meerderheid hield in dat hij weinig had, maar op de erfenis uit de trustfondsen rekende. Een dappere ziel dreef de spot met de anderen en zei dat het allemaal onzin was, sterker nog: de hele familie Keane was 'zo arm als de mieren'.

'Kijk maar naar hun oude huis,' zei hij. 'Ze zijn te arm om het te laten schilderen en te trots om het wit te laten kalken.'

Eind juni steeg de hitte naar nieuwe hoogten. Adrian bleef in zijn kamer, dicht bij de lawaaierige airconditioning die bijna niet werkte. De koortsen kwamen steeds vaker, en hij was niet bestand tegen de verstikkend benauwde lucht op de veranda. In zijn kamer droeg hij alleen zijn ondergoed, dat vaak nat was van het zweet. Hij las Faulkner en schreef tientallen brieven aan vrienden uit zijn andere leven. En de hele dag door ging hij van tijd tot tijd slapen. Om de drie dagen kwam er een zuster, die hem snel onderzocht en hem een nieuwe voorraad pillen gaf, die hij tegenwoordig door het toilet spoelde.

Emporia deed haar best om hem een beetje te laten aankomen, maar hij had geen eetlust. Omdat ze nooit voor een gezin had gekookt, had ze niet veel ervaring in de keuken. Haar tuintje leverde genoeg tomaten, pompoenen, erwten, wasbonen en kanteloepen op om haar het hele jaar te voeden, en Adrian deed dapper zijn best om te genieten van de royale maaltijden die ze klaarmaakte. Ze haalde hem over maïsbrood te eten – al zaten daar boter, melk en eieren in. Ze had nooit iemand gekend die vlees, vis, kip en zuivelproducten weigerde, en vroeg verschillende keren: 'Eten ze in Californië allemaal zo?'

'Nee, maar er zijn veel vegetariërs.'

'Zo ben je niet opgevoed.'

'Laten we het niet over mijn opvoeding hebben, Emporia. Mijn hele kindertijd was een nachtmerrie.'

Ze dekte drie keer per dag de tafel op de uren wanneer hij dat het liefst had, en ze deden hun best om de maaltijden lang te laten duren. Adrian wist dat het belangrijk voor haar was om hem goed te eten te geven, en hij at zoveel hij kon. Toch was na twee weken duidelijk dat hij nog steeds afviel.

Onder het middageten belde de dominee. Zoals altijd nam Emporia de telefoon op, die aan de keukenwand hing. Adrian mocht de telefoon wel gebruiken, maar deed dat zelden. In Clanton was niemand met wie hij wilde praten. Hij belde niemand van zijn familie, en ze belden hem ook niet. Hij had vrienden in San Francisco, maar die waren ver weg en hij wilde hun stemmen niet horen.

'Goedemiddag, dominee,' zei ze, en ze wendde zich af en rekte het snoer zo ver mogelijk uit. Ze praatten even, en toen hing ze op met een vriendelijk 'Dan zie ik u om drie uur'. Ze ging zitten en nam meteen een hap maïsbrood.

'Hoe gaat het met de dominee?' vroeg Adrian.

'Goed, denk ik.'

'Komt hij vanmiddag om drie uur?'

'Nee. Ik ga naar de kerk. Hij zei dat hij over iets wil praten.'

'Enig idee waarover?'

'Je bent wel nieuwsgierig.'

'Nou, Emporia, ik woon nu twee weken in Lowtown, en ik heb gemerkt dat iedereen hier alles van de anderen wil weten. Het is bijna onbeleefd om niet een beetje nieuwsgierig te zijn. Daar komt nog bij dat homo's nieuwsgieriger zijn dan andere mensen. Wist je dat?'

'Dat heb ik nooit gehoord.'

'Het is waar. Het is een bewezen feit. Nou, waarom wil de dominee je niet thuis opzoeken? Hoort dat niet bij zijn werk: huisbezoeken afleggen, kijken hoe het met zijn gemeente gaat, nieuwkomers als ik verwelkomen? Ik zag hem drie dagen geleden op de veranda met Doris en Herman praten. Hij keek steeds in deze richting, alsof hij er ziek van kon worden. Jij mag hem niet graag, hè?'

'Ik mocht de vorige liever.'

'Ik ook. Ik ga niet met je mee naar de kerk, Emporia, dus dat moet je me niet meer vragen.'

'Ik heb het je maar twee keer gevraagd.'

'Ja, en ik heb ervoor bedankt. Het is erg aardig van je, maar ik heb er geen behoefte aan om naar jouw kerk of een andere kerk te gaan. Ik geloof niet dat ik tegenwoordig nog ergens welkom ben.'

Daar had ze niets op te zeggen.

'Ik had laatst een droom. Er was een opwekkingsdienst in een kerk, een blanke kerk hier in Clanton, zo'n rumoerige dienst vol hel en verdoemenis, met mensen die door het gangpad rolden en flauwvielen terwijl het koor uit volle borst *Shall We Gather at the River* zong en de dominee bij het altaar alle zondaren smeekte om naar voren te komen en zich helemaal te geven. Je kent dat wel.'

'Ik ben er elke zondag bij.'

'En ik kwam binnen, gekleed in het wit, en ik zag er nog beroerder uit dan in het echt. Ik liep door het gangpad naar de dominee toe. Hij keek heel angstig en kon geen woord uitbrengen. Het koor hield abrupt op. Iedereen verstijfde. Ik liep door het gangpad, wat een hele tijd duurde. Ten slotte riep iemand: "Hij is het! Die kerel met aids!" Iemand anders riep: "Vluchten!" En toen was er geen houden meer aan. Het werd een stormloop. Moeders grepen hun kinderen vast. Ik bleef door het gangpad lopen. Mannen sprongen uit ramen. Ik liep door. Forse vrouwen in goudkleurige koorgewaden renden zich de longen uit het dikke lijf om uit het sanctuarium weg te komen. Ik liep door, naar de dominee toe, en toen ik eindelijk bij hem was aangekomen, stak ik mijn hand uit. Hij verroerde geen vin. Hij kon niet praten. De kerk was leeg en er was geen geluid te horen.' Adrian nam een slokje thee en veegde zijn voorhoofd af.

'Ga verder. Wat gebeurde er toen?'

'Dat weet ik niet. Ik werd wakker en kon erom lachen. Dromen kunnen heel echt zijn. Misschien zijn sommige zondaren niet meer te redden.'

'Zo staat het niet in de Bijbel.'

'Dank je, Emporia. En bedankt voor het eten. Ik moet nu gaan liggen.'

Om drie uur was Emporia bij dominee Biler in zijn kamer in de kerk. Zo'n gesprek op die plaats wees op grote problemen, en nadat ze enige beleefdheden hadden uitgewisseld, begon de dominee algauw over de reden waarom hij haar bij zich had laten komen, tenminste een van de redenen. 'Ik hoorde dat je in de drankwinkel van Willie Ray bent geweest.'

Dat was niet bepaald een verrassing, en Emporia was er klaar voor. 'Ik ben vijfenzeventig jaar oud, minstens dertig jaar ouder dan u, en als ik medicijn voor een vriend wil kopen, doe ik dat.'

'Medicijn?'

'Zo noemt hij het, en ik heb tegen zijn familie gezegd dat ik hem zijn medicijnen zal geven.'

'Noem het zoals je wilt, Emporia, maar de ouderlingen vinden het een ernstige zaak. Een van onze oudere dames in een drankwinkel! Wat voor voorbeeld is dat voor onze jeugd?'

'Het is mijn werk, en dit werk zal ik niet lang meer doen.'

'Er gaat een gerucht dat je hem hebt gevraagd de dienst met ons bij te wonen.'

Dank je, Doris, dacht Emporia, maar ze zei het niet. Doris was de enige die ze had verteld dat ze Adrian had uitgenodigd mee te komen naar de kerk. 'Ik nodig iedereen uit met ons de dienst bij te wonen, dominee. Dat wilt u zelf. Dat zegt de Bijbel.'

'Nou, dit is een beetje anders.'

'Maakt u zich geen zorgen. Hij komt niet.'

'God zij geloofd. Het loon der zonde is de dood, Emporia, en deze jongeman boet voor zijn zonden.'

'Ja, dat doet hij.'

'En hoe veilig ben jij, Emporia? Deze ziekte slaat om zich heen in ons hele land, in de hele wereld. Het is uiterst besmettelijk, en eerlijk gezegd maken mensen uit onze gemeenschap zich grote zorgen om jou. Waarom doe je dit? Waarom loop je dit risico? Het is niets voor jou.'

'De zuster zegt dat ik geen gevaar loop. Ik zorg dat hij te eten krijgt en schoon is, en medicijnen krijgt, en ik draag rubberen handschoenen als ik zijn was doe. Het virus wordt verspreid door geslachtsgemeenschap en bloed, en we vermijden beide.' Zij glimlachte. Hij niet.

Hij vouwde zijn handen samen en legde ze heel vroom op het bureau. Met een hard gezicht zei hij: 'Sommige leden van onze kerk voelen zich bij jou niet op hun gemak.'

Dat was wel het laatste wat ze had verwacht, en toen ze besefte wat hij bedoelde, was ze sprakeloos.

'Jij raakt aan wat hij aanraakt. Je ademt dezelfde lucht in, eet hetzelfde voedsel, drinkt hetzelfde water, dezelfde thee en God mag weten wat nog meer. Je wast zijn kleren en beddengoed, en je draagt dan rubberen handschoenen vanwege het virus. Maakt dat niet duidelijk hoe groot het gevaar is, Emporia? En dan breng je de bacillen hierheen, naar het huis van de Heer.'

'Ik loop geen gevaar, dominee. Ik weet dat ik geen gevaar loop.'

'Misschien niet, maar het gaat om het beeld dat mensen ervan hebben. Sommige broeders en zusters hier denken dat je wel gek moet zijn om dit te doen, en ze zijn bang.'

'Iemand moet voor hem zorgen.'

'Het zijn rijke blanke mensen, Emporia.'

'Hij heeft niemand anders.'

'Dat zal ik niet betwisten. Het gaat mij om mijn kerk.'

'Het is ook mijn kerk. Ik was hier allang voordat u kwam, en nu vraagt u me weg te blijven?'

'Ik wil dat je erover denkt tijdelijk niet te komen, totdat hij is overleden.'

Er gingen minuten voorbij zonder dat er een woord werd gezegd. Emporia, haar ogen vochtig maar haar hoofd hoog geheven, keek door een raam naar de bladeren van een boom. Biler bleef roerloos zitten en keek strak naar zijn handen. Toen ze uiteindelijk opstond, zei ze: 'Laten we dan zeggen dat ik tijdelijk niet meer kom, dominee. Het gaat nu in, en het is voorbij als ik vind dat het voorbij is. En zolang ik niet kom, ga ik naar de drankwinkel wanneer ik maar wil en mogen u en uw spionnen roddelen zoveel als u wilt.'

Hij liep met haar mee naar de deur. 'Je moet niet overdreven reageren, Emporia. We houden allemaal van je.'

'Ik voel de liefde.'

'En we zullen voor je bidden, en voor hem.'

'Hij zal vast wel blij zijn dat te horen.'


De advocaat heette Fred Mays, en dat was de enige naam in de beroepengids die Adrian herkende. Adrian voerde een kort telefoongesprek met hem en schreef hem toen een lange brief. Op vrijdagmiddag om vier uur parkeerden Mays en een secretaresse voor het roze huis. Mays pakte zijn aktetas uit de auto. Hij pakte er ook een doos wijn uit, afkomstig van de betere slijterij aan de andere kant van het spoor. Emporia liep de straat over om bij Doris op bezoek te gaan, want dan konden de juridische zaken in alle privacy worden afgehandeld.

In tegenstelling tot de uiteenlopende geruchten die de ronde deden had Adrian geen bezit. Er was geen mysterieus trustfonds dat door allang dode familieleden in het leven was geroepen. Het testament dat door Mays werd opgesteld bestond uit maar één pagina en hield in dat het restant van Adrians slinkende hoeveelheid geld naar Emporia ging. Het tweede document, dat belangrijker was, bevatte de regelingen voor de uitvaart. Toen alles was getekend en bekrachtigd, bleef Mays een glas wijn drinken en praatten ze nog wat over Clanton. Het glas wijn was gauw leeg. Mays en zijn secretaresse wilden blijkbaar snel een eind aan de bijeenkomst maken. Bij het weggaan zeiden ze Adrian gedag en knikten ze hem toe, maar ze gaven hem geen hand, en zodra ze in het kantoor op het plein terug waren, vertelden ze hoe verschrikkelijk de jongen eraan toe was.

De volgende zondag klaagde Emporia over hoofdpijn en ging ze niet naar de kerk. Het regende, en dat weer leverde haar nog een excuus op om thuis te blijven. Ze aten koekjes op de veranda en keken naar de bui.

'Hoe gaat het met je hoofdpijn?' vroeg Adrian.

'Al minder erg. Dank je.'

'Je hebt een keer tegen me gezegd dat je in meer dan veertig jaar geen kerkdienst hebt overgeslagen. Waarom blijf je vandaag thuis?'

'Ik voel me niet zo goed, Adrian. Zo simpel ligt het.'

'Heb je ruzie gehad met de dominee?'

'Nee.'

'Weet je dat zeker?'

'Ik zei nee.'

'Je bent niet meer de oude sinds je laatst met hem ging praten. Ik denk dat hij je heeft beledigd, en ik denk dat het met mij te maken had. Doris komt steeds minder vaak. Herman nooit. Isabelle is in een week niet geweest. De telefoon gaat niet zo vaak meer. En nu blijf je uit de kerk weg. Als je het mij vraagt, kijkt Lowtown je met de nek aan, en dat komt allemaal door mij.'

Ze sprak hem niet tegen. Hoe zou ze ook kunnen? Het was waar wat hij zei, en als ze hem tegensprak, zou dat niet geloofwaardig zijn.

Het onweer liet de ramen rammelen, en de wind draaide en

joeg regen op de veranda. Ze gingen naar binnen, Emporia naar de keuken, Adrian naar zijn kamer, met de deur dicht. Hij trok zijn kleren uit, behalve zijn ondergoed, en ging op het bed liggen. Hij was bijna klaar met *As I Lay Dying*, de vijfde roman van Faulkner en een boek waarvan hij om voor de hand liggende redenen serieus had overwogen het niet te lezen. Maar hij merkte dat het toegankelijker was dan de andere boeken en trof er tegen de verwachting in ook humor in aan. Na een uur had hij het uit en viel hij in slaap.

Aan het eind van de middag regende het niet meer; de lucht was zuiver en aangenaam. Na een lichte maaltijd van erwten en maïsbrood gingen ze naar de veranda terug, waar Adrian algauw zei dat hij last van zijn maag had en behoefte had aan wijn, in overeenstemming met 1 Timoteüs, hoofdstuk 5, vers 23. Zijn wijnglas was een gebarsten koffiemok met cichoreivlekken die er niet meer uit wilden. Hij had een paar slokjes genomen, toen Emporia zei: 'Weet je, mijn maag speelt ook een beetje op. Laat ik ook maar wat nemen.'

Adrian glimlachte en zei: 'Geweldig. Ik ga het halen.'

'Nee. Blijf jij maar zitten. Ik weet waar de fles staat.'

Ze kwam met net zo'n mok terug en ging in haar schommelstoel zitten. 'Cheers,' zei Adrian, blij dat hij een drinkmaatje had.

Emporia nam een slok, smakte met haar lippen en zei: 'Niet slecht.'

'Het is een chardonnay. Goed, maar niet geweldig. Het beste wat ze in die winkel hadden.'

'Het is goed genoeg,' zei ze, nog steeds behoedzaam.

Na de tweede mok giechelde ze. Het was donker en stil op straat.

'Ik wilde je iets vragen,' zei ze.

'Zeg het maar.'

'Wanneer besefte je dat je, je weet wel, anders was? Hoe oud was je toen?'

Stilte, een grote slok wijn, een verhaal dat hij al eerder had verteld, maar alleen aan mensen die het begrepen. 'Alles was vrij normaal tot ik een jaar of twaalf was. Scouting, honkbal, voetbal, kamperen en vissen, de gebruikelijke dingen die jongens doen, maar toen de puberteit eraan zat te komen, merkte ik dat ik niet geïnteresseerd was in meisjes. De andere jongens hadden het almaar over meisjes, maar mij kon het gewoon niet schelen. Ik had geen belangstelling voor sport meer en las veel over kunst, design en mode. Toen ik ouder werd, gingen de jongens meer met meisjes om, maar ik niet. Ik wist dat er iets verkeerd was. Ik had een vriend, Matt Mason, een jongen die er fantastisch uitzag; de meisjes waren gek op hem. Op een dag besefte ik dat ik ook verliefd op hem was, maar natuurlijk vertelde ik dat aan niemand. Ik fantaseerde over die jongen. Ik werd er gek van, en toen begon ik naar andere jongens te kijken en over hen te fantaseren. Toen ik vijftien was, gaf ik mezelf eindelijk toe dat ik homo was. Intussen fluisterden de andere tieners al over mij. Ik kon bijna niet wachten tot ik hier weg was en kon leven zoals ik wilde.'

'Heb je ergens spijt van?'

'Spijt? Nee, ik heb er geen spijt van dat ik ben wat ik ben. Ik wou dat ik niet ziek was, maar dat wil iedereen met een terminale ziekte.'

Ze zette haar lege mok op de rieten tafel en staarde in de duisternis. Het verandalicht was uit. Ze zaten in de schaduw en schommelden langzaam heen en weer. 'Mag ik je iets persoonlijks vertellen?' zei ze.

'Natuurlijk. Het gaat met me mee het graf in.'

'Nou, ik was ook ongeveer zoals jij, alleen hield ik niet van jongens. Ik heb nooit gedacht dat ik anders was, weet je, en ik heb ook nooit gedacht dat er iets mis met me was. Maar ik heb nooit bij een man willen zijn.'

'Je hebt nooit een vriendje gehad?'

'Misschien wel. Eén keer. Er hing een jongen bij het huis rond, en ik had het gevoel dat ik een vriendje moest hebben. Mijn ouders maakten zich zorgen omdat ik bijna twintig was en nog alleen was. We gingen een paar keer naar bed, maar ik vond er niets aan. Het maakte me zelfs misselijk. Ik kon er niet tegen om op die manier te worden aangeraakt. Beloof me dat je dit aan niemand vertelt.'

'Ik beloof het. Aan wie zou ik het ook moeten vertellen?'

'Ik vertrouw je.'

'Je geheim is veilig bij mij. Heb je het ooit aan iemand anders verteld?'

'O nee. Dat zou ik niet durven.'

'Heb je ooit iets met een meisje gedaan?'

'Jongen, in die tijd deed je niet zulke dingen. Ze zouden je in een gekkenhuis stoppen.'

'En nu?'

Ze schudde haar hoofd en dacht erover na. 'Nu en dan wordt er hier gepraat over een jongen die er niet bij hoort, maar dat wordt heel stil gehouden. Je hoort geruchten, maar niemand gaat er ooit openlijk naar leven. Weet je wat ik bedoel?'

'Jazeker.'

'Maar ik heb nooit gehoord van een vrouw hier die het met andere vrouwen deed. Ik denk dat ze het verborgen houden en trouwen, en het nooit aan iemand vertellen. Of ze doen als ik – ze spelen het spelletje mee en zeggen dat ze nooit de juiste man hebben gevonden.'

'Dat is triest.'

'Ik ben niet triest, Adrian. Ik heb een goed leven gehad. Zullen we nog een beetje wijn nemen?'

'Goed idee.'

Ze liep vlug weg, blij dat ze het gesprek achter de rug had.

De koortsen kwamen terug en gingen niet weg. Hij zweette onbedaarlijk, en toen begon hij te hoesten. Het was een pijnlijke droge hoest die hem als een attaque beving en hem zo zwak maakte dat hij niet meer kon lopen. Emporia was de hele dag bezig lakens te wassen en te strijken, en 's nachts kon ze alleen maar naar de pijnlijke geluiden luisteren die uit zijn kamer kwamen. Ze maakte maaltijden klaar die hij niet kon eten. Ze trok handschoenen aan en waste hem met koud water zonder zich iets van zijn naaktheid aan te trekken. Zijn armen en benen waren nu net bezemstelen, en hij was niet sterk genoeg om naar de veranda te lopen. Omdat hij niet meer wilde dat de buren hem zagen, bleef hij in bed liggen wachten. De zuster kwam nu elke dag, maar deed niets anders dan zijn temperatuur opnemen, zijn pillenpotjes op een rij zetten en Emporia hoofdschuddend aankijken.

Op de laatste avond slaagde Adrian erin een gekeperde broek en een wit katoenen overhemd aan te trekken. Hij stopte zijn schoenen en kleren netjes in twee leren koffers, en toen alles in orde was, nam hij de zwarte pil en spoelde hem weg met wijn. Hij ging op het bed liggen, keek naar de kamer, legde een envelop op zijn borst, bracht een glimlach op zijn lippen en deed voor het laatst zijn ogen dicht.

De volgende morgen om tien uur besefte Emporia dat ze nog niets van hem had gehoord. Ze klopte op de deur van zijn slaapkamer, en toen ze binnenkwam, zag ze Adrian liggen, zijn nette kleren aan, glimlachend, in eeuwige rust.

De brief luidde:

*Beste Emporia,*

*Alsjeblieft, vernietig deze brief nadat je hem hebt gelezen. Het spijt me dat je me zo moet vinden, maar uiteindelijk was dit moment onvermijdelijk. De ziekte heeft zijn beloop gehad en mijn tijd was om. Ik wilde de zaak maar een beetje bespoedigen.*

*Fred Mays, de advocaat, heeft de laatste regelingen getroffen. Alsjeblieft, bel hem als eerste. Hij zal de lijkschouwer bellen, die hierheen zal komen om me officieel dood te verklaren. Aangezien geen van beide uitvaartbedrijven in de stad mijn lichaam wil ontvangen, zal er een ambulance van een reddingsteam komen om me naar een crematorium in Tupelo te brengen. Daar zullen ze me met het grootste genoegen verbranden en mijn as in een urn doen die voor de gelegenheid is gemaakt. Een normale urn, niets bijzonders. Fred zal mijn as naar Clanton terugbrengen en aan Franklin Walker van het uitvaartbedrijf hier in Lowtown overhandigen. Walker heeft met enige tegenzin toegezegd dat hij me op het zwarte gedeelte van het kerkhof zal begraven, zo ver mogelijk bij de graven van mijn familie vandaan.*

*Dit alles zal snel gebeuren en, hoop ik, ook zonder dat mijn familie er iets van weet. Ik wil niet dat die mensen erbij be-trokken zijn – niet dat ze dat zelf willen. Fred heeft mijn schrif-telijke instructies en weet hoe hij met hen moet omgaan, als dat nodig is.*

*Als mijn as wordt begraven, zou ik het een eer vinden als jij in stilte een paar woorden voor me zegt. En kom ook gerust nu en dan naar mijn plekje om wat bloemen neer te leggen. Nog-maals: niets bijzonders.*

*Er staan nog vier flessen wijn in de koelkast. Drink ze op ter herinnering aan mij.*

*Heel erg bedankt voor je goedheid. Je hebt mijn laatste da-gen draaglijk en soms zelfs aangenaam gemaakt. Je bent een geweldig mens, en je verdient het om te zijn wat je bent.*

*Veel liefs, Adrian.*

Emporia bleef een hele tijd op de zijkant van het bed zitten. Ze veegde haar ogen af en klopte zelfs op zijn knie. Toen beheerste ze zich en ging naar de keuken, waar ze de brief in de vuilnisem-mer gooide en de telefoon pakte.